LIVROS DE ANDREA BARTZ

The Herd

The Lost Night

NUNCA ESTIVEMOS AQUI

NUNCA ESTIVEMOS AQUI

ANDREA BARTZ

Tradução de: Marcelle Alves

ALTA BOOKS
GRUPO EDITORIAL
Rio de Janeiro, 2023

Nunca Estivemos Aqui

Copyright © 2023 da Starlin Alta Editora e Consultoria Eireli.
ISBN: 978-65-5520-970-9

Translated from original We Were Never Here. Copyright © 2021 by Andrea Bartz Inc. ISBN 9781984820464. This translation is published and sold by permission of Ballantine Books, an imprint of Random House, a division of Penguin Random House LLC, the owner of all rights to publish and sell the same. PORTUGUESE language edition published by Starlin Alta Editora e Consultoria Eireli, Copyright © 2023 by Starlin Alta Editora e Consultoria Eireli.

Impresso no Brasil — 1ª Edição, 2023 — Edição revisada conforme o Acordo Ortográfico da Língua Portuguesa de 2009.

Todos os direitos estão reservados e protegidos por Lei. Nenhuma parte deste livro, sem autorização prévia por escrito da editora, poderá ser reproduzida ou transmitida. A violação dos Direitos Autorais é crime estabelecido na Lei nº 9.610/98 e com punição de acordo com o artigo 184 do Código Penal.

A editora não se responsabiliza pelo conteúdo da obra, formulada exclusivamente pelo(s) autor(es).

Marcas Registradas: Todos os termos mencionados e reconhecidos como Marca Registrada e/ou Comercial são de responsabilidade de seus proprietários. A editora informa não estar associada a nenhum produto e/ou fornecedor apresentado no livro.

Erratas e arquivos de apoio: No site da editora relatamos, com a devida correção, qualquer erro encontrado em nossos livros, bem como disponibilizamos arquivos de apoio se aplicáveis à obra em questão.

Acesse o site www.altabooks.com.br e procure pelo título do livro desejado para ter acesso às erratas, aos arquivos de apoio e/ou a outros conteúdos aplicáveis à obra.

Suporte Técnico: A obra é comercializada na forma em que está, sem direito a suporte técnico ou orientação pessoal/exclusiva ao leitor.

A editora não se responsabiliza pela manutenção, atualização e idioma dos sites referidos pelos autores nesta obra.

Dados Internacionais de Catalogação na Publicação (CIP) de acordo com ISBD

B294n   Bartz, Andrea
          Nunca Estivemos Aqui / Andrea Bartz ; traduzido por Marcelle Alves. - Rio de Janeiro : Alta Books, 2023.
          320 p. ; 16cm x 23cm.

          Tradução de: We Were Never Here.
          ISBN: 978-65-5520-970-9

          1. Literatura americana. 2. Romance. I. Alves, Marcelle. II. Título.

2022-3199   CDD 813.5
                 CDU 821.111(73)-31

Elaborado por Vagner Rodolfo da Silva - CRB-8/9410

Índice para catálogo sistemático:
1. Literatura americana : Romance 813.5
2. Literatura americana : Romance 821.111(73)-31

Produção Editorial
Editora Alta Books

Diretor Editorial
Anderson Vieira
anderson.vieira@altabooks.com.br

Editor
José Ruggeri
j.ruggeri@altabooks.com.br

Gerência Comercial
Claudio Lima
claudio@altabooks.com.br

Gerência Marketing
Andréa Guatiello
andrea@altabooks.com.br

Coordenação Comercial
Thiago Biaggi

Coordenação de Eventos
Viviane Paiva
comercial@altabooks.com.br

Coordenação ADM/Finc.
Solange Souza

Direitos Autorais
Raquel Porto
rights@altabooks.com.br

Produtoras da Obra
Maria de Lourdes Borges
Illysabelle Trajano

Assistente Editorial
Henrique Waldez

Produtores Editoriais
Paulo Gomes
Thales Silva
Thiê Alves

Equipe Comercial
Adenir Gomes
Ana Carolina Marinho
Daiana Costa
Everson Rodrigo
Fillipe Amorim
Heber Garcia
Kaique Luiz
Luana dos Santos
Maira Conceição

Equipe Editorial
Beatriz de Assis
Betânia Santos
Brenda Rodrigues
Caroline David
Gabriela Paiva
Kelry Oliveira
Marcelli Ferreira
Mariana Portugal
Matheus Mello
Milena Soares

Marketing Editorial
Amanda Mucci
Guilherme Nunes
Jessica Nogueira
Livia Carvalho
Pedro Guimarães
Talissa Araújo
Thiago Brito

Atuaram na edição desta obra:

Revisão Gramatical
Kamila Wozniak
Wendy Campos

Tradução
Marcelle Alves

Copidesque
Luiza Romagnoli

Diagramação
Rita Motta

Capa
Joyce Matos

Editora afiliada à:

ASSOCIADO

Rua Viúva Cláudio, 291 – Bairro Industrial do Jacaré
CEP: 20.970-031 – Rio de Janeiro (RJ)
Tels.: (21) 3278-8069 / 3278-8419
www.altabooks.com.br — altabooks@altabooks.com.br
Ouvidoria: ouvidoria@altabooks.com.br

Para Jen Weber,
minha companheira de viagens e meu porto seguro

NUNCA ESTIVEMOS AQUI

CAPÍTULO 01

Kristen trotou até a margem do pátio e se agachou, estendendo seu longo braço. Seus dedos tatearam por toda a extensão de uma videira, levantando folhas, expondo os delicados caules. Eu a imaginei tropeçando e caindo, em um momento ela estava ali e, então, não estava mais, apenas a imagem residual de sua silhueta pairando no meu campo de visão. Eu não sei por quê. Em um momento indômito, me imaginei empurrando-a dali.

Em vez disso, inclinei para a frente, quase me levantando da mesa, e disse:

— Kristen, cuidado.

Estávamos sozinhas no pátio de madeira empoleirado sobre palafitas acima das vinhas, como havíamos estado em quase todos os lugares em que paramos esta semana. Restaurantes vazios, mercados vazios, centros de informações turísticas vazios. Às vezes, aparecia um ocasional amontoado de outros visitantes em pé ou sentados próximos demais, apesar de haver espaço o suficiente no mundo para todos.

Um rápido estalar na madeira e Kristen se levantou, segurando um cacho de uvas verdes disforme. Ela colocou uma na boca e mastigou atentamente.

— Nada mal. Segura.

Não consegui segurar seu arremesso e as uvas caíram sobre a mesa de vidro. Olhei rapidamente e, então, experimentei uma — ela explodiu esplendorosa e azedinha na minha língua.

— Ele disse que o rendimento da safra deles está péssimo esse ano. Você não precisava tirar um cacho inteiro.

Ela afundou na cadeira e ergueu seu *pisco sour*[1], verde limão e espumoso.

— Como agradecimento, vou deixar alguns pesos chilenos a mais quando estivermos de saída. Eu estava com fome. — Ela empurrou levemente seu copo contra o meu. — Você prefere me ver roubando algumas uvas do que me ver com a glicemia baixa, não é?

— Tem razão. — Os argumentos da Kristen Faminta eram incontestáveis.

De um lugar distante nos campos, um homem com uma bandana enrolada na cabeça nos observava, pouco antes das videiras encontrarem uma fileira de árvores frondosas. Além disso, colinas entrelaçadas cortam um horizonte escarpado e irregular. Kristen acenou para o trabalhador e ele acenou de volta.

Deixei o resto da minha bebida ficar na minha língua por alguns instantes. Estávamos bebendo esses drinks diariamente: suco de limão, açúcar de confeiteiro e a aguardente amarelada que os chilenos afirmam ter surgido antes do pisco peruano. Senti, novamente, a formidável sensação de um daqueles momentos em que se pensa *"não é que isso é agradável?"*; um maravilhoso instante livre do medo que formigava incessantemente em meu cérebro nos últimos treze meses. Aqui estava eu, em uma viagem inesquecível: sete noites na América do Sul, explorando as montanhas desafiadoras e vales profundos com a minha melhor amiga de mais de uma década. Um drink tão revigorante e doce quanto a sensação de ser abraçada pelas ondas do mar. E ainda tínhamos mais duas noites pela frente.

Kristen tornou toda a experiência melhor, sua confiança era como uma redoma de vidro de segurança em um mundo estranho e impiedoso. Quando nos abraçamos no aeroporto, quase uma semana atrás, lágrimas de alívio cobriram meus olhos. Eu não a via há um ano — um ano marcado por ataques de pânico, pesadelos e gritos abafados pelo meu travesseiro, misturados com o barulho do chuveiro ou, ocasionalmente, silenciados pelo meu punho. Mas em Santiago, quando pegamos nosso carro alugado e dirigimos para o norte em rodovias desertas, Kristen ostentava seu jeito barulhento e astuto de sempre. Ela gritou quando o Pacífico apareceu em nosso campo de visão; buzinou para um grupo de alpacas felpudas que vimos à margem da rodovia. Ela apontava e suspirava para as barracas de frutas à beira da estrada, campos de milho ondulantes com fileiras perfeitamente retas e alinhadas, campos fartos

---

[1] *Pisco Sour* é um coquetel típico da América do Sul. A fama da bebida se disseminou não só pelo seu sabor, mas, também, pela disputa entre o Chile e Peru pela autoria do drink. Atribui-se, entretanto, ao Peru a utilização da palavra *pisco* para referir-se ao destilado da uva. [N. da T.]

de vegetais crescendo ao sol. E céu, tanto céu, uma enorme extensão de céu azul, quase crepitando em sua limpidez, e o modo como encontrava o oceano de um lado, e os picos sinuosos do outro. A presença de Kristen era como um perfume suave, um calmante impregnado nas partículas de ar, e me permiti relaxar.

Passamos a primeira noite em La Serena, onde passeamos por uma praça arborizada segurando casquinhas de sorvete que derretiam em nossas mãos, e ficamos em um hotel com paredes coloridas, onde pinturas de santos nos observavam enquanto dormíamos. Concordamos que era uma área muito turística e, na manhã seguinte, dirigimos para o interior. Em Pisco Elqui, fizemos uma aula de ioga com uma mulher que tinha os joelhos levemente arqueados e cabelos na altura do quadril; enquanto praticávamos o Tadasana, pulmões cheios e peitos estufados na Postura da Montanha, ela disse:

— Seu sorriso fortalece e alimenta seu *corazón*, seu coração.

Na segunda noite lá, três universitários alemães nos encurralaram em um bar, e o pânico voltou rugindo como uma pantera à espreita de sua presa. Kristen assumiu a liderança da situação; ela era charmosa, conseguia conversar com qualquer pessoa e, quando ela percebeu o medo em meus olhos, educadamente, nos separou do trio pretensioso e me levou de volta para a noite.

— Está tudo bem, sou eu, estou aqui — continuou ela murmurando enquanto caminhávamos pelas ruas escuras de volta ao nosso hotel. — Kristen está aqui. — Sua voz era como um bálsamo e suas palavras um cobertor pesado. Fizemos as malas e partimos no dia seguinte.

E, na manhã de hoje, chegamos em Quitéria. No início, fiquei inquieta com o cenário ermo. Estacionamos em um terreno e vagamos pelo que pareceram horas pelas ruas íngremes antes de encontrarmos um hotel aberto, nossas malas se arrastando atrás de nós como criancinhas desalentadas. No hotel, consegui as chaves de uma pequena suíte; o edredom da cama estava úmido apesar do ar seco da montanha. O sol estava se ponto e percebi que uma cidade erma seria uma vantagem para nós: menos homens para incomodar duas mulheres andando pelas ruas à noite. Você sabe o que dizem sobre mulheres que viajam sozinhas.

Kristen tomou o último gole de seu *pisco sour*.

— Sabe o que deveríamos fazer? Nossos desejos de aniversário.

— Ainda faltam duas semanas até meu aniversário.

— Eu sei, mas quero fazer isso pessoalmente. E, este ano, será um dos grandes.

Era nossa tradição, contar o que esperávamos que acontecesse com a outra naquele ano. Tive essa ideia depois de ler sobre dois melhores amigos, que também eram parceiros de negócios, que escreviam as resoluções de ano novo um do outro.

— Eu vou primeiro — disse Kristen, voltando-se para as videiras. — Meu desejo de aniversário para você, minha querida Emily... É que sua empresa finalmente abra os olhos, e lhe dê a promoção que você merece.

— Isso seria legal. — Eu me candidatei para um cargo de diretora há meses, mas minha empregadora, a startup Kibble, era desorganizada, ociosa e muito lenta em tomar decisões. Eu gostava do meu trabalho lá, porém, com promoção ou não, eu era gerente de projetos de uma startup que fornecia comida de gato, crua e orgânica, para donos de animais que tinham dinheiro demais. Eu tinha colegas de trabalho jovens e descolados, incluindo minha amiga do trabalho, Priya, e fotos de gatos em, literalmente, todos os lugares.

Ainda assim, não contei a Kristen que meu desejo secreto, sempre que via uma estrela cadente, soprava um dente-de-leão ou avistava um relógio marcando 11h11, era encontrar um companheiro maravilhoso, sossegar. Parecia muito antifeminista, carente demais para ser verbalizado. Mas com a Kristen do outro lado do mundo, e todos os meus amigos se casando (e, caramba, tendo filhos!), minha paciência estava se esgotando. E talvez eu finalmente estivesse caminhando na direção certa...

— Ele disse que vão começar a entrevistar os candidatos este mês — falei para ela. — É engraçado, ele age como se não houvesse tempo para nem sequer *pensar* sobre a posição em aberto. Como se ele estivesse muito ocupado salvando o mundo, um trato digestivo felino por vez.

— Donos de gatos são as piores pessoas. Eu digo isso como uma amante de gatos de carteirinha, impedida apenas por alergias.

— Eu acho a devoção dele meio fofa.

— É simplesmente um negócio inteiramente baseado em pessoas obcecadas por um animal desinteressado — disse Kristen, sarcasticamente.

— O gato do Russell não é desinteressado. Mochi o ama. Eu vi os vídeos. — Kristen revirou os olhos e eu me inclinei para a frente. — Para com isso, eu gosto do meu trabalho.

— Desculpe, desculpe, desculpe. — Ela acenou com a mão. — Certo, agora sua vez.

— Certo. Meu desejo de aniversário para você, com quatro meses de antecedência, é que, humm... — Bati de leve na haste da minha taça. *É que você perceba que odeia a Austrália. Que você volte para Milwaukee. Que as coisas voltem a ser como eram antes.* — Eu espero que você faça seu chefe estúpido ser demitido, e que seu trabalho fique um milhão de vezes melhor. Ou que você encontre um novo emprego que a faça feliz.

— Não é justo, você acabou de me copiar!

— É disso que se tratam os trinta anos, certo? Crescer em nossas carreiras. Pelo menos *temos empregos.*

— Verdade. E, graças a Deus, nós usamos muito bem essa renda disponível. — Kristen estendeu o braço pelas vinhas, cujas fileiras imaculadas estreitavam-se à distância. Atrás delas, montanhas desalinhadas se avermelhavam ao sol poente. Um pássaro pousou na beirada do deque da destilaria e soltou um trinado estridente. Um lindo tentilhão-da-serra, amarelo como uma gema de ovo — o reconheci de alguma pesquisa que fiz quando estava entediada em minha mesa em Milwaukee.

Perto de nós, ecoava um som de batidas. Provavelmente era só um pica-pau, mas, antes que eu percebesse, a memória passou diante dos meus olhos: *Pare. Pare. Pare.* Os olhos de Kristen se arregalaram enquanto ela recuava, sangue manchando seus sapatos. O momento em que tudo mudou, quando a vida se dividiu nitidamente em Antes e Depois.

Kristen colocou seus óculos escuros e sorriu para mim com um ar indulgente. Sorri de volta.

Eu estava errada em me preocupar. Até o incidente com o trio de alemães foi inofensivo. Não havia homens estranhos à espreita nas esquinas, seus olhos nos seguindo avidamente. Não havia nenhum cara bêbado invadindo nosso espaço pessoal ou nos seguindo de perto em ruas escuras. Não há motivos para inquietação.

Senti uma onda de calor ao olhar para Kristen.

Tudo havia corrido perfeitamente.

Uma abelha ziguezagueou sobre nossas taças, e Kristen abanou a mão para afastá-la, sem medo.

— Parece que somos as únicas estrangeiras em quilômetros — falei. O isolamento era excitante e inquietador.

— Não vai durar. O guia diz que todos os ônibus turísticos chegam aos sábados. — Ela esticou os braços e cruzou as pernas musculosas. Kristen tinha começado a treinar CrossFit em Sydney e, às vezes, seus membros ainda pareciam estranhos para mim. Levemente bronzeados e firmes, como se pertencessem a outro corpo.

Kristen havia se mudado para Sydney há dezoito meses; a empresa de pesquisa de mercado em que trabalhava abriu um escritório australiano e seu chefe a incentivou a se inscrever. Para o meu desespero, ela obedeceu, murmurando que estava farta de Milwaukee, sua cidade natal, alegando ser pequena e ter comunidades polarizadas.

Kristen na Austrália: pareceu um capricho fugaz e extravagante. Eu não conhecia a vida adulta sem ela, desde que nos conhecemos como estudantes de economia na Northwestern University, em Illinois, até quando ambas encontramos empregos em Wisconsin e dividimos um apartamento em ruínas na Brady Street. Passamos juntas por nossos anos de pós-graduação, encontros ruins, boas notícias sobre trabalhos, noites difíceis e manhãs ainda mais difíceis, até que emergimos, com os rostos renovados e triunfantes em nossos vinte e tantos anos. Eu, em meu próprio apartamento na Fifth Ward, e ela a alguns quilômetros, em Riverwest. Falávamos casualmente sobre como um dia seríamos madrinhas de casamento uma da outra, sobre como ela seria a "tia" dos meus futuros filhos. Naquela época, eu já amava Milwaukee, com sua extensa orla, uma miríade de festivais e uma pequena e calorosa cena artística e musical, todo o talento necessário, sem a arrogância das grandes cidades. Eu me esforçava para não levar as críticas dela sobre a cidade para o lado pessoal.

Eu estava feliz por ela, é claro, mas estava praticamente irradiando autocomiseração: fui deixada de lado, deixada para trás e abandonada, abandonada, abandonada. Em sua ausência, mergulhei na depressão, forçando-me a viver como se houvesse camadas de neblina oprimindo cada momento. Mas mantivemos uma tradição que iniciamos em Milwaukee: viagens anuais a lugares exóticos e distantes que a maioria das pessoas jamais listaria como destino turístico.

Até então, eu só havia viajado para destinos internacionais populares (Londres, Cancún, Paris...), então, em todas as férias com Kristen, parecia que entrávamos em um buraco de minhoca e aparecíamos numa outra dimensão; de início, sempre me sentia atordoada com os sons, cheiros e paisagens diferentes. Primeiro fomos para o Vietnã, nas cidades de Hoi An e Hanói, explorando as famosas "casas-tubo", mercados noturnos e templos primorosos, mais coloridos do que um campo de papoulas. Depois, Uganda, onde todas as nossas economias foram depositadas em experiências únicas e inesquecíveis que se acumularam como uma bola de neve, inicialmente milagrosas e, então, estranhamente comuns: encaramos os olhos de mármore dos gorilas em Bwindi, passeamos de barco em meio a crocodilos-do-Nilo e hipopótamos gigantes, e nos seguramos firmemente uma à outra no banco de trás de um jipe enquanto um leão nos observava durante um safári no Parque Nacional do Vale de Kidepo.

A terceira viagem — para o Camboja — foi quando as coisas deram errado. Foi a primeira vez que nos encontramos a partir de lugares opostos do globo, e eu mal podia esperar por todo aquele tempo que passaríamos juntas pessoalmente, o tipo de momentos que subestimamos enquanto ambas morávamos em Milwaukee. Nunca imaginei que isso se transformaria em uma experiência aterrorizante, que se tornaria meu filme de terror pessoal. Mas Kristen, como sempre, me ajudou, me salvou, cuidou de mim. E aqui estávamos nós, com nossas últimas horas no Vale do Elqui, no Chile, esvaindo-se, como a chama de uma vela se apagando, e tudo parecia efusivo e bem entre nós.

Kristen arrancou uma uva do cacho e a jogou no ar, pegando-a com a boca. Ela sorriu enquanto mastigava.

— Emy, abra a boca. — Ela ergueu outra, como um dardo.

— Não!

— Me deixa tentar! Eu tenho uma mira muito boa.

— Não confio em você.

— Ei, você está falando com a pessoa eleita MVP[2] por três vezes na liga de basquete King of Kings. Pegue uma, acerte na minha boca. — Ela abriu a mandíbula.

— Isso não vai acabar bem — falei rindo, enquanto lançava uma uva em sua direção. Ela ricocheteou em seu queixo e caiu, milagrosamente, em seu copo vazio, e nós duas observamos em uma admiração silenciosa.

Levamos algumas horas para encontrar nosso ritmo aqui no Chile. Na longa viagem desde o aeroporto de Santiago, me senti grata de poder desfrutar da aura de Kristen novamente, sua confiança despreocupada e sagacidade brilhante. Mas meus nervos endureceram e fiquei em constante alerta quando ela parou o carro estrondosamente na frente de uma barraca de empanadas. Almoçamos encostadas no capô quente do carro, enquanto a cozinheira nos observava, uma senhora robusta de pele grossa. Uma mulher sozinha aqui, com nada além de grandes árvores e poeira sufocante por quilômetros. Eu tentei sorrir amigavelmente.

Dentro das massas triangulares, havia um ovo cozido e carne moída temperada e, sem pensar, peguei meu celular para tirar uma foto.

---

2   Em inglês, a sigla MVP significa *Most Valuable Player*, título atribuído ao melhor jogador de partidas esportivas. Em tradução livre, Jogador Mais Valioso. [N. da T.]

— O que você está fazendo? — Kristen engoliu sua comida e ergueu as sobrancelhas. — Você esqueceu?

— Eu não ia postar — murmurei, corando.

— Vamos, me dê. — O sol bateu na palma de sua mão aberta. Raios ultravioleta disparando em cada dobra, no desenho formado pelas papilas nas pontas de seus dedos. Eu não me mexi e ela balançou o pulso, pedindo o celular. — Você conhece as regras.

Uma brisa fez chacoalhar os arbustos ao nosso redor. A mulher ergueu os olhos do balcão, onde estava tendendo a massa.

Coloquei meu celular na mão de Kristen e sorri:

— Iniciando a desintoxicação digital.

O assunto não voltou à tona. Nossos celulares estavam guardados em nossas bolsas, apenas para casos de emergência, mas desligados, blocos mortos de metal e vidro. O início de nossa viagem ao Camboja incluiu um retiro de ioga de duas noites, sem telefones, e ambas concordamos em mantê-los desligados. E, então, a decisão nos foi muito útil. Tanta sorte, tantos detalhes incidentais alinhando-se, nos trazendo até aqui: vivas, seguras, livres.

— Então, para onde devemos ir, no próximo ano? — perguntei.

Kristen brincou com uma uva entre os dedos.

— A Turquia ainda está no topo da minha lista. E você não havia comentado que escutou coisas boas sobre a Geórgia?

Balancei a cabeça.

— Geórgia, o país? Não me lembro disso.

— Eu poderia jurar que ouvi você falando sobre isso. — Ela estreitou os olhos.

— Bom, a Turquia parece uma boa ideia — eu disse. — Istambul deve ser superanimada.

— Também estava pensando no Marrocos. Pechinchar em bazares e andar de camelo no deserto e outras coisas.

Um pensamento surgiu e eu o silenciei bem a tempo: *Aaron foi para Marraquexe, no Marrocos, há alguns anos.* Ele e eu tivemos quatro encontros, depois de meses de provocações descontraídas no café onde ele trabalhava. Aparentemente, quatro encontros foram o suficiente para ele se apoderar de minha mente e, meus devaneios flutuando para longe, como bolhas, na direção de um potencial casal.

Eu não tinha contado à Kristen sobre ele ainda. Não depois que, na primeira noite, perguntei se ela havia conhecido algum cara legal ultimamente, e ela me dispensou com escárnio e um simples "não". Em todo o tempo que a conheço, Kristen nunca teve um namorado sério. E, depois de seis meses em Sydney, ela apagou todos os seus aplicativos de relacionamento, decepcionada ao descobrir que procurar um companheiro lá era tão frustrante quanto nos Estados Unidos. Não era como se eu não *quisesse* contar a ela, eu só não queria que a conversa sobre homens dominasse a semana, ofuscando a conversa sobre nossos sonhos, planos e mundos internos... e eu preferia morrer a esfregar minha sorte em namoros na cara dela. Aaron foi o primeiro cara com quem me senti tão empolgada em anos, e eu não queria estragar isso. Até preparei um teste secreto e estúpido: eu ligaria meu celular em breve para ver se ele teria se dado ao trabalho de me mandar uma mensagem. Se ele ainda estivesse comprovadamente interessado, eu contaria à Kristen sobre ele.

Eu me assustei quando, do nada, o dono da destilaria se inclinou sobre meu ombro. Ele recolheu nossos copos. Meus dedos formigaram com o pico de cortisol, uma reação tão exagerada.

— Vocês gostariam de mais alguma coisa? — perguntou ele. — Fecharemos em breve.

Na saída, Kristen estendeu a mão e perguntou o nome dele novamente.

— Muito obrigada, Pedro — repetiu ela e, atrás dela, eu falei "*gracias*" algumas vezes. Nós brincamos sobre isso no caminho de Santiago, ela leu todas as placas de trânsito do jeito norte-americano e eu usei o meu melhor sotaque espanhol, articulando minha língua do jeito que aprendi na escola:

— Estamos em *Chigualoco*, Chile, e eu estou feliz em poder retribuir seus serviços de motorista com meus péssimos serviços de tradução.

Kristen sorriu, seu cabelo castanho-mel esvoaçando na janela aberta.

— Você sabe que nunca precisa me retribuir por nada.

CAPÍTULO 02

Nós caminhamos em silêncio de volta para o hotel, através de uma estrada sinuosa na montanha, flanqueada por declives abruptos e, ocasionalmente, ouvíamos o latido de um cachorro. A região era conhecida por ser um local apropriado para observar as estrelas, então, não havia luzes na rua, e as luzes da varanda eram de um laranja turvo.

— O que deveríamos fazer no jantar? — perguntou Kristen. Ela fez uma pausa para cheirar um ramo de flores brinco-de-princesa. — Não tem cheiro.

— Eu voltaria para onde almoçamos. — Procurei meu inalador em minha bolsa; as caminhadas íngremes e o ar rarefeito não incomodavam Kristen, mas eu não estava em excelente forma como ela. — O prato de quinoa parecia algo de outro mundo. E, nunca pensei que diria isso, mas, estou meio enjoada de empanadas.

— Ah, meu Deus, eu também! — Ela parou na entrada do hotel. — Eu estava esperando que você dissesse isso. Vou tomar um banho antes do jantar.

— Sem pressa. — Tirei as chaves da bolsa e me atrapalhei com o portão. No escuro, apertamos os olhos para tentar enxergar o caminho de tijolos. O hotel tinha uma estrutura estranha: quartos agrupados em quatro edifícios separados, com portas que se abriam para o exterior, no estilo de um motel. Era mais sofisticado do que os hotéis que normalmente escolhíamos e, mais caro também, mas Kristen insistiu em pagar a conta, ignorando minhas objeções enquanto entregava um maço de dinheiro.

Kristen era rica de uma forma que, ainda na faculdade, me intrigou profundamente, tirando minha mente da bolha da classe média. Ela não falava sobre isso, mas comecei a catalogar evidências em segredo: enquanto eu arrumava minha cama com um edredom listrado da Target, Kristen estendeu um edredom macio, uma composição de azul-petróleo e azul-cobalto, como uma obra de arte maleável. A minha luminária de piso era de plástico barato, com seus membros esparramados como as cobras da Medusa, enquanto uma elegante luminária Torchiere iluminava o lado da Kristen. Ela mencionava viagens a lugares exóticos, seus nomes pareciam saídos de um livro de ficção científica (Liubliana, Brno, Zagreb, Baku), mas nunca fez isso para se gabar, nem fazia alusões a seu passado com ostensivo orgulho ou humildade exagerada.

A chave encaixou fazendo barulho, e nós desabamos dentro da suíte com a libertação instantânea de conseguirmos sobreviver ao mundo exterior. Larguei minha bolsa em uma cadeira e Kristen se trancou no banheiro. Fomos promovidas para uma suíte por algum motivo — de acordo com minha compreensão medíocre de espanhol: éramos as únicas pessoas por lá ou era o último quarto que ainda estava vazio. Normalmente, eu conseguia juntar os fragmentos do que precisávamos dizer, mas minha mente ficou em branco quando um morador local respondeu, murmurando em alta velocidade como uma rocha descendo ladeira abaixo. Por mais que eu implorasse para que falassem mais devagar (“*lentamente, por favor, palabra por palabra*”), eles se repetiam no mesmo ritmo e sorriam esperançosos. Kristen também me encarava, todos esperando que meu cérebro lento funcionasse enquanto eu me sentia cada vez mais exasperada comigo mesma.

Aqui, só falávamos inglês. Eu me sentei no sofá, uma horrenda mobília azulada, e olhei pela janela: durante o dia era uma vista magnífica, montanhas marrons com algumas casas coloridas espalhadas em sua base, mas agora, havia apenas o céu estrelado e a terra abaixo dele, um espaço vazio e irregular. Escutei o barulho de água caindo vindo do banheiro, então peguei meu celular e conectei ao Wi-Fi. Uma longa sequência de mensagens de Priya narrando um momento hilário que perdi em uma reunião geral. E três mensagens de Aaron: as notícias mais excêntricas de Milwaukee que ele conseguiu encontrar.

Um sorriso surgiu no meu rosto. Ele passou no meu teste: eu contaria a Kristen sobre ele esta noite, quando encontrasse o momento perfeito. Ela entenderia por que eu não o mencionei; ela apreciaria o fato de que decidi não passar a semana inteira analisando encontros. Claro, eu não mencionaria o outro motivo pelo qual fiquei calada: Kristen, com seus padrões altíssimos para mim, tendia a criticar meus interesses românticos. Ela detectava os alertas que passavam despercebidos por mim, os sinais de perigo que eu ignorava. Graças a Deus Aaron tinha passado no meu teste, caso contrário, é quase certo de que o escrutínio de Kristen seria mais severo.

Ainda assim, Aaron, por mais chocante que pareça, aparentava ser um dos bons. A primeira vez que nos vimos foi como um clichê fofo de cinema: conversamos enquanto ele preparava meu latte macchiato diário no Café Mona, na mesma rua do meu escritório. E, com o passar do tempo, descobri que ele estava se recuperando de um término. Então, no mês passado, fiquei surpresa quando ele pediu meu número.

Eu gostava de encontros, mas as coisas nunca pareciam ir a lugar algum com os homens que conheci em aplicativos ou através de amigos. E, há um ano, eu havia desistido completamente de namorar; cada mão masculina me lembrava aquela que ameaçou minha vida e machucou minha pele naquela noite no Camboja. Então, me surpreendi ao concordar com um primeiro encontro com Aaron: batendo palmas ao ritmo da polca[1] em um aconchegante bar, ao som de uma concertina. Iniciei a noite com a energia de uma possível amizade e terminei com uma paixão. Ele foi paciente, nunca me fazendo sentir mal por não estar pronta para explorarmos o território além do horizonte dos beijos. (Foi quando o pânico explodiu: *Pare. Pare. Pare.*) E ele era estranho, com seus óculos tartaruga, cabelos escuros desgrenhados, e a energia maníaca e excêntrica de poetas da geração perdida. Não era o meu tipo. E ainda assim...

Aaron não era nada parecido com meu namorado da faculdade, Ben; talvez seja disso que gosto nele. Continuei vendo nuances de Ben nos homens em aplicativos de relacionamento: ar de superioridade, referências obscuras da cultura pop, e insinuações de "sou bom demais para isso". Aaron tinha uma franqueza que me parecia revigorante. Ele concluía coloridos projetos de design gráfico no meio da noite. Ele cresceu na vizinhança e gostava de passear em museus à moda antiga nos seus dias de folga, como a histórica construção Pabst Mansion e a ligeiramente assustadora exposição *Streets of Old Milwaukee*, no museu público. Ele se interessava por tudo, mas, principalmente, se interessava em mim.

Kristen saiu do chuveiro, emoldurada em vapor. Ela tirou um vestido do guarda-roupa e se sentou na frente de um espelho, aplicando cuidadosamente sua base e um pouco de rímel. Eu não tinha certeza sobre o porquê de

---

[1] Polca é um estilo popular de música e de dança que se originou no início do século XIX na Boêmia, República Tcheca. [N. da T.]

continuarmos fazendo isso: de qualquer forma, não estávamos compartilhando fotos nossas, e Kristen não se importava muito em impressionar estranhos. Imagino que ela estava acostumada a estar sempre bonita, seu cabelo caramelo ondulado e seus grandes olhos castanhos.

▰▰▰

— Não acredito que esta é a nossa penúltima noite aqui — ponderou Kristen enquanto caminhávamos para a cidade.

— Eu sei. Logo estaremos de volta aos nossos *cubículos*, argh. — Olhei para ela. — Precisamos de um plano para lidar com Lucas. — Ela odiava o chefe, um corpulento expatriado suíço que, segundo Kristen, começou a não gostar dela no minuto em que a empresa desembolsou mais de US$1.500 para seu visto de trabalho. — O que sabemos sobre gerenciamento ascendente?

— Isso é impossível quando se é um bode expiatório. — Ela encolheu os ombros. — A filial não está atingindo as metas trimestrais, e sou a única gerente que não faz parte do clubinho de executivos superiores, quer dizer, clubinho de garotos em cargos altos. Acho que eles têm medo de mim.

— Medo de você?

— Da mesma forma que, lá no fundo, todos os homens têm medo das mulheres. — Kristen traçou os dedos por uma trepadeira selvagem pendurada na rua.

— Você acha que os homens têm medo de nós? Eu sinto o oposto. Mas não sou crossfiteira e forte como você. — Então era assim que Kristen encarava a vida? Eu invejava a indiferença dos homens à segurança pessoal; como eles podiam caminhar por um beco escuro sem pensar duas vezes.

— Claro que eles têm. É por isso que são tão cruéis. Homens com manifestos insanos e acesso a rifles de assalto.

— Por que causaríamos medo neles?

— Porque sabemos coisas. Nós vemos coisas, *percebemos* coisas que passam despercebidas por eles. — Ela passou por cima de uma pilha de estrume de cavalo. — Afinal, fomos nós que comemos o fruto da árvore do conhecimento.

— Referências *bíblicas*. Que anacrônico de sua parte. — Todas as mulheres eram especialistas na arte da percepção aguçada? Kristen podia ser observadora, interpretando as consequências, as pessoas e os lugares de forma astuta e analítica. Mas eu era mais sensível, mais emotiva e permeável do que ela. Isso significava que a visão de um pássaro morrendo à beira da estrada poderia me causar grande sofrimento, mas também havia vantagens: sempre que uma borboleta passava voando, meus olhos transbordavam de alegria, como se compartilhássemos um segredo.

Saímos da rua estreita e entramos em uma rua de paralelepípedos e contemplamos, novamente, o lindo restaurante vegetariano: havia uma enorme samambaia xaxim no centro do pátio, com apanhadores de sonhos coloridos e uma bandeira tibetana de orações desgastada pendurada entre as árvores próximas. Nossa empolgação sobre novas cidades é quase orgástica. Quando esbarramos neste local antes, ambas ficamos tão dominadas por sua beleza que caímos em um abraço espontâneo cheio de risadas.

Kristen adorava contar às pessoas como nos conhecemos, como se fôssemos um casal que estava junto há anos, mas ainda maravilhadas com a sorte de estarmos juntas. No segundo ano da universidade, éramos as únicas mulheres em nossa turma de Métodos Estatísticos em Economia. Alguns caras, a maioria veteranos, nos expulsaram da discussão, revirando os olhos para as nossas perguntas e rejeitando nossas opiniões com uma presunção quase cômica. Enquanto caminhávamos de volta para o corredor, sorri timidamente para Kristen.

— Então, isso foi... interessante.

— Deveríamos estudar juntas — respondeu ela. — Estabelecer um padrão inalcançável para aqueles babacas. Me chamo Kristen.

Arrumei os livros em meus braços para conseguir apertar sua mão estendida para mim. E então senti algo, uma dissociação, um movimento oscilante similar a quando se desce de um barco: uma parte de mim sabia que isso era *importante*, que as coisas não seriam mais as mesmas.

Eu não tinha essa sensação desde que conheci Ben em uma festa no primeiro ano do ensino médio, quando ele, um lindo garoto saído de um colégio interno só para garotos, se aproximou e disse "oi", seus olhos azul-gelo fixos nos meus. Em menos de um mês estávamos oficialmente "saindo juntos". No segundo ano da faculdade, quando a mão de Kristen agarrou a minha, Ben e eu decididamente não estávamos mais apaixonados. Mas eu ainda o amava, porque estávamos juntos há anos. Adotei uma abordagem de economia comportamental para a situação: todo o tempo e espaço, conhecimento e sentimentos que havíamos investido, o futuro que imaginávamos em Minneapolis, nossa cidade natal. Tudo parecia um negócio fechado, inevitável. Investimentos irrecuperáveis, esperanças perdidas.

Eu tinha tão pouca visão de mundo naquela época. Não tinha capacidade de dar um passo para trás e observar as coisas com clareza. *Ele cuida de você*, disse a mim mesma, porque ele deixou claro que era mais inteligente do que eu. *Ele só quer o melhor para você*, disse a mim mesma, porque ele não gostava dos meus amigos da faculdade mais barulhentos, odiava quando eu bebia e ficou enfurecido quando experimentei um baseado. *Ele quer que você dê o melhor de si*, recitei como uma boneca de corda, porque ele queria que eu aprendesse sobre literatura esotérica russa, cinema independente e música aceita por pessoas pedantes. Além disso, havia um certo aconchego em nossa dinâmica, em saber como ele preferia seu café, em saber onde comeríamos antes do cinema, e como tudo terminaria. Um rápido vislumbre do futuro, como espiar a última página de um mistério antes da narrativa se tornar muito intensa.

E então, conheci Kristen. Quase instantaneamente nos tornamos inseparáveis: descobrimos nosso amor mútuo por trocadilhos geek, quebra-cabeças ridículos e criamos nossa própria linguagem secreta, nosso mundo para duas. Encontrávamo-nos no campus para estudar juntas, e a localização vinha rigorosamente por meios de pistas em mensagens de texto: uma caça ao tesouro, e o prêmio era nosso encontro. Nos dormitórios, deixávamos mensagens criptografadas nos quadros brancos pendurados em nossas portas: reclamações codificadas sobre sermos expulsas de nossos quartos porque nossas colegas de quarto estavam transando ou convites para jantar. Esconder segredos à vista de todos deu à nossa amizade uma eletricidade. Afinal, é excitante aprontar e sair impune.

Suponho que seja um pensamento irônico depois do que aconteceu no Camboja. Uma piscina de sangue tornando-se cada vez maior.

Na faculdade, a alegria de andar por aí com Kristen foi um suspiro de alívio absoluto, em contraste a como eu me sentia quando estava com Ben, pequena e oprimida. Kristen foi a primeira a questioná-lo e fazer as perguntas certas, até que, lentamente, muito lentamente, passei a reconhecer a influência dele sobre mim, suas críticas, sua manipulação psicológica. Comecei a me posicionar mais com Ben e a questioná-lo sobre suas atitudes. Eu me questionei sobre nossos planos de pós-graduação que, na verdade, eram os planos *dele*, e eu fazia parte do cenário, apenas um acessório. Foi para o apartamento de Kristen que eu corri às 2h da madrugada quando, no último ano, Ben e eu tivemos a Briga do Século, gritando e perdendo o controle.

Eu e ele quase nunca brigávamos, nosso ressentimento foi aumentando, então foi um daqueles momentos em que uma parte sua se separa do corpo e paira sobre você como um drone com câmera: *Veja isso! Você acredita que isso está realmente acontecendo?* Ele se virou e eu alcancei seu ombro.

— Olhe para mim quando eu estiver falando com você! — E ele se virou tão de repente que a parte de trás do meu crânio se chocou contra a parede atrás de mim antes que eu pudesse descobrir o porquê ou como.

— Eu não estava tentando bater em você — disse ele irritado, em vez de se desculpar. Passei por ele e corri para a porta. Depois de vários dias em um impasse, Kristen foi até o apartamento que era meu e de Ben, e encheu uma mala com minhas coisas enquanto ele olhava, boquiaberto. Nunca tivemos um término oficial.

Eu queria vê-lo novamente, o que seria patético; eu queria gritar e chorar enquanto ele me segurava, porque seus braços eram quase tão familiares quanto os meus. Mas Kristen era mais esperta.

— Dane-se *"encerrar ciclos"* — disse ela na época. — Você não vai desperdiçar nem mais um segundo com esse otário. Agora ele pode encontrar outra pessoa para enfiar em uma caixinha minúscula e sufocante, e você pode ser a pessoa grandiosa que é.

Agora, Kristen foi até um garçom e ergueu dois dedos.

— *Una mesa para dos* — disse ela. Ela sempre aprendeu tudo muito rápido. Ele a deixou escolher uma mesa, e ela me cedeu o melhor lugar, voltado para o interior; sua visão era de mim contra a parede.

— Essa semana foi tão divertida. — Ela estendeu a mão e apertou meu antebraço. — Tão descontraída e mágica.

— Exatamente o que precisávamos — concordei, desdobrando um guardanapo.

— Faz muito tempo que não consigo relaxar assim.

Pare. Pare. Pare. Sangue escorrendo como tinta pelo bastão de metal. Os olhos de Kristen se arregalaram, maravilhados. Sangue manchando suas mãos, seus pulsos, seus sapatos.

— É como se o tempo não tivesse passado — disse Kristen. Ela abriu o cardápio. — Podemos continuar de onde paramos, como se nada tivesse mudado. E é assim que você sabe que somos amigas de verdade.

CAPÍTULO 03

O que aconteceu foi o seguinte: um homem me atacou em Phnom Penh, no Camboja, e nós o matamos em legítima defesa.

Ele era um mochileiro, um cara sul-africano com uma grande barba loira, enormes braços peludos, sardento e bronzeado. Ele se virou para nós em um bar úmido — para Kristen, casualmente linda em suas calças harem e regata sem sutiã — e perguntou se estávamos gostando do Camboja. Ele era o típico cara de uma fraternidade universitária, estúpido e barulhento, mas bonito. Depois de alguns minutos, ele estendeu a mão ("A propósito, me chamo Sebastian") e Kristen disse que seu nome era Nicole. Era algo que fazíamos na faculdade: dávamos um nome falso para indicar o quão insignificante era aquela interação, certas de que nunca mais veríamos esse cara. Depois de Ben, isso me impediu de voltar a ter algo mais sério rápido demais — algo sobre o qual Kristen me alertou. E usar pseudônimos durante nossas viagens conferia às noites um tom excitante de "o que acontece em Vegas, fica em Vegas".

Eu entrei na brincadeira, me apresentando como Joan. Mas Sebastian, o sul-africano, era realmente engraçado. E, assim como acontece às vezes quando me sinto a amiga menos atraente, minha astúcia se acendeu como uma luz, disparando e faiscando impecavelmente. Kristen não parecia se importar; ele fazia mais o meu tipo de qualquer maneira, e ela foi uma cúmplice perfeita como: se movimentando pelo bar, conversando com estranhos.

As horas passaram; o ar esfriou. Primeiro, o bar foi ficando vazio, depois as ruas do lado de fora seguiram o exemplo. O rugido das motos que passavam suavizou para um ronronar, interrompido por ocasionais gritos de turistas bêbados. Toquei o bíceps musculoso de Sebastian quando ele me fez rir, e ele pressionou a palma da mão na minha cintura quando nos movemos para abrir passagem para o garçom. "Nicole" nos pagou outra rodada de cerveja Angkor e, enquanto brindávamos, me lançou um sorriso reconhecendo minhas intenções.

Inevitavelmente, a conversa se transformou em "vamos sair daqui". Ele estava hospedado em um albergue ainda mais modesto que o nosso, alugando uma cama em um quarto cheio de beliches. Então, Kristen, a santa, insistiu que queria ficar no bar sozinha para uma última cerveja.

— Tenho certeza de que estarei de volta ao hotel à... meia-noite? — propôs Kristen, e Sebastian e eu assentimos com gratidão, e tudo ficou óbvio para todos.

Kristen agarrou meu cotovelo na saída e perguntou novamente:

— Você está bem? — Eu hesitei. Afinal, eu não conhecia esse cara. Minhas transas casuais e terceiros encontros nos Estados Unidos (variando entre divertidos e lamentáveis, ou talveeez, não exatamente o que eu esperava, mas aceitei porque, pateticamente, já estava na cama mesmo) eram envoltos por um manto de familiaridade; bairros conhecidos, um celular e três dígitos que eu sabia de cor. Mas isso era diferente. Nenhuma de nós duas havia tido um romance em nossas férias. Mas, então, descartei o sentimento de desconforto, o tipo que surge frequentemente quando se é uma mulher movendo-se pelo espaço, porque esse cara era lindo e divertido, e ele me queria.

Penso muito sobre aquele momento, quando dei um tapinha no braço de Kristen e me afastei. Como isso mudou o curso de nossas vidas, a minha e a dela. Como nosso caminho se bifurcou e se distanciou, deixando para trás tantos fios intocados, espiralando do centro até as extremidades como uma toalha de crochê. Um fio em que, talvez, eu cedesse à cautela e mudasse de ideia, e Sebastian desapareceria na noite. Ou em que eu redirecionasse o destino, e nos beijássemos no bar ou em alguma esquina na rua.

Mas, como aconteceu, no fio trançado que segui naquela noite, Sebastian e eu partimos. Quando estávamos saindo, a luz de uma câmera iluminou o mundo ao meu redor e, quando piscamos, não consegui identificar quem havia tirado a foto — uma foto que, involuntariamente, aparecemos de penetra naquele pequeno bar. Às vezes, também penso nessa imagem, como alguém a tem armazenada em sua nuvem sem saber que é de uma pessoa desaparecida em suas últimas aparições em público. Seria muito, muito perigoso se a pessoa certa descobrisse a foto, se conectasse os pontos e a entregasse às autoridades sul-africanas. Quem sabe o que mais está inadvertidamente documentado nos celulares, discos rígidos e álbuns de fotos empoeirados das pessoas? Ruídos de fundo que se tornariam compreensíveis e cheios de significado para um público diferente.

Sebastian e eu caminhamos de mãos dadas através do ar sufocante e cheio de mosquitos, e sua palma escorregou para apertar minha bunda quando chegamos à porta da frente do hotel. O funcionário de plantão estava dormindo em um sofá do saguão, e o polegar de Sebastian acariciou o meu enquanto esperávamos para entrar. Um calor surgindo em minha virilha, e um beijo sexy com o corpo inteiro assim que nos trancamos no quarto.

Os beijos eram sexy no início: descobri que ele gostava de misturar prazer com dor, mordendo meu lábio inferior, puxando meu cabelo com força. Não era minha praia, mas era excitante me sentir um pouco como uma presa, tão desejável que ele mal conseguia conter seus impulsos animalescos. E eu tive educação sexual o suficiente ao longo dos anos — questionários em revistas e conversas movidas a vinho com amigas — para saber que o caminho para Impressionar o Cara, para ser a Melhor Transa da Sua Vida, é demonstrar estar gostando e ler suas dicas não verbais. Então, dei um puxão em seu cabelo loiro. Transformei um beijo no pescoço em uma mordida. Passei meus dedos sobre suas costas nuas e, abruptamente, cravei os dedos, dez pequenos arranhões, e sorri contra seus lábios quando ele gemeu de prazer.

Mas, então, alguma coisa mudou.

E é neste momento que meu cérebro deseja se desligar, mudar para outro canal. *Pare. Pare. Pare.*

A sensação da boca dele em meu peito se transformou em dor. Eu arquejei e empurrei sua bochecha, e ele se moveu para me beijar novamente. Em seguida, seu punho se fechou em meu cabelo e puxou com tanta força que lágrimas escorreram dos meus olhos. Fiquei surpresa e confusa.

— Ei, não com tanta força.

Ele sorriu novamente, seus movimentos ainda suaves.

— Deixa disso, estamos apenas nos divertindo. — Seus dentes encontraram o lóbulo da minha orelha, mordendo até me fazer gritar. Sentei-me contra a cabeceira da cama.

— Você está me machucando.

— Você é tão sexy.

— Estou falando *sério*. — Afastei sua mão do meu peito.

Ele se moveu tão rapidamente quanto uma armadilha de Vênus, prendendo meu pulso na palma de sua mão.

— Você vai me fazer lutar por isso, né?

— Para mim já chega. — Pulei para fora da cama. — Eu acho que você deveria ir embora.

Seus olhos ficaram sombrios.

— Você passou a noite inteira me fazendo criar expectativas.

Uma lágrima escorreu dos meus olhos, mas continuei encarando-o, continuei bancando a durona.

— Você precisa ir embora.

Mas, então, ele recuou e me deu um tapa.

— Ou, talvez, é desse jeito que você gosta? — O choque se cristalizou na minha bochecha, a dor como o badalar de um sino.

Uma mudança drástica quando a luxúria se transformou em medo, modo de sobrevivência, lutar ou fugir. Eu o empurrei desesperada e cegamente, e minha mão acertou seu queixo, um soco acidental. Com as narinas dilatadas, ele me empurrou contra a parede me segurando pelo pescoço — *PÁ!*, a pancada do meu crânio contra a parede —, meus dedos voaram para sua mão, tentando arrancá-la de meu pescoço. Sua outra mão deslizou para baixo e desceu minha calcinha até minhas coxas. Senti uma estranha pulsação de vergonha, como quando se percebe que está nu em um sonho.

O punho gigante dele envolveu meus pulsos e os pressionou contra a parede sobre minha cabeça, como se eu fosse uma bruxa amarrada a uma pira. Lembro-me desse momento em impressões sensoriais: seus quadris prendendo os meus contra a parede, seu pênis enrijecendo dentro do shorts. O sorriso em seu rosto suado, a crueldade em seus olhos quando comecei a gritar. Sua mão livre erguendo-se em câmera lenta e, em seguida, voando contra minha boca. A parte de trás da minha cabeça batendo, novamente, contra a parede, com mais força desta vez — o mesmo estalo agudo daquela vez com Ben, oito anos antes — e eu vi um flash branco difuso.

Ele parou, e eu desisti de lutar. Mergulho autônomo. Minha mente focou isso, desligando-se como se eu estivesse debaixo d'água. Kristen queria experimentar o mergulho no Vietnã anos antes, e eu disse que não porque, uma vez, li que os mergulhadores morrem não por falta de oxigênio, mas por desorientação; eles entram em pânico e removem o que quer que esteja na frente de sua boca e nariz. Foi nisso que pensei enquanto Sebastian concentrava todo o seu peso em minha mandíbula: algo na frente da minha boca, algo que eu queria desesperadamente rasgar, mas eu sabia que estava ferrada de qualquer maneira.

Ele vai me matar.

— Emily!

Nós dois congelamos. Ele se virou para olhar para a porta e, embora eu não conseguisse virar a cabeça, senti a pressão diminuir. A raiva cresceu quando eu separei meus lábios e mordi um pedaço de carne calosa, cada vez mais forte até que o forte sabor de ferro atingiu minha língua.

— Vagabunda! — Ele soltou meus pulsos e deu um passo para trás, segurando a palma ensanguentada. A renda da minha calcinha apertou em minha coxa quando levantei meu joelho e, presumi pelo seu gemido, que havia acertado meu alvo. Ele agarrou a virilha e caiu sobre mim.

Um som estridente ressoou e seu corpo se moveu novamente, e eu me agitei para sair de debaixo dele. Kristen estava acima de nós, com o peito arfando, os dentes à mostra, como a versão da vida real de *Buffy, a Caça-Vampiros*. Ela segurava um abajur pesado como um bastão e, quando deslizei para trás e me sentei, ela o balançou novamente e, com um baque nauseante, acertou as costas de Sebastian. Ele caiu no chão, a cabeça atingindo o piso a alguns centímetros de uma das pernas de metal da cama.

Eu vi minha fúria ecoando no olhar de Kristen; por um momento, nos encaramos. Então, detectei um movimento antes mesmo de conseguir processá-lo.

— *Pare. Pare. Pare.*

As lembranças vêm em flashes, como se estivesse vendo através de uma luz estroboscópica: a cabeça de Sebastian contra a estrutura da cama. Três chutes, quatro, sangue manchando a perna de metal e se acumulando nas rachaduras do piso laminado. Agarrei Kristen, afastando-a e envolvendo-a em um abraço. Trêmulas, nos apoiamos uma na outra.

Ficamos assim por um tempo. Segundos, minutos, possivelmente horas. As motos passavam do outro lado das cortinas fechadas, um clarão e um rugido. Sebastian estava imóvel. Foi Kristen quem se afastou primeiro. Seus olhos estavam claros agora, entreabertos. Sua voz estava firme.

— Temos que sair daqui.

Ela pensou em voz alta, nos apresentando nossas opções. Ela teve a ideia de chamar a polícia: afinal, claramente agimos em legítima defesa. Mas nosso guia de turismo havia mencionado a dificuldade de cooperação com a polícia aqui e eu sabia desde a época com Ben que denunciar agressão — algo que considerei na época e várias vezes nos meses que seguiram — é mais complicado do que a maioria das pessoas imagina. A última coisa que queríamos era acabar em uma prisão no Camboja, com passaportes confiscados, acusadas de homicídio. Nós havíamos assistido *A Viagem*, e lido sobre a história de Amanda Knox.

Eu estava paralisada e tremendo, mas Kristen foi extraordinária. Ela verificou o pulso e, não encontrado nenhum sinal, montou um plano. E, uma sorte ilógica em meio a uma noite terrível: a recepção mal equipada não tinha verificado nossos passaportes quando chegamos, e pagamos a estadia previamente em dinheiro. O barman tinha ouvido os nomes "Nicole" e "Joan". Sebastian estava viajando há nove meses, em uma excursão boêmia interminável — e, como nós, ele tinha orgulho de evitar redes sociais ou ligações regulares para casa.

Carregaríamos o corpo, ela anunciou, e o lançaríamos de um penhasco próximo no rio caudaloso abaixo. Cobrir nossos rastros. Ir embora de Phnom Penh antes que alguém notasse que algo estava errado. Eu me senti entorpecida, meu corpo formigava, como se alguém tivesse administrado novocaína intravenosa em mim. Kristen e Emily jamais se livrariam de um corpo, mas, de alguma forma, Nicole e Joan o fariam. Elas o *fizeram*. As horas subsequentes foram a montagem de um filme que forço a minha mente para nunca, de forma alguma, reproduzir. Elas foram extenuantes e cruéis, me deixando dolorida por uma semana, mas Kristen era incansável, sua mandíbula cerrada, a expressão determinada. Fiz exatamente o que ela me disse para fazer e, milagrosamente, funcionou.

Quando tudo acabou, pegamos um ônibus para Laos, um país no sudeste da Ásia, silenciosas e sonolentas durante todas as dez horas de viagem. Passamos os últimos dias em um hotel duas estrelas, tentando não chamar a atenção. Não me lembro do voo para casa, do trajeto no táxi saindo do aeroporto, da noite sem dormir antes de voltar ao trabalho. Continuei vendo o crânio de Sebastian, amassado onde se encontrava com a estrutura da cama, o sangue formando uma poça oval, como um balão de fala escarlate.

Eu estava um caos. Meu cérebro parecia confuso e opaco, coberto de mofo preto. À noite, mergulhava em um sono desagradável e inquieto de dez horas e, durante o dia, caía em prantos em momentos aleatórios. Algumas manhãs, eu não acordava com o despertador e vagueava para o trabalho ao meio-dia, meus olhos inchados e desfocados. Passei dias inteiros sem comer, então acordava no meio da noite com o estômago contraído e vazio. Meu gerente avisou que, se eu não conseguisse me recompor, eles precisariam me demitir. Eu o encarei inexpressivamente, despedaçada demais para me importar.

Sebastian não deveria ter morrido: eu não apoiava a pena de morte e, certamente, não nos enxergava como justiceiras, fazendo justiça com as próprias mãos. Foi um acidente, um ato de legítima defesa que foi longe demais. Mas não me arrependi de me livrar de seu corpo em vez de chamar a polícia; passei a acreditar que era nossa única opção. Aprofundei-me em pesquisas sobre norte-americanos que foram presos no exterior; no geral, suas vidas foram arruinadas. Uma mulher de Oregon passou anos aguardando julgamento na Argentina porque empurrou o cara que a assaltou, e ele morreu. Um garoto que foi curtir as férias de *spring break* e acabou preso insistiu que não teve nada a ver com um ataque a uma dona de restaurante em Acapulco, no México. Tantos viajantes lutando para voltar para casa ou perdendo a juventude em celas sombrias. Histórias de terror, a adrenalina repugnante de que *poderia ter sido eu*. Mas, embora as histórias aliviassem a culpa, elas não aliviaram o trauma, a injustiça de tudo. Por que o universo *nos* colocou entre a brutalidade de Caríbdis e Cila?

Pouco depois de voltarmos para casa, disse a Kristen que eu queria falar com um terapeuta. Sigilo médico-paciente, ponderei. Eu sabia que ela havia conversado com um profissional quando criança, após a morte de seus pais, o que tornou Kristen a única pessoa que eu conhecia que tinha se consultado com um psiquiatra. Eu gostava da ideia de um ouvido atento, imparcial e solidário. Eu estava tendo pesadelos, ataques de pânico, dolorosos ecos de desamparo, o medo que consumia tudo.

— Lamento dizer isso — falou ela, a ligação robótica devido à sua jornada de 14 mil quilômetros. — Mas não acho que ninguém deveria saber sobre nossa conexão com aquele cara.

— Mesmo se eu mentir sobre onde e quando e... e, obviamente, sobre como tudo terminou?

E, depois de um silêncio muito longo, ela disse:

— Não é assim que terapia funciona.

— Mas isso não te ajudou? Quando você estava passando por algo... traumático?

— Eu era uma criança. Eu havia perdido meus pais e meus avós não faziam ideia de como falar comigo. Então, a Dra. Luz me ajudou, tipo, a aprender alguns mecanismos de defesa. Mas você é resiliente, Emily. Você é forte pra caramba. Eu conheço você.

Outro longo silêncio. Então, finalmente, eu disse:

— O nome dela realmente era Luz?

Kristen riu sarcasticamente.

— Tão óbvio, né? Pensando bem, isso deve ter sido um pseudônimo. — Quando Kristen falou novamente, sua voz estava suave. — Eu só quero que você seja feliz. E saudável. Você deve fazer o que for preciso para que isso aconteça.

Mas eu entendi o que ela queria dizer.

— Eu sei que você está certa. Não consigo pensar direito. Ainda estou processando tudo.

— Vai ficar mais fácil, eu prometo. E até lá, estou aqui para você, a qualquer hora, dia ou noite. Não tinha certeza se você queria falar sobre isso, então não toquei no assunto, mas estou aqui. — E, com um tom divertido em sua voz, continuou: — Eu definitivamente posso ser a sua Dra. Luz.

— Como é que nada tira você do sério? — Tentei dizer isso como uma brincadeira, mas acabei acertando em um tom entre mágoa e inveja.

— Não quero que você pense que não estou ouvindo. Eu escuto o que está dizendo, juro que sim. — Ela infundiu as palavras com certa urgência, e percebi que estava assentindo com a cabeça. — Também está sendo difícil para mim. É claro que está. Mas o que sempre me motiva é saber que você me protege, não importa o que aconteça. E eu protejo você. Estamos aqui uma para a outra. Certo?

Eu ainda não sabia, naquele momento, o quanto ela falava sério. Como, nas semanas e meses que se seguiram, ela me ligaria todas as noites — de manhã, antes do trabalho — para saber como eu estava me sentindo, para me acalmar ou me motivar ou, mesmo, me pegar desprevenida com algo tão engraçado, que eu não podia deixar de me sentir eu novamente. Nos fins de semana, ela ficava em videochamadas comigo por longos períodos — uma vez a noite inteira, dez horas de ligação — e assistia a filmes comigo, pedia comida para mim, contratava serviços para buscar minhas roupas na lavanderia, para limpar minha cozinha lamentável e pegajosa, e fazer todas as coisas que ela faria pessoalmente se pudesse. Eu sabia que, se ela estivesse por perto, ela estaria me obrigando a comer udon, lavando ternamente meus cabelos e fazendo minhas unhas. Quando ela disse que seria minha Dra. Luz, eu não havia entendido ainda como ela seria a pessoa que me salvaria, me remontaria novamente.

Mas eu sabia que ela falava sério, que ela estava lá por mim, aconteça o que acontecer. Um soluço surgiu, mas limpei a garganta.

— Não sei o que faria sem você — disse a ela, com lágrimas escorrendo pelo meu rosto inteiro, quase catatônica em minha sala escura.

Kristen riu.

— Espero que a gente nunca precise descobrir.

CAPÍTULO 04

— Então, eu queria conversar com você sobre uma coisa. — Kristen largou o garfo e apoiou os cotovelos na mesa.

Tomei um gole do meu Carménère escuro com notas vegetais. O vinho chileno era consistentemente delicioso.

— Sobre o quê? — Engraçado, eu estava prestes a contar a ela sobre Aaron.

— Eu não queria tocar no assunto imediatamente. Queria... sentir seu humor primeiro, eu acho. Mas vou ser direta e falar de uma vez. — Ela abriu as palmas das mãos, e observei, em câmera lenta, como as pontas de seus dedos se agitavam. Meu estômago revirando. *Tem a ver com o Camboja.*

Em seguida, ela rompeu a pausa dramática e disse:

— Acho que deveríamos viajar pelo mundo durante seis meses. Começando neste verão. *Seu* verão.

Não compreendi de início. Como se ela tivesse falado espanhol rápido demais, e agora me encarasse ansiosamente.

— "Viajar pelo mundo"?

— Você economizou muito dinheiro com seu emprego confortável de comida de gato — continuou ela —, e eu estava pensando em tirar um ano sabático do trabalho. Meu contrato de aluguel acaba em junho. Estou falando totalmente sério, Emily. Nós poderíamos fazer isso.

Balancei a cabeça. Era estranho o suficiente imaginar Kristen do outro lado do globo, a cadência de suas frases se transformando, um sotaque australiano apimentando seu inglês, sua pronúncia norte-americana de "*certo*" passou a ser "*cerrrto*". Mas Kristen era uma desbravadora, uma aventureira. E eu, a estável e confiável Emily, simplesmente fazia uma visita ocasional ao seu mundo incrível. Será que eu poderia colocar minha vida em espera logo agora que estava prestes a fazer 30 anos e, finalmente — finalmente — estava saindo com alguém de quem eu gostava?

— Não me leve a mal — disse ela, expressão que as pessoas só usam quando estão prestes a insultá-lo. — Mas, o que está lhe impedindo? Você não está presa a nada, não tem filhos catarrentos e um marido chato, nem uma carreira que pareça ser sua vocação, nem família próxima. Certo?

Mordi meu lábio. Ela estava, em grande parte, certa: não tenho irmãos, minha mãe e padrasto moram em St. Paul, Minnesota, meu pai e madrasta estão no norte de Iowa, e não nos falamos por meses seguidos.

Foi por esse motivo que, na faculdade, Kristen e eu nos aproximamos: enquanto todos os nossos colegas pareciam ligar para suas mães uma vez por dia, no mínimo, nós raramente falávamos com nossos responsáveis. Por volta dessa época, comecei a entender o porquê — percebi como meus pais podiam ser casualmente cruéis, desdenhosos e egocêntricos. Os avós de Kristen, Nana e Bill, a criaram depois que seus pais morreram, quando ela tinha 12 anos, e embora o casal parecesse bom o suficiente quando os conheci, Kristen afirmou que Bill era um tirano e Nana um poço de ansiedade.

Kristen olhou ao redor do restaurante e então me encarou com um sorriso no rosto, seus olhos brilhando. Entendi exatamente o que ela queria dizer, telepatia de melhores amigas: *esta poderia ser nossa vida*. Viajar o mundo juntas. Descobrir recantos selvagens da civilização, nos banhar em paisagens tão surreais que pareciam pertencer a filmes de aventuras espaciais fantásticas.

Porém, tinha o Aaron. Não que eu devesse planejar minha vida inteira com alguém com quem tive apenas quatro encontros. Mas...

Kristen se inclinou para a frente.

— Eu me lembro de quando você e Ben terminaram, e você disse algo tipo "É isso, agora minha vida pode ser gigantesca. Posso fazer o que eu quiser". — Ela estendeu a mão espalmada. — Mas... sei que é diferente para mim porque é a minha cidade natal, mas Milwaukee é realmente o lugar onde você quer estar?

— Eu amo Milwaukee. Ao contrário de você, eu realmente amo morar lá.

— Mas foi *você* quem fez parecer que viver uma vida grandiosa significava deixar os Estados Unidos.

— Humm.

O garçom apareceu e Kristen perguntou sobre as cervejas que eles vendiam, e eu puxei um fio solto do meu jogo americano.

O término com Ben foi como uma faca dilacerando a carne mais tenra da minha psique, banida para o apartamento de Kristen, confusa e taciturna. Na época, minha amiga Angie, uma ruiva corajosa e graduada em linguística, que conheci no clube de xadrez, dividiu o fardo de cuidar do meu coração partido, intervindo com sorvete e compreensão quando eu precisava de um descanso da atitude "dane-se ele" de Kristen. Algumas semanas após a separação, eu caí na risada quando Angie sugeriu que seria uma boa ideia ir para casa no Natal e ter minha mãe por perto "me enchendo de amor".

— Quando contei a ela que terminamos, tudo que minha mãe disse foi "Ah, eu estava começando a gostar dele".

Angie ficou chocada.

— Ela não perguntou, tipo, o que aconteceu?

— Por que ela faria isso? — Meus pais, que se divorciaram quando eu era adolescente, atenderam perfeitamente os requisitos físicos de uma Educação Infantil Aceitável e, quando cheguei à faculdade, pareceram aliviados por não precisarem mais comparecer aos meus eventos escolares.

Angie ponderou:

— Bem, não sei do que ela está falando, todos nós o odiávamos.

Eu a encarei por um momento. O veredicto de Angie, algo que eu sabia há semanas, ainda queimava dentro de mim, o segredo que todos vinham escondendo de mim praticamente desde o dia de orientação para os calouros. Todos, exceto Kristen.

Na semana seguinte, na casa da minha mãe, meu cérebro formigava de curiosidade sobre o porquê de nem minha mãe nem meu padrasto mencionarem Ben, passados o primeiro, segundo e terceiro dia de minha estadia. O assunto do meu namorado de longa data se instalou em minha mente, tímido e notavelmente quieto, como um cemitério vazio. Kristen e eu passamos os dois Natais seguintes juntas em lugares quentes. Primeiro em Fort Lauderdale, na Flórida, e depois em Porto Rico. As viagens foram uma brilhante ideia de Kristen, passeios ensolarados que consolidaram seu lugar em minha árvore genealógica pessoal, a que realmente importa: a Família Que Você Escolhe. *Seus pais não dão a mínima para seus sentimentos*, Kristen destacou. *Por que você deve dedicar seu tempo a eles?*

Kristen escolheu uma cerveja chilena e dispensou o garçom. Ela entrelaçou as mãos.

— Pense sobre isso, Emily. Você mesma disse que todos os seus amigos de lá são casados e têm filhos ou estão engravidando.

Mas eu quero isso. Lágrimas brotaram em meus olhos, fios de frustração se fundindo em um só: descontentamento comigo mesma por desejar pateticamente ter um namorado; vergonha de não conseguir ser tão desprendida como Kristen, de não conseguir largar tudo por seis meses e viajar pelo mundo.

— Ah, meu Deus, não chore! — A mão de Kristen voou até a minha, enroscando-se em meus dedos. — Sinto muito, eu falei tudo errado. Eu só quis dizer que... tantas pessoas *matariam* para ter sua liberdade. Agora, todos os nossos amigos da faculdade só saem de casa carregando bolsas de fraldas e paninhos para arrotar, certo? — Nós duas rimos. — Eu só pensei... nossa, estamos fazendo 30 anos. Não seria o momento perfeito para experimentar algo novo? E fiquei animada pensando em como nossas vidas poderiam ser na estrada. Como costumava ser, só que melhor, porque agora somos mulheres adultas. — Ela se endireitou ainda segurando minha mão. — Você sabe que amo nossas viagens. Mas ver você uma vez, talvez duas vezes por ano não é o suficiente. Eu sinto muito a sua falta. — Ela olhou para o jogo americano. — E... e no ano passado, quando você estava passando por um momento difícil, me senti *péssima* por não poder estar ao seu lado pessoalmente. Você é a pessoa mais importante para mim, sabia?

Nesta época, há um ano. Meu estômago embrulhou, imaginando a última primavera, pós-Camboja: como pairei em completo torpor no trabalho... nos dias em que conseguia sair de casa. Como eu oscilava entre choros profundos e espasmódicos, e um sentimento violento e devastador de pânico, com um único pensamento como legenda: *Eu vou morrer.*

— Mas não é só isso — continuou ela. — Sinto falta de assistir à Netflix na cama quando estamos com preguiça demais para sair. Sinto falta de discutir um único tópico por dias a fio, ou até mesmo por semanas, e não, tipo, preparar mentalmente uma lista de coisas que quero te contar em uma de nossas ligações de três horas. Eu não sei. Sou só eu?

Eu balancei a cabeça e ri.

— É, não, eu também sinto isso. É só que nunca passou pela minha cabeça. Não é algo que eu jamais imaginei fazer. — Recostei-me na cadeira e tomei um gole de vinho. — Kristen Czarnecki. Sua louca.

Ela riu. Ela tinha a risada mais bonita de todas — plena e harmoniosa.

— Nós definitivamente somos capazes de fazer isso. Por que não? Outras pessoas viajam pelo mundo o tempo todo. Nossa! Nós as conhecemos em nossas viagens e eu sempre morro de inveja. Poderíamos ser as pessoas de quem todo mundo sente inveja!

Então, ela me olhou com um sorriso largo, seus olhos suplicantes — o mesmo olhar que ela lançava sempre que tentava me convencer a embarcar em alguma aventura com ela. *Vamos entrar nessa caverna abandonada comigo; vamos seguir esses estranhos até um bar clandestino em outro bairro.* Sua persuasão sempre valeu a pena, sempre adicionou os momentos mais mágicos e memoráveis às nossas viagens, então, eu nunca me arrependi de seguir sua liderança destemida.

E veja o que aconteceu na única vez em que tentei ser espontânea por conta própria.

Pare. Pare. Pare.

Eu não pensaria nisso agora. Encontrei o olhar de Kristen sobre nossos pratos vazios, pedaços de abacate e quinoa manchando as superfícies. Tudo aquilo era passado. Esta semana, esta proposta borbulhando dentro de mim, era a prova disso.

— Por favor, diga que você vai pensar sobre isso — disse ela.

— Eu vou pensar sobre isso. — Ela gritou e bateu palmas, e me senti corar. Certo, outro adiamento em lhe contar sobre Aaron; eu não estragaria a animação do momento agora. Eu esperaria para ver como me sentiria pela manhã.

De volta à nossa pousada, seguimos por uma escada de pedra sinuosa até um platô, onde uma piscina oval piscava para o céu. Nós nos deitamos nas espreguiçadeiras, o enchimento de algodão vazando de suas costuras, e contamos estrelas cadentes. Eu vi cinco; Kristen, seis.

✱✱✱

NOSSO ÚLTIMO DIA estava com aquele ar enevoado, prematuramente nostálgico e agridoce, enquanto absorvíamos cada paisagem e experiência avidamente, desejando que durasse. Acordei cedo para visitar a bela igreja da cidade, com seu teto cerúleo e vitral singelo, seu exterior como o branco familiar de uma caneca rachada. Kristen, que já foi uma devotada protestante e agora era veementemente contra qualquer forma de religião organizada, não queria visitar a igreja e, em vez disso, me cumprimentou no saguão do hotel com o tom perfeitamente balanceado, como café com leite, e propôs um plano para o dia.

Alugamos bicicletas em um quiosque e cambaleamos pela estrada sinuosa, parando para olhar as montanhas em silêncio, como se estivéssemos nos despedindo. Vestimos roupas de banho e mergulhamos os dedos dos pés na piscina gelada do hotel, então, nos deitamos sob o sol filtrado de outono, compartilhando uma garrafa de Chardonnay e lendo nossos livros em um silêncio confortável. O zelador do hotel, que não parava de assobiar, subiu em um galpão e acenou para nós antes de desenterrar um ancinho do seu emaranhado de ferramentas. Kristen deu um pulo e pediu a ele para tirar uma foto nossa com minha câmera. Agendei massagens para nós duas em um minúsculo spa de paredes verdes, onde nos deitamos em mesas de massagem antigas enquanto mulheres de braços grossos esfregavam nossas costas com mais velocidade do que precisão. Foi um último dia perfeito. Kristen não voltou a mencionar sua proposta de mochilão, mas eu podia sentir a expectativa entre nós, o possível futuro pairando como uma memória compartilhada.

Eu estava dividida. Embora ela ainda estivesse bem ao meu lado, eu já sentia falta de Kristen. Eu estava, novamente, imersa em seu senso de humor desprendido, em suas constantes reafirmações sobre mim — ela me via como uma pessoa forte, inteligente e competente, e ela sempre tinha um discurso animador na manga. Enquanto outros amigos em Milwaukee se juntavam, se casavam e tinham filhos, afastando-se cada vez mais de mim, Kristen permanecia mais leal do que uma irmã, mais amorosa do que uma mãe afetuosa.

Mas... parte do que tornava nosso tempo juntas tão especial era o fato de ser limitado. E, talvez, as coisas estivessem finalmente se encaminhando em Milwaukee: havia Aaron que, até mesmo sua mera lembrança, era o suficiente para detonar pequenos fogos de artifício em meu peito. Além da possível promoção no trabalho, um emprego que eu genuinamente gostava.

Abordei o assunto enquanto paramos para um café da tarde. Eu adorava essa parte do dia de viagem, o *descanso* antes do jantar. Estávamos sentadas em um banco em frente a um contêiner transformado em cafeteria, que vendia café e bebidas populares chilenas (Bilz e Pap e outros refrigerantes com nomes incríveis) através de uma janela na estrutura.

— Então, estive pensando sobre o que você disse. Sobre viajar durante o resto do ano.

— E aí? — Ela tirou os óculos de sol e sorriu para mim. Kristen pediu seu café com gelo, *café sobre hielo*, ao qual a garçonete franziu a testa, confusa, e colocou alguns cubos de gelo na xícara fumegante.

— Estou muito honrada por você ter me convidado. — Minha caixa torácica comprimiu e o ar pesou, eu odiava conflito, odiava decepcionar alguém.

— Você sabe que é minha escolha número um como companheira de viagens. Meu porto seguro.

— Mas?

Eu suspirei e disse:

— Não é uma boa hora para mim, digo, ir embora por seis meses. As coisas estão acontecendo no trabalho e… estou interessada em alguém, vou lhe contar tudo… — Fiz uma pausa para rir do suspiro de alegria de Kristen. — Eu só quero dar uma chance, sabe? Mas, eu realmente gosto dessa ideia, e não há ninguém com quem eu preferiria fazer isso do que com você. Podemos tentar planejar a viagem para o próximo ano?

Ela ficou em silêncio por um momento, olhando para o café.

— Kristen?

Ela umedeceu os lábios e, finalmente, disse:

— Estou processando. Uma parte de mim *realmente* quer tentar convencê-la.

— Me desculpe.

— Não, está tudo bem! Eu só… nossa, eu realmente achei que você diria que sim. — Ela acenou com a cabeça, de início lentamente, mas depois com fervor. — Obviamente estou chateada, mas eu supero. Ei, me conta sobre esse cara! Então existe um cara?

O sorriso de Kristen era largo, corajoso e esforçado, e ricocheteou em meu coração como um elástico. Mesmo assim, sorri de volta, sentindo um rubor tomar conta do meu rosto.

— Ele se chama Aaron — comecei — e só saímos poucas vezes.

— E por que você não o mencionou durante essa semana? Há algo de errado com ele? — Ela brincou, me dando um tapinha amigável.

— Quero dizer, quem sabe se isso é realmente alguma coisa. E namoros são, tipo, a coisa menos interessante sobre a qual conversamos. — Eu ri. — Eu não queria ser a garota que não consegue parar de falar sobre um cara que ela mal conhece.

— Não se preocupe com isso. Sei que você sempre teve problemas de autoestima com os caras com quem você se relaciona. — Os olhos dela se arregalaram, como se outra pessoa tivesse dito isso. — Ah, meu Deus, isso saiu muito errado.

Doeu, mas eu assenti com a cabeça.

— Mas é verdade. Você sabe como é difícil para mim ser vulnerável com alguém de quem gosto. E como até mesmo *gostar* de alguém acontece tããão raramente.

— Pois é. Bem, e você tem esse péssimo hábito de escolher caras que não chegam nem a um milionésimo do quão incrível você é, e que não a tratam como a rainha que você é. — Kristen sorriu. — Então, me conte sobre ele! Ele beija o chão em que você pisa, como, obviamente, ele deveria?

Eu ri e senti meus ombros relaxarem.

— Ainda não, mas acho que, talvez, ele realmente seja um bom homem. — E, então, contei a ela sobre ele, desviando o olhar sempre que meu sorriso parecia largo demais para o meu rosto. Que alívio sentir esse segredo amolecer e se dissolver. Kristen ouviu, os olhos brilhando, pressionando as palmas de suas mãos e, ocasionalmente, pontuando meu monólogo com palmas rápidas e alegres. Ela foi tão acolhedora, tão encorajadora e animada que me esqueci de pontuar algo que, mais cedo, jurei declarar abertamente: *não estou escolhendo ele em vez de você.*

✶✶✶

E<small>RA SÁBADO</small> e os restaurantes que estavam às escuras na noite anterior, estavam acendendo as luzes, varrendo as sacadas. Escolhemos um bistrô aconchegante que servia fava e fartas caçarolas de milho. O guia de Kristen estava certo: nosso garçom confirmou que ônibus baratos chegavam de Santiago, Valparaíso e do Deserto do Atacama semanalmente, e assistimos aos novos visitantes passarem. Duas mulheres de cabelos brilhantes e aparência delicada estavam sentadas em um canto com suas enormes mochilas ao lado delas, como estátuas. Agora, havia uma agitação, um movimento, uma energia combinando com a nossa. Kristen ainda estava agindo normalmente — saltitante e entusiasmada — e me senti atordoada de alívio. A ideia de decepcioná-la me consumiu como uma bola de fogo de ansiedade e culpa.

Na rua, ela agarrou meu braço e apontou para o céu: estrelas tão brilhantes como fogos de artifício, camadas e mais camadas delas, como se alguém tivesse limpado o vidro que nos separa do paraíso. Eu suspirei, e a abracei.

— Somos nós — apontou Kristen para um lugar logo acima do horizonte. — Você está vendo aquelas duas estrelinhas? Claramente você e eu.

Era algo bobo, mas, de algum modo, perfeito. As estrelas eram do mesmo tamanho, estavam bem próximas uma da outra, e localizadas apenas um pouco acima do topo da montanha.

— Qual é você e qual sou eu?

Nós duas apertamos os olhos, e então falei novamente:

— Você é a da esquerda, a que é meio rosada.

— Eu ia dizer a mesma coisa! Você é definitivamente a meio esverdeada.

— Eu acho que é azulada.

— Isso é exatamente o que a estrela verde diria. — Nós observamos as estrelas vertiginosamente, duas brilhantes ervilhas incandescentes em uma vagem a anos-luz de distância. Acolhedoras e unidas, assim como nós.

— Vamos tomar um drink — sugeriu Kristen, e lá fomos nós.

Uma variedade de lugares estava aberta hoje à noite: estabelecimentos antes escuros transformados em pátios frondosos, onde cordões de luz pendiam de treliças e vinhas. Pedimos uma garrafa após a outra de vinho chileno barato, Syrah, Cabernet Sauvignon e Chardonnay. Dançamos ao som de músicas pop, tanto norte-americanas quanto regionais, e comemos intermináveis porções de milho torrado picante, lambendo os dedos quando terminávamos cada tigela.

Fui ao banheiro e, por um momento, me desviei do meu objetivo. Primeiro, tive que caçar o papel higiênico de um funcionário de aparência irritada, depois, tive que encontrar alguém para segurar a porta do banheiro para mim e, em seguida, me perdi em uma conversa entusiasmada com a prestativa desconhecida, que não era uma completa estranha. Na verdade, descobri que ela era uma das duas delicadas mochileiras de cabelos pretos que eu tinha visto no restaurante, ela era de Londres e, nós gostamos muito uma da outra.

Retornei para o lado de fora e olhei confusa ao redor. Havia alguém na minha mesa. Será que eu estava olhando para a mesa errada...? Não, lá estava Kristen de frente para ele, balançando a cabeça com o queixo apoiado na mão. Ele tinha uma barba por fazer, cabelos escuros presos em um pequeno rabo de cavalo e a pele tão bronzeada que brilhava em um tom âmbar na luz fraca. Como brasas em uma fogueira.

Atravessei o pátio e parei perto deles e, de repente, tudo estava errado. Eu senti isso instantaneamente, em seu rosto, sua postura, a linha rígida nas costas de Kristen. Meu peito congelou, formando pingentes de gelo em meus pulmões.

— Ah, este é Paolo. — Ela o interrompeu no meio da frase. — Ele é da Espanha. Ele estava me contando sobre o mochilão de um ano pela América do Sul que ele está fazendo.

Ele sorriu, e acenou a cabeça em minha direção.

— Achei que talvez sua amiga Nicole estivesse fazendo a mesma coisa, viajando sozinha. — Ele encolheu os ombros. — Mas, para as mulheres, é muito mais seguro com uma amiga.

Não eram pingentes de gelo, era algo muito mais pungente, como a sensação de congelar o cérebro, mas no meu corpo inteiro.

— Esta é Joan — disse Kristen. Ela esticou a palma da mão em minha direção, sem desviar, em momento algum, os olhos do meu rosto. — Ela é a melhor amiga que uma garota poderia ter.

CAPÍTULO 05

Respirei fundo e me critiquei por me sentir chateada. Kristen tinha permissão para flertar com um mochileiro bonito. Não apenas permissão, eu devia isso a ela depois de tudo que ela fez por mim no Camboja. E depois que eu joguei a bomba sobre a existência de Aaron? Claro que ela estava buscando alguma validação romântica. Contanto que ela não me abandonasse para ficar com ele, estava tudo bem. Era um pensamento egoísta, mas eu esperava que ela percebesse. Eu não queria ser deixada sozinha em uma cidade desconhecida depois de...

Observei os dois flertarem e recompus minha expressão para um sorriso atencioso. Eu esperaria e, em algum momento, ele se afastaria para comprar mais bebidas ou ela iria ao banheiro, e eu poderia dizer a ela, certificar-me de que ela entendia que eu precisava de sua companhia.

Mas se passou uma hora, duas horas. Havia outro código que Kristen e eu usávamos ao longo de nossos vinte e tantos anos: um apontar de dedo mais "Ele não te faz lembrar de [um amigo masculino aleatório, real ou imaginário]?". Inevitavelmente o homem nos diria que tinha um rosto bem comum e recebia comentários como esse o tempo inteiro, mas sabíamos o que o comentário realmente significava: *cansei de falar com esse cara; me dê uma saída de emergência, por favor.*

Ela não invocou o código, o passe livre da prisão, então depois de um tempo, interrompi e eu mesma falei.

— Kristen, o Paolo não se parece com meu amigo Dennis?

A sobrancelha de Kristen franziu, numa incerteza amigável.

— Você acha? Não vejo isso de forma alguma. — Então ela se virou para ele e sorriu com um ar conspiratório. — Você é muito mais bonito.

Então, isso estava mesmo acontecendo. Eu me preparei para o pior, caminhei pelo pátio, conversei mais um pouco com as garotas britânicas, respirei fundo para acalmar meu coração acelerado. *É apenas uma horinha. Ela tem tido péssima sorte com caras. Não seja tão covarde, para não mencionar o fato de que você está atrapalhando os planos da Kristen de ficar com um cara lindo.*

"Nicole" disse que queria mostrar a Paolo os cristais que ela havia comprado no mercado, e eu lhe perguntei novamente:

— Você tem certeza? Você sabe que temos que pegar aquele voo amanhã. — Kristen me dispensou e, então, recitei minha fala: — Vocês deveriam ir na frente, eu vou ficar e terminar minha bebida, mas estou tão cansada (*um bocejo seguido por uma espreguiçada*) e acho que estarei de volta em 45 minutos. — Paolo ergueu sua mochila gigante e Kristen tocou minha bochecha com a palma da mão, agradecida, enquanto eles iam embora.

Sentei-me em uma banqueta no bar e peguei meu livro. Pendurei minha bolsa no encosto e tentei ler, tentei não pensar sobre o que estava acontecendo em nossa suíte a alguns quarteirões de distância. De repente percebi que eu *a invejo.* Sexo tinha sido retirado da minha lista de atividades aceitáveis por um ano inteiro, ao ponto que, agora, eu estava esgotando a paciência do meu novo interesse amoroso. E aqui estava Kristen, fazendo sexo casual espontaneamente nas férias. Como se nada de ruim tivesse acontecido da última vez que uma de nós tentou isso.

Entretanto, a questão era mais profunda do que isso, e me sentei em silêncio, esperando meus pensamentos fazerem sentido. Ahá: eu também tinha inveja *dele.* Passar a semana com Kristen me lembrou de como eu me sentia mais corajosa perto dela, mais capaz e criativa, mais arrogante e divertida. *Sentir-se escolhida.* Kristen tinha essa habilidade, sua atenção era como um feixe de trator, agora direcionado diretamente para Paolo. Em nossa última noite juntas.

Mas isso era apenas minha própria insegurança. Eu estava feliz por ela, por ela e este belíssimo espanhol. Aaron estava esperando por mim nos Estados Unidos, e haveria mais viagens com a Kristen pela frente. Talvez realmente fôssemos capazes de realizar aquele mochilão no próximo ano, quando as coisas estivessem mais resolvidas com Aaron, a Kibble e minha vida em Milwaukee. O pensamento me animou e pedi uma cerveja.

Trinta minutos depois, dei o último gole em minha bebida e pedi uma garrafa de água. Trinta minutos, e eu estava alegremente inconsciente de que o pânico estava prestes a explodir como uma granada. Sozinha em um bar arborizado, encoberto por fumaça de cigarro e latidos de cães desesperados passando a toda velocidade, eu não percebi nada. Peguei minha bolsa e notei vagamente que o zíper estava aberto. Enfiei minha mão, apalpei ao redor, lentamente no início e, depois, com um desespero crescente. Eu deslizei da banqueta e examinei o chão ao redor dos meus pés. Dei tapinhas nos quadris, como se meu vestido de verão tivesse, repentinamente, criado bolsos e, depois, vasculhei minha bolsa novamente.

— Alguém roubou minha carteira — disse ofegante para o barman. Esqueci todas as palavras em espanhol que havia aprendido na vida.

— *Mil* — repetiu ele, então apontou para a garrafa de água. — Mil pesos.

Eu balancei minha cabeça e abri minha bolsa, como se quisesse mostrar a ele que não havia nada. — Eu não tenho nenhum dinheiro. Alguém me roubou. — Minha voz falhou e ele fez uma careta simpática e, em seguida, jogou a garrafa para trás do balcão. Eu abracei minha bolsa com força, sem saber o que fazer em seguida.

Quando alguém a pegou? Eu refleti sobre meus minutos sozinha no bar como se fosse um quebra-cabeças que eu pudesse resolver, torcendo para que o momento em que meu subconsciente detectou algo de errado se revelasse. Da mesma forma que uma parte distante de seu cérebro se ativa enquanto você esquece o cachecol no ônibus e lhe avisa de que, momentaneamente, *algo não está certo*.

As veias do meu pescoço saltaram. Alguém me observou do outro lado do bar e percebeu minha bolsa frouxamente pendurada enquanto eu me perdia em meu livro. Alguém mergulhou os dedos na minha bolsa, a poucos centímetros do meu quadril, e saiu andando com o equivalente a cinquenta dólares na moeda local, minha carteira de motorista e alguns cartões de crédito. Eu amava essa carteira de couro verde; uma relíquia de um encontro em um mercado local com outro ex-namorado, Colin. *Estúpida*. Eu baixei minha guarda em um país desconhecido e fui violada.

Dei um passo em direção à saída; Kristen saberia como lidar com isso. Ainda não havia se passado os 45 minutos, mas eu bateria repetidamente na porta, dando-lhes tempo para se vestirem. Ela me abraçaria com força e saberia o que fazer. Ela sempre sabia o que fazer.

Mas, então, afundei em uma cadeira. *Eu deveria esperar.* Interrompê-los agora seria apenas puro egoísmo.

Outra decisão que mudaria tudo. E se eu voltasse correndo direto para o hotel? E batesse na porta, interrompendo-os só um pouco mais cedo?

Estava na hora. Eu saí correndo, subindo a colina no escuro, e bati na porta de vidro de nossa suíte. No segundo que se seguiu, eu sabia que havia algo errado: um suspiro, um tinir, um gemido estranho e sufocado.

— Kristen? — Meu coração batia descontroladamente, já havia esquecido sobre minha carteira. Tentei puxar a maçaneta e então precisei procurar a chave em minha bolsa. — O que está acontecendo?

Eu abri a porta e acendi a luz. Com um barulho ela se iluminou, um branco-azulado horrendo, e eu congelei.

Kristen estava sentada encolhida no chão, chorando. Suas lágrimas se misturavam com uma mancha de sangue em sua mandíbula, e havia mais sangue em sua mão e antebraço.

— O que aconteceu? — perguntei, minha voz quase um sussurro, e ela ergueu os olhos para mim. Algo no meu campo de visão entrou em foco, bem atrás dela: duas pernas, projetando-se atrás do sofá azulado.

— Emily. — Ela estendeu a mão para mim, como uma criança que quer sua mamãe.

Minha pulsação estava tão alta que parecia o oceano, os sons das ondas batendo contra o interior do meu crânio. *Woosh. Woosh. Woosh.*

Como uma sonâmbula, dei um passo à frente. Então outro, e outro, passando por Kristen, que cobriu o rosto novamente com suas mãos ensanguentadas.

— Ele me atacou.

Outro passo, e mais um. Então, a visão explodiu em mim como um estrondo sônico, abalando todas as minhas células. A garrafa de vinho manchada de vermelho. Sangue nos azulejos do chão, compondo um formato estranho de ameba. Os olhos dele abertos e vazios, e bem à direita deles, o talho em seu crânio.

Um grito escapou de meus lábios e caí de joelhos.

— Ele me atacou — repetiu ela, lutando para se levantar. Eu encontrei seu olhar do outro lado do quarto. — Você tem que me ajudar.

Lágrimas brotaram e me virei de volta para Paolo.

— Emily. — Eu a ouvi caminhando em minha direção, em nossa direção, uma pessoa viva e outra morta. Ela fez uma pausa e sua mão encontrou meu ombro. — Nós não temos escolha.

CAPÍTULO 06

O quarto desaparecia à medida que o pânico me arrastava como uma correnteza. Apertei meus olhos com força enquanto a gravidade fazia tudo girar; e eu implorei, implorei e implorei mais um pouco para que essa correnteza agitada fosse, na verdade, um buraco de minhoca, uma passagem para fora deste pesadelo.

Depois de um tempo, a rotação desacelerou. Abri meus olhos e a cena se preencheu, como uma foto instantânea de Polaroid sendo revelada: brilhantes pontos vermelhos, amarelos e laranjas e verdes cruzando a escuridão; uma multidão de pessoas ao meu redor se desviando como se eu fosse uma rocha no meio de um rio. Um mercado noturno — eu estava no mercado noturno de Phnom Penh, no Camboja; lanternas penduradas em todas as direções, e vendedores ambulantes enfileirados vendendo sopa de macarrão, ímãs cambojanos baratos e joias com pedras brilhantes penduradas, tudo banhado pela luz artificial laranja.

Mas onde estava Kristen? Olhei para as barracas, a fumaça de cozinha e o burburinho se projetavam até o infinito. Então, senti alguém me tocando por trás, acariciando meu braço esquerdo com uma urgência cada vez maior. Eu dei um pulo e me virei, mas não havia ninguém lá.

— *Emily*. — A voz de Kristen estava tensa de preocupação. Mas onde ela estava? Meu coração batia em um ritmo estrondoso quando olhei em volta, fazendo um círculo completo, enquanto as pessoas passavam por mim esbarrando, os vendedores ambulantes gritavam no idioma quemer, enquanto adolescentes faziam baderna e dois mochileiros discutiam em francês, até que alguém agarrou meu braço novamente e me virei para tentar segurá-lo e...

— Emily! — Kristen estava ajoelhada ao meu lado, segurando meu braço e sacudindo-o como um pandeiro. Olhei contemplativamente para ela.

— Você está bem? — Kristen tocou minha bochecha. — Ah, meu Deus, isso foi tão assustador. Você simplesmente desmaiou. Não, não tente se levantar. Você está tonta?

Eu olhei para ela. Nós estávamos no... Chile, isso mesmo, em nossa suíte. E isso significava que... Ah, Deus...

— Seus olhos começaram a revirar, e você caiu para o lado, foi assustador. Fique aqui, vou pegar um pouco de água para você. — Ela saiu correndo, e vi a cena que me fez desmaiar: Paolo, com seus olhos de brinquedo, estáticos e sem vida, e o talho ensanguentado em seu crânio.

— Aqui, beba isso. — Ela estendeu uma xícara para mim. Sua mão tremia tanto que gotas espirraram para fora.

Tomei um gole. Pensamentos pairavam em minha mente: *ainda podemos chamar a polícia. Como isso aconteceu? O que tem de errado conosco para que essa coisa horrível tenha acontecido* DUAS VEZES? *Não há como escaparmos dessa segunda vez. Qual o plano dela?*

— Kristen — sussurrei. — O que nós vamos fazer?

Sua expressão desmoronou como cera derretida. Ela rastejou sobre meus joelhos em direção ao banheiro, e os sons de regurgitação eram tão altos que absurdamente pensei que poderiam acordar os vizinhos. Quem dirá a batalha mortal que eu imaginava que as paredes acabaram de testemunhar.

Reuni forças e fiquei de pé, oscilando por um segundo antes de segui-la. Ordenei que minha própria náusea congelasse dentro de mim enquanto acariciava as costas de Kristen.

— Ah, Emily, eu estava com tanto medo — choramingou ela com a cabeça no vaso sanitário. — Foi tudo tão de repente, ele estava sendo muito agressivo e... e a expressão nos olhos dele... — Ela desistiu de tentar falar, e enxuguei as lágrimas que escorriam pelas minhas bochechas, quentes e doloridas. Ajoelhei-me para abraçá-la, nossos torsos tremendo juntos.

A tomada de consciência foi como um carro acelerando em minha direção na estrada: *você tem que assumir o controle. Você precisa se recompor. Não temos muito tempo.*

— Certo. — Deslizei meu polegar através da bochecha de Kristen, enxugando uma lágrima. — Precisamos pensar. — Encostei minha testa contra a dela, exatamente como ela fez por mim naquela noite no Camboja.

— Nós poderíamos... Poderíamos chamar a polícia?

O alarme de minhas palavras queimou em seus olhos.

— Por que a polícia daqui seria melhor do que a polícia no Camboja? Não vou para a prisão no Chile.

— Vamos contar a eles o que aconteceu.

Ela olhou para a sala de estar, havia tanto sangue, e, então, balançou a cabeça com urgência.

— Eles não vão acreditar em nós.

— Você não sabe disso.

— Você mal conseguia se comunicar bem o suficiente para fazer o check-in. — Os olhos de Kristen brilharam. — Os policiais vão nos jogar em uma cela até que eles possam descobrir o que está acontecendo e... e...

Algo dentro de mim subiu rapidamente, um grito, um soluço ou bile.

— Kristen, isso é *loucura*. — Meu coração batia como um rufar de tambores e minha respiração disparou, escassa e rápida, fazendo minhas costelas saltarem. Meus pulmões estavam em chamas, apertando-se como dois punhos.

Preocupação floresceu no rosto de Kristen.

— Emily, respire.

Inalador, murmurei, incapaz de produzir até mesmo um sussurro. Ela disparou para a sala de estar e voltou com minha bolsa, procurei freneticamente até que meus dedos se fecharam em torno do plástico. O levei até meus lábios e inalei um fluxo de ar minúsculo.

Dez segundos. Nove. Oito. Um alívio extraordinário quando os vapores penetram os pulmões. Sete. Seis. Uma liberação interna, como o afrouxamento de um torniquete. Terminei a contagem regressiva e inalei avidamente outra vez, estufando meu peito e percebendo a expressão preocupada de Kristen, sua mão no meu braço. Manchas cor de ferrugem salpicando sua pele. Nós nos olhamos enquanto eu fazia a contagem regressiva da segunda dose, o tempo congelado por dez segundos infinitos até que eu exalei novamente, alto.

— Estou bem. — Afastei-me dela. — Eu não entendo. Como isso pôde acontecer novamente? Uma vez não foi o suficiente?

— Eu não sei, Emily. Eu não sei. — Kristen balançou a cabeça. — Você está... Você acha que isso foi minha culpa? Que eu estava pedindo por isso, de alguma forma?

— Não! Não. Não foi isso que eu quis dizer. — Meus pensamentos estavam estridentes, saindo errado. Ainda assim, eles me puxavam de volta. Será que, de alguma forma, atraíamos esse tipo de coisa horrível? Será que estamos sinalizando algo para atrair os caras perigosos e de temperamento explosivo? Não achei que fosse *culpa* de Kristen, de forma alguma. No entanto, a coincidência não podia ser ignorada.

— Tem certeza de que não devemos chamar a polícia? Eu posso... eu vou até a recepção, talvez ainda tenha alguém por lá.

— Ninguém no hotel fala inglês. — Kristen tocou o queixo com os dedos, espalhando uma mancha de sangue. — Como vamos explicar isso? O que aconteceu?

Procurei as palavras, mas meu cérebro estava vazio. *Matar, morrer, agressão, estupro* — a única tradução que consegui fazer foi *sangre*: sangue.

— Nós podemos encenar, gesticular — falei —, mostrar a eles seus ferimentos. — Minha palma deslizou até meu pescoço, onde hematomas roxos permaneceram, por semanas, inchados e doloridos depois de Phnom Penh. Eu olhei para a garganta de Kristen e não vi nada além do sangue de Paolo em sua pele branca como a neve.

— O que aconteceu?

— Ele me agrediu — repetiu Kristen. Ela se encolheu, curvou seus ombros graciosos. — Ele... ele começou a passar a mão em mim e eu lhe disse para parar, e aí ele empurrou meus ombros contra a parede e eu disse "Ei!", e ele disse *Cállate, puta* e... — Uma lágrima escorreu em seu rosto. — Ele me empurrou de novo, de uma forma que a parte de trás da minha cabeça bateu na parede. E eu estava revidando e ele começou a fechar as mãos em volta da minha garganta. Eu estava apavorada, obviamente. Temendo pela minha vida. Então, eu estendi a mão e agarrei a primeira coisa que consegui alcançar, e minha mão se fechou em torno da garrafa de vinho e eu o golpeei, com força, para afastá-lo de mim. Eu bati com a garrafa sem olhar, eu não estava mirando na cabeça dele.

— Eu sinto muito — falei depois de um momento. — Isso é... isso é legítima defesa.

Ela fechou os olhos com força.

— Também foi, da última vez. Eles não vão acreditar em mim. Ninguém acredita nas vítimas. Somos só gringas estúpidas. E estou usando esse shortinho e uma regata sem sutiã, bebemos por vontade própria e eu trouxe esse cara para o nosso quarto de hotel. Por vontade própria, *eu* o convidei para o *meu* quarto. Conversamos sobre tudo isso no Camboja, Emily. Você acha que tudo isso mudou de repente?

Esfreguei meu nariz. Ela não estava errada. Todos aqueles artigos sobre "como ficar segura em viagens" nos avisaram para não usar roupas provocativas, não falar com estranhos, não deixar uma amiga desacompanhada, não levar um homem desconhecido para seu quarto. Embora eu tenha lutado contra esse pensamento ansioso e perturbador, depois do Camboja, não pude deixar de me perguntar *"Foi algo que eu fiz?"* — e eu não deixaria Kristen fazer o mesmo.

Ah, meu Deus. Como isso aconteceu duas vezes?

Os olhos de Kristen se arregalaram:

— Lembra o que eu disse sobre Amanda Knox? Todo mundo a atacou, a mídia, a maldita *polícia italiana*; tudo porque ela gostava de sexo e não agiu exatamente como eles esperavam depois de uma tragédia. Agora, ela é pária da sociedade. Seu nome é sinônimo de escândalo. Esta situação seria manchete por meses, arruinaria nossas vidas.

Kristen tinha razão. Como sempre. As histórias de terror ainda estavam frescas em minha mente: o garoto preso em Acapulco, a mulher presa na Argentina. E esta era minha chance, minha vez de protegê-la como ela me protegeu depois do Camboja. Poderia, finalmente, retribuir o que ela fez por mim. Eu estava tão cansada e atordoada, e Kristen parecia tão firme.

Nós fizemos tatuagens juntas no Vietnã, pequenas flores-de-lótus na parte interna dos tornozelos. Era a terceira tatuagem dela, e a minha primeira. Um momento antes da máquina de tatuagem picar minha pele, o artista me olhou e perguntou: *Pronta?*

Senti aquela mesma adrenalina turbulenta, o sombrio definitivo. O peso da irreversibilidade do momento.

— Eu... eu acho que precisamos nos livrar do corpo então — falei. — E limpar tudo aqui.

— Certo. — Ela balançou a cabeça lentamente, afastando-se de mim. — Ok, vamos pensar.

— Está escuro lá fora. — Inclinei-me contra a banheira atrás de mim. — Isso vai nos ajudar.

— Você tem razão. Isso é bom. — Ela se recostou. — O manto da escuridão.

— Usaremos roupas pretas.

— Boa. — Kristen inclinou a cabeça para trás e fechou os olhos. — Mas o que diabos nós *faremos*?

Estendi a mão e dei descarga em seu vômito. Escutamos o gorgolejo.

Kristen olhou para mim.

— Podemos jogar isso de um penhasco?

Isso. Nós duas percebemos o lapso.

— Onde há um penhasco? — perguntei.

— Ao lado da estrada principal. É bem íngreme.

— Aquilo é uma elevação, não um penhasco — destaquei. — Eles vão encontrá-lo assim que o sol nascer.

— Você tem razão.

Minha mente me sugeriu um compilado de todas as cenas sobre eliminação de corpos que eu já assisti na vida. Filmes noir, reconstituições, thrillers criminais. — Não existe uma barragem? — perguntei.

— Uma barragem?

— Sim, alguém mencionou isso em Vicuña. Onde eles represaram o Rio Elqui.

— Ah, meu Deus, você está certa. — Kristen mordeu o lábio. — Nós poderíamos… nós poderíamos baixá-lo com cordas. Como no Camboja. Você sabe onde fica?

Balancei a cabeça.

— Não faço ideia. Mas eu poderia pesquisar?

— Não vamos ligar nossos telefones. Absolutamente não.

— Por que não?

— Porque não queremos absolutamente nada nos vinculando a este lugar.

Estávamos fora do radar, na parte de baixo do mundo, em um plano diferente de nossa existência normal. Um pensamento surgiu como o ressoar de um sino: *Droga, ela não sabe que eu me conectei ao Wi-Fi para verificar minhas mensagens.*

— A destilaria. — Kristen se endireitou. — Eles estavam cavando lá. Toda a terra revirada vai parecer… recentemente cavada, então ninguém vai notar se nós…

Franzi a testa.

— Você acha que deveríamos enterrá-lo?

— Você acabou de dizer que isso não pode aparecer à céu aberto. Há… há um motivo para as pessoas enterrarem corpos.

O quarto oscilou novamente, um giro rápido, um carrossel emocional.

— Tudo bem — falei —, mas não na destilaria. Eles nos viram lá e podem desenterrá-lo a qualquer momento. — Abracei meus joelhos com força. — Tem que ser em algum lugar longe daqui. Entraremos no carro e vamos em direção ao meio do nada. Entre cidades. Na escuridão absoluta da noite.

— Tem razão. É isso. — Kristen ficou quieta por um momento, e então, lutou para se levantar.

Fiquei olhando para Paolo, cujos olhos vagos miravam o teto. Depois de um longo momento, eu também me levantei.

CAPÍTULO 07

Como transportar o corpo: esse foi o primeiro desafio, o primeiro de muitos, surgindo cada vez mais rápido, multiplicando-se como células cancerígenas.

Usaríamos o carro, obviamente. Mas como impedir que o sangue dele manchasse o interior do porta-malas? Kristen argumentou que poderíamos roubar um lençol, deixar vinte dólares e um bilhete de desculpas por manchar a roupa de cama com *la sangre de la menstruación*. Mas apontei que isso só chamaria a atenção.

Então tive a ideia de enfiar a cabeça de Paolo em sua mochila vazia para que o tecido à prova d'água mantivesse o sangue dentro. Esvaziamos a enorme mochila e a posicionamos no chão perto do topo de sua cabeça, em seguida, prendemos a respiração quando cada uma de nós agarrou um ombro. Fizemos a contagem regressiva, então levantamos a parte superior do corpo e deslizamos a mochila para baixo de seu crânio quebrado, *Ah, meu Deus; Ah, meu Deus; Ah, meu Deus*. Colocamos a mochila até os seus ombros, da melhor forma que conseguimos, e então o puxamos para o lado e o deitamos em um pedaço limpo do chão, para que não caísse na poça pegajosa de sangue. Cobri minha boca e lutei contra a náusea; Kristen soltou uma risada estranha e sufocada. No ladrilho, Paolo agora parecia uma pintura surrealista: *Corpo com Cabeça de Mochila*.

Mas o relógio ainda estava correndo, a América do Sul estava girando de volta para a luz do sol. Comecei a separar as coisas de Paolo.

— O que você está fazendo? — perguntou Kristen.

— Tentando encontrar tudo que o torna facilmente identificável — falei. — Para que possamos queimar. — Me senti surpreendentemente focada, estranhamente alerta. Kristen me salvou quando era eu quem estava desmoronando no Camboja e, agora, eu precisava fazer o mesmo por ela. Apenas uma de nós poderia desmoronar por vez.

Kristen continuou me olhando, apertando as mãos na altura do peito.

Respirei fundo e coloquei a mão no bolso da frente de Paolo. Eu quase gritei — pude sentir seu quadril sob o tecido. Não encontrando nada, verifiquei o próximo bolso, depois os de trás, o peso de suas nádegas sobre minha mão enquanto eu puxava uma carteira, então um celular — merda, um telefone não era bom. Destruí o aparelho com algumas batidas fortes (*Pare. Pare. Pare.*) e adicionei os pedacinhos à pilha de coisas que seriam queimadas, junto com o passaporte e um diário que encontramos em sua mochila. Um diário — isso desencadeou dentro de mim uma fonte de horror. Não consegui ler os registros, mas a caligrafia, quadrada e pequena, o tornava real.

Notei Kristen perto de sua mala, metodicamente colocando as roupas dentro.

— O que você está fazendo?

Ela olhou para mim com os olhos arregalados.

— Fazendo as malas.

— Por quê?

Kristen balançou a cabeça.

— Não vamos embora daqui?

Igualmente perplexa, respondi:

— Ainda… ainda não.

A discussão foi intensa e sonora. Ela achou que deveríamos sair da cidade: jogar Paolo no porta-malas, arrumar nossas coisas e ir embora algumas horas mais cedo, enterrando o corpo no trecho mais isolado que pudéssemos encontrar ao longo do caminho. Mas desaparecer no meio da noite quando tínhamos solicitado um check-out tardio poderia despertar a curiosidade alheia, talvez uma inspeção mais cuidadosa do quarto, até mesmo gerar fofocas na cidade: *¿Qué pasó con las dos gringas?*

Precisávamos despertar o mínimo de suspeitas possível.

— Vamos enterrá-lo esta noite e, em seguida, faremos o check-out amanhã de manhã — sugeri. — Como se estivesse tudo normal. Pense nisso, é a nossa melhor opção. — Ela me encarou até que dei um passo em sua direção. — Está tudo bem, Kristen. Nós vamos sair dessa. Você está segura agora. Eu estou... — hesitei. Era como se eu estivesse lendo as falas dela. — Eu estou aqui.

Ela engoliu em seco.

— Como vamos colocá-lo no carro?

No Camboja, simplesmente arrastamos Sebastian, mas aquilo aconteceu em uma colina abandonada. Eu olhei novamente para os lençóis.

— Precisamos fazer um tipo de maca improvisada.

Os olhos de Kristen brilharam e ela saiu em disparada para o banheiro; eu a encontrei tirando a cortina do banheiro de seus ganchos.

— E será outra camada de proteção para o porta-malas — disse ela. Assenti com a seriedade de um militar e comecei a desenganchar o outro lado.

Abrimos a porta do quarto e corri para fora para fazer o reconhecimento do local. Inclinei minha cabeça, escutando. A fria escuridão fervilhava com os sons de insetos, cigarras barulhentas, gafanhotos e esperanças cantando juntos, uma sinfonia síncrona. Uma brisa agitou as vinhas e as árvores, um som efervescente e sibilante vindo de todos os lados ao mesmo tempo. Acima, as estrelas assistiam estoicamente a tudo. Holofotes distantes sobre nossa cena tenebrosa. Nenhum sinal de outras pessoas, testemunhas, em lugar algum.

Dois bipes ensurdecedores e o porta-malas do carro se abriu.

— Rápido — sussurrei, passando por Kristen na soleira da porta. Havíamos estendido a cortina de chuveiro ao lado do corpo de Paolo e, agora, pisando nas pontas, arrastamos seu corpo para cima do tecido, com a mochila em sua cabeça. Pegamos as pontas da cortina, como duas senhoras dobrando lençóis, e contamos até três.

Meu Deus, era tão pesado. Era como se estivéssemos levantando uma lona cheia de pedras. Senti algo me puxando, de volta à terra, e, delirantemente, pensei que esse seria o peso que eu carregaria para sempre. A cortina do chuveiro repuxava sob nossas mãos, e paramos para ter certeza de que não rasgaria na parte de baixo, derrubando sangue acumulado e Paolo de novo no chão. Depois de um momento inertes, murmurei:

— Vamos.

A carga era robusta, perturbadora, balançando e batendo contra nossos joelhos enquanto tropeçamos, sussurramos e cambaleamos até o lado de fora. Oh, Deus, será que isso apoiado contra minha canela é a cabeça de Paolo, colada com sangue ao interior da mochila? Meus dedos se espremeram contra o plástico escorregadio com meu suor, e a dor subiu pelos meus pulsos, meus antebraços, toda a parte superior do meu corpo ficou tensa com o peso.

Chegamos ao porta-malas e quase gritei de alívio. Outra contagem regressiva e nós levantamos o pacote em direção à parte de trás do carro — mas Kristen levantou seu lado muito rapidamente, aqueles braços tonificados, fortes como uma alavanca e, por um alucinante momento, pensei que o catapultaríamos para dentro. Meu coração quase parou quando sacudimos a cortina, em um gesto exagerado, mas, então, o equilibramos e o colocamos no porta-malas. Corri de volta para dentro e enchi meus braços com suas outras roupas, virando minha cabeça para todos os lados para me certificar de que não estávamos deixando nada para trás. Uma enxaqueca surgiu atrás dos meus olhos enquanto eu voltava para o ar frio e colocava as roupas de Paolo em cima dele.

O porta-malas fez um ruído quando o fechamos, e olhamos ao redor do pequeno estacionamento. Nenhum movimento na rua ou nas janelas escuras de um quarto de hóspedes próximo. Naturalmente, se alguém estivesse nos observando de dentro, não saberíamos. Estávamos apostando tanto na sorte, apostando que eu havia entendido a recepcionista corretamente, que a maior parte do hotel estava vazia.

— Pás — alertei, movendo-me em direção aos degraus de pedra. Este era outro motivo pelo qual não poderíamos simplesmente fazer as malas e partir: não podíamos cavar com as mãos, e pegar pás emprestadas do hotel e devolvê-las antes do amanhecer era outra microetapa em nossa estratégia para permanecermos esquecíveis, fora do radar. Um processo que já parecia árduo e quase impossível, como construir um navio dentro de uma garrafa.

Kristen me seguiu escada acima em direção ao final da piscina. O ar aqui tinha aquele cheiro frio, limpo e metálico, e era estranhamente brilhante, como se a água não estivesse apenas refletindo o céu noturno, mas, na verdade, o amplificando. Um arrepio percorreu meu corpo, como um aspersor espalhando a culpa para todos os lados: Paolo no pátio do bar mais cedo nesta noite, um ser de carne e osso com segredos, sonhos, entes queridos e...

Não. Ele era um homem mau.

Ele atacou Kristen.

Ela estava lutando por sua vida.

Ela chegou ao galpão e passou as palmas das mãos sobre a superfície de compensado de madeira da porta, em seguida, encontrou a fechadura: um cadeado liso pendurado em duas tiras de metal aparafusadas na porta e na estrutura.

— Droga. — Ela deu um puxão. — Está trancado.

Meu cérebro se reorientou, uma atualização automática. Eu afastei Kristen e levantei o isqueiro que trouxe da suíte. Meu instinto de resolução de problemas ressoou, a mesma habilidade que me torna tão boa em salas de escape, quebra-cabeças, e em meu trabalho como gerente de projetos. Talvez se eu me concentrasse muito neste simples problema — *a porta está trancada, precisamos do que está por trás dela* — eu me distrairia do problema maior e mais tenebroso em nossas mãos. A mochila manchada e atulhada no porta-malas, e a massa de ossos, órgãos e sangue acumulados dentro.

— Aqui, segure isso.

Enquanto Kristen agarrava o isqueiro, procurei em meus bolsos e, então, selecionei a menor moeda — era um peso, uma peça octogonal. Enfiei a lateral em um parafuso que prendia a fechadura na porta e girei.

Ela suspirou.

— Está funcionando. — Kristen levou o punho à boca enquanto eu girava a moeda.

Minha mente disparou.

— Temos que deixar tudo exatamente como encontramos — sussurrei. — Deveríamos até mesmo bagunçar nossas pegadas aqui. — Tudo precisaria parecer trancado, seguro, intocado; não haveria nada para levantar suspeitas. Esperançosamente, *para sempre*, mas, pelo menos, por tempo o suficiente para que os sinais de nossa presença aqui se reduzissem a nada, para que a suíte do hotel e as trilhas de caminhada retornassem à sua condição mediana. Como se nunca tivéssemos posto os pés aqui.

Tirei o parafuso com meticulosidade cirúrgica e, então, puxei o cadeado ainda trancado. A porta se abriu em minha direção, e lá estavam as ferramentas.

Kristen entrou na minha frente.

— Você é genial. Vamos encontrar as pás.

Quase não consegui acreditar que elas estavam lá: encostadas na parede dos fundos, cobertas de sujeira e no meio de ancinhos e enxadas. Cada ferramenta parecia uma arma mortal, algo destinado apenas a esmagar carne humana. Por um momento delirante, imaginei: Kristen no Camboja com a luminária de metal erguida em sua mão, *ei, batedor, batedor, batedor, balança batedor*[1]. Seus olhos elétricos como uma tempestade. A imagem mudou:

◇◇◇◇◇◇◇◇
[1] O trecho faz referência a uma cena do filme *Curtindo a Vida Adoidado* (1986). [N. da T.]

Kristen na mesma postura, mas aqui, com uma garrafa de vinho. Eu senti um breve surto de medo e o empurrei para fora da minha mente.

Peguei uma pá das mãos de Kristen, e ela voltou para o galpão, vasculhando.

— Sim. — Ela sibilou, então estendeu duas lanternas. — Vamos! — Kristen mergulhou de volta nos degraus de pedra, a pá sobre o ombro, como se ela fosse um dos Sete Anões. *Eu vou, eu vou, enterrar um corpo agora eu vou.*

CAPÍTULO 08

Kristen semicerrou os olhos para observar além do para-brisa, seus ombros curvados em concentração enquanto saíamos da garagem e descíamos a estrada da montanha.

— Você consegue enxergar algo? — sussurrei. Sua visão noturna era melhor do que a minha, como descobrimos algumas noites atrás em uma excursão para observação de estrelas, quando ela precisou me guiar pela mão até o enorme telescópio que o guia havia montado. Meu astigmatismo tornou a escuridão estática e opaca. Astigmatismo e asma, pequenos defeitos geralmente ignorados no mundo moderno. São as grandes coisas que o atingem: garrafas de vinho, as pernas de metal de uma cama. Um longo mergulho da ponta de um penhasco.

— Consigo enxergar o suficiente — respondeu ela. — Vou ligar os faróis assim que dobrarmos a esquina.

— A última coisa que precisamos agora é que o carro saia da estrada. — Uma risada surgiu dentro de mim, extravagante e descontrolada. A transformei em uma tosse, e Kristen me olhou severamente. — Estou bem.

O motor parecia insuportavelmente barulhento, um tanque se movendo através do silêncio. Claro, ele tinha que trabalhar mais com um homem de cerca de 81 kg no porta-malas. Outros 18 kg de sua mochila e seus pertences, que o cobriam. Tivemos sorte de ele estar com a mochila, de ainda não ter feito check-in em lugar algum. Se ele tivesse deixado todas as coisas em um hostel, certamente...

Kristen acendeu os faróis, e pisou no freio. Havia uma criatura sentada na estrada, tinha cerca de 30 centímetros

55

de comprimento, pelos cinzentos e olhos enormes. Um coelho — não, uma chinchila. Ela nos encarou com um olhar acusador, então saltitou de volta para o acostamento. Kristen exalou e tirou o pé do freio. Observei a chinchila pela janela até que seu contorno se fundisse com a escuridão da noite.

Continuei sentindo seus olhos de obsidiana em mim, me julgando, *observando*. O incidente no Camboja parecia improvável, imaterial, o tipo de coisa que acontecia em filmes e podcasts sobre crimes reais, mas não comigo. E, no entanto, aqui estava eu, atingida por um raio pela segunda vez.

Eu fui inútil em Phnom Penh, tremendo, chorando, batendo a mandíbula tão violentamente que Kristen nos trancou no banheiro com o chuveiro ligado, o vapor deixando minhas bochechas rosadas e fazendo o sangue circular de volta para minhas mãos e pés, como se a hipotermia fosse o real problema ali. Ela manteve o autocontrole, porque ela precisava. Lembrou-se da correnteza do rio Tonle Kak, as histórias assustadoras de mulheres enchendo seus bolsos com pedras antes de se jogarem de um penhasco, esperando pela correnteza. Um desaparecimento, se tivéssemos sorte, um provável suicídio se o corpo aparecesse. O plano foi apressado e imprevisível, mas tinha que funcionar. E *funcionou*.

Agora, Kristen se agarrava ao volante, a cabeça esticada para a frente, a mesma postura que ela adotava quando dirigia no meio de uma nevasca. O rolo de histórias de terror se desenrolou em minha cabeça novamente, norte-americanos azarados, presos no exterior, e um novo pensamento enviou uma sensação de horror aos meus braços. Se alguém conectasse isso ao Sebastian, estaríamos duplamente, irremediavelmente ferradas. Não poderíamos trazer Paolo de volta à vida, e assim como no Camboja, nossa prioridade deve ser voltar para casa sem deixar uma trilha de migalhas de pão para trás.

No meio da rua, Kristen pisou no freio. Olhei ao redor em busca da placa de pare que me passou despercebida. Quando me virei para ela novamente, ela estava com a cabeça encostada no volante.

— Isso não vai funcionar — disse ela, com a voz abafada.

Senti uma pontada de medo.

— O quê?

Kristen olhou para mim.

— Não há árvores, nem mesmo arbustos ao redor. Estaremos completamente expostas. Não há nada além de terra vermelha. — Ela inclinou o rosto para baixo, e uma gota pairou na ponta de seu nariz.

Um ruído urgente preencheu meus ouvidos, e senti frio novamente, meus ombros e mandíbula tensos. *Ela tem razão.* O que diabos eu sabia sobre fugir da lei? Sobre me livrar de um maldito cadáver? Era inútil; não tínhamos saída.

Mas, então, olhei para Kristen, seu corpo amolecendo no banco do motorista, e uma sensação de ternura tomou conta do meu peito. Eu sabia como ela se sentia; minha bela e corajosa melhor amiga acabara de ser *atacada*.

Pisquei com força. Ela fez isso por mim no Camboja, eu poderia buscar fundo dentro de mim, canalizar sua confiança. Estar lá para ela, como ela esteve por mim.

— O vazio, é por isso que estaremos seguras — falei. — Não há nada lá fora, então ninguém vai esbarrar no local onde cavarmos. Nada de alpinistas, campistas com seus cães, fazendeiros, pastores de alpacas ou qualquer outra pessoa.

Kristen enxugou as lágrimas e acenou com a cabeça. O carro começou a se mover, a princípio imperceptivelmente e, depois, com crescente segurança, como se também estivesse cultivando determinação.

Havia apenas uma estrada para entrar e sair de Quitéria, assim como em todas as cidades que estavam antes e depois de nós, uma sinuosa estrada de pista dupla, deslizando através do vale como um lagarto se movendo nas sombras. Lembrei-me de quando entramos nela pela primeira vez, depois de algumas voltas confusas ao redor de Santiago: a estrada plana e aberta, a maneira como a luz do sol irradiava no para-brisa, tão alegre e encantadora quanto o pop latino que Kristen encontrou no rádio. Tudo estava expandindo naquele dia: o som do baixo pelos alto-falantes, o sol através das janelas, nosso sedã veloz por uma estrada sem fim.

Nenhuma de nós se lembrava de ter visto alguma estrada secundária que desse para as montanhas, apenas repentinas ruas retas que se entrecruzavam, quando a estrada principal se expandia em cidades e vilas. Agora, estávamos em um trecho árido, com placas indicando que a próxima cidade estava a 80 km, e Kristen me incumbiu de procurar um trecho na montanha onde pudéssemos caminhar, um pedaço remoto e esquecível, e longe dos campos de fazendeiros. Foi um trabalho árduo, até porque eu também estava de olho no relógio: estávamos dirigindo há meia hora e precisávamos de muito tempo para voltar e devolver as pás antes do nascer do sol. Já passava de 1h da madrugada, e o sol nasceria às 7h. E, embora eu nunca tivesse cavado uma cova, presumi que levaria horas.

— Que tal aqui? — falei, tão baixinho que tive que limpar a garganta e repetir. Kristen parou o carro e abriu a janela. O frio invadiu, ávido e indiferente. O sopé da montanha emergia de ambos os lados da estrada, contornos irregulares ocultando as estrelas.

Havia alguns arbustos perto da estrada e alguns pinheiros magros, mas nenhum som por quilômetros.

— Isso pode dar certo — disse Kristen. — Vou descer e verificar se há uma grande curva à frente. Não queremos outro carro aparecendo aqui do nada.

Não tínhamos visto uma única alma a noite inteira, mas foi algo inteligente a se fazer.

— Vá em frente — disse eu, depois de um confuso momento de hesitação.

— Você deveria descer aqui.

O frio salpicou minhas entranhas.

— O quê? Por quê?

— Vamos. Descubra em qual colina devemos subir e se certifique de que não há nenhum sinal de vida, cercas ou galpões, ou qualquer outra coisa.

— Você vai me deixar aqui sozinha?

— Só por um minuto. Caso contrário, vamos perder a noção de onde estacionar.

Eu a encarei, meu coração batendo forte.

— Emily, não temos a noite inteira. Você poderia, por favor, fazer isso?

O vento soprava ao redor dos arbustos e através de sua janela aberta, um ruído abafado e veloz. Misturou-se com o calor do carro e com o oxigênio entrando e saindo do meu corpo, meu peito arfando como se eu tivesse corrido uma maratona.

Tá bom, pensei, e então, percebi que falei em voz alta.

— Tá bom, tá bom, tá bom. — Agarrei a maçaneta da porta e prendi a respiração enquanto a puxava. As luzes do teto do carro se acenderam, assustando a nós duas. Kristen tinha aparência pálida e infantil no brilho amarelado.

— Eu já volto — murmurou ela. — Mire sua lanterna para a estrada quando me vir.

Balancei a cabeça e penetrei a escuridão gélida. Fechei a porta e Kristen partiu noite adentro.

Eu estava sozinha. O espaço ao meu redor era como algo sólido, o ar frio, sons noturnos e o cosmos me pressionando, vibrando em meus lábios, meu couro cabeludo, meus tímpanos. Senti um impulso repentino de perfurar tudo com um grito indômito. Em vez disso, fechei meus dedos em punhos, e observei os faróis traseiros do carro diminuindo à distância. Eles foram para a direita e, então, desapareceram completamente.

O ar gélido parecia carregado e o medo cresceu dentro de mim, uma enorme e desesperadora opressão. Eu ficaria sozinha para sempre; o mundo inteiro evaporou, e apenas eu restei sozinha na dobra enrugada da Terra. O céu estava muito claro, muito alto, muito profundo. Liguei minha lanterna e examinei o solo atrás de mim com o feixe fraco. Eu gostaria de estar com meu telefone — a lanterna dele deixaria essa daqui no chão — mas Kristen tinha insistido que os deixássemos no hotel. *"Mesmo no modo avião"*, ela disse, *"um telefone é rastreável e envia informações para os satélites no céu noturno"*.

Nos últimos dias, aprendemos sobre o estranho pedaço de terra que era o Vale do Elqui: árvores tropicais e flores brilhantes em pátios de bares, campos de vegetais frescos que se estendiam de uma montanha a outra, mas, além disso, uma árida paisagem lunar, montanhas revestidas de seixos marrom--acinzentados. A faixa verde se estreitava em alguns locais, como aqui, onde o oásis era apenas tão largo quanto a rodovia, e havia alguns arbustos na beira da estrada; em todas as direções, vi colinas inclinadas cobertas de terra árida e, ocasionalmente, algumas rochas. *Teremos que cobrir nossas pegadas*, pensei, e me abaixei para encontrar um galho que funcionaria como uma vassoura improvisada.

Pontinhos de luz apareceram à distância e meus ombros relaxaram. Só agora me deixei ser levada pela visão infernal: fui abandonada, vagando por esta estrada na montanha enquanto minha língua ficava seca. Kristen acelerando em direção à civilização, sozinha, exceto pelo cadáver no porta-malas.

Apontei a lanterna para a estrada, e o disco de luz pálida oscilou no ritmo da minha mão. Kristen parou e saiu do carro.

— Você achou um bom lugar? — Kristen se aproximou de mim e colocou as mãos nos quadris.

— O quê? Ah, na verdade não. — Quanto tempo ela passou longe? Pareceram horas, dias, mas eu não tinha feito nenhum reconhecimento do local. — Em todas as direções, é apenas um terreno inclinado. Você viu alguma coisa?

— Tem uma curva à frente, então eu a segui por um tempo. Nenhum sinal de ninguém usando essa área. Se formos inteligentes, ficaremos bem.

Eu me virei para encarar a colina.

— Tem algumas pedras grandes. Se cavarmos atrás de uma, a cova ficará escondida da estrada. — Apontei para uma pedra com o feixe da lanterna, e Kristen acenou com a cabeça, então, abriu a porta do carro. As pás estavam encostadas no banco traseiro como adolescentes desajeitados e ressoaram quando Kristen as puxou para fora.

Partimos através da colina friável. Um passo de cada vez. Um pé na frente do outro. Uma tarefa, depois outra e depois outra.

— É pouco depois da 1h — falei. — Se quisermos que o carro esteja de volta ao hotel antes do nascer do sol, temos cerca de cinco horas aqui. — Carro no estacionamento. Pás no galpão. Cadeado na porta, ferragens parafusadas de volta na estrutura. Nossas roupas dobradas em nossas malas, a suíte do hotel arrumada, como se nunca tivéssemos estado naquele quarto, neste vale, neste país. Este arrepiante e épico pesadelo.

— É tempo o suficiente se mantivermos o autocontrole. — Ela hesitou perto de uma pedra, então a empurrou.

Meu coração disparou. Eu podia sentir que ela estava ouvindo, esperando que eu acrescentasse algo.

— Estamos quase lá — murmurei. — Isso já está quase no passado.

Subimos a colina em silêncio, as panturrilhas queimando, o chão sugando nossos pés enquanto pisávamos no gramado. Minha respiração travou com o trabalho pesado — o trabalho pesado e o horror.

No Camboja pareceu mais fácil. Ou parecia assim apenas em retrospecto? Eu conseguia me lembrar de cenas daquela noite, a limpeza do quarto de hotel, a busca por pedras lisas para enfiar nos bolsos dele. Mas eu estava entorpecida, tão entorpecida. Uma abrupta paralisação dos sentidos, como se alguém tivesse apagado uma lâmpada.

O verdadeiro horror veio depois, um casulo de dor.

Eu congelei e olhei para trás em direção ao carro.

— Não deveríamos tê-lo trazido conosco?

— O quê? — Kristen sacudiu levemente a cabeça. — Emy, vamos encontrar um lugar e cavar um buraco. Aí, vamos voltar e pegar a mochila e tudo o mais. Seria estranho carregar todo esse peso conosco.

— Então, vamos apenas deixá-lo no porta-malas e fazer várias viagens? Indo e voltando? Isso não é abusar da sorte?

— Estamos quase na rocha. Vamos lá. — Kristen apertou meu braço, suavemente no início, e depois, com força o suficiente para me machucar, para romper os vasos sanguíneos no local. — Vamos. Agora.

Suspirei energicamente e virei minha lanterna apontando-a colina acima.

A rocha estava mais longe do que parecia lá de baixo; na escuridão, eu mal conseguia distinguir o carro agora, ou a estrada que serpenteava abaixo dele. Kristen alcançou a pedra primeiro e a pressionou com a palma da mão, em sinal de gratidão. A rocha era mais ou menos da sua altura e tão larga quanto.

Posicionei a pá na minha frente e a enfiei na terra. Respirei fundo, coloquei um pé em cima da ferramenta e apoiei meu peso nela. A lâmina mergulhou no chão friável e eu perdi meu equilíbrio antes de oscilar para trás e arrancar um torrão de terra. Meu músculo das costas contraiu e uma farpa furou minha mão. Cutuquei a ferida, então corri para alcançar Kristen, que já havia aberto um pequeno buraco.

Cavar e cavar. Repetidamente enfiamos nossas pás no solo árido e movemos a terra seca para um crescente monte de areia. Era um trabalho árduo, mas rítmico, como remar uma canoa. Expiramos com força cada vez que levantamos um pedaço de solo, e gememos quando o jogamos no monte.

Perfurar a terra e jogar a terra. Meus braços começaram a tremer. A dor se ramificou da minha coluna, ao longo das minhas costas e ombros. Surgiram bolhas em minhas mãos e, depois, estouraram, espalhando sangue pungente para as minhas palmas.

Para baixo e depois para o lado. O suor escorria sob meus seios e ao longo do meu cóccix. Os músculos em volta dos meus pulsos queimavam como se tivessem sido encharcados com ácido, e a pá tremia tanto que precisei me concentrar para evitar que a terra se espalhasse aleatoriamente pelas laterais. O terror ameaçou escalar através das minhas costelas, mas o canalizei em meus suplicantes músculos, glúteos e quadríceps enquanto cavávamos, cavávamos e cavávamos.

O céu estava mudando. A princípio pensei que estava apenas imaginando, mas quando apontei a lanterna para meu relógio de pulso — um pequeno e dolorido movimento para meu braço sobrecarregado — vi que era verdade. As estrelas estavam esmaecidas, como se a intensidade de seu brilho tivesse sido reduzida. A manhã estava chegando. Não em breve, mas não estava mais tão longe.

— Precisamos cavar mais rápido — falei, ofegando um pouco. — Não podemos carregar nada até aqui enquanto as pessoas estiverem dirigindo para o trabalho.

— Acho que já está profundo o suficiente. — Kristen apoiou as palmas das mãos no cabo da pá. — Há espaço o suficiente. Vamos agora. Nunca vai ficar perfeito.

Será que *estava* profundo o bastante? Ou deixaria o corpo próximo à superfície, esperando um cachorro, o vento ou uma enchente romper a elevação?

Uma brisa repentina passou soprando, acariciando meu corpo suado com uma rajada de ar frio. Não havia tempo. Derrubei minha pá com um baque. Kristen fez o mesmo, e nós trotamos para a estrada, nossos pés carregando torrões de terra. Minhas costas e braços estavam em chamas. Eu ficaria muito dolorida.

Kristen levou um momento para encontrar a chave e outro para localizar o botão do porta-malas. A porta abriu para cima, instantânea e agradavelmente, como um bocejo, e depois baixou até a metade.

Paolo ainda estava lá, uma visão surreal, como uma obra de Dalí: uma mochila bronzeada e colossal, com pernas brotando para fora dela. Uma caçarola de roupas amarrotadas cercava seus tornozelos e sapatos, forçando os pés para uma pose de discoteca esquisita. Os pensamentos me atingiram antes que eu pudesse impedi-los: Será que Paolo gostava de dançar? Correr? Escalar penhascos ou praticar *mountain bike*? O que lhe dera aqueles salientes músculos da panturrilha e quadríceps? Meu estômago embrulhou e algo histérico fez acrobacias dentro de mim. Pressionei minhas mãos no para-choque, e o metal frio me acalmou.

— Vamos usar a cortina de chuveiro novamente, certo? — Kristen puxou o plástico. — Certifique-se de que todas as roupas estão aqui, para que possamos carregar tudo de uma vez.

Eu assenti. Meu corpo estava em cãibras da escavação; minhas costas latejavam, meus dedos enrijeceram, e uma dor intensa se espalhou pelo meu pescoço. A maioria das roupas de Paolo estava empilhada em torno de suas pernas cabeludas, mas alguns itens haviam escorregado para fora da cortina de chuveiro, e eu os recolhi e empilhei em seus joelhos protuberantes.

Esta é uma bizarra ruptura com a realidade; você está prestes a entrar em uma linha do tempo alternativa e voltará através de um buraco de minhoca quando tudo acabar. Este é um projeto a ser gerenciado, um problema a ser resolvido. Continue. Continue. Continue.

Puxei o punho da minha camisa sobre minha palma ensanguentada e agarrei os cantos da cortina de chuveiro. Meus antebraços suplicaram de dor, implorando-me para não o levantar. Tentei respirar fundo e o resultado foi uma tosse asmática.

— Está tudo bem? — perguntou Kristen, e eu assenti. Ela olhou nos meus olhos. — Que bom. Vamos no três.

Que dor, que dor, que dor. Kristen liderou o caminho, arrastando-se para trás, olhando por cima do ombro como se estivesse sendo perseguida. Quando chegamos a um quarto do caminho meus braços cederam — os dela também, a adrenalina incapaz de suportar o peso dele — e nós o colocamos no chão e sacudimos nossos pulsos. Parecia uma eternidade, cerca de 30 metros, mas foi a caminhada mais longa da minha vida, meu corpo inteiro latejando de dor, como uma pungente picada de abelha. Kristen e eu não conseguimos encontrar um ritmo enquanto acelerávamos e parávamos de repente, como duas amigas carregando um sofá escada acima. Quando chegamos à pedra, estávamos tão ansiosas e exaustas que cambaleamos, tropeçamos e quase o derrubamos.

— Vamos nos apressar. — Eu a ajudei a levantar a cortina de chuveiro e despejar seu conteúdo no buraco; espalhamos as roupas, enfiando-as nas bordas mais profundas da cova. Ela pegou uma pá e eu puxei a minha da lateral do túmulo. Esta parte era ainda pior, meu único pensamento era um interminável e estridente *ai!* Gememos de dor enquanto o enterrávamos, nosso clamor patético e carnal enquanto obrigávamos nossos corpos castigados a cooperar. Quando terminamos, ela alisou a terra com as costas da pá. Agora, era um monte levemente elevado, uma protuberância no meio da noite.

Descemos apressadamente a montanha enquanto o horizonte se transformava em um azul celeste. Perto da estrada, pegamos galhos e corremos de volta para a rocha, varrendo os sinais de que estivemos ali.

Entramos no carro e batemos as portas. Por um momento, Kristen fechou os olhos, sua cabeça inclinada contra o encosto do banco.

— Você acha que vai parecer estranho à luz do dia? — Olhei pela janela. — Será que a terra terá outra cor onde varremos?

Kristen ficou quieta por um longo momento.

— Eu não sei o que te dizer, Emily. Não há mais nada que possamos fazer. — Sua mão disparou e ligou a ignição, e então iniciamos a longa viagem de volta.

O carro parecia muito mais leve sem Paolo no porta-malas.

CAPÍTULO 09

Eram quase 6h da manhã, o céu iluminando-se em uma velocidade alarmante. Passamos por três veículos ao longo do caminho, os faróis eram como olhos nos observando na aurora; um caminhão, um sedã e uma picape que puxava um trailer com quatro homens sentados na caçamba usando lenços cobrindo seus narizes. Todas as vezes, eu desviei o olhar para o meu colo, desejando que fôssemos esquecíveis. Finalmente, entramos em nosso minúsculo estacionamento. Ainda estava frio, mas, mais enevoado agora, então a umidade tomou conta. À luz purgatória da madrugada, carregamos as pás de volta para o galpão. Kristen agarrou meu ombro quando uma janela se acendeu nas proximidades (em outra suíte do hotel, eu acho?), mas a luz se apagou depois de alguns segundos, e voltei a parafusar a fechadura no lugar.

O orvalho cintilava na porta de correr quando voltamos para a nossa suíte. Como uma facada, o imaginei lá dentro novamente: panturrilhas saindo de trás do sofá, a garrafa de vinho manchada de vermelho, mas ilesa, depois de vencer o concurso de resistência contra o crânio de Paolo. Tinha que ser uma daquelas "coisas da vida" — um centímetro para cima, para baixo ou para o lado, e ele poderia estar bem.

Olhei para Kristen e fui tomada por uma onda de compaixão. Ela estava sendo tão forte — certamente mais forte do que eu no Camboja — e fazia apenas algumas horas desde que Paolo havia ameaçado sua vida.

— Me ajude a terminar de limpar. — Kristen vasculhou a pequena cozinha e me entregou um pano de prato. Vasculhamos os aposentos em busca de produtos de limpeza e, não encontrando nenhum, reunimos nossos recursos: removedor de maquiagem, lenços umedecidos, sabonete e álcool em gel. O dia nasceu apressadamente, a luz do sol batendo contra as janelas e, então, forçando-se vigorosamente para dentro da suíte. Silenciosamente focadas em nossos próprios infernos pessoais, nós limpamos, esfregamos e espanamos. Esfreguei a cortina do chuveiro na banheira, fluidos corporais marrons e vermelhos no plástico colorido, em seguida, a prendi de volta em seu lugar. Isso seria o suficiente? Poderíamos realmente esperar não deixar rastros quando não tínhamos nem mesmo produtos de limpeza adequados?

Acendemos um isqueiro e encostamos a chama em pedaços de jornal que empilhamos na lareira. Depois de tomar vida, algumas toras estalaram e rugiram, então adicionei as coisas de Paolo, uma por vez: passaporte, diário, carteira, telefone. Tossi enquanto elas se enrolavam em uma fétida massa. Kristen abriu uma janela e dissipou a fumaça desagradável. Quando os bens de Paolo se tornaram uma única massa carbonizada, derramei água sobre ela.

— Me dê, eu levo isso — anunciou Kristen depois que a massa esfriou. Ela embrulhou em um jornal e enfiou dentro de um saco de batatas fritas vazio. — Vou jogar fora quando chegar em casa.

✍✍✍

NORMALIDADE — TÍNHAMOS QUE MANTÊ-LA, precisávamos colocar nossas malas no porta-malas e depois caminhar até o saguão para o café da manhã. Afinal, aparecemos para o café da manhã todas as manhãs, e o dono estava muito orgulhoso dele, seu *desayuno delicioso*, e a última coisa que queríamos era alguém se perguntando onde estávamos. À mesa, olhamos para cestas de pãezinhos e pratos de frutas coloridas em silenciosa repulsa. Paramos na recepção para entregar a chave (eles foram muito explícitos sobre isso no nosso check-in, *não deixar a chave na suíte*), e, de repente, percebi que todos olhavam para mim, a única tradutora possível.

— *¿Cómo?* — perguntei, muito delirante para lembrar a forma educada de pedir a ela que repetisse.

— *¿Cómo estuvo su estadía con nosotros?* — repetiu ela, muito rápido e baixo, e eu a olhei por um longo tempo antes que as palavras saíssem da minha boca. Como foi nossa estadia? Foi ótima — o romântico fogão a lenha da suíte veio a calhar quando precisamos destruir evidências.

— *Muy bien.* — Forcei um sorriso. — *Gracias por todo.*

✍✍✍

Era uma viagem de seis horas de volta ao aeroporto de Santiago, em direção ao oceano e, depois, ao sul, entre as montanhas e a água. Monótono e marrom, o ambiente ao redor era tão feio quanto a sujeira que eu sentia tomando conta do meu peito e cérebro, horror e incredulidade coagulando sob minhas costelas e crânio. Tínhamos dirigido na direção oposta esta manhã — aquilo, com todo aquele peso morto no porta-malas, aconteceu mesmo na manhã de hoje? Ainda assim, eu me peguei examinando as colinas, procurando por nossas pegadas, provavelmente apagadas, mas, talvez, ainda mais óbvias depois de tentarmos apagá-las — como flechas gigantes apontando o caminho entre a estrada e o túmulo. Eu estava tão dolorida que era torturante erguer a mão para colocar os óculos de sol. *Destruída*: a palavra se alojou em minha cabeça, como um disco arranhado. Era assim que me sentia. Meu corpo, minha vida. O crânio de Paolo, frágil como uma casca de ovo.

Um mirante surgiu, e Kristen desviou para dentro dele, estacionando o carro. Ela olhou para a frente. Então, bem quando eu estava prestes a romper o silêncio, seus olhos ficaram intensos e ela soltou um grito. Não um grito — um rugido, do jeito que uma criança responde quando perguntada qual é o som que um leão faz. Ecoou pelo carro, zumbiu em meus ouvidos, e depois ela parou. Ela o finalizou com uma risada de surpresa. Então, virou-se para mim, como se ela tivesse acabado de lembrar que eu estava lá.

Com um movimento brusco, abri a porta do carro e corri para a beira do penhasco. Não havia nada além de montanhas marrom-alaranjadas, avermelhadas à luz do sol, até onde a vista alcançava. Um lamento escapou de mim, lúgubre e baixo, mas poderoso também, até que eu esvaziei os pulmões e o sufoquei. Kristen apareceu ao meu lado e estufou o peito e, juntas, nós rugimos. Nossos gritos estavam, de alguma forma, em harmonia, com a mesma intensidade misteriosa de um grupo entoando o mantra *Om* em uma aula de yoga. Ouvimos o eco, e imaginei as ondas sonoras fazendo vibrar até mesmo as células de tatus, vicunhas e pumas da Patagônia a quilômetros deste lugar.

Como se tivéssemos acionado o gatilho, o céu escureceu e cuspiu em nós, primeiro uma garoa, depois um aguaceiro.

Kristen sorriu pela primeira vez desde a noite passada.

— Vai levar embora qualquer sinal de que estivemos na montanha — falou Kristen.

Ou, talvez, leve embora a terra que usamos para cobri-lo. Levantei meu rosto para a chuva e voltei para o carro. Ela apertou meu ombro antes de ligar a ignição e voltar para a estrada. Lá fora, as gotas agraciavam fileiras de vegetais e arbustos cor de musgo. Observei a água da chuva escorrendo, uma veia amarronzada descendo a colina.

Eu respirei profundamente. Escolhi acreditar em Kristen.

Talvez nunca estivemos aqui.

CAPÍTULO 10

No aeroporto, Kristen e eu ficamos quase em completo silêncio, movendo-nos como autômatos enquanto devolvíamos o carro alugado. Não houve inspeção; só precisamos devolver as chaves através de uma janela. Verifiquei novamente se havia terra no banco de trás ou manchas cor de rubi no porta-malas. Eu procurei, procurei e procurei, sentindo a ansiedade como uma coceira no fundo da minha mente. *Será que eles vão nos descobrir?*

Em uma longa e sinuosa fila de revista, Kristen olhava para o nada, e eu a observei. Ela ainda estava linda, apesar da privação de sono, com seu cabelo caramelo preso em um coque bagunçado e suas lentes de contato substituídas por óculos de armação de metal que descansava sobre as maçãs do rosto salientes e, de alguma forma, ela tinha aparência de uma Mulher Atraente de Óculos, não uma mulher de óculos. Uma distinção fundamental que nunca consegui compreender.

— Ah meu Deus. — Logo acima de sua mandíbula havia uma partícula de sangue seco. Sangue de Paolo. Lambi meu polegar e limpei, e ela me empurrou para longe.

— É uma *pinta*, Emily — retrucou ela, cobrindo a bochecha. — Qual é o seu problema?

Tudo. Tudo parecia um problema. A dor estava tomando conta de mim, e até mesmo alcançar o rosto de Kristen deixou meu braço doendo.

— Eu... Eu achei que fosse... deixa para lá. — Nós duas tomamos banhos rápidos antes do café da manhã, esfregando a sujeira e o suor. Claro que não havia mais sangue no rosto de Kristen.

Isso vai destruí-la. Meu coração parou e me virei, piscando para conter as lágrimas. Ela ainda não sabia, ela ainda estava sendo forte, se controlando, mas a agressão envenenaria sua psique, como a agressão de Sebastian envenenou a minha. Minhas emoções eram um redemoinho de medo, desânimo e profundo cansaço, de doer até os ossos, mas esse pensamento me atingiu como um raio em uma tempestade: minha linda e forte melhor amiga estava prestes a ser destruída. Encurralada e machucada, e recentemente ciente de sua vulnerabilidade, seu destemor fora estourado como um balão. Eu estreitei meus olhos. *Vá para o inferno, Paolo.*

Pois ele não tinha apenas machucado Kristen. Ele roubou outra coisa — ele apareceu justo quando me senti eu mesma novamente. Quando as coisas entre Kristen e eu estavam confortáveis, seguras e certas. Depois da monstruosidade que aconteceu no Camboja, essa viagem foi nos aproximando ainda mais, fazendo com que aquela noite com Sebastian nunca tivesse acontecido.

Mas agora... bem, como eu poderia olhar para ela sem ver uma cova cada vez maior, o passaporte se revirando no fogo como uma coisa viva, o sangue de Paolo manchando o pescoço de Kristen? Como qualquer uma de nós poderia seguir em frente sob a expectativa opressora de sermos pegas?

Kristen, que arriscaria sua vida por seus amigos. Kristen, que me preparou sopa de frango com limão e me deixou dormir em sua cama na faculdade quando eu tinha acabado de terminar o namoro e estava sozinha no mundo. Kristen, que me reconstruiu como um quebra-cabeças, que acumulou horas e horas no telefone comigo depois do Camboja até que eu conseguisse sair da minha bolha de terror e voltar na ponta dos pés para o mundo real. O impensável havia acontecido com ela. Eu já tinha passado por isso antes — com Sebastian, com Ben — mas, agora, ela sabia qual era a sensação de ser punida por ver o mundo como um lugar seguro, gentil e *seu*.

Pegamos nossas malas e entramos em outra fila para o controle de passaporte. Aqui, minha frequência cardíaca disparou. Eles veriam em nossos rostos; eles descobririam.

— Qual foi o propósito de sua visita? — perguntou o lindo oficial chileno da alfandega, embora eu já tivesse marcado o formulário.

Engasguei com a palavra:

— Lazer.

Ele folheou várias páginas em branco para carimbar meu passaporte no verso.

— Tenha um ótimo voo.

Ficamos em uma cafeteria ruim por um momento silencioso, e então era hora de nos separarmos. Kristen me abraçou com força, e me segurou, as mãos ainda nos meus ombros, olhando no fundo dos meus olhos. Eu me perguntei se esta seria nossa última viagem — nada de Marrocos, Geórgia ou Turquia. Se a noite anterior teria destruído indefinidamente nosso desejo de viajar.

— Eu amo você — disse Kristen, abaixando a cabeça. — Me avise quando chegar em casa, ok?

— Também amo você — murmurei, e ela estremeceu um pouco ao assentir. Então, ela me soltou, girou nos calcanhares e saiu andando sem olhar para trás. Fiquei aliviada e, depois, profundamente triste por estarmos nos separando por causa da minha avidez em deixar esse pesadelo acabar. Eu queria poder voltar para a noite passada, antes que algo desse errado, quando estávamos apontando para as estrelas e comendo milho torrado, sentindo que o mundo era nosso parque de diversões.

∕∕∕

Era um voo de dez horas até Atlanta e, na penúltima fileira do avião, meu corpo latejava durante cada uma dessas horas. Parecia que meu horror, culpa e tristeza haviam assumido forma física, tomado conta de meus músculos, eriçado minhas terminações nervosas, deixando meus tendões tensos. Meu Deus, como doía. Foi tão ruim assim depois do Camboja? Não — eu estava tão entorpecida depois da agressão que meu cérebro não me permitiu sentir a dor, a tristeza. Lá, o corpo de Kristen deve ter sentido o que sinto agora, toda a agonia e a dor. Ela nunca mencionou isso. Meu Deus, como ela é uma amiga abnegada, sua atenção se concentrou totalmente em mim, na minha dor, nas minhas tentativas fracassadas de lidar com o que aconteceu.

Depois do que pareceu uma eternidade, o avião pousou, e corri para verificar as notícias: ainda não havia nada sobre um mochileiro desaparecido. Mas isso poderia mudar a qualquer momento. Esta era minha vida agora: eternamente esperando que não apenas uma, mas que duas bombas explodissem.

Arrastei-me pelo corredor, observando o estado em que deixamos o avião. Um rastro de devastação e caos ao longo dos 45 metros da lata de lixo titânica em que a aeronave se transformara. Cobertores emaranhados, verduras murchas e tomates-cereja perdidos e esmagados no corredor, lixo espalhado como arte urbana em todas as superfícies disponíveis. Somos todos repugnantes, cada um de nós. Vagamos pelo mundo deixando nossa bagunça para trás.

Exceto que Paolo pagou pelos seus pecados com a própria vida. O que diabos era essa voz interior me pressionando a sentir pena de Paolo, um homem mau, um estuprador em potencial? Antes que eu pudesse me impedir, imaginei suas pernas sem vida, a pele fria e saliente, estendendo-se sobre ossos e tendões enquanto o rolávamos para a cortina do chuveiro. Será que ele estava traindo uma namorada que tinha em casa? Será que havia um amigo, em algum lugar do mundo, planejando vê-lo daqui a alguns meses, perguntando-se por que Paolo sumiu do WhatsApp?

Afastei esses pensamentos enquanto esperava na fila do controle de passaporte. BEM-VINDO AOS ESTADOS UNIDOS, gritava um banner. Ainda faltava mais um voo, mas eu consegui — consegui ir embora do Chile. Eu não conseguia acreditar, continuei na expectativa de piscar e descobrir que ainda estava no aeroporto de Santiago, sentindo meus batimentos cardíacos na ponta dos dedos.

No meu portão de embarque, me sentei em uma cadeira com o tecido gasto e abri uma barra de granola; tinha gosto de areia. Minha mente continuava voltando para a chuva repentina do deserto, como o ímpeto de uma língua em pressionar um dente inflamado. Ela não vai expor nossa cova rasa, certo? Ninguém percebeu Paolo conversando conosco no pátio ontem à noite, ou percebeu? As duas garotas britânicas de cabelos brilhantes, o barman que me viu surtando com o roubo da carteira... será que havíamos causado alguma impressão em algum deles? A luz acesa em uma janela enquanto devolvemos as lanternas e as pás ao galpão — isso foi uma coincidência, não uma testemunha, não foi? Havíamos limpado o chão da suíte o suficiente? Nós só tínhamos visto o quarto na iluminação nebulosa da manhã — e se o sol do meio-dia fosse como um holofote sobre grandes manchas de sangue que não percebemos?

Meu celular vibrou, e encarei a mensagem por um minuto antes que fizesse sentido. Era de Aaron, gentilmente se lembrando da minha data de retorno: "Boa viagem hoje! Me avisa quando chegar?"

O desconforto reverberava em minhas mãos e pés. A vontade de vê-lo, beijá-lo, era visceral e intensa, mas... Mas e agora? Sempre tive problemas em me permitir ser vulnerável com homens: relutante em me deixar ficar animada sobre eles, ou, nas raras ocasiões em que me apaixonei profundamente, estava preparada para que tudo desse errado. E agora? Como eu poderia me abrir e ser *autêntica* com esse grande segredo me cercando como um fosso? Claro, mantive o Camboja em segredo, mas quando começamos a sair, a agressão já estava no passado, a cicatriz ainda saliente e sensível, mas estava *lá*, fechando uma ferida da qual eu não queria falar. Esconder isso dele — esse trauma recente, esse terror vívido e palpável —, parecia algo diferente.

Aaron pensava que eu era apenas uma garota comum do Meio-Oeste, doce e gentil. Será que eu realmente conseguiria olhar nos olhos dele e fingir que estava tudo normal? Eu finalmente me livrei dos pesadelos e dos ataques de pânico do Camboja. E, agora, Paolo abriu um alçapão e me jogou de volta à estaca zero. Eu estava com raiva e isso era desconfortável. Boas garotas não andam por aí com raiva fervendo dentro de si. Com sangue nas palmas das mãos, e terra sob as unhas por terem participado de suas próprias histórias noturnas de terror.

Ao meu redor, o mundo era barulhento demais, selvagem demais: crianças berravam e escalavam, pessoas zurravam em seus telefones, adolescentes riam, uma mãe gritava. Uma tela exibia as notícias, e ninguém estava prestando atenção: incêndios florestais na Amazônia, ataques de drones na Síria. Ouvi uma vez que as notícias chegavam com atraso aos aeroportos, assim, eles podem impedir a transmissão de uma história envolvendo o sequestro de um avião ou um atirador ativo em algum terminal. Modificar o fornecimento de informações para limitar a histeria coletiva. Talvez, agora mesmo estivesse acontecendo alguma coisa ao vivo.

Modificar o fornecimento de informações para limitar a histeria coletiva. Será que isso era algo que eu poderia fazer para limitar a histeria interna? De alguma maneira, apagar as memórias, no espaço de tempo de um ano, que ameaçavam fazer o meu mundo desabar? Eu gostaria que houvesse um procedimento, no estilo de *Brilho Eterno de uma Mente sem Lembranças*, para apagar do meu cérebro as impressões digitais dos acontecimentos. Talvez eu pudesse aprender a compartimentalizar. Fingir que estava tudo bem perto dos meus colegas de trabalho, dos meus amigos. Nos encontros com Aaron. Meu Deus, eu queria tanto agir como uma pessoa *normal* perto dele; fazer piadas com ele, abraçá-lo e beijá-lo, e, sim, transar com ele como uma pessoa normal, não como a mulher destruída, cautelosa e reservada que me tornei. Agora, duplamente. Meu estômago apertou, e desbloqueei meu telefone.

Então, digitei: "Oiê! Vou aterrissar por volta das 5h, então vai demorar uma eternidade para chegar em casa por causa do trânsito. Como você está?"

NUNCA ESTIVEMOS AQUI   73

Normalidade — nós precisávamos mantê-la, tínhamos que agir como se nada estivesse errado. Como se eu não tivesse jogado terra em cima de um maldito cadáver no norte do Chile.

Ele começou a digitar sua resposta imediatamente: "Bem! Estou animado para saber tudo sobre sua viagem. Tenha um ótimo voo!"

Respondi com um emoji de mãos em oração e uma carinha sorridente, e guardei o telefone na minha bolsa. Apertei minhas mãos contra meus olhos, onde uma dor de cabeça rugia por dentro.

Um time de futebol de pré-adolescentes se acotovelava na área de espera. Um garoto pegou uma bola, e fiquei encarando estupidamente enquanto ela passava pelo meu pé. Finalmente, o técnico gritou para eles se acalmarem, e eles se sentaram em um grande círculo, bloqueando o fluxo do tráfego e se divertindo com algum jogo de cartas.

Aquela maldita voz novamente: Será que Paolo jogava futebol quando era mais novo? *¿Fútbol?* Quando será que a mãe dele perceberia que ele estava desaparecido? E os amigos? Será que ele tinha uma passagem de volta para a Espanha, um voo só de ida, que encerraria seu ano como viajante?

Não. Paolo não merecia meu remorso. Paolo não era diferente de Sebastian: um cara mau, cujo fantasma me assombrava em esquinas escuras, e eu não estava triste em saber que ele não estava mais entre nós. Sebastian tinha me deixado com hematomas e arranhões — além de um pavor recorrente, um gêiser de terror que eu era incapaz de resolver ou mencionar. Meu coração afundou. Kristen não tinha a menor ideia do que a esperava.

Foi um voo curto, em um assento na janela que não mostrou nada além de um manto de nuvens cinzentas abaixo. O homem ao meu lado cutucou meu cotovelo, empurrando-o do apoio de braço, e eu apertei meus braços com força na frente do meu peito. Quando iniciamos a descida, meus ouvidos estalando com sons fracos e efervescentes, eu poderia ter chorado de alegria. *Quase em casa.*

Desci do avião mancando e caminhei em direção à saída, passando por lojas de souvenirs que vendiam chapéus em forma de queijo, do time de futebol americano Green Bay Packers, e camisetas com slogans típicos de Milwaukee: "A BOA TERRA", "BEBA WISCONSIVELMENTE", e "BOA GAROTA DO MEIO-OESTE". *Droga.* Aaron estava me ligando, e eu o silenciei enquanto abria caminho até a esteira de bagagem. Então, ouvi meu nome atrás de mim, e me virei.

Meu coração congelou. Paolo estava correndo em minha direção, ganhando terreno enquanto serpenteava em volta dos carrinhos de bagagem e amontoados de pessoas. Ele me seguiu.

Ele desapareceu atrás de uma pilha de malas, e eu assisti, aterrorizada, esperando que ele surgisse do outro lado. Um vislumbre de cabelos escuros e um pedaço de pele e, então, ele estava de frente para mim.

Uma sensação de alívio pulsou através do meu corpo, mas, então, meu estômago embrulhou.

Não era Paolo.

Era Aaron.

CAPÍTULO 11

Reuni toda a energia que me restava, e forcei um sorriso para ele. O ato me fez querer chorar; o fato de ser falso, difícil, exaustivo.

— O que você está fazendo aqui? — perguntei.

— Pensei em te fazer uma surpresa — anunciou Aaron. — Estava por perto, em Jefferson Park. Então, pensei, quem não gostaria de pegar uma carona com um rosto familiar no aeroporto?

Eu abri ainda mais meu sorriso.

— Isso é tão gentil e não precisava. Obrigada.

— Não foi nada. Meu carro está logo ali.

Ele agarrou a alça da minha mala e começou a andar. Observei seu cabelo castanho despenteado, seus óculos de armação de plástico, seus lábios finos e curvados em um sorriso torto. Ele era mais fofo do que eu me lembrava, mais esguio, como se uma semana longe tivesse desgastado a imagem mental que eu tinha dele. Senti um friozinho na barriga: borboletas tentando voar, reprimidas pelos acontecimentos das últimas 24 horas.

— Então, como foi seu voo?

— Ah, foi normal. O primeiro voo atrasou, mas a espera na conexão com o segundo era bem longa de qualquer forma.

Aproximamo-nos de um elevador, e ele apertou o botão para chamá-lo.

— Estou morrendo de vontade de saber tudo sobre o Chile. Mas apenas uma prévia. Você deve estar morta de cansaço, vou levar você direto para casa, não se preocupe.

— Ah! Graças a Deus. — Coloquei a mão sobre minha boca e ele riu. — Desculpe, estou tão exausta. Não dormi em nenhum dos voos.

As portas do elevador se abriram e nós entramos.

— Você está dolorida? Você está andando meio engraçado.

— Ah, isso. Nós… fizemos uma caminhada muito intensa. E, descobri que estou fora de forma. — Meu cérebro derretido entrou em curto-circuito enquanto eu olhava para nossos reflexos turvos na porta de metal. Eu estava horrível, minha pele oleosa, olhos inchados, meu cabelo uma bagunça, mas estava cansada demais para me importar. Cansada demais para entrar em pânico também; eu só queria chorar. *Aaron quer saber sobre o Chile.* Dentro de mim eclodiu um lamento, como o de uma criança pequena à beira de uma crise de choro.

Ele agarrou minha mão e sorriu olhando para a ponta dos meus dedos.

— Deve ter sido uma caminhada e tanto, você ainda tem terra sob as unhas! — Tentei disfarçar, mas ele virou minha mão, onde novas bolhas pontilhavam um caminho na minha palma. — Nossa! Que tipo de trajeto vocês fizeram?

Meu coração disparou; a asma cravou as garras em meus pulmões. Eu estava destruída, uma bagunça, suja e machucada por causa da nossa noite na encosta da montanha. Puxei meu punho quando as portas do elevador se abriram.

— Hum, pois é, teve um pouco de escalada em rochas. Eu definitivamente deveria ter usado luvas. Vou ficar dolorida por um tempo.

Aaron deslizou na frente com minha mala.

— Eu adoro uma boa escalada em rochas. Tenho tantas perguntas. Qual foi sua parte favorita da viagem? A coisa mais gostosa que comeu? A coisa mais interessante que você fez? A coisa mais estranha que você viu? Ah, é por aqui. — Uma guinada repentina para a esquerda.

A coisa mais estranha que vi: uma garrafa de vinho salpicada de vermelho, como se o líquido dentro dela tivesse escorrido para a superfície. Uma cabeça amassada, o sangue tornando-se pegajoso no chão. A mochila de lona enorme com pernas cabeludas, fortes e imóveis saindo para fora.

— Eu… ah, Deus, desculpe, estou tão cansada que mal consigo formar frases.

— Sem problemas, entendo perfeitamente! — Ele apertou um botão e o carro fez um barulho e piscou. Aaron colocou minha mala no porta-malas e deslizou para abrir a porta do passageiro. Ah, Deus, ele estava cuidando tão bem de mim, como se eu merecesse; sua bondade fez o desconforto brotar dentro de mim.

— Trouxe um croissant da loja para você — disse ele, sentando-se no banco do motorista. — Deve estar perto de seus pés. E tem uma garrafa de água na porta.

— Uau! Obrigada, Aaron. — Tentei me abaixar com cuidado, mas meus quadríceps cederam e caí no assento, em queda livre. Peguei um pedaço do croissant e enfiei na boca, mas minha língua ainda parecia tão seca quanto a terra que havíamos escavado com nossas pás.

Ben agia assim quando começamos a namorar. Na época, estávamos no ensino médio, criados na cultura do Meio-Oeste, e ele me chamou a atenção, abrindo a porta do carro para mim e me pagando deliciosas casquinhas de sorvete em uma sorveteria chique. Eu definitivamente devia isso a Aaron; ser grata, educada e agradável. Em vez disso, eu queria deitar em posição fetal e dormir de três a cinco dias, no mínimo.

Ele deu ré no carro.

— Então o Chile acabou com você, né? Você se divertiu com a, hum... Kristen?

— Boa memória! — Engoli em seco. Eu a imaginei no ar agora, presa dentro de seu próprio corpo dolorido. — Sim, é que foi muito... corrido. — Os cantos da minha boca pareciam presos a pedras, puxando-os para baixo, mas eu os levantei em um sorriso. — Não quero que você pense que não estou feliz em vê-lo.

— Mas você ficará mais feliz em ver sua cama. Vamos fazer o seguinte. — Ele apertou um botão no painel e os alto-falantes deixaram escapar uma música clássica. — O Google Maps diz que são 25 minutos até a Fifth Ward. Eu te acordo quando estivermos perto. Certo?

— Você é bom demais para mim — murmurei, e falei sério. Achei que não seria capaz de dormir, mas, em questão de minutos, eu apaguei.

✦✦✦

Na minha garagem, agradeci a Aaron, dei-lhe um beijo de despedida e, então, cambaleei em direção à porta da frente como um náufrago se aproximando da costa. Eu poderia ter caído de joelhos e beijado o tapete de boas-vindas. Em vez disso, remexi em minha bolsa e mochila, sem saber ao certo onde havia colocado minhas chaves.

Dentro de casa, baixei as cortinas para esconder a luz da tarde, e estava prestes a apagar minha luminária quando meu telefone tocou na mesa de cabeceira.

Kristen. O nome dela fez meu coração disparar. Será que ela estava bem? Será que precisava da minha ajuda? Apertei os olhos para ler a mensagem: "Desembarquei! Você chegou?"

"Acabei de chegar em casa! Estou prestes a apagar", respondi. Apertei os lábios e mandei outra mensagem: "Como você está?"

Quando a resposta chegou, quase derrubei meu telefone: "Estou ótima! A viagem foi incrível. Já estou com saudades. Beijos."

Em qual viagem *ela* esteve? Mas, então, enquanto os arrepios ainda se propagavam através do meu pescoço e ombros doloridos, percebi que ela estava produzindo um registro, mantendo a normalidade. Deixando claro para todos os ouvintes que tudo correu bem nas Aventuras de Kristen e Emily. Garantindo que parecêssemos inocentes. O texto foi uma jogada inteligente, mas me deixou incapaz de cochilar.

Em vez disso, encarei o teto e cataloguei os detalhes que nos fariam ser descobertas. Cada detalhe me atingiu como rajada gélida, suas cores vívidas e brilhantes, a repentina explosão de uma luz estroboscópica: o pátio do bar lotado, as mulheres britânicas de cabelos pretos com suas enormes mochilas e sorrisos largos, o sangue no chão da suíte, a janela iluminada perto do galpão de armazenamento, a chuva torrencial em nosso patético montículo... Havia muitas apostas na sorte, fios demais soltos para confiar que o destino nos abençoaria uma segunda vez.

Uma *segunda* vez. Que diabos?

Também fiz isso depois de Phnom Penh, repassando nossa operação de ocultação em minha mente, e ficando tensa toda vez que meu telefone tocava, toda vez que eu atualizava as notícias. Agora, silenciosamente folheei *aquelas* evidências condenatórias. O flash quando Sebastian e eu saímos do bar, alguém veria a foto, saberia que eu tinha algo a ver com seu desaparecimento. Ou o corpo se libertaria das pedras e emergiria de volta à superfície borbulhante de Tonle Kak.

No ano passado, também considerei o trauma de ver o sangue jorrar da cabeça de Sebastian: *Pare. Pare. Pare.* E a experiência tenebrosa e surreal de nos desfazermos de seu corpo — em minhas memórias nebulosas, o horror explodiu do entorpecimento, como uma voz através da estática do rádio. Minhas mãos se desprenderam do meu corpo, reduziram um jovem a um pacote inconveniente. *Isso realmente aconteceu.* Eu sabia que era a vida dele ou a minha, que estávamos escolhendo a opção menos ruim para nos mantermos vivas, seguras e livres, mas, aquele horror primitivo permaneceu entalhado em minha psique.

E, acima de tudo, como um drone zumbindo sobre uma multidão, mais barulhento que um enxame de abelhas: depois do Camboja, eu não conseguia parar de reviver o terror da *agressão*. Mesmo de volta em Wisconsin, ainda senti a palma áspera de Sebastian esmagando meu rosto. Eu vi seus olhos claros, azuis e furiosos. O objetivo do plano de Kristen era preservar nossa liberdade, mas me senti enjaulada e machucada, como se ele tivesse roubado toda minha alegria. Depois de Phnom Penh, eu me tornei a casca vazia de um ser humano, esperando, implorando por um momento em que me sentiria como antes.

Kristen tinha me aceitado como um trabalho não remunerado de tempo integral, ouvindo-me soluçar, distraindo-me com histórias extravagantes. Finalmente, misericordiosamente, um momento de alívio chegou: cinco ou seis semanas depois, quando nós duas estávamos imersas reassistindo todas as temporadas de *Buffy, a Caça-Vampiros*. Quando a série despertou uma lembrança engraçada do ensino médio, subitamente, no meio de uma frase, tomei consciência de algo: *agora mesmo, você não estava pensando na Coisa*. Foi fugaz, mas me senti esperançosa. Se pudéssemos, de alguma forma, escapar da memória, talvez os períodos livres de pânico pudessem se alongar como sombras ao final da tarde então, talvez, um dia eu ficaria bem.

E agora, eu teria que começar todo aquele processo horrível de novo, da estaca zero?

Com as mãos trêmulas, mandei uma mensagem de volta: "Também estou com saudades."

Finalmente caí em um sono atormentado e inquieto, acordei no escuro e, depois, fiquei acordada na cama pelo resto da noite.

✐✐✐

O ESCRITÓRIO DA KIBBLE ficava em uma construção do final do século passado, uma torre estreita na Rogers Street, com um elevador antigo e barulhento e um segurança que nunca erguia os olhos da recepção quando as pessoas entravam e saíam, nem mesmo quando eu lhe dizia olá duas vezes ao dia. O ambiente de trabalho carecia do visual tecnológico e de cores vivas que eu associava a startups; em vez disso, era uma colmeia de escrivaninhas velhas, todas voltadas para o mesmo lado, separadas por cubículos com paredes feias e cinzentas. Ainda assim, havia uma cafeteira na cozinha com café gelado, janelas que iam do piso ao teto e um piso de madeira que tornavam minhas atribuições de coordenar cadeias de abastecimento e cuidar do lançamento de linhas para cuidados urinários felinos... bem, se não agradáveis, pelo menos, toleráveis. E havia um sentimento democrático entre os vinte e tantos funcionários. O único funcionário da Kibble que tinha um escritório era Russell, o fundador e CEO, apenas alguns anos mais velho que eu.

Normalmente, eu não me importava de vir para o trabalho depois de uma viagem — ansiava por isso, na verdade. Mas, enquanto subia de elevador no meu primeiro dia de volta, o pavor se expandiu em meu torso. Pensei em ligar para Kristen antes do trabalho, mas era madrugada em Sydney. Como eu sobreviveria hoje sem sua silenciosa empatia, sua confiança reconfortante? E, caramba, como eu poderia esperar que ela estivesse lá por mim quando foi *ela* quem foi atacada? Ela merecia uma amiga com quem pudesse contar, da mesma forma que me apoiei nela depois do Camboja.

Quando as portas do elevador se abriram, empalideci. Como eu deveria me sentar na minha mesa arranhada e remexer nas planilhas quando o corpo de Paolo estava simplesmente... *lá*, apodrecendo sob uma fina camada de terra, esperando que alguém o encontrasse?

— Bem-vinda! — Priya saltou, o rabo de cavalo balançado, e me envolveu em um abraço. — Estou *tão* feliz por você estar de volta.

Espalhei um sorriso em meu rosto como cobertura de glacê. Priya e eu nos conhecemos há alguns anos, como voluntárias em uma campanha de arrecadação de fundos para um abrigo de animais da vizinhança; embora o meu locador não permitisse animais de estimação, eu amava olhar a adorável página do Instagram do abrigo, e decidi ajudar em um evento. Um dos organizadores nos colocou como dupla pela manhã e, por volta da hora do almoço, já tínhamos virado amigas. Foi ela quem me contou sobre a vaga de emprego aqui; ela era a redatora da Kibble.

— Senti sua falta! — disse à Priya. — E trouxe algo para você. — Uma garrafa de pisco em miniatura tilintou na minha bolsa.

— Como foi lá? Foi incrível, né? — Ela me acompanhou até a minha mesa.

Alarguei meu sorriso. Eu queria chorar. Dias depois, a dor de arrastar e cavar ainda não tinha diminuído, e combinava com a sensação em meu peito: uma dor generalizada e aguda.

— Foi inesquecível — consegui dizer. — Mas estou feliz por estar em casa.

EU NÃO CONSEGUIA deixar de examinar as notícias. Sentia um sobressalto cada vez que atualizava a página da CNN, como quando você liga a música com o volume muito alto. Eu rolava as páginas incansavelmente em busca de qualquer menção a uma pessoa desaparecida. Eu sabia que não poderia pesquisar no Google, nem mesmo no modo de navegação privada, porque no ano passado, Kristen havia me contado que a função não era segura; qualquer pessoa com seu endereço IP ainda poderia rastreá-la.

Mas nada aconteceu. Colegas de trabalho passaram rapidamente pela minha mesa para perguntar sobre o Chile, mas, como sempre acontece com recapitulações de férias, eles não estavam muito interessados. Havia um relançamento de comércio eletrônico que precisava da minha concentração. Eu só podia dedicar cerca de vinte por cento da minha atenção para a elaboração de cronogramas de produção e organização de orçamentos, mas, eram vinte por cento do meu tempo pensando em qualquer outra coisa que não fosse Paolo.

Será que a família dele já percebeu que ele está desaparecido? Será que alguém já deu o alerta?

⚡ ⚡ ⚡

NAQUELA NOITE, sonhei que Kristen e eu estávamos de volta à Northwestern University, no verão antes do nosso último ano, quando ficamos na cidade e sublocamos um apartamento antigo na Rua Clark. No sonho, assim como nas minhas lembranças, estávamos sentadas no lago, olhando para a água negra e ficando cada vez mais animadas conforme o céu se tornava índigo e as estrelas começavam a desaparecer. Não dissemos nada, apenas observamos fascinadas o sol se projetando no horizonte aquoso. O nascer do sol sobre o Lago Michigan. Só conseguimos ficar acordadas a noite inteira por três vezes durante nossa estada, mas sempre foi um momento especial, particular e *nosso*.

Então, abri os olhos, e a realidade perturbadora me atingiu com tudo.

Peguei meu celular, o instinto de falar com Kristen era uma coceira, insistente e intensa, como quando estávamos em nossa barraca em Uganda, e sentimos o latejar de dezenas de picadas de moscas tsé-tsé. Paolo consumia meus pensamentos e eu ansiava a libertação, uma chance de falar até esgotar o assunto. *Você ainda acha que estamos bem? Esquecemos alguma coisa? Você consegue acreditar que tudo aquilo realmente aconteceu??* Mas, é claro, eu não poderia falar nada disso, Kristen não nos permitira nos incriminar por telefone. Senti o segredo se forçando para fora de mim, explodindo como uma bolha, e subindo pela minha garganta.

Mais um dia de trabalho. De alguma forma, participei de reuniões, respondi e-mails e ouvi fofocas na sala de descanso. Aaron e eu trocamos mensagens ao longo do dia, as brincadeiras casuais de um novo casal, e me agarrei à onda de dopamina que recebia toda vez que seu nome aparecia na minha tela de bloqueio. Esperei na fila com Priya por *burrito bowls* a preços abusivos, absorvendo suas histórias sobre encontros do Tinder. Enquanto isso, minha real identidade ameaçava dominar minha garganta e gritar bem alto: *Enterramos um homem ensopado em seu próprio sangue.* Não seria nem toda a verdade. Apenas a metade, um cadáver de dois.

Kristen e eu combinamos uma ligação para a noite. *Tenha o cuidado de não mencionar A Coisa, Emily, caso alguém esteja ouvindo.* Meu coração batia forte quando me sentei no sofá, com os fones de ouvido, esperando.

— Oi, Emy! — Tão alegre. E o que estava choramingando no fundo?

— Oi. Você está fora de casa?

— Sim, estou indo para o trabalho. Está muito barulhento? — O vento aumentou e, então, se acalmou; um carro distante buzinou.

— Hum, tudo bem, consigo ouvir você. — Havia algo casual demais nisso, ela fazendo várias coisas ao mesmo tempo em nossa primeira ligação pós--Chile. — Como você está?

— Estou bem. O trabalho está horrível. Gostaria que ainda estivéssemos de férias juntas.

Fiz uma careta e afundei nos travesseiros atrás de mim.

— Sinto muito que as coisas estejam horríveis no trabalho. Mas como você *está*?

— Está tudo bem. Então, sei que você disse que talvez fosse melhor esperar um ano para fazermos o mochilão, mas, e se nós planejássemos isso para o meu verão? Se começarmos a viajar logo depois dos feriados de fim de ano, você vai escapar do inferno que é Milwaukee no inverno, e poderíamos até mesmo começar a viagem em Sydney, janeiro tem o clima perfeito para surfar.

Fiquei feliz por não estarmos em uma videochamada, porque não consegui esconder o choque em meu rosto. Ela parecia *tão* bem. Eu amava Kristen, daria qualquer coisa para estar fisicamente com ela agora, enquanto processávamos juntas o nosso horror. Mas, claramente, algo sobre estarmos juntas serviu de farol para atrair coisas muito ruins. Nós duas, viajando sozinhas, éramos um ímã de violência. Por que arriscaríamos de novo? E, diabos, como ela poderia estar *considerando* viajar pelo mundo quando ela foi agredida poucos dias antes?

— Isso é... algo a se pensar — falei com cautela. — Sinto muito a sua falta, muito mesmo. Mas... eu preciso de um pouco de tempo antes de me sentir pronta para viajar novamente. Isso faz sentido?

— Ah, tudo bem — disse Kristen, muito rapidamente, e mudou de assunto. Conversamos por mais alguns minutos sobre qualquer coisa além de Paolo, e então ela chegou ao escritório. Desliguei a ligação, confusa e triste.

E profundamente perturbada.

CAPÍTULO 12

Aaron e eu planejamos nos encontrar em um bar aconchegante na vizinhança dele. Encontrei uma vaga em uma rua lateral e saí no escuro, instantaneamente me lembrando da reputação de Milwaukee, que era como uma colcha de retalhos de quarteirões seguros ligados a outros não tão seguros a alguns metros de distância. Havia um homem com um boné de beisebol encostado em um poste, e desviei o olhar ao passar por ele. Mas, então, ouvi passos atrás de mim e meu coração estrondeou, a adrenalina era como um arame farpado envolvendo meus membros. Acelerei o ritmo e corri para o outro lado da rua, então, olhei furtivamente por cima do ombro.

Não era nada. Ele virou em outra rua. Apenas um cara cuidando da própria vida, sem saber que havia incendiado meu sistema nervoso.

Lembrei-me de um monólogo que tinha visto na televisão sobre como a dor é um direito de nascença das mulheres. Não é difícil catalogar o tormento estonteante que a vida nos impõe: parto, cólicas menstruais e o calor sufocante da menopausa. Fazemos o possível para evitá-la, mas os homens correm em sua direção: guerras, lutas livres e partidas de futebol americano, que fraturam seus crânios e agridem a frágil massa cinzenta que está por baixo. Sua bravata consiste meramente neles fabricando a própria dor, tentando parecer fortes.

Mas o medo... o medo é, no mínimo, um motivador tão forte quanto a dor. Talvez o programa de TV tenha se enganado; talvez os homens não desejem exatamente sentir a dor, mas o medo, o paralisante temor de se estar vivo.

Eles desejam isso porque não têm ideia de como é abominável sentir aquela explosão gélida centenas de vezes por dia.

Abri a porta do bar, grata pelo sopro de ar quente, e o cheiro de cerveja me envolveu. Respirei por um momento: pessoas conversando, pedindo cervejas *Pabst Blue Ribbon* e mastigando bolinhas de queijo mais brilhantes do que marca-textos. Enfeitando as paredes de painéis de madeira, havia letreiros em néon de marcas de cerveja, chifres empoeirados e peixes empalhados, e senti como se tivesse escorregado através de um portal para uma dimensão mais segura.

Examinei os rostos ao redor do bar e, então, me dirigi à sala dos fundos, onde havia uma mesa de pebolim e jogos antigos de fliperama amontoados entre as mesas de madeira arranhadas.

— Emily! — Aaron se levantou para me dar um beijo de boas-vindas. Gostei de sua confiança, como se fosse assim que sempre nos cumprimentávamos. — O que você vai beber?

Ele se apressou para pegar uma bebida para mim, e eu peguei meu celular. Kristen tinha me enviado uma foto do que presumi ser seu escritório: a vista panorâmica de Sydney, a Casa da Ópera reluzindo à distância. "Tem certeza de que não consigo te convencer?", ela mandou uma mensagem com um emoji de carinha piscando. Senti como se concreto úmido se revirasse em meu estômago.

Eu me espantei quando um copo foi colocado a minha frente na mesa.

— Eles não tinham mais da cerveja que você pediu, a *Spotted Cow*, então eu peguei uma chamada *Booyah*. — Aaron tocou meu ombro e se sentou em uma cadeira. — O barman disse que são parecidas. Ei, o que foi?

— Não é nada. Desculpe.

— Está tudo bem?

— Era a Kristen. — Hesitei. — Ela está tentando me convencer a encontrá-la em Sydney para passarmos seis meses fazendo um mochilão.

— *Sério?*

— Sim. Sei que ela sente minha falta. Além disso, acho que ela não gosta de estar tão longe de… bem, de todo mundo.

— E como você se sente sobre isso?

Franzi os lábios.

— Eu disse a ela que agora não é um bom momento. Porque as coisas estão indo bem no trabalho e, tipo, socialmente também… — Gesticulei para a mesa, nossos copos de cerveja altos a nossa frente, então corei. Não acrescentei o terceiro grande motivo: Kristen e eu viajando juntas continuava resultando em derramamento de sangue. — Mas ela continua insistindo nisso.

— Ah, nossa. Eu não queria influenciá-la, mas cara, estou tão aliviado. — Ele riu e tomou a cerveja, e meu estômago embrulhou.

— Fico feliz que você esteja aliviado. — As bolhas calorosas em meu peito expandiram, cautelosamente esperançosas.

Aaron acenou com a cabeça, pensativo.

— Estranho ela tentar roubar você de mim. Mas acho que, tipo, amizade em primeiro lugar.

— Quando ela deu a ideia, ela não sabia exatamente... sobre você. Ainda. — Meu tom de voz estava lento e cauteloso, como uma fita na velocidade errada.

Ele começou a rir.

— E por que não?

Engoli em seco.

— No passado eu já criei muitas expectativas sobre coisas que não deram em nada. Eu contei para você que não namoro ninguém há algum tempo, droga, não que estejamos namorando, eu só quero dizer que...

Ele sorriu para mim, as sobrancelhas erguidas, esperando por mais.

Apressadamente, continuei:

— Eu só não queria que desse má sorte, sabe? Não há nada pior do que ficar toda animada e contar a suas amigas sobre um cara novo, e ele sumir. Então, elas perguntam sobre isso, e você se sente uma idiota. — Bem, definitivamente havia algumas coisas piores do que isso. Kristen e eu sabíamos tudo sobre elas. — Mas, de qualquer forma, contei a ela sobre você. Em nossa última noite. E ela está muito feliz por mim! Mas acho que ela está muito empolgada com a ideia do mochilão. Não posso culpá-la por tentar, certo?

Ele esticou o braço em volta dos meus ombros. Meu corpo inteiro se acendeu.

— Entendi. Bem, diga a ela que você tem um namorado. E é por isso que você não quer ir viajar.

Eu não conseguia tirar o sorriso do meu rosto.

— Namorado, é?

— Parece que sim, né?

Desviei o olhar quando o contato visual ficou muito intenso.

— É, parece.

— Certo. Só não se torne uma mochileira *exatamente* agora. Eu sou péssimo em relacionamentos à distância.

— Eu não vou. Mas ela está tendo problemas em aceitar um não como resposta. Ela pode ser bem intensa quando quer que eu faça algo com ela. Droga, ela é o motivo pelo qual eu me diverti tanto na Northwestern. Eu definitivamente não teria feito nem metade se não fosse por ela, tipo, ir nadar pelada no Lago Michigan.

As sobrancelhas dele se ergueram.

— Agora, *isso* aí é algo que eu estou triste por ter perdido.

— Tenho certeza que sim. — Bebi minha cerveja. — Acho que ela está apenas sofrendo. Estou tendo dificuldade em ser uma boa amiga.

— Como assim, sofrendo?

Kristen em nossa suíte no hotel, o sangue de Paolo salpicando sua mandíbula: *Ele me agrediu.*

— Quero dizer, ela é solitária. Ela tem amigos lá, mas não uma *melhor* amiga. Enfim, quero ouvir sobre você! O que eu perdi? Você está trabalhando em algum projeto legal?

— Ah, nada de interessante. — A mão dele deslizou do meu ombro para a minha nuca. Ele me lançou um olhar suave e atencioso, e me beijou. Achei que meu coração fosse saltar para fora do meu peito e, pela primeira vez em muito tempo, era de euforia, não de medo.

Namorado. Ele disse que é meu namorado. Ele declarou que eu era sua namorada. Por muito tempo, tive medo de desejar por isso, e agora estava acontecendo, era real, era melhor do que eu sonhara. Coloquei a palma da minha mão em sua mandíbula quadrada, pressionando a barba por fazer, e o beijei de volta.

Eu me afastei primeiro, com uma risadinha tímida.

— Oi, namorado. — Experimentei.

— E aí, gata — brincou ele de volta, em seguida, entrelaçou seus dedos nos meus. — Ei, me conte mais sobre a Kristen. Eu deveria saber mais sobre a melhor amiga da minha namorada.

Meu sistema nervoso se ativou, como se alguém tivesse ligado um motor.

— Ela é incrível. Superousada e aventureira.

— Gosto de como vocês duas se metem em problemas ao redor do mundo inteiro. — Ele ergueu nossas mãos e inspecionou minhas unhas novamente. — Ainda estão sujas! Ainda quero saber sobre essa caminhada épica.

Não. Um sentimento alarmante me atravessou, levando embora a sensação calorosa. Como eu poderia estar em um relacionamento sério se eu continuava perdendo a cabeça?

— Foi meio, hum, uma grande confusão. Nós nos perdemos e acabamos brigando por causa disso. Foi a pior parte da viagem, na verdade. — Bebi a cerveja com espuma. Minha outra mão, ainda na de Aaron, agora parecia úmida e gelada.

— Nossa, tudo bem. Não precisamos falar sobre isso. O que mais aconteceu na viagem?

Coloquei meu copo na mesa.

— Você é tão gentil de perguntar, mas estou meio cansada de relembrar essa história. E eu me importo com a sua vida! O que há de novo?

Ele se recostou despreocupado.

— Em termos de trabalho, um grande projeto de design de embalagens deu errado. Eles decidiram encontrar alguém em um site onde artistas fazem lances em trabalhos. A mão de obra mais barata vence.

— Caramba. Esses designers não estão desvalorizando o trabalho para todos?

Ele encolheu os ombros.

— Eu entendo, as pessoas precisam colocar comida na mesa. E tenho sorte, sempre terei o café.

— Cara, ninguém consegue te irritar, né?

Ele sorriu.

— Bem, eu não vejo sentido em pensar que todo mundo está atrás de mim.

Como eu faço. A família de Paolo, a compreensão ao amanhecer de que ele não estava onde deveria estar. Policiais locais, uma investigação iniciada.

— Gosto de como você vê o mundo — falei, e bebi minha cerveja.

✦ ✦ ✦

Quando o barman anunciou que o bar estava fechando, Aaron e eu caminhamos até o apartamento dele de mãos dadas. Eu estava determinada a manter o Chile escondido: o que os olhos não veem, o coração não sente. Seu colega de apartamento não estava em casa, então relaxamos no sofá da sala de estar, e sua vitrola abafou a multidão de fregueses barulhentos do bar que tropeçavam até suas casas, abaixo da janela de Aaron.

Por alguns minutos, foi bom, excitante, divertido; nós dois nos beijando no sofá com aquela sensação inebriante de atração mútua. Mas, então, me movi para subir em seu colo e minha mão encontrou seu braço áspero, e isso me atingiu como o estrondo de címbalos. Os bíceps gelados de Paolo sob meus dedos. As costas musculosas de Sebastian enquanto o arrastávamos morro acima. Eles eram *reais*, pesadelos materializados, atos que, embora justificáveis, poderiam nos levar à prisão.

Eu enrijeci sem perceber, e Aaron tocou meus ombros.

— Você está bem?

— Desculpe, acho que estou um pouco nervosa.

— O que aconteceu?

Eu me virei, e desabei ao seu lado no sofá. Eu ansiava por contar a ele, me abrir sobre o que estava realmente errado… mas não consegui.

— Só estou meio perdida nos meus próprios pensamentos. Eu juro que não tem nada a ver com você.

— Tudo bem. Você quer conversar sobre isso?

Então, de repente, eu estava chorando, as lágrimas escorrendo pelo meu rosto enquanto outra parte de mim se rompeu e assistiu horrorizada: *Controle-se, Emily, antes de espantar seu novo namorado.*

— Eu sinto muito! — falei. — Eu sei que estou agindo estranho.

— Não, está tudo bem — respondeu Aaron, mas seus olhos registravam perplexidade, inquietação. Não era exatamente uma negativa, eu *estava* agindo estranho. Ele levantou e saiu apressado, e meu coração afundou. Bem, não demorou muito.

— Aqui! — Ele reapareceu com uma caixa de lenços de papel, e um deles fez um zunido quando o puxei do topo. — Vem cá. Está tudo bem. — Ele se sentou ao meu lado, e me envolveu em seus braços. — O que está acontecendo?

Eu mataria para ser capaz de contar a ele; eu daria qualquer coisa para apenas tirar esse peso de dentro de mim. Em vez disso, controlei as lágrimas e me afastei.

— Eu sinto muito. Não tem nada a ver com você. Mas é melhor… é melhor eu ir para minha casa.

— Ah, ok. — Ele parecia magoado. — Posso te acompanhar até o seu carro?

— Não, muito obrigada, mas estou bem.

Mas, assim que saí e virei a esquina, me arrependi da minha decisão. O quarteirão estava vazio agora, bolsões de escuridão entre os postes de luz amarelados. Eu estava usando botas de couro com saltos altos, o que produzia um *tac! tac! tac!* constante contra a calçada. Desci a rua sob um emaranhado de galhos de árvores, seus brotos projetando-se da madeira como se estivessem arrepiados, e tentei caminhar o mais silenciosa possível. Literalmente andando nas pontas dos pés, tentando chegar em casa sem ser percebida. Algo se moveu atrás de mim e arfei, mas era apenas uma sombra no facho do poste de luz mais próximo, uma mulher atravessando a rua a 15 metros de distância. Finalmente, me joguei dentro do carro e tranquei a porta.

No caminho de volta para casa, serpenteando ao longo das estradas desertas da cidade, pensei novamente em meus passos, no maldito som das minhas botas. O som revelador que me impediu de deslizar despercebida através da noite. A ironia: fiquei emocionada quando Aaron me notou e quando, esta noite, ele me chamou de namorada. Mas, na rua, tentei me esquivar de qualquer outro olhar masculino, imperceptível como um fantasma. Ser mulher é isso, eu suponho, tanto o desejo quanto a repulsa por atenção.

E não apenas a atenção de homens. Tome por exemplo meus pais. Eu era para eles como moscas volantes em sua visão, uma refração de luz na retina. Apenas na faculdade comecei a perceber seu desinteresse pelo que realmente era: negligência emocional. E ainda assim, ouvir de um cara, gemendo, na rua um "*humm, bom dia*" enquanto eu passava poderia revirar meu estômago, azedar o meu humor. O que era pior, ser invisível ou ser notada? Era exaustivo: o ego, o desejo de ser notada, até mesmo de ser admirada, sempre inflando e contraindo, abrindo e então fechando por completo, repentinamente.

Qual era a minha expressão para Sebastian quando ele me empurrou contra a parede, me prendendo no lugar? Estacionei na entrada da garagem, e o terrível carretel de memórias se desenrolou: um estrondo de fúria e adrenalina quando a carne de Sebastian cedeu sob meus dentes; Kristen com a luminária de piso; *Pare. Pare. Pare.*

A repentina queda quando o corpo dele deixou nossos braços e caiu em direção à água azul-acinzentada abaixo.

Meu Deus, eu estava destruída. Lágrimas surgiram em meus olhos mais uma vez enquanto eu subia em direção à minha porta da frente.

Coitado do Aaron.

Ele não tinha ideia de onde estava se metendo.

CAPÍTULO 13

— Sinto que eu não deveria estar aqui.

Adrienne Oderdonk, terapeuta familiar especialista em casamentos e família, tinha cinquenta e tantos anos, cabelos grisalhos cacheados e olhos castanhos gentis. Uma terapeuta comum em um prédio comum, com pediatras, corretores de imóveis e dentistas preenchendo a lista de consultórios perto da porta da frente.

Ela sorriu tranquilamente.

— E por que não?

— Eu acho que... sempre escutei que terapia era para os fracos. — Na verdade, cresci cercada por reações automáticas negativas em relação a isso. Quando, quinze anos atrás, uma prima decidiu mudar de carreira e conseguir seu doutorado em psicologia, meu pai zombou da ideia durante o café da manhã.

"Psiquiatras são charlatões", ele disse, como se estivesse considerando que a água é molhada. Ele abriu o jornal e virou a página. "Cobrar 200 dólares por hora para escutar idiotas falando sobre seus *sentimentos*. Mas, ei, parabéns para ela."

— *Você* acha que é para os fracos? — perguntou Adrienne.

— Bem, estou aqui porque acho que eu deveria ser mais forte, então acho que isso confirma a ideia. — Minha risada pareceu um latido.

— Vamos tentar manter o "deveria" fora da conversa.

— Certo. — Observei o caderno de espiral na mesinha ao lado dela, o relógio marcando nossos cinquenta minutos juntas. A caixa de lenços de papel na mesa de centro, prevendo catarro e lágrimas.

Priya recomendou Adrienne, e me encolhi em sua sala de espera como uma criança enviada à sala do diretor. Eu me senti estranha em ir a uma terapeuta depois que Kristen me alertou para não fazer isso no ano passado, mas eu não tinha certeza se havia outra escolha: eu tinha quase 30 anos, estava em meu primeiro relacionamento adulto e prestes a estragar tudo.

— Quando você diz que deseja ser mais forte, o que quer dizer? — perguntou Adrienne.

Desviei o olhar. *Forte o suficiente para enfiar meu pânico em uma caixa. Forte o suficiente para passar um dia, uma hora que seja, sem sentir medo de que Paolo seja encontrado. Forte o suficiente para ouvir um telefone tocar e não congelar presumindo que seja a polícia chilena.* Pesquisei sobre isso depois do Camboja, embora não houvesse nenhuma garantia de que os EUA me extraditariam, se eu fosse acusada, meu rosto estaria no noticiário e meu passaporte sinalizado. Minha vida arruinada.

— Hum… Estar mais no controle de minhas emoções, eu acho. Como… como as outras pessoas. — Por *outras pessoas*, é claro, eu quis dizer Kristen. O que eu estava fazendo aqui? Eu não poderia contar a ela a verdade: que parecia provável, até mesmo inevitável, que seríamos pegas. Kristen foi a mentora no ano passado, e é óbvio que seu plano funcionou, nós escapamos impunes. Mas, no Chile, eu estava no comando, e estava trêmula e míope, fingindo confiança. Qualquer dia desses, eles triangulariam o último paradeiro conhecido de Paolo, sua noite bastante memorável em Quitéria. Qual é a maneira correta de pedir a uma terapeuta para aliviar suas preocupações realistas?

A resposta: conte a ela sobre outra preocupação realista.

— Então, no ano passado, eu… eu fui agredida, enquanto ficava com um cara, e tive muitas dificuldades em me recuperar.

— Sinto muito que isso tenha acontecido com você.

— Obrigada. Eu… eu estava uma bagunça no começo, para ser sincera. Mal conseguia sobreviver aos meus dias. Mas minha melhor amiga, ela mora na Austrália, mesmo assim, ela estava lá por mim todos os dias durante aquele período; me reconstruindo até que comecei a me sentir eu mesma novamente. Mas então…

Adrienne estava me olhando com a mais gentil e intensa expressão de atenção.

— Semana passada, algo semelhante aconteceu com *ela*. Enquanto estávamos de férias juntas. E agora eu quero ser forte por ela, mas…

— Nossa, Emily. Ver sua amiga passar por isso deve ser um gatilho para você.

Mordi o lábio. Com tempo suficiente e o apoio de Kristen, selei o horrível incidente com Sebastian com um *pá!* satisfatório, como fechar a tampa de um caixão ou a capa pesada de um livro. Eu tinha voltado à minha vida e me aproximado ainda mais de Kristen. Apenas para, de repente, reestruturar aquele pesadelo singular em um pesadelo não tão singular assim... Agora, Sebastian estava de volta no meu campo de visão, e a sensação de sua pele fria e seca se misturava em minha mente com a pele peluda de Paolo.

Paolo. Eles podem estar desenterrando-o neste exato minuto.

— Vocês denunciaram a agressão?

— Não denunciamos, não. — Um batimento cardíaco. — Nenhuma das duas vezes.

Adrienne acenou com a cabeça.

— O que é difícil para as sobreviventes, muitas vezes, é que não há um encerramento. O agressor sai impune, e você sabe que ele ainda está lá fora.

Alarmes soando, luzes vermelhas piscando: Sebastian não estava vagando impune pelas ruas. Paolo também não. Será que ela sabia que eu estava escondendo algo? Ela estava me testando? *Por que diabos você está aqui, Emily?*

— O que está acontecendo? Eu consigo ver as engrenagens girando. — Adrienne bateu o dedo em sua têmpora.

— Eu estou... muito nervosa, para ser sincera — disse. — Eu nem tenho certeza de como terapia deveria funcionar. — Meu Deus, eu sou uma idiota. Eu tinha uma ideia vaga e incompleta de que Adrienne poderia me ensinar a controlar minha ansiedade de ser pega, alguma técnica mágica para conter o medo. E essa magia me permitiria agir normalmente perto de Aaron, para merecer seu afeto, e ser agradável, *digna de ser amada.* Eu resolveria tudo com Kristen também, e dali em diante as coisas não seriam nada além de flores e arco-íris. Mas era como Kristen havia dito: terapia não funciona assim. Agora, eu estava circulando em torno dos problemas reais, desperdiçando o tempo de Adrienne e me fazendo parecer evasiva.

— Me conte sobre essa amiga, aquela para quem você quer estar presente.

Contei a Adrienne o básico.

— O que é interessante para mim é que quando as pessoas estão lidando com traumas, elas tendem a se voltar para si — disse ela. — Elas não pensam de forma abnegada porque estão apenas tentando sobreviver. E, ainda assim, você quer trabalhar para ser uma amiga melhor para Kristen. Por que você acha que está fazendo isso?

Droga, ela consegue enxergar através de mim.

— Bem, Kristen fez muito por mim. Sinto que eu deveria... Quero dizer, eu *quero* precisar menos de ajuda, e conseguir fazer mais. Quero estar presente para ela.

— Kristen falou que gostaria que você fizesse mais?

— Não exatamente — falei. Kristen parecia... estranhamente bem. Ela realmente não precisava de mim como eu precisei dela? Enviei para ela um vale-presente de uma massagem em um spa de Sydney, depois um vale-presente do Uber Eats com um bilhete sobre ela comprar alguma comida caseira para ela, mas seus agradecimentos foram animados e um tanto chocados: *"Ah, você não precisava ter feito isso!"*

— E como está o resto de sua rede de apoio? — perguntou Adrienne. — Família, outros amigos? Um parceiro?

— Não sou próxima da minha família — admiti. — Tenho apenas a Kristen, ela é como minha irmã. E não tenho um grande grupo de amigos; prefiro ter uma amiga para tudo do que, você sabe, um milhão de conhecidos. Mas, também, comecei a sair com alguém. É... super-recente, mas, sim. Ele é ótimo. — Apoiei meu tornozelo sobre o joelho e pisquei para a pequena flor-de--lótus ali. Parecia que Kristen e eu tínhamos feito as tatuagens há eras.

— Você pode me falar sobre ele?

Relaxei, contei a ela como nos conhecemos, como Aaron só me deixou nervosa porque ele parecia bom demais para ser verdade. Como ele foi o primeiro cara de quem eu realmente gostei depois de cinco longos anos, o primeiro com quem eu conseguia ver um futuro. Como as coisas eram diferentes com ele, mas que sempre que começamos a nos beijar, e as coisas esquentam, eu congelo.

— Seu rosto se ilumina quando você fala sobre ele — observou Adrienne. — Mesmo quando você está falando sobre criar barreiras para se proteger. É bonito de ver.

Desviei o olhar, um sorriso crescendo em meus lábios fechados.

— Você disse que ele é o primeiro cara em cinco anos. Quem foi o último?

— Ah, eu não penso muito nele. — Gesticulei com a mão. — O nome dele era Colin, nos conhecemos no *OKCupid*, um aplicativo de relacionamentos. No começo, pensei que as coisas estavam indo muito bem, tínhamos uma química incrível, ele era totalmente o meu tipo, o pacote completo. Mas então, depois de alguns meses, logo depois que ele conheceu meus amigos, percebi que ele era meio... possessivo, talvez. Ele e Kristen bateram de frente. E, você sabe como as coisas são... para estar comigo tem que gostar dos meus amigos.

Colin reapareceu em minha mente há alguns meses, um amigo sugerido em um novo aplicativo que eu havia baixado. Enquanto todas as outras pessoas na minha vida me deram sua vaga e genérica aprovação sobre ele na época ("Ele parece ser ótimo; estou feliz em ver você feliz!"), Kristen foi quem olhou de perto e questionou. Uma noite, ela apontou que a resposta irritada dele sobre eu cancelar os nossos planos "cheirava a um transtorno de personalidade".

— E então mais ninguém por cinco anos. — Adrienne incitou.

— Não, ninguém sério.

— E... — Os olhos dela se voltaram para o bloco de notas em seu colo. — Aaron sabe que você sobreviveu a um assédio sexual no ano passado?

— Ah, como eu disse, eu não fui... estuprada. Ele apenas...

— Isso foi assédio sexual, Emily. — Ela deixou as palavras pairarem no ar por um segundo. — Se foi contato sexual indesejado, isso é assédio sexual.

Lágrimas surgiram em meus olhos novamente.

— Acho que sim. Mas, para responder à sua pergunta, não, ele não sabe. Eu não falo sobre isso.

Suas sobrancelhas arquearam.

— Exceto com Kristen.

Esta é Joan. Ela é a melhor amiga que uma garota poderia ter.

— Claro — falei, justamente quando o relógio indicou 19h50.

❞❞❞

O ESTÚDIO DRISHTI YOGA sempre foi meu lugar feliz, um refúgio.

Mas, agora, eu não tinha certeza.

Era um local ensolarado e espaçoso, com cheiro de *palo santo* adoçando o ar. Na janela da frente, cristais e cactos foram artisticamente dispostos, e abri meu tapete na madeira lisa do estúdio. Priya apareceu enquanto eu carregava uma torre de toalhas e blocos de ioga, e os acessórios caíram no chão quando ela me envolveu com um braço.

Ainda na faculdade, Kristen me apresentou a ioga. Eu tinha que agradecer a ela por isso. Eu amei: respirações sincronizadas tão lentas que dilatavam meus pulmões como balões meteorológicos; a concentração intensa necessária até mesmo para os asanas[1] mais simples. Depois do Camboja, meu estúdio de ioga virou minha igreja. Eu sentia as lágrimas transbordarem na dor profunda da Postura do Pombo ou no corajoso desdobramento da Postura do Camelo e, naqueles momentos, eu acreditava que, talvez, talvez um dia eu conseguisse deixar tudo para trás.

Será que eu realmente conseguiria começar todo o processo de cura... novamente?

Priya tirou o moletom, revelando uma faixa de abdominais definidos.

— Convidei meu amigo Tim, do Getsêmani — disse ela, endireitando o tapete ao lado do meu. Ela se referia à igreja, não ao jardim. — Espero que você não se importe.

— Claro que não! Eu já o conheci? — Priya frequentava uma enorme igreja episcopal em Bay View, e todas as pessoas do Getsêmani que conheci em suas festas pareciam divertidas e artísticas.

— Acho que não. Você vai gostar dele. — Priya estava sempre convidando as pessoas para lugares diferentes, misturando grupos, e ficava mais feliz em seu casulo vibrante cheio de pessoas. Ela caminhou até a janela da frente para tirar uma foto do jardim em rocha. Invejei sua estética sem esforço do Instagram, naturezas mortas que ela elevou à categoria de arte.

Passou-se uma semana desde o incidente no Chile, e isso rastejou para dentro de minha mente enquanto meu corpo se movia, fluindo entre as posturas, meus quadríceps tremendo. Imaginei meu medo de que alguém encontrasse Paolo exalando através de minha Respiração Vitoriosa[2], através do meu suor salgado. Quando a musculatura posterior das minhas coxas *finalmente* relaxou de sua semana dolorida na Postura do Bastão, imaginei Aaron sentado à minha frente, os dois incidentes horríveis pairando entre nós como um holograma. Na Postura do Arco, equilibrando-me sobre minha barriga, senti algo dentro do meu abdômen se contraindo, tomando forma, como se o líquido de uma almofada térmica, de repente, se solidificasse. Quando caímos no chão, e a aula prosseguiu, fiquei imóvel, esperando meus olhos piscarem até secar.

◇◇◇◇◇◇◇◇

[1] Asana é uma palavra originária do sânscrito, e sua prática possui a finalidade de promover equilíbrio físico, mental e espiritual para os praticantes. Atualmente, emprega-se o termo para denominar as diversas posturas utilizadas na prática de ioga. [N. da T.]

[2] A Respiração Vitoriosa, ou *Ujjayi Pranayama*, é uma prática de respiração da ioga, os *pranayama*. Um dos benefícios associados a essa prática é a redução do nível de ansiedade. [N. da T.]

Depois do Savasana, quando estávamos sentados de pernas cruzadas, o instrutor começou uma digressão mística: *Você é a consciência divina que escolheu se tornar humana, porque a consciência precisa de uma forma para evoluir e explorar.* Abri os olhos e Priya e eu trocamos um sorriso.

Na calçada, depois da aula, Priya se despediu de Tim e checou o telefone. O rosto dela se iluminou.

— Essa é a sua amiga, né?

Ela ergueu a tela e olhei os comentários em sua foto da janela do Drishti. Kristen era uma espectadora no Instagram, seguindo outras pessoas, mas nunca postando fotos dela mesma, então levei um momento para reconhecer o perfil. *"Tão lindo. Emily estava me contando sobre este lugar!"* dizia o comentário.

A culpa cresceu dentro de mim. Não falei com Kristen hoje. Venho diminuindo nosso contato, pensando que ela não parecia estar precisando de mim, que ela sempre se esquivava quando eu perguntava se ela estava bem. Nossas ligações pareciam estranhas e tensas enquanto eu lutava para conversar sobre qualquer coisa além de Sebastian e Paolo... ou Aaron, já que percebi que ela não queria me ouvir tagarelar sobre meu novo relacionamento. Agora, quando algo engraçado chamava minha atenção, eu mandava para Aaron, não para Kristen. O que foi terrível da minha parte, certo? Afastando-me dela depois de tudo que ela fez por mim?

— É ela! — consegui falar, desviando o olhar do celular de Priya. *Que estranho.* A massa que se formou em minha barriga durante a aula voltou, ainda mais sólida.

. . .

MAS TAMBÉM NÃO tive notícias de Kristen naquela noite. Uma parte irritante de mim continuava a me incomodar: *Emily malvada, você está evitando sua melhor amiga.* Mas, à noite, Aaron e eu assistimos a um filme de terror independente, no histórico cinema *The Oriental Theatre,* com o braço dele me envolvendo em meio ao veludo vermelho do cinema. Pulamos de susto com os *jump scares* do filme e ele beijou minha bochecha quando os créditos subiram pela tela e, embora não tenhamos passado a noite juntos, durante o encontro, qualquer pensamento sobre Kristen foi como uma centelha distante.

Foi o período de silêncio mais longo que Kristen e eu já tivemos, e quando acordei no domingo — segunda-feira para ela, preparando-se para a próxima semana de trabalho — sem nem uma mensagem sequer, sentimentos estranhos e contraditórios me atingiram: alívio e culpa, sossego e vergonha. Imaginei Kristen em seu quarto, do outro lado do globo, percebendo, aceitando, que eu não poderia colocar seus pedaços de volta no lugar.

Além do mais, comecei a pensar que realmente poderíamos nos safar com o que havíamos feito. Não havia nenhuma menção a um mochileiro desaparecido nas notícias. Meu pesadelo estava a cerca de 8 mil quilômetros de distância, em um pedaço desolado de montanha, e a única pessoa que sabia sobre isso estava a quase o dobro dessa distância; e a barreira que eu estava construindo entre nós estava ficando cada vez mais sólida. Aaron e eu estávamos em um relacionamento agora, e eu estava deixando o passado para trás. Eu ainda amava Kristen, e talvez um dia ela me perdoasse, mas eu não podia esperar por isso. Eu não merecia.

Porque o meu sentimento mais forte, aquele pairando como uma abóboda sobre todos os outros, era um desejo intenso de não falar, estender a mão ou mesmo *pensar* sobre Kristen. Seria diferente se pudéssemos *falar* sobre o maldito assunto de que precisávamos falar. Mas ela barrou o assunto de nossas ligações, pontuando questões de segurança e, de qualquer forma, ela não parecia precisar de mim, ela não estava desmoronando do jeito que eu estava depois de Phnom Penh. Por um momento, pensei que deveria me esforçar mais, ser uma amiga melhor, mas eu estava como uma pessoa paralisada na margem do Lago Michigan para o mergulho do urso-polar[3] no Dia de Ano-novo. Por mais que eu quisesse, permanecia enraizada na areia.

Já era difícil o suficiente manter nossa amizade à distância; havia uma diferença de fuso horário de 17 horas, rotinas e estações diferentes, nossas próprias vidas separadas. Outras amizades acabaram, ou, pelo menos, deram um passo para trás, por muito, muito menos.

Escovei os dentes e penteei o cabelo. A aceitação se infiltrava em meus pulmões como pequenos vapores. Kristen finalmente entendeu que eu não deixaria minha vida em Milwaukee para fazer um mochilão com ela. Aaron mandou uma mensagem na hora, e deixei a fantasia correr solta: talvez, no próximo ano, eu planejasse uma viagem com ele. Ou até mesmo uma viagem sozinha. Se meu professor de ioga estivesse correto, não era meu *dever* como um ser humano com um coração batendo experimentar as coisas? Explorar? Toda a preocupação sobre as mulheres *desafiando o destino* em aventuras, e

◇◇◇◇◇◇◇◇◇

[3] O Mergulho do urso-polar é uma tradição que acontece em diversos países para celebrar datas comemorativas, como o Ano-novo, ou eventos de arrecadação de fundos. O evento acontece, geralmente, no inverno, e os participantes mergulham em corpos de água enfrentando temperaturas baixíssimas. [N. da T.]

como era *nossa* responsabilidade nos proteger... não era simplesmente uma forma de manter a vida das mulheres restrita? De nos manter encolhidas em casa, dominadas, confinadas? Talvez eu visitasse um lugar menos exótico, mas igualmente incrível, digamos, uma viagem de trem pela Europa Ocidental, ou uma viagem de carro a um parque nacional no oeste dos Estados Unidos.

Congelei ao ouvir o soar melódico da campainha da minha porta da frente. Olhei através do corredor, para a luz entrando pelas janelas, e a campainha tocou novamente.

Arrastei-me pelo corredor e abri a porta apenas alguns centímetros. Então, fiquei paralisada. Meus ouvidos estalaram e o choque percorreu todo o meu corpo. Foi um dia tempestuoso, e o vento se agitou entre minha porta e o mundo lá fora.

— Emily Donovan. — Kristen colocou a mão na porta, e a abriu completamente. Ela me lançou um sorriso largo. — Surpresa.

CAPÍTULO 14

Um sonho. Isso tinha que ser outro sonho, como o do nascer do sol no Lago Michigan, desafiando as leis da física, do tempo linear. Kristen estava em Sydney neste exato minuto, olhando para seu chefe chato, comprando vegetais outonais, tirando suéteres de seu armário para se preparar para o inverno iminente. Seu mundo era tão diferente do meu. Ela não poderia estar na minha varanda em Milwaukee, Wisconsin, Estados Unidos.

— Senti sua falta! — A mala dela bateu no concreto quando ela me puxou para um abraço. Eu a envolvi em meus braços e me surpreendi ao descobrir que ela tinha uma forma sólida. O abraço me encheu de calor, e pressionei meu coração contra o dela, respirando em seu pescoço. *Kristen está aqui.*

— O que você está... como você está aqui? — falei, com meu rosto contra sua jaqueta.

Ela deu uma risadinha.

— Como você pensa que estou aqui? Um voo de 16 horas até Los Angeles, um voo de 4 horas até Chicago, ônibus para Milwaukee, Uber da estação até aqui. — Ela me soltou e pegou a bolsa. — Então, nem preciso dizer que estou exausta. Você vai me deixar entrar?

Abri a boca e depois fechei, acenando com a cabeça, incrédula. Eu segurei a porta aberta, e ela passou por mim.

— Você deveria ver sua cara agora! Imagine um vídeo com um compilado das melhores reações a festas surpresas do mundo. Você parece um *GIF*. — Ela apertou meu ombro ao passar.

— Kristen, você está bem? Você está tendo flashbacks ou algo assim? Estou tão feliz em ver seu rosto. — Eu a abracei novamente, com mais urgência dessa vez.

— Honestamente, eu estou ótima! Principalmente agora que estou com minha melhor amiga. — Ela parou na entrada. — Você já tinha essa parede decorada da última vez em que estive aqui?

Eu a encarei: *não fazia sentido*. Eu ainda estava dormindo? A última vez que Kristen esteve na cidade foi... há dois anos?

— Acho que você ainda não tinha visto. Onde está hospedada?

— Vou ficar na casa dos meus avós, não se preocupe. — Eles moravam em Brookfield, um subúrbio há vinte minutos em direção ao interior.

— Você queria ficar aqui?

— Humm, ainda que seu sofá em miniatura e colchão de ar com vazamento sejam tentadores...

Eu a segui até a cozinha.

— Bem, me avise se mudar de ideia. Eu sei que seus avós são... complicados.

— Obrigada! Sim, vamos ver. — Ela pegou um copo de água.

— Quanto tempo você vai ficar na cidade? — Sorri e tentei novamente: — Por quanto tempo terei você?

— Vou te contar a história inteira assim que meu cérebro ligar. Ahh, estou tão feliz por estar em casa. A primavera daqui é tão legal, depois de um inverno de *verdade*, não como o da Austrália.

Eu a encarei por um momento.

— Não consigo acreditar, Kristen! Você parece uma miragem. — Movi minha mão espalmada pelo ar.

— Eu sei. — Ela deu uma risadinha. — E você provavelmente tem uma tonelada de coisas acontecendo, não quero que você mude seus planos por minha causa ou algo assim. Eu realmente queria te fazer uma surpresa. Existem tão poucas surpresas genuínas na vida hoje em dia, sabe?

Eu pisquei, encarando-a. Ela estava falando sério? Eu considerava dois cadáveres bastante surpreendentes. O tipo de choque que me fez esperar que o resto dos meus dias se desenrolasse sem mais surpresas. Ainda assim, meu peito transbordou de felicidade ao vê-la.

— Falando sério, Kristen. Fiquei destruída depois do Camboja no ano passado. Como você está?

Ela olhou pela janela.

— Acho que sou melhor em compartimentalizar do que você. Desde toda a porcaria que tive que aguentar enquanto crescia.

Aquiesci. Seus pais, mortos em um incêndio em casa, deixando-a órfã como Bruce Wayne. Pena e culpa se misturaram, e subiram pela minha garganta.

— Ah, meu Deus, estou tão feliz em ver você, Kristen. Tudo o que eu queria nesta última semana era ter você aqui, para poder falar sobre tudo o que você passou.

— Aww, fofa! Ei, você tem café?

— Posso fazer. — Eu me levantei e puxei uma colher da gaveta. Estávamos completamente fora de sincronia, Kristen rebatendo como uma profissional as minhas tentativas de uma conversa séria. Coloquei algumas medidas de café na máquina.

— Eu não consigo acreditar que você passou todo esse tempo em aviões novamente, apenas uma semana depois. Não tenho certeza se vou querer viajar novamente.

— Bem, voos de 16 horas são a regra para mim atualmente.

Concentrei-me para encaixar o jarro da cafeteira no lugar. Meus movimentos pareciam coreografados, como descrições em um roteiro: *ela se move pela cozinha, fazendo café*.

— Você não tem que estar bem, sabe? — falei. — O que aconteceu no Camboja, aquilo... aquilo me dilacerou, me deixou confusa, assustada e ferida. Eu não conseguiria... Bem, não preciso te contar a bagunça que eu estava.

Ela me observou, balançando a cabeça de forma empática. Estava tudo errado; ela não deveria ter que me confortar. Ela estava aqui, bem na minha frente, exatamente o que eu desejava desde que cheguei em casa. Mas eu não me senti melhor. Com uma pontada, me perguntei se a distância entre Kristen e eu não teria sido uma bênção: uma estrada longa e estreita, mas o caminho viável em direção à cura. Agora eu me sentia deslizando para o lado oposto, como alguém sendo arrastado pelos calcanhares.

— Mas você superou — disse ela. — E eu também vou. Especialmente agora que estamos juntas novamente. — Ela abriu um largo sorriso e então reprimiu um bocejo.

— Estou feliz que você esteja bem. Mas você deve estar exausta. — Olhei para o relógio no micro-ondas; Aaron e eu vamos nos encontrar para um brunch em menos de uma hora. — Mal posso esperar para colocar o papo em dia, mas também não quero impedi-la de dormir.

Éramos boas nisso, navegar através das nossas necessidades fisiológicas enquanto estávamos em terras estrangeiras, privadas de nossas rotinas usuais. Mas ela balançou a cabeça.

— Ver você está me dando um novo fôlego. Você tem algum compromisso agora?

— Bem, na verdade eu tenho planos de fazer um brunch. Mas podemos sair depois disso? — Havia uma vivacidade em minha voz, um tom radiante e cítrico.

— Com quem? Aaron?

— Na verdade, sim. Eu acho que as coisas estão indo... muito bem. — Pela primeira vez, eu sabia o que eu queria: acabar com esse reencontro estranho, sorrir e me sentir bem com Aaron, e tentar conversar novamente com Kristen mais tarde, quando ela tivesse descansado, quando as coisas entre nós não estivessem tão... fora de sincronia. Mas então fiz uma aposta estúpida, porque não imaginei, de jeito nenhum, que ela aceitaria, *por motivo algum*, sair em público depois de um voo de 16 horas, outro voo de 4 horas, uma viagem de ônibus e uma de Uber: — Você quer se juntar a nós para o brunch?

— Vou tomar um banho de 90 segundos — respondeu ela, já se levantando da cadeira —, e então sou toda sua.

/ / /

No CAMINHO PARA o restaurante, Kristen estava relaxada e falante, tagarelando sobre o voo; o motorista sinistro do Uber; como seus avós estavam agindo estranho sobre sua visita de última hora, uma vez que estavam tentando transformar seu quarto em um estúdio de ginástica, e já haviam enviado todas as coisas dela para a cabana deles no Norte. Tentei ouvir, mas minha mente disparou: certo, Kristen sempre foi cheia de energia, ansiosa para sair e rápida para superar as coisas, mas... Mas esse comportamento não estava beirando a sociopatia?

Ou era tudo uma encenação, e ela estava ainda pior do que eu me permitia imaginar? Eu deveria ter me sentido *aliviada* por ela parecer tão inabalada, mas, em vez disso, me senti paralisada. Sua alegria me deixou perplexa, como se não tivéssemos enterrado um corpo há uma semana, como se tudo fosse só coisa da minha cabeça. Em comparação, eu me senti fraca, quebrada. Por que diabos ela era tão indiferente?

— Se você estiver cansada, não seria problema algum levá-la para a casa dos seus avós — falei. — Podemos sair depois que você dormir um pouco.

— Argh, não. Estou adiando esse reencontro o máximo possível. — Ela se virou e sorriu para mim. — O que foi? Você está tentando se livrar de mim?

Bem, sim.

— Meu Deus, não! Só queria te dar uma saída. Sua viagem foi *muito* longa.

— Não se preocupe, não estou cansada o suficiente para não conhecer seu novo namoradinho.

Ela vai conhecer Aaron. O que ela vai pensar de Aaron? O pensamento ecoava tão alto em minha mente que quase avancei um cruzamento, pisando forte no freio quando processei Kristen recitando: — Sinal vermelho, sinal vermelho, sinal vermelho!

Mandei uma mensagem para Aaron enquanto Kristen estava no banho, então, quando ele nos viu através da janela da frente do restaurante, seu rosto expressou alegria, não surpresa. Ele acenou, e eu forcei um sorriso.

— É ele? — Kristen agarrou meu braço e eu estremeci.

Certamente ela o reconheceu. Com certeza ela o havia encontrado nas redes sociais, afinal, ela havia encontrado Priya.

— Sim, esse é o cara! — Usando cada resquício de energia dentro de mim, consegui tornar minha voz alegre.

Houve apertos de mão e abraços, e quando Aaron me beijou, o calor se espalhou pelo meu rosto. A *hostess* nos levou a uma mesa no nicho de uma *bay window*. O café, um ambiente com o conceito "da fazenda para a mesa" em uma casa reformada, era barulhento e movimentado, com clientes falando cada vez mais alto para serem ouvidos em meio ao burburinho.

— Então, Emily não me contou por que você está aqui! — Aaron arrastou sua cadeira em direção à mesa. Inclinei-me para a frente, eu também não havia obtido uma resposta para isso.

— É, então, fui demitida. Então agora está tudo incerto. Minha antiga chefe, aquela aqui em Milwaukee, de antes da minha transferência, está se esforçando muito para que eles encontrem outro cargo para mim na empresa, então, quem sabe o que vai acontecer. Mas, por enquanto, eu tinha um monte de milhas aéreas acumuladas e percebi que queria estar aqui. Perto das pessoas que são importantes para mim. — Ela deu um sorriso radiante em minha direção.

— Uau, sinto muito — disse Aaron.

— Isso é terrível! Kristen, eu sinto muito. — Senti minhas sobrancelhas se esticarem em direção ao couro cabeludo, e as puxei de volta para seu lugar. — Então, você vai voltar para casa de vez?

— Ainda não sei. Tudo vai depender. Eu não posso viver na Austrália sem um visto de trabalho, obviamente.

Uau. Minhas entranhas fizeram um movimento estranho. Por um lado, isso era exatamente o que eu ansiava: eu poderia ter tudo, o novo relacionamento *e* a melhor amiga com quem eu poderia desabafar, chorar e que poderia abraçar enquanto me recuperava do horror do Chile. Alguém a quem eu poderia expressar meus medos de ser pega, falar sem censura e desfrutar de sua confiança, de seu cuidado, do jeito como ela fazia aflorar o meu lado mais durão.

Ainda assim, algo estava errado. Ela estava aqui há apenas uma hora, mas eu conseguia sentir. Era como se estivéssemos vibrando em sintonias diferentes.

Mas, provavelmente, era apenas seu *jet lag* batendo de frente com minhas inseguranças.

— Eu realmente sinto muito que você tenha sido demitida. — Estendi a mão e agarrei a dela. — Isso é uma droga, embora você odiasse aquele trabalho.

Ela encolheu os ombros.

— Obrigada. Mas você tem razão, eu realmente odiava. Talvez este seja o melhor desfecho possível.

— Quando isso aconteceu? — perguntei. Uma criança gritou atrás de mim. Senti uma pontada de paranoia: será que o chefe dela descobriu o que nós fizemos? Algo nos entregou? — Você estava falando sobre tirar um ano sabático do trabalho.

— Eu sei! *Simplesmente* aconteceu. Então, agora todo o meu plano está indefinido. — Ela se virou para Aaron e disse alegremente: — Embora eu não entenda por que ela nem cogitou deixar você! Aaron, Emily só me contou um pouquinho sobre você. Vocês se conheceram na cafeteria onde você trabalha, certo?

A garçonete apareceu, uma adolescente de bochechas rosadas, com o cabelo preso em uma bela trança francesa. Ela anotou nossos pedidos e serviu café em nossas xícaras, peças de porcelana diferentes em pires estampados.

Aaron colocou creme em seu café, respingando um pouco na mesa. Ele contou a história à Kristen, sorridente e relaxado, e, então, ela perguntou o que mais ele fazia, e ele, bem-humorado, contou a ela sobre seus projetos freelances de design gráfico, e eu sorri com orgulho, mas, internamente, me encolhi. Eu me senti uma idiota por mantê-lo em segredo por tanto tempo, como eu poderia não ter percebido que isso o magoaria?

Kristen se endireitou.

— Então, tenho certeza de que Emily lhe contou tudo sobre nossa viagem ao Chile.

Senti o choque em meus dedos; apenas o suficiente para o vidro entre eles deslizar e se chocar na mesa. Rios de suco de laranja escorreram em direção às bordas da mesa e caíram diretamente no colo de Aaron. O vidro rolou e se espatifou no chão, um estrondo estridente. Pulamos e pressionamos nossos guardanapos na poça, e um garçom veio correndo com um pano de prato, e todo o restaurante se virou para nos encarar, silenciosamente, julgando.

— Eu sinto muito — murmurei enquanto arrastávamos nossas cadeiras de volta para a mesa.

— Eu estava falando sobre o Chile — provocou Kristen. — Presumo que Emily tenha te contado nossas aventuras?

Alguém apareceu com uma pá de lixo, e eu me desculpei novamente enquanto ele se agachava e varria.

Negação era uma coisa. Negação era uma forma de lidar com o trauma. Mas trazer o assunto à tona de forma deliberada?

— Ah, sim. — Os olhos de Aaron se voltaram para mim. — Parece que vocês se divertiram um pouco demais. Ela apagou por tipo, cinco dias depois que voltou.

— Eu imagino que sim — disse Kristen.

— Sim, nós corremos muito, e escalamos também — interrompi, minha voz estridente.

Kristen sorriu.

— Exatamente. Tanta escalada. Você já esteve na América do Sul?

Aaron balançou a cabeça.

— Eu sou um cara que gosta de frio. Fico rosa brilhante depois de dois minutos no calor.

Kristen riu.

— Usamos litros de protetor solar.

— Nem isso me ajuda. Eu sou como... um camarão. Pálidos quando estão crus, mas jogue-os em uma panela quente e de repente eles ficam da cor de flamingos.

— Sabe, sempre gostei de cozinhar coisas que mudam de cor quando estão prontas. — Ela pousou sua xícara com um tilintar. — É como um truque de mágica. Como aqueles feijões roxos que ficam verdes depois de cozidos.

— O que é mais louco é que o camarão fica rosa para avisar que está pronto — respondeu ele —, muito útil. Mas e o frango? Quero dizer, ele começa rosa... e fica branco.

— Alguém dê a este homem um programa sobre a natureza — disse Kristen, e eles se olharam e riram. Minha melhor amiga e meu namorado se dando bem, eu deveria estar vivendo o sonho. Em vez disso, senti minhas entranhas comprimirem e estalarem.

✐✐✐

QUANDO KRISTEN foi ao banheiro, Aaron colocou a mão na minha e acariciou meus dedos.

— Posso perguntar uma coisa? — disse ele.

— Claro.

— Aconteceu... alguma coisa no Chile?

A sala ficou em silêncio e senti um túnel, quente e macio, começando na minha garganta e alongando-se para baixo, expandindo-se como um cartucho de espingarda antes de se fragmentar.

— O que o faz pensar isso? — Minha voz saiu rouca.

— Você parece tão tensa.

Eu encarei seu sorriso, seus lábios finos formando uma espécie de *U*, e me forcei a respirar. Meu peito apertou, como se minha asma estivesse piorando. *Inspira. Expira.* A onírica professora de ioga de Pisco Elqui murmurou em minha mente: *seu sorriso fortalece e alimenta seu corazón.*

— Não é nada, sério.

Ele balançou a cabeça.

— Você não precisa me contar se não quiser. Mas tenho certeza de que vocês duas vão se resolver. Ela claramente te ama muito. — Ele se inclinou. — Tenho certeza de que vai ficar tudo bem.

O quão sortudo ele era em poder dizer isso. Em confiar que nada de ruim jamais poderia acontecer. Em nunca precisar saber o peso de um cadáver em seus braços, a maneira como a carne desliza sobre os tendões e ossos.

Eu brinquei com o recipiente pegajoso de xarope de bordo.

— Kristen e eu estamos bem — disse. — Ela apenas...

— Kristen, oi! — interrompeu ele quando ela chegou à mesa.

— Oi! Eles trouxeram a conta? — Ela se sentou e ergueu seu coquetel, um *Bloody Mary*, um copo cheio de um líquido vermelho viscoso. Ela bebeu até que o canudo gorgolejasse, e então o jogou na mesa, e meu estômago embrulhou.

Não consegui deixar de pensar que parecia com o sangue de Paolo empoçado no chão do hotel.

CAPÍTULO 15

— Desculpe, eu, hum, surtei e derramei suco de laranja em todo mundo.

Kristen colocou o cinto de segurança.

— Ah, tudo bem. A maior parte derramou em Aaron.

Saí do estacionamento.

— Certo. Mas, acho que eu... fui pega de surpresa? Por você estar falando sobre o Chile.

Suas sobrancelhas arquearam.

— Por que eu *não* falaria sobre o Chile?

Eu gaguejei, incapaz de responder.

— Você está falando como se *eu* estivesse agindo estranho. Mas *você* que está estranha. — Ela tirou uma garrafa de água da bolsa e desenroscou a tampa. — Ah, Aaron é ótimo. Não é o tipo de cara que você normalmente se interessa. Estou surpresa.

Ela não aliviou a atitude nem por um segundo: "*Está tudo ótimo, estou tão animada quanto sempre*". Como ela era tão boa nisso?

— Sim, ele é meio hipster — falei. — Mas ele é um cara incrível.

— Fico feliz. Talvez o diferente seja uma coisa boa. Já que você parece sempre escolher as maçãs podres. — Ela bebeu um pouco de água quando sua observação me atingiu. — Quero dizer, sem julgamentos. Eu faço o mesmo.

Olhei em sua direção. Ela não estava errada: Ben, o Abusivo. Colin, o Ciumento.

— Bem, eu sei que posso contar com você para uma avaliação honesta.

— Você sabe que sim!

Paramos em um sinal vermelho e o tempo pareceu paralisado.

— Ei, eu não quero que você pense que estou abandonando você ou algo assim — falei cuidadosamente. — Você sempre será mais importante para mim do que qualquer cara.

— Ah, eu sei disso. Vire à esquerda no próximo semáforo. Deus, eu odeio vir aqui.

Fazia anos que eu não dirigia até a casa de Nana e Bill, mas minhas mãos no volante se lembravam do caminho. À esquerda, na *King of Kings*, uma grande igreja de tijolos e escola primária com uma marquise no gramado da frente, havia uma placa que dizia: "CONGREGAÇÃO DOS HOMENS E ESTUDOS BÍBLICOS ÀS 19H." À direita, na Avenida Beaumont, havia uma grande placa na esquina sinalizando uma rua sem saída e, seguindo através da rua sem saída até o saliente balão de retorno no fim da estrada estava a elegante casa de Nana e Bill à esquerda, uma luxuosa mansão com torres à direita e uma casa de campo californiana no meio, a entrada ladeada por pilares decorados por florões[1] em forma de abacaxis no topo. A monstruosidade em forma de castelo, à direita, foi construída sobre a casa de infância de Kristen — a casa em que ela morou com os pais antes de serem mortos em um incêndio. Sempre achei estranho e um pouco sádico seus avós permanecerem no mesmo lugar. Morar com eles significava que ela estava sempre a duas portas do local daquela tragédia.

A casa de Nana e Bill era enorme, maior do que eu me lembrava, com tijolos marrons e um telhado pontiagudo, janelas me observando como olhos vigilantes. Duas enormes árvores de bordo emolduravam a entrada e uma fileira de arbustos debruavam até a porta da frente, e todas as plantas tinham aquele ar primaveril, prestes a despontar: botões carmesins agrupados nos galhos dos bordos e folhas verde-limão saindo dos arbustos. Normalmente eu adorava a primavera, aquele período de renascimento, mas em contraste com a grama marrom e a casa imponente, a flora parecia indefesa, prematura.

— Você quer ajuda para carregar suas coisas?

— Meus avós vão insistir que você entre para falar com eles. Eles provavelmente estão esperando na porta. Considere-se avisada.

— Nós vamos socializar? — Ergui as sobrancelhas. — Você não está exausta?

— Eu aguento. Vamos.

---

[1] Florão é um elemento arquitetônico decorativo associado ao estilo gótico, movimento cultural e artístico que se desenvolveu na Europa durante o final da Idade Média. [N. da T.]

Caminhamos até a porta da frente. Kristen passou sua adolescência aqui, frequentou uma escola pública de alto desempenho que se destacou por suas equipes de esportes de elite: golfe, tênis, futebol. Kristen estava na equipe de *poms*, uma descoberta na pós-graduação que me encantou imensamente. (Era uma equipe de dança que usava pompons, ela me explicou, não tinha nada a ver com líderes de torcida.) Na faculdade, revirávamos os olhos para as garotas que faziam parte de irmandades, ansiosas para pertencer a algum grupo. Imaginar uma Kristen adolescente dançando e realizando chutes altos ao som de Justin Timberlake era, no mínimo, estranho.

Kristen tocou a campainha e, pela enésima vez naquele dia, eu me preparei. Nana e Bill sempre me deixavam no meu limite. Claro, eles eram amigáveis, de um jeito sociável e genérico. Mas eu não conseguia associar a imagem dos idosos legais e um pouco esnobes que eu conhecia com as observações que Kristen fazia sobre eles. À maneira como Bill dissera a ela, sorrindo, que ela nunca duraria na carreira de publicidade. Como ele leu seu trabalho de conclusão de curso ("A Representação Política Feminina e sua Participação na Força Laboral na Tailândia"), e o devolveu com nada além de algumas passagens sublinhadas na seção Limitações, como se estivesse demonstrando sua concordância com tudo o que a dissertação dela *não* abrangia. Era difícil imaginar essas pessoas tão agradáveis em público agindo com tanto desdém na vida privada.

A porta abriu e lá estavam eles: Bill, alto e corpulento, e Nana, pequena como um passarinho. Eles nos abraçaram indiferentemente.

— Escolhemos uma garrafa de Merlot — anunciou Nana, e eu agradeci. Aparentemente, beberíamos no meio do dia. — Vou pegar as taças.

Bill me indicou uma sala de estar (ou era a sala íntima? Os cômodos pareciam idênticos e estavam diretamente um na frente do outro), e eu me sentei. Houve aquele suspiro coletivo e desconfortável enquanto todos sorrimos e olhamos uns para os outros, nos perguntando de quem seria a vez de falar. *Vocês não vão perguntar a Kristen como foi a viagem dela até aqui? Vocês não estão felizes em ver sua neta depois de mais de um ano?*

Bill quebrou o silêncio:

— Como foi o brunch? — E tive a sensação de que ele realmente não se importava.

— Foi ótimo! — Balancei a cabeça ansiosamente. — Nós fomos para o restaurante Evie's, perto do cassino, sabe? A torrada francesa é ótima. — Limpei minha garganta. — E como você está? Já faz pelo menos dois anos que não nos vemos, não é?

— Tanto tempo assim? — Bill expirou com força.

— Ficamos sabendo que vocês se divertiram no Chile — interrompeu Nana, habilmente segurando nossas taças cheias formando uma espécie de trevo de quatro folhas. — Vocês, garotas, são tão corajosas, viajando para um país estrangeiro assim. — Ela se inclinou para me entregar uma taça e evitei seu olhar, meu coração acelerado de repente. Será que eu seria capaz de falar casualmente sobre a nossa viagem?

— Cuidado, Emily está muito mão-furada hoje! — exclamou Kristen. Ela piscou para mim, uma *piscadela* de verdade, e eu me senti corar.

Bill a ignorou enquanto separava uma taça das outras.

— Sim, já ouvimos tudo sobre as pequenas cidades montanhosas que vocês visitaram no Chile. E aquela… como se chama?

— O quê? — perguntou Kristen, pegando sua própria taça. Ela parecia inabalada.

— As bebidas que vocês estavam bebendo… pico?

— Pisco! — Balancei a cabeça. — Uma bebida deliciosa. — Tentei chamar a atenção de Kristen, mas ela estava calmamente tomando seu vinho.

— Fico tão nervosa com vocês, garotas, viajando sozinhas — disse Nana. — Eu nem mesmo tive um passaporte até os meus 40 anos e, certamente, não iria a lugar algum sem o Bill.

— É, nós duas fomos pegas pelo bichinho das aventuras — respondi. Será que eles conseguiam ver em meu rosto o pânico, o sangue pulsando em minhas têmporas, que eu podia jurar estar visível? — Mas, hum… e vocês? O que há de novo?

— Você não viajou até os seus 40 anos porque você teve o papai quando tinha 21 — disse Kristen para Nana, me ignorando. — Se Emily e eu tivéssemos filhos de 8 anos de idade, duvido que estaríamos passeando alegremente pelo Vale do Elqui.

— É verdade, eu estava ocupada sendo mãe. — Nana franziu os lábios, como se tivesse provado algo azedo.

— Bem, graças a Deus estamos ocupadas visitando destilarias de pisco em vez de estarmos trocando fraldas. — Kristen ergueu sua taça bem alto, e me encolhi novamente. Por que ela não conseguia deixar seu ressentimento de lado por tempo o suficiente para desviarmos o assunto para bem longe do Chile, onde deixamos um corpo debaixo da terra?

— Nana e Bill, vocês estão viajando? Aproveitando sua aposentadoria? — Olhei de um para o outro.

— Ah, eles ainda não se livraram de mim. — Bill deu de ombros. — Como eles administrariam as Farmácias Czarnecki sem o Czarnecki?

— Você não se aposentou! — Meu rosto se iluminou, feliz pelo novo tópico. — Achei que Kristen havia mencionado uma festa de aposentadoria em algum momento. — A Farmácias Czarnecki era uma rede local de farmácias, que, de modo bastante improvável, se saía muito bem em meio ao oceano da rede nacional de farmácias Walgreens.

— Sim, porque ele disse que se aposentaria no minuto em que completasse 75 anos — disse Kristen. — Mas, aparentemente, de acordo com ele, "aposentadoria é para os preguiçosos".

— O homem começava a suar frio sempre que alguém usava a palavra que começa com A — acrescentou Nana, sua voz leve. — Acho que ele continua trabalhando para não ter que ficar em casa comigo. — Ela sorriu e estendeu o cotovelo magro em direção a ele. Eu conheci essa dinâmica com meus próprios pais, antes de, finalmente, se divorciarem: humor autodepreciativo, *"Ah, não é tão engraçado como não nos suportamos?!"*

— Bem, querida, alguém tem que sustentar sua predileção por degustação de vinhos — retrucou ele.

Ela apenas riu.

— Ah, estou aposentada desde o dia em que Kristen terminou a faculdade. Não tenho problemas para preencher meus dias. Mas somos entediantes. Diga-nos, Emily, o que você tem feito?

Coloquei minha taça na mesa de centro, ao lado de um livro preto grosso que, de repente, percebi ser uma Bíblia. King of Kings, onde Kristen estudou, era uma instituição protestante conservadora com inclinações fundamentalistas; o pai dela era superenvolvido na comunidade, treinador do time de basquete feminino, diácono aos domingos. Ela mudou de escola depois que os pais morreram, mas Nana e Bill continuaram a frequentar os cultos semanais lá.

— Ah, você sabe... As coisas estão bem no trabalho, estou na Kibble, é uma startup, conhece? Que faz comida de gato orgânica e sofisticada. — Bill e Nana assentiram vagamente. — É divertido. Estou aprendendo muito sobre o mundo das startups.

— O problema das startups é que elas estão apenas tentando crescer o suficiente para serem compradas por outra pessoa. — Bill deu de ombros. — Não há planejamento de longo prazo.

Eu sorri e bebi meu vinho, mas seu comentário me marcou. Era disso que Kristen sempre falava: ele estava sempre certo, sempre confiante, com um tom de crítica entre suas palavras.

Nana se virou para mim.

— Você está saindo com alguém especial?

— Sim, acabamos de vir do brunch com ele. — Kristen sorriu.

— É... é muito recente. — Encerrei o tópico e todos olharam em volta com uma expressão desconfortável.

Um ruído de perfuração rompeu o ar, e Bill revirou os olhos.

— É a casa vizinha, há meses eles têm trabalhadores andando pelo quintal. Você sabe, a casa com os abacaxis estúpidos — disse ele para mim, apontando. Senti o ar mudar; Kristen ficou muito quieta, e Nana olhou para Bill com algo trêmulo e furioso em seus olhos. Eu queria me dobrar inteira, e encolher na forma de um pequeno retângulo, como uma barraca.

— Agora, refresque minha memória. — Nana tentou — Você tem irmãos?

Eles não tinham nenhuma pergunta para Kristen, a pessoa que eles criaram, que eles não viam há tanto tempo? Eu balancei minha cabeça.

— Sou filha única, como Kristen.

— E seus pais ainda estão em... Minnesota? Não é?

— Isso mesmo. Minha mãe está lá. Meu pai está em Iowa.

— Então você não tem família aqui! — Nana disse isso com um tom de horror.

— Não! Estou vivendo minha própria vida em Wisconsin, eu acho.

Eu gostava daqui. Depois de oito anos, Milwaukee era como a minha casa. Tinha muitas das coisas que eu amava em Evanston, a cidade ao redor da Northwestern University, em Illinois; casas antigas e bonitas, faróis pitorescos e identidade própria o suficiente para fazer a cidade parecer longe de Minneapolis, Minnesota, e, assim, mais adequada para mim. Milwaukee tinha uma pitada interiorana e bizarra: botequins excêntricos e bares clandestinos sentimentalistas enfiados entre museus de paredes brancas como ossos, além de mercados amplos e agressivamente modernos. E a orla, aquela orla encantadora. Todos os anos, na primavera, eu prometia passar mais tempo lá, lendo, nadando, fazendo piquenique ou soltando pipas com os filhos dos meus amigos. E, todos os anos, o verão passava rapidamente e as folhas começavam a se avermelhar antes que eu pensasse em fazer a curta viagem de carro até Bradford Beach.

Uma hora depois, comecei o longo e consagrado processo de expressar meus agradecimentos e tentar ir embora. Segui Nana até a cozinha, segurando minha taça vazia e a tigela intocada de nozes que ela havia preparado.

Ela se virou para mim.

— Quero trocar nossos números de telefone para caso você precise de alguma coisa. — Ela me entregou seu telefone, que parecia nu e afiado sem uma capinha. — Seu e-mail também. Devíamos ter feito isso há muito tempo. Sei que você já está bem estabelecida aqui, mas considerando que seus pais estão tão longe. — Os olhos dela piscaram. — Só em caso de alguma necessidade.

No meu carro, fiquei imóvel por um momento, minha respiração viajando em gotículas para as janelas e painel. Até *meus* pais me deram um olá superficial quando os vi pessoalmente; os avós de Kristen mal pareciam felizes em vê-la e vice-versa. A apatia entre eles era palpável.

Além disso, a forma como a menção ao Chile não incomodou Kristen; sua casualidade quase agressiva, o timbre descontraído e sem pressa de sua voz me deixou com os nervos à flor da pele. Foi ela quem falou sobre o Chile no brunch com Aaron e não mudou de assunto quando Bill mencionou a viagem. Enquanto isso, eu estava tão ansiosa sobre a possibilidade de ser pega que até mesmo a menção à viagem fez meus dedos tremerem, meus dentes baterem.

Chile. A imagem parecia projetada no para-brisa: as pernas de Paolo no chão, os tênis apontados para o teto. Sangue como uma grande poça de geleia a alguns metros de distância.

A cabeça de Sebastian contra a perna de metal barata de uma cama no Camboja. Sangue salpicando os pés de Kristen.

Pare. Pare. Pare.

Liguei meu carro, liguei o rádio. Quando estava alto o suficiente para abafar meus pensamentos, eu fui embora.

CAPÍTULO 16

Ergui a esfera pesada e enfiei meus dedos dentro. Como enfiar minhas unhas nos buracos de um crânio humano. Dei alguns passos e deixei a bola de boliche escorregar das minhas mãos. Ela atingiu o beco com um estalo satisfatório, então se curvou em direção à borda, errando por pouco todos os dez pinos.

— Foi direto na canaleta! — exclamou Aaron, e me virei para ele dando um encolher de ombros exagerado. Ele estava reclinado na cabine, as pernas cruzadas, uma confiança à moda antiga, e eu senti uma onda calorosa exalando de seu ar relaxado, o quão confortável ele ficava, não importava o cenário.

— Segunda tentativa — respondi enquanto a máquina cuspia minha bola bordô de volta na esteira de retorno. Ela bateu contra a de Aaron como se fossem bolas de gude para gigantes. Arremessei-a pela segunda vez e, embora tenha se curvado para a esquerda, a bola conseguiu derrubar oito pinos.

— Agora sim! — Jogar boliche foi ideia de Aaron; eu não jogava desde o ensino médio, e tive que admitir que havia algo de analógico e satisfatório nisso, com os barulhos, os zumbidos da complexa mecânica de uma máquina de Rube Goldberg; sapatos Oxford horríveis; bebidas fortes em copos frágeis; o cheiro familiar de cera de chão; alimentos fritos e desinfetante para sapatos. Deslizei para o banco de plástico e Aaron apertou meu joelho antes de se levantar.

Eu não tinha visto Kristen desde o nosso estranho encontro no domingo, mas relaxei um pouco desde então. Eu me convenci de que ela estava apenas com jet lag, fora de seu normal. Ela ainda era minha melhor amiga, aquela que me conhecia melhor do que qualquer outra pessoa no mundo. Em breve, voltaríamos para a nossa velha e familiar sincronia.

Além disso, lenta e gradualmente, meu medo de ser ligada ao assassinato de Paolo estava diminuindo. Eu havia checado as estatísticas na noite anterior: nos Estados Unidos, 40% dos assassinatos não são resolvidos. Bastava usar um pouco de aritmética, e isso significava que os detetives desistiam da investigação de quase 7 mil assassinatos por ano — 7 mil cadáveres sem história de origem, sem respostas sobre o instante em que passaram de humanos para corpos sem vida. E *isso* significava que havia milhares, talvez milhões no total, de pessoas andando pela Terra neste exato momento que haviam se safado de um assassinato. E, certamente, a maioria sentiu culpa, vergonha, arrependimento se espalhando dentro delas. Mas elas não se entregaram nem se mataram, deixando para trás uma ardente confissão.

Talvez eles tenham desfrutado de um novo sopro de vida, juraram se esforçar mais, agir melhor daquele dia em diante. *Seguir em frente.* Porque somos criaturas tridimensionais, presas em uma linha do tempo de mão única e incapazes de refazer o passado. A conclusão me deu algum conforto, o que talvez tenha sido um pouco doentio. Eu não estava sozinha e, na verdade, não tinha outra escolha, a não ser seguir em frente, um passo de cada vez.

Observar Aaron caminhando confiante em direção à pista, arremessando a bola bem no centro, seu sapato vermelho e azul a um milímetro da madeira encerada, me fez contemplar, novamente, a hipocrisia dessa situação. *Isso significa que sou uma sociopata?*

Aaron me seguiu com seu carro até a minha casa depois, e sempre que eu o via pelo espelho retrovisor, sentia uma agitação em meus quadris. Ele era tão bom e descomplicado, sincero e gentil. E ele me queria. Depois de todos os babacas de aplicativos de relacionamento que mudavam de quente para frio como um chuveiro defeituoso; depois daqueles anos desperdiçados com Ben, que balançava seu amor condicional como um petisco desejável fora da minha gaiola; depois dos meses com Colin, cujo lado desprezível parecia aparecer em um piscar de olhos; aqui estava Aaron, feliz em me ver, ansioso para estar comigo.

No meu apartamento, peguei uns copos e uma garrafa de vinho. Fiz faxina mais cedo, caso ele viesse, mas deixei tudo bagunçado o suficiente para parecer casual, como se eu não tivesse arrumado a casa. Conectei meu celular via bluetooth ao alto-falante e coloquei uma música sensual, uma cantora com uma voz rouca tocando notas tristes no piano. Então, sinos de igreja no fundo, e um desvanecer dissonante.

Eu me recostei contra o braço do sofá e arqueei meus joelhos sobre o colo de Aaron. Ele acariciou minha panturrilha.

— Posso te perguntar uma coisa?

Ele tomou um gole de vinho.

— Claro.

— Você teve uma criação religiosa?

Uma risada.

— Sim, na doutrina metodista, mas meus pais nunca pareceram levar isso muito a sério.

Balancei a cabeça, pensando.

— E você é grato por ter tido isso?

Ele ergueu uma sobrancelha.

— Você está perguntando se quero dar uma criação religiosa aos meus filhos?

— Ah, meu Deus, não — disparei. — Realmente soou assim, né? Eu só estava...

— Está tudo bem, Emily, relaxa. — Ele passou os dedos pela minha perna novamente, desta vez, subindo mais, ao longo da costura do meu jeans.

Apressei-me em explicar:

— Eu estava pensando sobre isso depois de encontrar com os avós de Kristen no outro dia. Eles ainda frequentam a mesma igreja que ela frequentava quando criança. Uma vez, ela me contou que sua fé tornou tudo muito mais difícil para ela depois que seus pais morreram, porque a mãe dela não era cristã. Então Kristen pensou que ela tinha ido para o inferno.

— Meu Deus. — Ele balançou a cabeça. — Como eles morreram?

— Em um incêndio. Ela tinha 12 anos. Muito triste.

— Isso é muito triste — ponderou ele por um segundo. — Foi, tipo, um acidente esquisito? O que começou o incêndio?

— Eu não sei. O que começa qualquer incêndio em casa, de qualquer forma? Fiação defeituosa ou algo assim.

— Isso é horrível. — Ele esvaziou o copo. — Bem, eu não sei sobre essas coisas de céu e inferno. Nunca me importei com o código moral metodista, mas era legal fazer parte de uma comunidade.

Um código moral. Minhas primeiras associações com bondade e justiça não vieram de um texto sagrado, mas de cuidadosas observações sobre o que obtinha aprovação... ou, pelo menos, não deixava meus pais com raiva. O sexo também carecia de um manto de moralidade; começando com Ben, o que fazer, quando e com quem, tudo se resumia ao que fazia sentido para mim, o que parecia certo.

Dane-se Sebastian por tentar tirar isso de mim; o que eu fazia com meu corpo era uma decisão minha, só minha. Eu me endireitei e alcancei o queixo de Aaron, então, o puxei gentilmente em minha direção.

— Uau, olá. — O tom dele estava meio vertiginoso, e eu sorri contra seus lábios.

Baguncei seu cabelo e sacudi minha cabeça em direção ao quarto.

— Apenas seja gentil, ok?

E ele foi gentil. Seus lábios, língua e dedos macios, e, ele fez uma pausa para carimbar meu pescoço com beijos e perguntar, repetidamente: "Está tudo bem?" Toda vez que eu sentia o pânico distante começar a surgir, eu observava seu rosto, a ternura descomplicada em sua expressão, e respirava até que ele diminuísse. Respirei mais alto, mais forte, nossas respirações harmoniosas e quentes, até que, tudo o que existia era o sentimento, profundo, terno e puro.

Depois de um momento imóvel, como uma imagem congelada, ele deslizou a mão sobre o suor nas minhas costas.

— Isso foi incrível — murmurou ele, e deu um tapa animado na minha bunda. Ele caminhou para o corredor, e escutei a melodia em escala menor vindo da sala de estar.

Coloquei um quimono e me sentei na beirada da cama. Eu me senti sexy e selvagem, e parabenizei meu corpo por finalmente cooperar depois do Camboja. Passei a mão meu cabelo emaranhado e acendi um abajur, então fui para o banheiro assim que o ouvi sair. Quando me aproximei, a música parou abruptamente, substituída pelo alarme sonoro de uma campainha sinalizando uma nova mensagem de texto.

Havia deixado meu telefone com a tela para baixo na mesinha de centro e, agora, o virei para cima. Examinei a tela duas vezes, meu estômago se revirando e amassando como uma folha de papel alumínio.

Duas chamadas perdidas de Kristen, há 10 e 14 minutos, quando Aaron e eu estávamos na cama.

E, neste exato instante, uma mensagem de texto: "Preciso de você."

CAPÍTULO 17

— Está tudo bem? — Aaron parou na porta da cozinha, franzindo a testa.

Olhei para cima. Meu cérebro disparou: *eu deveria ligar para ela. Espere, não.* Ela propositalmente não disse nada. Isso significava que era sobre o Camboja ou o Chile. Definitivamente não era algo que eu pudesse discutir na frente de Aaron.

Ou por telefone, de forma alguma.

— O que aconteceu? — Ele veio até mim, e eu deixei o telefone cair ao meu lado.

— É a Kristen — falei. — Ela... eu sinto muito por fazer isso, mas preciso ir vê-la.

— Agora? — Ele balançou a cabeça. — Ela está bem?

Eu ansiava por contar a ele; abrir a boca e deixar a verdade jorrar como veneno. *Você estava certo sobre algo ter acontecido no Chile. E no Camboja, antes disso.*

Cruzei os braços sobre minha barriga.

— Sim, ela está... lidando com umas coisas agora.

— Ah, sim, ela acabou de ser demitida. — Devo ter parecido alarmada, porque ele acrescentou: — Ou outra coisa? Desculpe, eu sei que não é da minha conta.

— Não, me desculpe por estar sendo tão vaga e de repente te deixando sozinho. — Olhei ao redor. — Você pode ficar aqui, se quiser. Não sei por quanto tempo ficarei lá.

— Está tudo bem, eu vou para casa. — Aaron levantou meu queixo e me beijou docemente, seus lábios macios. — Vejo você em breve?

Uma sensação de aperto em meu peito, um desejo desesperado de ignorar Kristen e afundar de volta no abraço dele. Fechei os olhos e me mantive firme:

— Claro que sim.

′ ′ ′

Liguei para Kristen do botão em meu volante assim que entrei na estrada, que eu tinha só para mim à meia-noite em um dia de semana. *Preciso de você*. Naveguei através das possibilidades como se estivesse mudando o canal da televisão: algo havia acontecido com nosso segredo cambojano. Talvez o corpo tivesse sido recuperado, inchado e cheio de água, ou alguém tivesse descoberto algo no hotel, alguma evidência que deixamos passar. Ou, mais provavelmente, tinha a ver com o Chile, o episódio mais recente, que ainda não havia resistido à prova do tempo.

Ou, talvez, fosse muito mais simples do que isso. Talvez ela estivesse finalmente surtando do jeito que fiquei depois do Camboja, sem a agitação do trabalho ou sua viagem de última hora para Wisconsin para distraí-la. Talvez a ficha estivesse caindo: a agressão, o horror crescente do que ela fez para se defender e todas aquelas horas de pesadelo depois. *Own, Kristen*. Meu amor por ela escorria do meu coração como a gema mole de um ovo.

— Oi! — Ela atendeu bem antes de ir para o correio de voz. Ela soou... animadinha.

— Oi, Kristen. Estou a caminho.

— Você o quê?

— Estou chegando aí. Achei que você... Não foi isso que você quis dizer? — Mudei para a faixa da direita e desacelerei.

— Ah, eu tive uma briga estúpida com Bill no jantar e depois não consegui dormir, estava a fim de conversar. Por telefone.

O estádio de beisebol brilhava à esquerda; eu ainda estava mais perto de casa do que de Brookfield.

— Entendi! Minha reação foi totalmente exagerada. Achei que você quis dizer... tipo, que você *precisava* de mim.

Ela riu.

— Garota, você sabe que eu sempre preciso de você! — Um barulho de mastigação. — Você está perto? Você ainda pode vir! Desculpe, estou ocupada com um saco de batatinhas.

Deslizei para pegar a faixa de retorno, desanimada e, embora soubesse que não era justo, irritada.

— Está muito tarde, é melhor não. Mas o que aconteceu com Bill?

— Ele estava me criticando por ter sido demitida. Zero empatia. Como se ele tivesse alguma ideia sobre como essas coisas funcionam. Ele herdou a empresa do próprio pai. — Mais mastigação. — Sei que você entende como é o mercado de trabalho para a geração dos *millennials*.

— Com certeza. Sinto muito, Kristen. Isso é péssimo. Ele simplesmente não entende. — Argh, se eu soubesse que ela realmente não precisava de mim, eu teria deixado Aaron passar a noite comigo; eu queria mandar uma mensagem para ele, verificar se ele consideraria voltar, mas meu telefone não estava em seu lugar de sempre no painel. — E isso está tirando seu sono? Perder um emprego é… algo grande. Merece seu luto.

— Mas não estou. De luto. Que se dane o Lucas e aquele emprego miserável. — Ela engoliu um bocado de batatinhas e sua voz ficou mais nítida. — É estranho não saber o que o futuro reserva. Acho que foi por isso que liguei para você. Você é meu porto seguro.

— Estou aqui por você — respondi, de repente me sentindo culpada por estar apenas parcialmente ouvindo; parte da minha mente estava focada em conseguir falar com Aaron antes que ele desligasse o telefone e fosse dormir. Em um sinal vermelho, me curvei e tateei ao redor da área dos pés do lado do passageiro.

— E foi tão bom colocar a conversa em dia no Chile — continuou ela, e eu fiquei tão surpresa que meu pé escorregou do freio. Eu me endireitei e joguei meu peso no pedal. — Toda aquela conversa ininterrupta, sabe? E, Emy, sinto que não conversamos muito desde então. Não tivemos nenhum tempo para Kremily.

Kremily, eu não ouvia essa desde antes de ela se mudar, o nome de casal brega que inventamos na Northwestern (nossa amizade era, pensamos, tão lendária quanto os casais Kimye ou Speidi).

— Nós definitivamente precisamos de um tempo a sós — falei. — Estou preocupada com você.

— Não se *preocupe* comigo, apenas saia comigo! — Havia uma risadinha em seu tom. — Amanhã?

— Droga, eu não posso amanhã. — Eu tinha terapia, e senti outra pontada de culpa por estar escondendo isso dela. Mas… mas todos temos permissão de manter algumas coisas privadas. — Sexta-feira?

— Espere, o que vamos fazer no seu aniversário na quinta-feira?

— Eu... bem, droga. Combinei algo com Aaron antes de você ter aparecido aqui. Vamos apenas ficar em casa, não estou com vontade de fazer nada grande este ano.

— Entendi. — Ela pareceu triste, e um arrepio percorreu meu corpo. Lembrei a mim mesma que estava tudo bem ter planos com meu namorado. Não havia problema em não a convidar. Mas, então, ela recuperou sua alegria.

— Nada grande — pontuou. — Sim, senhora.

— Estou falando sério, Kristen. Eu odeio surpresas.

— Então que bom que me ama. De qualquer forma, vou deixar você em paz agora.

Dei-lhe boa noite e, com pressa, tentei ligar para Aaron: direto para o correio de voz.

Em casa, me preparei para dormir, com a testa franzida, a boca voltada para baixo, sentindo que havia desapontado a todos. Eu quase ri do meu devaneio estúpido na pista de boliche. Tanta arrogância pensar que eu poderia baixar minha guarda.

Algum dia, eu não ficaria mais deitada na cama à noite catalogando todos os detalhes, as razões pelas quais seríamos pegas: testemunhas no bar frondoso, a cova rasa, nossas pegadas no escuro, a luz de uma janela enquanto enfiamos as pás em um galpão. Algum dia, aquelas horas na encosta da montanha assumiriam uma estranha atmosfera cinematográfica, como um filme de terror que eu tinha assistido.

Mas, definitivamente, não seria hoje.

✦✦✦

PRIYA COLOCOU uma xícara de café com força na minha mesa e eu me assustei.

— Deu pra perceber que você precisava.

— Ah, obrigada. Tão óbvio assim?

— Com certeza. — O assento ao lado do meu estava vazio e ela se jogou nele, girando preguiçosamente. — Então, o que aconteceu? Ressaca? Insônia? Sua menstruação?

— Letra D, nenhuma das opções acima. — Terminei de escrever um e-mail e me virei para ela, minha voz baixa. — Fiquei acordada até tarde. Estava com Aaron.

Um suspiro dramático.

— *Letra D!* Emily se Divertiu! — Ela deslizou o pé debaixo dela e inclinou-se para a frente. — Como foi?

Corei, pensando nos lábios dele no osso do meu quadril, beijos suaves como borboletas.

— Foi bom. Fogoso.

— Ah, meu Deus. Não sei mais como vou olhá-lo nos olhos no Mona. — Ela levantou as sobrancelhas rapidamente. — Boa maneira de angariar negócios para o café. Mantê-la acordada a noite inteira, então você estará desesperada por cafeína.

— Você é ridícula. E ele nem ficou a noite inteira.

Seus olhos se arregalaram.

— Ele simplesmente *foi embora*? Tipo: pá, pá, obrigado e tchau?

Balancei minha cabeça.

— Minha amiga Kristen ligou, e eu pensei que ela queria que eu fosse até a casa dela porque ela estava surtando, mas quando descobri que era um alarme falso, Aaron estava… — Parei de falar. Por que eu estava contando isso a ela? Priya nem conhecia Kristen; ela certamente não precisava ouvir sobre a inquietação de Kristen, real ou imaginária.

Misericordiosamente, um colega de trabalho cambaleou com fofocas sobre o CEO, algo sobre "Russel, o Prodígio" ter ficado bêbado e descuidado com um potencial investidor. Balancei a cabeça enquanto ele falava, mas não conseguia ouvir. Eu senti como se estivesse em um estranho triângulo amoroso, com Aaron e Kristen, cada um puxando um dos meus braços.

Preciso de você, ela escreveu na mensagem. Não um *Por favor, me ligue* ou *Podemos conversar*? Ou, mesmo, *Sinto sua falta*.

Enquanto falava, meu colega de trabalho passou a palma da mão sobre a nuca, passando pelo seu rabo de cavalo, e pensei em Paolo novamente, seu rabo de cavalo preto, emaranhado de sangue.

Meu estômago revirou. O negócio com a Kristen era que…

Eu precisava dela também.

✦✦✦

— Você está animada para o seu aniversário? — Priya se sentou na minha frente e puxou a tampa do recipiente com sua salada. Estávamos em um local de almoço especializado em *bowls*; à base de grãos, verduras e macarrão.

— Estou! — Agitei o molho picante e coloquei na minha comida. — Vai ser algo discreto. Mas sinto que minha amiga Kristen está tramando algo. — Rasguei a embalagem dos meus talheres de bambu. — Eu odeio surpresas.

— Você *odeia* surpresas? Por quê?

A pergunta, ironicamente, me pegou de surpresa. Dei uma mordida e mastiguei pensativamente.

— Acho que é porque uma surpresa, por definição, está fora do meu controle. E quero acreditar que... que as coisas e as pessoas não vão mudar de repente. — Dei de ombros. — Adoro viajar e ter novas experiências, descobrir novos restaurantes, coisas assim. Mas não sou o tipo de mulher que deixa as coisas rolarem. Embora eu desejasse ser. Mais descontraída e... espontânea ou algo assim. — Todo mundo gostava desse tipo de mulheres, que topavam tudo, que gostavam de experimentar coisas diferentes, que eram *de boa*. Elas deixavam todo mundo à vontade e silenciavam as Marias Ansiosas que sempre questionavam: "*Isso é seguro? É inteligente fazer isso? Realmente queremos ser surpreendidas?*"

Talvez os caras gostassem dessas mulheres porque elas reafirmavam a visão de mundo dos homens: *nada de ruim pode acontecer comigo*.

— O que você quer dizer com não querer que as pessoas mudem? Porque se você pensar um pouco sobre isso... — Ela abriu a água com gás e deu de ombros. — Todo mundo está mudando o tempo todo. É tipo, a única coisa com a qual você *pode* contar.

Eu estava falando sobre Kristen? Na semana passada, eu estava aceitando o fato de que nossa amizade estava sendo rebaixada, aceitando que os mais de 14 mil quilômetros, e não uma, mas duas experiências horríveis nos afastariam. E, então, ela apareceu e meu coração se encheu ao vê-la, ternura e alívio por ela estar aqui, além da sensação de que finalmente eu poderia ser verdadeira com a única pessoa que sabia o que passamos. Mas essa surpresa também teve um lado ruim: as coisas entre nós ainda pareciam forçadas.

— Talvez eu esteja mais preocupada agora que tenho Aaron... Tipo, as coisas estão boas, então tenho mais a perder — falei. — Eu te contei sobre Colin, um cara com quem namorei alguns anos atrás. No começo achei que ele era um doce, mas então, minha melhor amiga apontou que ele estava começando a agir de forma possessiva. E teve, meu também namorado do ensino médio e faculdade, Ben. Eu pensei que ele era de um jeito e acabou sendo...problemático. — Desdobrei um guardanapo. — Me pegou desprevenida. Então, talvez seja por isso que eu goste de, você sabe... de ver a estrada à minha frente.

— É mesmo. Você não namorou com o Ben por tipo, um milhão de anos?

— *Rá!* Quatro anos. A família dele basicamente me adotou. — Espetei um pedaço de brócolis. — Ele, os pais e o irmãozinho dele, todos eles genuinamente gostavam de passar o tempo juntos. Era maravilhoso.

Priya bateu as unhas na garrafa de água com gás.

— Ao contrário de seus pais?

— Nossa, você está começando a soar como Adrienne.

— Desculpa! Adoro falar sobre a família das pessoas. É tão fascinante.

— Tudo bem. É só que eu não tenho certeza se meus pais são tão interessantes assim.

— Eles são divorciados, certo?

— Sim! Eles se separaram quando eu tinha 15 anos. — Foi minha mãe quem me contou, me chamando para a cozinha e mal erguendo os olhos da panela em que estava mexendo no fogão. Ela terminou a conversa dizendo: "Você precisa se comportar porque seu pai e eu estamos passando por um momento difícil agora."

— E agora você está em seu primeiro relacionamento sério depois de uma eternidade. — Priya apontou o garfo para mim. — E você não tem um modelo de um relacionamento saudável e duradouro. Nossa, filhos de divórcio têm tanta fobia de compromisso. Você sabe que também sou, né?

— Conte-me sobre seus pais. Eles estão em Madison, certo? — Foi bom me abrir com Priya sobre algo além de fofocas pessoais, nossos colegas de trabalho, as notícias. Mas suas palavras abriram um velho e profundo alçapão de insegurança. E se eu não fosse capaz de fazer as coisas darem certo? Com Aaron, com Kristen, com qualquer pessoa?

◢◢◢

Felizmente, eu tinha terapia naquela noite para dissecar esses sentimentos.

— Parece que isso é uma verdadeira fonte de ansiedade para você. — Adrienne parecia tão calma e presente, como se nunca tivesse saído desta cadeira, permanecendo enraizada enquanto os clientes entravam e saíam.

Eu bufei.

— É meio clichê: meus pais se separaram, então agora estou com medo de estar em um relacionamento romântico sério.

— Se você fizesse um gráfico de pizza de todas as coisas que a deixam ansiosa, qual o tamanho desse pedaço?

Meus batimentos aceleraram e latejaram no meu pescoço com o lembrete. Havia um grande estressor que eu estava evitando tratar na terapia, de longe a maior fatia da pizza: a carne de Paolo apodrecendo sob alguns centímetros de terra. Manchas de sangue espalhadas pelo chão e pela cortina do chuveiro. Potenciais testemunhas no bar, no hotel, no longo caminho de volta na madrugada escura.

Mas o foco agora são meus relacionamentos.

— Bem, é um pedaço maior agora que Aaron e eu estamos oficialmente juntos. — Eu brinquei com meu colar. — É estranho, parte de mim sente que me aproximar de Aaron significa abandonar Kristen. Ainda que eu saiba que posso muito bem ter uma melhor amiga e um namorado.

— Por que você sente como se estivesse abandonando ela?

— Ela é... Eu falei, ela é como uma irmã para mim. Ela foi tudo que eu precisei por muito tempo.

— Tudo o que você precisou — repetiu ela. — Você entende por que isso é muita coisa para se depositar em uma pessoa, seja quem for?

— Você acha que sou muito dependente dela?

— Não estou fazendo julgamentos sobre você. Ou sobre Kristen. — Ela se inclinou para trás. — Mas quero que você pense sobre como é uma rede de apoio saudável. Uma que seja... diversificada. Do jeito que você fala sobre Aaron, parece que ele é uma pessoa muito positiva em sua vida.

Dei um aceno de cabeça fervoroso.

— Isso é ótimo, que haja outra pessoa com quem você pode contar. E é claro que seu novo relacionamento vai mexer com a sua dinâmica com a Kristen. É normal e saudável que amizades mudem, mas, muitas vezes, há alguma resistência.

Apertei meus lábios.

— Acho que você está certa. — Eu podia sentir meu rosto se contraindo, se contorcendo em torno do meu medo terrível: eu seria uma namorada ruim para Aaron e uma amiga ruim para Kristen. Eu acabaria triste e sozinha, com a culpa sangrando por dentro e as memórias tenebrosas manchando meus dias.

— Não quero estragar as coisas — falei. — Eu *odeio* estragar tudo. — *Jesus, de todas as pessoas que poderiam estar por aí com dois homicídios em seu passado...*

— Você se chamaria de perfeccionista?

— Ah, mil por cento. Mesmo quando criança, eu era todo certinha. Todos os meus boletins diziam: "É um prazer tê-la na turma."

— Então, não foi muito rebelde? Nem quando adolescente?

Estremeci. Hoje, eu ainda era uma cidadã exemplar, exceto pelas duas enormes manchas em minha ficha.

— Tive problemas com meus pais algumas vezes — admiti. — Especialmente meu pai. Ele era... imprevisível.

Quando criança, parecia que eu atraia a atenção deles apenas quando fazia algo de errado, muitas vezes sem perceber. Uma das minhas primeiras lembranças era de estar cantando *"This Is the Song That Doesn't End"*[1] a plenos pulmões enquanto subia e descia as escadas correndo, um dervishe rodopiante[2] de 3 anos de idade. Ainda me lembro da vívida e intensa confusão que senti quando meu pai me parou e bateu nas minhas pequenas nádegas. A memória me encheu de vergonha, humilhação demais para contar a Adrienne.

— E sua mãe?

Mexi nas minhas unhas.

— Nós nos dávamos bem. Quando eles se separaram, pensei que talvez eu e ela nos aproximássemos. Mas, com o tempo, comecei a perceber como ela... ela também não estava realmente lá por mim. Quando me mudei, percebi que não precisava deles. Tipo, eu estava construindo minha própria família. Com pessoas que realmente se importavam comigo. Como Kristen.

Mais próxima do que uma irmã, a única pessoa que me amou incondicionalmente. Quem arriscou a vida por mim, quem sacrificou seu próprio sono e bem-estar para cuidar de mim durante meu sofrimento.

Minhas entranhas se contraíram: eu deveria ter continuado dirigindo para o oeste ontem à noite, deveria ter continuado até Brookfield só para dar um abraço nela. Que egoísta da minha parte, dar meia-volta para tentar trazer Aaron de volta para minha cama.

Adrienne pousou a caneta.

---

[1] "This Is the Song that Doesn't End", em tradução livre, Esta É a Música Sem Fim, é uma música infantil e, como o nome indica, infinitamente interativa. Aparece no álbum *Lamb Chop's Sing-Along, Play-Along* de Shari Lewis. [N. da T.]

[2] A Ordem dos Dervishes Rodopiantes faz parte da vasta tradição Sufi do Islã. O Ritual Sema da Ordem dos Dervishes, que é a dança Sufi, inicia e termina com passagens do Alcorão cantadas, e os dervishes então dançam em movimentos rodopiantes, que representam a jornada espiritual do ser humano. [N. da T.]

— Você acredita que precisa ser perfeita para merecer a amizade de Kristen?

A culpa ecoou pelo meu corpo.

— Quero dizer, ela é uma amiga bem perfeita. Nós já estamos... meio incompatíveis com o quão boa ela é para mim.

Ela franziu a testa.

— Eu não conheço Kristen, então não estou dizendo que isso está acontecendo. — Ela virou seu caderno. — Mas, em alguns relacionamentos, a Pessoa A parece estar fazendo, se esforçando, mais do que a Pessoa B, mas a Pessoa A *quer* que seja assim. Elas gostam de ser o cuidador, portanto, isso é útil para elas, mantendo a pessoa B no papel de carente. Faz sentido para você?

Sem chance. O pensamento encheu minha barriga de desconforto: Kristen me mantendo para baixo, encontrando prazer no meu desamparo.

— Eu realmente não acho que Kristen e eu somos assim — falei em voz alta. — Nós duas queremos que a outra se sinta forte. E, tipo, houve momentos em que eu tive que apoiá-la também. — Como aquelas horas solitárias no Vale do Elqui, a noite em que eu me empolguei e assumi o comando enquanto a morte pairava no ar ao nosso redor.

— Ok. — Outro aceno de cabeça sereno. — O perfeccionismo continua surgindo quando você fala sobre seus relacionamentos. Você concorda?

— Com certeza. É tão destrutivo. Kristen já apontou o quanto meu perfeccionismo pode agir como autossabotagem.

Ela olhou para mim por um momento, então olhou para seu caderno.

— É comum entre filhos de pais como os seus. Mas vincular o seu valor a nunca cometer um erro é perigoso. Podemos tentar um exercício de visualização?

Concordei, desconforto fermentando em meu peito.

— Quero que você feche os olhos e imagine a pior coisa que já fez. Um momento em que você foi qualquer coisa menos perfeita. Realmente imagine seu eu passado apenas se deixando levar. Tome um minuto para...

Sua voz sumiu enquanto a cena começou ao meu redor: Sebastian puxando sua mão para longe da minha boca, choque em seus olhos enquanto o sangue escorria de sua palma onde eu a mordi. A implacabilidade, a fúria no olhar de Kristen quando ela derrubou Sebastian. *Pare. Pare. Pare.* Sangue, tanto sangue, alastrando-se por todo o chão, mais do que um único crânio deveria conter, como se a cabeça dele fosse uma jarra de vinho transbordando.

Está acontecendo. Meus pulmões estavam colapsando, esvaziando, balões com o ar vazando. Meu coração batia descontroladamente, meus dedos agarravam minha bolsa; os pulmões em chamas, um único pensamento berrando como um sistema de alerta de emergência: *AR, AR, AR.*

Enfiei o inalador na boca e apertei com força. *Ahhh.* Com a segunda dose, notei que Adrienne se levantou e estava pairando sobre mim, seu rosto contorcido de preocupação.

— Estou bem — disse a ela, colocando a tampa de volta no inalador.

Mas será que alguma de nós acreditou?

CAPÍTULO 18

Acordei no meu aniversário com borboletas no estômago. Animação? Sim, mas ansiedade também. Não porque eu tinha 30 anos (ainda era jovem, tanto faz), mas porque eu tinha a sensação de que Kristen tinha planejado algo inesperado. A apreensão era como carvão em brasa, ameaçando pegar fogo. O que ela disse sobre a intuição feminina? Percebemos coisas que os homens deixam passar?

Virei de lado e tirei meu telefone da tomada. Um dilúvio de mensagens de aniversário no Facebook; mensagens de ambos os meus pais, bem como alguns amigos. Um vídeo de uma amiga do ensino médio, ainda vivendo em Minneapolis, e seus filhos gêmeos pequenos gritando: "Feliz anivesalio, Emiry!"

Nada de Aaron, estranhamente. Ou Kristen. Ainda.

Entrei na cozinha e liguei a cafeteira. Enquanto o café passava, liguei no canal da *NPR*: um homem do Missouri havia jogado ácido em um fiel do lado de fora de um templo Sikh. Horrível. *Um maluco*, como diria minha mãe, chacoalhando a cabeça. Tudo bem, não era coisa de gente sã, eu tinha de admitir, uma total falta de controle emocional e autorrealização. Mas e se os monstros realmente andarem entre nós e eles *não* forem de fato malucos? Sebastian era um cara aparentemente normal que ficou furioso, tão furioso, que poderia ter me matado. A raiva não é uma doença mental. Talvez pessoas comuns façam coisas terríveis o tempo todo.

A campainha tocou e abri a porta para encontrar um cara esbelto usando uma bermuda cargo, segurando um pacote na sua frente. A caixa tinha um cheiro meio argiloso e úmido, e vi o nome em cima: Floricultura Burleigh Blooms.

Sorri enquanto levava o pacote para a cozinha e cortava a fita, em seguida, puxei um buquê de lírios brancos, macios e frescos como lençóis de hotel de luxo. Aaron tinha enviado isso? Isso faria dele o primeiro cara a fazer isso desde Ben, no ensino médio, quando apareceu no nosso aniversário de seis meses com um buquê de supermercado colossal. Procurei um cartão e o tirei do envelope azul-marinho.

Você pode não gostar de surpresas
E suas respostas foram adversas
Para os meus apelos de fazer-lhe planos de aniversário,
Então decidi que seria lendário.
Termine seu café, vá trabalhar,
E deixe a festa começar. —K.

Eu tive que dar a ela algum crédito, embora eu odeie surpresas, gosto de um bom enigma. Kristen conhecia meu cérebro tão bem, que sua mente e a minha eram como as metades complementares de um colar de coração. "Café", essa era a pista, um detalhe granular em um prelúdio rimado. Coloquei minha caneca vazia na pia, abri meus armários, depois minha geladeira, vasculhando meus pratos, dentro do saco liso de café moído, sob a tampa de uma caixa de ovos.

Nada. E eu tinha que ir para o escritório. Inclinei-me sobre a pia, o balcão acomodando-se nas palmas das minhas mãos.

PRIYA ESTÁ ESPERANDO.

Estava ligeiramente visível no fundo da minha caneca suja, em letras bem pequenas, como algo impresso. Arranquei o disco de plástico, o coloquei debaixo da torneira e as palavras ficaram mais claras: tinta invisível. Meus nervos eriçaram ao longo da minha espinha. Como Kristen sabia que eu usaria essa caneca hoje? E, por Deus — meu peito congelou —, como ela entrou na minha cozinha para plantar isso?

Uma pancada suave atrás de mim me fez girar tão rápido que o tapete derrapou sob meus pés. Uma única flor havia rolado do balcão e pousado no ladrilho. Ali jazia em sua beleza escultural como uma bandeira branca, uma pomba morta, um memorial de Calatrava aos mortos.

Esfreguei minhas têmporas. Esse seria um longo dia.

A CHUVA BATEU no meu para-brisa enquanto eu dirigia para o trabalho. Não importava quantas vezes eu mudasse de faixa, acabava atrás de grandes caminhões de transporte, encurralada em uma incessante troca de marchas. No rádio, uma repórter de tom calmo anunciou que um homem havia sido preso em um caso de tráfico sexual. A polícia encontrou braçadeiras e fita adesiva em seu carro, ela entoou, bem quando meus pneus começaram a aquaplanar. Deslizei à frente, meu coração repentinamente batendo como o rufar de tambores. As rodas encontraram um ponto de atrito no solo, e parei o carro em uma placa Pare.

Braçadeiras e fita adesiva. Quem faria isso? O que passou pela cabeça dele enquanto dirigia para o trabalho, os suprimentos rolando no porta-malas?

Parei no saguão, molhada e murcha.

— Oi, Jeffrey — falei com o cara no balcão da portaria. Ele tinha cabelos grisalhos e olhos de cachorro triste. — Está chovendo muito lá fora.

Mas hoje, como em todos os dias, ele não respondeu. Eu me arrastei em direção ao elevador, uma poça se estendendo no chão atrás de mim.

Na minha mesa, Priya trotou até mim com um enorme cupcake.

— Feliz aniversário! — gritou ela, entregando-me o cupcake com as duas mãos.

— Obrigada! Essa é minha próxima pista?

Seu sorriso travesso confirmou minha pergunta.

— Então, nem precisava encontrar a primeira. — Retirei a embalagem. — Nem beber café misturado com tinta invisível misteriosa.

— Kristen me disse para trazer isso imediatamente. Caso você não tivesse encontrado a primeira pista. — Ela apertou as palmas das mãos. — Isso é tão divertido, eu não faço nada assim desde meus dias de irmandade na faculdade.

— Que foi tipo, dois anos atrás. — Abri a base do cupcake no meio e tirei algo com aparência de cera do centro. Um pedaço de pergaminho dobrado, Priya se inclinou sobre meu ombro para ler:

Caseiro ou Mona? Oportunamente, preparam-no orgânico, rotineiro, tentador.

Escritório inovador, revigorante ocasião, familiar assiduidade, lá a recompensarão.

Então, será que vão acertar a encomenda

E entregar-lhe uma bebida estupenda?

— Certo, então você está aqui no escritório da Kibble — anunciou Priya, seus braços cruzados —, o Café Mona é onde você sempre toma seu latte de avelã. Você deveria ir para lá em seguida? Ahh, obrigada! — Ela pegou a metade do cupcake que eu lhe ofereci com a mão estendida.

— Talvez? Parece um pouco óbvio. E eu não tomo latte de *avelã*, tomo latte macchiato, de aveia. Ah, cale-se. — Nós rimos da minha seletividade com leite. Eu reli a pista. — O ritmo também está estranho. Nas duas primeiras linhas.

Russell entrou no escritório, o cabelo loiro espesso balançando.

— Eu provavelmente deveria pelo menos ligar meu computador — disse Priya.

— Eu também. Espero que isso possa esperar. — Joguei o pedaço de papel na minha mesa.

— Quero saber de cada detalhe. Esta é a coisa mais emocionante que aconteceu no trabalho desde que um lote ruim de espinafre deixou gatos doentes por tooooda a Costa Leste. — Ela acenou com a mão.

— Ah meu Deus. Vamos torcer para que meu aniversário não termine com gatos com diarreia.

Respondi a alguns e-mails enquanto engolia o resto do cupcake. Quando peguei o pedaço de pergaminho novamente, o açúcar correndo pelo meu sangue, quase ri alto:

Caseiro ou Mona? Oportunamente, preparam-no orgânico, rotineiro, tentador.

Escritório inovador, revigorante ocasião, familiar assiduidade, lá a recompensarão.

As primeiras letras das palavras: C-O-M-O-P-O-R-T-E-I-R-O-F-A-L--A-R. Com o porteiro falar! Peguei meu passe de identificação e fui para o elevador.

Jeffrey lançou um olhar vazio e inexpressivo para mim em vez de responder e, então, arrastou-se até sua mesa e pegou um pequeno bichinho de pelúcia. Era um gato preto e branco de alguns centímetros de altura. Agradeci e o virei em minhas mãos, procurando mais pistas. Kristen e eu gostávamos de gatos, mas não tínhamos ligações especiais com eles. Meu trabalho na Kibble... essa era a pista?

De volta ao meu andar, os olhos negros e brilhantes do brinquedo me observavam enquanto eu trabalhava. A caça ao tesouro pairava sobre meus ombros: Kristen e eu não nos comunicávamos em códigos dessa forma desde a faculdade. Havia um significado mais profundo aqui?

Uma mensagem de Kristen: "Feliz aniversário, minha linda amiga! Como está o seu dia?"

Hesitei por um segundo, depois escrevi: "Obrigada! Não consigo acreditar que você se deu ao trabalho de fazer tudo isso, sua gênia criadora de quebra-cabeças!" E, então, peguei o gato nas mãos novamente.

Desta vez, notei que o que eu pensava ser um colarinho azul, era, na verdade, uma fina tira de tecido. Eu a desenrolei (como um laço, pensei, ou um garrote) e a abri sobre minha mesa.

Ah, olá, a Quarta pista eletrizante! // Agora, o pique-pega se encerrará inebriante // E na brincadeira, café com leite não serás novamente, // Antes que o de-leite acabe sorrateiramente. // Sua mente diligente chaveia as pistas soltas, e muita lógica demonstrou // E, para terminar, agora todas as evidências estão expostas.

"O pique-pega se encerrará", "café com leite não serás", "agora todas as evidências estão expostas"... Tudo isso me parecia tão ameaçador, o que isso dizia sobre meu estado emocional no geral?

Priya apareceu, suas bochechas coradas de animação. Ela franziu a testa para a tira de tecido azul.

— Não tenho a menor ideia — anunciou ela, inclinando-se para trás. — A mente de vocês é sofisticada demais para mim.

— É estranho que "Quarta" esteja em maiúsculo, certo? Isso deve significar alguma coisa.

— *É* estranho, considerando que não há realmente nenhum erro de digitação. Isto também. — Ela prendeu a tira azul sob o dedo. — Essa parte do "de-leite", isso não deveria ter hífen.

— É uma expressão estranha, "o de-leite acabe sorrateiramente". Quero dizer, não faz sentido. — Encarei a pista por um segundo, sentindo as peças deslizarem no lugar certo, como pinos se alinhando em uma fechadura arrombada. Peguei uma caneta e risquei o tecido:

> *Ah, olá, a Quarta pista eletrizante! // Agora, o pique-pega se encerrará inebriante // E na brincadeira, café com leite não serás novamente, // Antes que o de-leite acabe sorrateiramente. // Sua mente diligente chaveia as pistas soltas, e muita lógica demonstrou // E, para terminar, agora todas as evidências estão expostas.*

Eu ri.

— Pega... pegue café com leite, aveia...de aveia... agora. A quarta palavra de cada linha.

Priya bateu palmas.

— Vá ver o seu homem!

Eu a fiz prometer me substituir no escritório, então fui direto para a rua Rogers. A chuva havia parado, e o sol estava aparecendo entre as nuvens. Eu estava quase na porta do Café Mona quando me lembrei de que Aaron não estaria lá. Geralmente, ele trabalhava à tarde.

Bem, que droga. Eu tinha que encontrar a outra pista dentro do café? Lá dentro. Parei e imaginei Kristen passando um tempo por aqui antes de plantar o próximo enigma, dentro do meu lindo e impenetrável Café Mona, jogada nas cadeiras que não combinam e os sofás irregulares, envolvendo seus dedos em torno das xícaras enormes e lascadas. Parecia incongruente, uma colagem incompatível.

Aaron *estava* lá, acomodado em uma poltrona verde, com o rosto enterrado em um livro. Um sorriso se abriu em seu rosto enquanto eu me dirigia até ele.

— Olha só, a rainha aniversariante! — Ele se levantou para me beijar, então me envolveu em um abraço. Meus ombros relaxaram e minha frequência cardíaca diminuiu. — Está tendo um bom dia?

— Sim! — Sentei-me. — Tenho várias pistas na caça ao tesouro de Kristen. Ela o colocou nisso também?

— Claro que sim! — Ele se inclinou para a frente. — Quais são as outras pistas?

Tirei-as da minha bolsa, uma por uma; Aaron continuou balançando a cabeça, surpreso. Descobri que foi ele quem plantou o círculo de tinta invisível dentro da caneca, e a colocou na fileira da frente, visível. Não Kristen.

— E, pensando bem, essa pista também era infalível. — Entreguei a ele a tira azul. — Se eu não tivesse entendido a do porteiro e interpretasse a do cupcake de maneira literal, eu acabaria aqui de qualquer forma. Kristen pensou em tudo.

— Ah, qual é... Ela acha que você não é tão inteligente quanto ela? — A piada ficou no ar por um momento. A caça ao tesouro parecia um pouco como uma declaração tácita: *Ninguém conhece seu cérebro como eu*. Mas não era, foi um ato de amor e nada mais. Não foi um lembrete de que ela sempre seria mais esperta que eu, de que sempre estaria em vantagem.

Aaron estendeu um pequeno retângulo cuidadosamente embrulhado.

— Para você!

— Isso é tão gentil! Achei que o jantar era o presente. — Aaron havia se oferecido para cozinhar para mim naquela noite; à luz de velas, guardanapos de pano, e tudo que eu pudesse desejar.

Uma sombra brilhou em seus olhos, e então ele deu de ombros.

— Eu não consegui esperar!

Uma caixa branca, lisa e sedosa. Levantei a tampa, então desembrulhei uma dobra de papel de seda.

A sala ficou em silêncio absoluto. Tudo o que eu conseguia ouvir era meu coração batendo em meus ouvidos.

Porque o que estava dentro da caixa era impossível. Tinha sido roubado da minha bolsa naquela noite horrível em Quitéria, no Chile.

Dentro da caixa estava a carteira de couro verde.

CAPÍTULO 19

Meus dedos se abriram e a caixa caiu no chão, o papel de seda amassando. Arfei e me abaixei rapidamente para apanhar a caixa; Aaron fez o mesmo, e nossas cabeças bateram uma na outra, perto dos nossos joelhos.

— Desculpe! Eu sou tão desajeitada. — Coloquei a caixa no meu colo e segurei a carteira. Olhando mais de perto, não era exatamente a mesma. O zíper era diferente, os espaços para cartões eram verticais, não horizontais. Ainda assim: bizarramente semelhante.

— É bem do meu estilo — falei, o que era verdade, e forcei um sorriso. — Muito obrigada, Aaron.

— Kristen me ajudou a escolher! — falou ele. — Ela disse que você foi roubada no Chile. Que droga, você não me contou isso.

Um calafrio percorreu meu corpo, como se uma torneira tivesse sido aberta no meu peito. O que mais ela disse a ele?

— Fiquei envergonhada… Deixei minha bolsa aberta em um bar como uma idiota. Mas isso foi tão atencioso e perfeito. Obrigada.

— Fico feliz que tenha gostado! — Deu para perceber que ele não acreditou totalmente em mim. Inclinei-me para lhe dar um beijo.

— Você olhou dentro dela?

— Ah, Deus, ainda não chegamos ao fim? — Abri o zíper da carteira e enfiei os dedos em cada compartimento. Lá estava: uma nota de um dólar com a minúscula letra de Kristen na frente. Li em voz alta:

NUNCA ESTIVEMOS AQUI 139

Antes de concluirmos, proponho um questionamento sedutor:

Quem manipula o magistral ofício do manipulador?

Quem faz a barba do barbeiro e cozinha para um cozinheiro?

Quem enterra um coveiro e rouba um bandoleiro?

Quem compõe o testamento de um advogado?

Agora procure a pessoa que se encaixa no que foi caracterizado.

Minha respiração ficou presa na garganta, e fiquei momentaneamente sem palavras. Corpos enterrados. Carteiras roubadas. Testamentos para os falecidos. Amigos, familiares e parentes se espalharam pela África do Sul e Espanha, implorando por pistas sobre o paradeiro dos jovens rapazes.

Mas Aaron confundiu meu horror com curiosidade.

— Desculpe, não consigo ajudá-la. Não consigo nem mesmo resolver um quebra-cabeça de sudoku. Nem um dos *fáceis*.

Eu mordi meu lábio.

— É meio mórbido, não é? Enterrar, roubar, escrever testamentos? — Meu coração batia em meus pulsos e pescoço.

Aaron arrancou a nota da minha mão.

— É meio que "não minta para um mentiroso". A nota pergunta sobre quem faz *a coisa* para quem já o faz profissionalmente. — Ele apontou. — Cozinhar para um cozinheiro, fazer o testamento de um advogado. Não seria só, tipo, outro cozinheiro? Outro advogado?

Eu senti as peças se encaixando.

— Deixe-me ver isso de novo. — Aaron assistiu, sorrindo em antecipação. — Ah, certo, dãã, "quem faz a barba do barbeiro". É um famoso paradoxo lógico: se um barbeiro... é isso, se um barbeiro faz a barba exclusivamente de todos os cidadãos que não se barbeiam, quem faz a barba do barbeiro?

Ele franziu a testa.

— Não é o barbeiro?

— Ele não pode, porque ele só barbeia homens que *não* se barbeiam. Portanto, não há solução, é um paradoxo. É um exercício de pensamento. Kristen e eu aprendemos sobre isso em um curso de filosofia que fizemos. Eu esqueci como se chama.

Mas Aaron já estava com seu telefone.

— É o paradoxo de Russell?

— Isso mesmo! — Bati em sua mão em comemoração. E então a ficha finalmente caiu. — Meu Deus. Russell. Meu chefe, Russell. Você acha que eu deveria falar com ele?

Os ombros de Aaron sacudiram com uma risada silenciosa.

— Bem, Kristen teria coragem de ligar para ele? E dizer para ele o que fazer?

— Ela teria. — A caixa com seu lindo fantasma verde dentro escorregou do meu colo novamente, e eu a peguei antes que caísse no chão. — Ela com certeza faria isso.

De volta à minha mesa, hesitei. Aaron adquiriu uma carteira e, junto com ela, algumas informações sobre o Chile, graças à Kristen. A história do batedor de carteiras, algo que escondi dele. O que surgiria nessa conversa com meu chefe?

Fiquei parada algum tempo na porta do escritório com fachada de vidro de Russell, depois dei uma batida tímida na porta. Ele deu um sobressalto, então abriu o rosto em um sorriso.

— Estão dizendo por aí que é seu aniversário!

— Os rumores são verdadeiros.

— Bem, feliz aniversário. Grandes planos?

Balancei minha cabeça.

— Apenas jantar hoje à noite. E… uma amiga minha organizou uma caça ao tesouro divertida para mim.

— Kristen! Ela é uma mulher bastante convincente. E uma grande amiga, porque ela lhe garantiu um dia e meio de folga.

Fiquei quieta por um momento.

— Espere, o quê?

— Seu fim de semana começa agora. Não conte aos outros ou todos vão querer o mesmo tratamento. Mas se você ficar de olho no seu e-mail amanhã, chamaremos de home office. — Ele piscou, e continuei boquiaberta.

— Então… eu deveria ir para casa?

— Eu acho que Kristen tem planos maiores que isso. Mas, sim, pode ir embora. Aproveite seu aniversário. — Ele acenou e voltou sua atenção para sua tela.

Grandes planos? Aaron prepararia um jantar para mim esta noite; eu concordei em sair com Kristen amanhã, na sexta-feira. E as coisas com Kristen ainda estavam tão... estranhas, especialmente a maneira como ela fugia como uma libélula sempre que eu tentava ter uma conversa franca sobre o Chile. Ansiedade se agitou dentro de mim, com uma culpa incandescente bem atrás: *Kristen planejou essa grande e intricada caça ao tesouro porque ela ama você. O que quer que ela tenha em mente, provavelmente é incrível.*

Liguei para ela enquanto atravessava o estacionamento.

— Cara! O que diabos você disse para Russell?

Ela riu.

— Eu só o lembrei de que você é um recurso importantíssimo para a empresa. Você está a caminho de casa?

— Saindo daqui agora.

— Estarei esperando por você! — falou ela animadamente, depois desligou.

✦✦✦

Um carro lexus suv estava estacionado no meio-fio em frente ao meu apartamento, e pequenas flores de um corniso-florido empoeiravam o para-brisa. Kristen saiu do carro quando eu cheguei, e entrei no ar quente.

— Feliz aniversáááário! — Ela jogou os braços em volta de mim.

— Obrigadaaaaa — entoei de volta. — Não consigo acreditar que você conseguiu uma folga para mim no trabalho! Qual é o plano? — Era esse o clímax de sua intricada trama?

— Vamos viajar para o Norte! — Ela abriu as palmas das mãos para o céu. — Para a cabana do lago de Nana e Bill! Vai ser tão divertido!

Então, a imagem se refletiu bem na frente dos meus olhos: uma ampla cabana com janelas do chão ao teto, situada em um trecho de terra, projetando-se para o Lago Novak. A cabana foi construída com pinheiros empilhados como os brinquedos infantis Lincoln Logs, com um vasto átrio abobadado e quartos dispostos em um círculo no segundo andar. Fui para lá com Kristen algumas vezes durante a faculdade e logo depois, e me esqueci quase completamente sobre isso desde então.

Eu estava boquiaberta.

— Vamos *agora*?

— Sim! — Kristen acenou para o Lexus. — Bill me emprestou o carro dele. Eu sei o quanto você ama a cabana.

Ela estava certa, a área inteira fazia meu coração sorrir: estradas sinuosas esculpidas em florestas densas, uma profusão de lagos com apenas alguns quilômetros entre eles, como se fossem buracos feitos por um gigante. Árvores perenes antigas se estendendo por centenas de metros em direção ao céu, bordos e carvalhos preenchendo os espaços vazios.

Mas, agora, meu peito estava comprimindo com a ideia. Um passarinho no alto parou de cantar e mergulhou no capô do meu carro, e o medo se cristalizou: será que era mesmo uma boa ideia sairmos da cidade juntas? Ultimamente, viajar em dupla levava ao caos, como se nós duas, livres de nossas casas, fôssemos um chamariz para a crueldade.

E, de qualquer forma, eu tinha planos com Aaron esta noite.

— Na verdade, eu combinei de...

— Não se preocupe, eu falei com Aaron. Este fim de semana tenho você só para mim!

— Ah! E ele... concordou com isso?

O semblante de Kristen se apagou por um segundo, como se estivesse conectado a um interruptor. Meu estômago revirou enquanto eu me perguntava que tom ela tinha adotado com ele, o que ela disse em conversas que eu não estava a par. Compartilhando a história sobre o batedor de carteiras, guiando-o em direção a uma carteira parecida; informando-o de que seus planos foram cancelados e que eu seria *dela* na noite do meu aniversário. Mas, então, ela sorriu.

— Claro. Ele realmente é um amorzinho. — Ela gesticulou em direção à minha porta da frente. — Vamos fazer as suas malas? Escapar da hora do rush.

Eu a encarei. Por tempo demais. Pensei brevemente em recusar, em dizer que não, em sugerir que partíssemos amanhã, não hoje. Mas, eu sabia que não conseguiria resistir. Surpresas eram como poços de minas, e eu tinha acabado de entrar em um; o único caminho era para baixo, na escuridão gélida.

,,,

O LAGO NOVAK ficava três horas ao Norte de Milwaukee; duas horas na rodovia Interestadual 43 e mais uma em estradas rurais, passando por pequenas áreas centrais que eram como nós em uma corda. Black Creek, Bonduel, Cecil, Mountain, cada uma destas vilas era como uma explosão repentina de restaurantes, lojas de ferragens e bares feios, cartazes de cerveja se aglomerando nas vitrines. Paramos para comer hambúrgueres e pudim congelado ("Pegue o sundae de pasta de amendoim, é seu aniversário!") e vimos outdoors passando pelas janelas enquanto shoppings e lanchonetes se transformavam em campos ondulantes de milho, soja e trigo. A jornada me trouxe uma sensação de déjà-vu, e como se tivesse recebido um soco nauseante, descobri o porquê: nós estávamos exatamente assim quando fizemos o caminho até Quitéria, Kristen no banco do motorista, a estrada se desenrolando na minha frente enquanto fileiras de plantações se agitavam ao nosso redor.

Ter Kristen aqui em Wisconsin deveria ser como um sonho, mas eu não conseguia relaxar. Estar com ela me dava a sensação de estar brincando com fogo, como acender um isqueiro cada vez mais perto de uma nuvem de gasolina. E se o destino nos atingisse uma terceira vez? E se um cara atrevido a atacasse e precisássemos nos livrar de um corpo mais uma vez? Por mais que eu odiasse admitir, eu estava feliz por ela estar morando com os avós e não comigo. Grata pelo amortecedor de impacto de mais de 15 quilômetros.

Enviei uma mensagem para Aaron com um pedido de desculpas por adiar nossos planos, e ele respondeu com uma sequência de mensagens, variações de "divirta-se!". Ou ele estava realmente bem por eu o abandonar ou ele fingiu bem. No começo, pareceu estranho ele ter dado sua bênção a Kristen, mas então percebi que ele não tinha muita escolha: o novo namorado poderia realmente dizer não para a melhor amiga desde os tempos da faculdade? Kristen tinha contornado homens por muito menos.

Como Colin. Eu não tinha gostado dele tão intensamente quanto gosto de Aaron, mas eu gostava dele daquele jeito entusiasmado, com borboletas na barriga, e costurando imagens mentais, com uma colcha de retalhos, sobre o nosso futuro como casal: piqueniques de primavera, casamentos de verão, passeios em campos de feno e canteiros de abóboras, festas de fim de ano elegantes. Eu o apresentei a Kristen, animadamente, e ela parecia gostar dele também.

Até que ele e eu tivemos nossa primeira briga. Foi por mensagem de texto e, enquanto outros amigos para quem enviei as capturas de tela me disseram para dar a ele o benefício da dúvida, Kristen assumiu um posicionamento muito diferente: "Ah, mas *de jeito nenhum*!" Embora suas declarações machucassem, me senti grata por ela ser tão direta e aliviada por sua solidariedade; afinal, se os papéis fossem invertidos, ela gostaria que eu lhe desse uma resposta direta. E, então, terminei as coisas com Colin. Confiante de que era a decisão certa, porque ela nunca havia me enganado. Mas agora...

Abri minhas mensagens, inclinando minha tela para longe de Kristen, no que eu esperava que parecesse um gesto despreocupado e, pela primeira vez em anos, desenterrei minha última conversa com Colin. Meus olhos se arregalaram ao reler as mensagens. Era assim que eu me lembrava delas? Colin perguntou se o nosso plano de sair para tomar alguns drinks ainda estava de pé, com alguns emojis fofos, e, sem pensar, eu disse que estava muito sobrecarregada com o trabalho. Ele respondeu com carinhas tristes e expressou alguma frustração por eu não ter lhe dado mais avisos previamente (*por que eu não lhe dei mais avisos?*), e então desapareci por 10 minutos — eu lembrava agora: estava mandando mensagens para meus amigos, obtendo ideias sobre o que fazer em seguida, meu coração batendo na velocidade das asas de um beija-flor, e, então, eu respondi com uma mensagem estranhamente formal: "Colin, sua raiva e falta de respeito pelo meu tempo são inaceitáveis. Por favor, não entre em contato comigo novamente."

Agora, minhas bochechas coraram enquanto eu examinava as respostas chocadas e confusas. Eu tinha me sentido tão confiante enviando isso, usando a linguagem sugerida por Kristen, quase literalmente. Em retrospectiva, eu soava como... bem, eu odiava esse termo sexista, mas, eu soava como uma mulher ensandecida.

Abruptamente, os campos ondulantes deram lugar a florestas densas e, então, estávamos andando nos túneis entre as árvores. Olhei para Kristen e respirei fundo. *Relaxe, Emily.* Talvez eu ainda estivesse me lembrando das coisas equivocadamente. Talvez houvesse mais contexto, mais sinais reveladores de possessividade do que as mensagens mostravam, afinal, fazia cinco anos.

E isso era exatamente o que eu queria: tempo ininterrupto com Kristen, a chance de nos reconectarmos, de discutir todas as coisas que enfiamos para debaixo do tapete do Chile e do Camboja. Criar uma caça ao tesouro, envolver meus amigos, planejar um fim de semana longe de casa, foi tudo tão gentil, tão altruísta, tão Kristen. Então, por que eu me sentia tão desconfortável? O rádio via satélite foi cortado, parando a música pop que Kristen estava cantando. Ela pegou o telefone do painel.

— Aqui, o sinal do celular também está caindo e voltando, mas tenho uma tonelada de músicas baixadas. — Ela o estendeu para mim. — Escolha da DJ.

Eu estava examinando os artistas quando uma mensagem apareceu, um flash verde e uma vibração repentina, de modo que não pude deixar de ler. Olhei para ela, confusa, senti minha pulsação batendo em minhas mãos e costelas. Era de alguém que Kristen nomeou em seu telefone como Cindy Corretora:

Kristen: Parabéns, a agência imobiliária Grand Management Services aprovou sua candidatura para o apartamento na Rua Parkland Lane, 450, ap. 2. Quando você gostaria de vir ao escritório para assinar o contrato?

Parkland Lane, 450. Eu sabia exatamente onde era.

Eu passava pela placa de "Aluga-se" todos os dias.

Ficava a um quarteirão e meio do meu apartamento.

CAPÍTULO 20

— Você recebeu uma mensagem — avisei. — Da sua... corretora?

— Ah, meu Deus, o que ela disse?

Eu li em voz alta, então olhei para ela. Enquanto fazíamos uma curva, Kristen estava radiante.

— Eu não queria contar a você até que estivesse tudo certo — disse ela —, mas estou oficialmente voltando para cá!

— Uau! — Olhei através do para-brisa. Na beira da estrada, uma nuvem de moscas se estendia sobre um guaxinim atropelado. Depois de um tempo, balancei minha cabeça. — Então, sua antiga chefe não conseguiu colocá-la em outro departamento?

— Sabe, percebi que não queria mais estar em Sydney.

— Uau. — Peguei minha garrafa de água de um porta-copos. — Você vai trabalhar com o que agora?

— Bem, agora ela está tentando descobrir uma maneira de me trazer de volta ao escritório de Milwaukee! — Kristen deu um sorriso largo para mim, como se isso fosse incrível!

— Uau — falei novamente. A luz do sol repentinamente invadiu as janelas; as árvores aqui foram cortadas ao meio, todas se projetando da mesma maneira. Pareciam ossos quebrados.

145

— Um tornado — disse Kristen, seguindo meu olhar. — No verão passado. Ventos de quase 100 quilômetros por hora.

— Nossa. — Olhei para ela. Eu estava feliz, de verdade, mas não do jeito descomplicado que ela estava. Queria desesperadamente igualar meu nível de animação ao dela. Queria controlar minhas emoções e colocá-las em conformidade. — Não consigo acreditar que você está voltando!

— Estou pronta para uma mudança. Eu fiquei quase dois anos na Austrália. As pessoas não entendem como lá é distante de tudo. Até a Ásia está a tipo, 15 horas de distância.

— Nossa. — Balancei a cabeça. — Bem, isso é ótimo, então!

— E espere até você ver o lugar que encontrei, é tão fofo e tão perto de você!

— Incrível! — Por que agora as coisas estavam tão *estranhas* entre nós? Eu daria tudo para recuperar o sentimento de proximidade que tivemos no Chile, pré-Paolo, nós duas juntas, em um útero seguro e confortável. Eu desejava isso como desejei, anos atrás, me apaixonar novamente por Ben, antes de ele me bater, quando, na verdade, o maior problema era que eu não sentia nada. Agora, tudo o que eu sentia era uma ansiedade pesada, pairando.

Relaxe, Emily. Com um pouco de paciência, passaríamos por essa fase difícil, e voltaríamos a ser Kremily. Ela e Aaron também se aproximariam, e minha vida em Milwaukee estaria completa.

E este fim de semana na floresta? Seria bom para nós, um lugar perfeito para começar.

Kristen limpou a garganta.

— Ei, em algum momento você vai colocar alguma música?

— Certo, desculpe. — Escolhi um álbum, algo apropriadamente otimista e comemorativo, e seguimos pela floresta, sem nem encontrar outra alma sequer. Talvez fôssemos realmente as únicas pessoas vivas.

⁊⁊⁊

Estacionamos em uma área larga e plana perto da rua, depois subimos por um caminho esculpido entre árvores altas, abetos enormes, bétulas esguias e papoulas irregulares. Agulhas de pinheiro estalaram sob nossos pés quando nos aproximamos da porta da frente. Atrás de nós, o lago era magnífico: ondulante e vivo, refletindo a protuberância da folhagem verde-musgo diretamente à nossa frente.

Kristen se atrapalhou com a fechadura e, então, abriu a porta da frente. O cheiro me atingiu como uma música nostálgica: agradavelmente mofado; o doce aroma de pinheiro e jazz. Ela começou a abrir as persianas e, enquanto a luz do sol encharcava o interior, observei o lustre de chifres, o sofá listrado em verde e creme, a pilha de lenha e revistas *Bon Appétit* velhas, empilhadas ao lado do robusto fogão a lenha. Ela insistiu que eu ficasse no quarto maior, aquele com uma banheira de imersão no banheiro privativo. Ela ficou em seu quarto habitual no final do corredor.

— E cuidado com cocô de coelho — gritou ela enquanto eu abria minha bolsa. — Nos armários e tal. Aparentemente, uma família de coelhos continua entrando aqui e fazendo uma bagunça. Eu quero matar os desgraçados, eles arruinaram esses lindos mocassins que dei para Nana de Natal.

— Ow. O coelhinho só quer um bom Airbnb — murmurei para mim mesma.

Colocamos nossas roupas de banho e arrastamos cadeiras de jardim até o cais (não confundir com o Píer do Vovô, na extremidade oposta da propriedade). Acompanhei as ondas com os olhos, observei-as se espalharem ao redor de nenúfares, serem perfuradas por juncos. Uma libélula azul-celeste, bonita como um fragmento de turquesa, pousou no meu joelho e inclinou a cabeça. *Isso vai ser ótimo*, pensei. *E ter Kristen morando na minha rua será maravilhoso*. Eu precisava relaxar perto dela, não precisava estar em constante vigilância para lidar com algo ruim. Afinal, não atraímos o que antecipamos?

— Este lugar é tão terapêutico — disse, olhando na direção dela. — Sinto que já está me ajudando a me libertar de algumas coisas. Do Camboja. E... do Chile.

Ela ficou quieta, o único som era o das ondas batendo contra o cais. Ela *fiiinalmente* se abriria sobre isso?

— Você sabe o que também é bom para isso? — disse ela. A cadeira de jardim rangeu quando ela se levantou. — Vinho. Vamos logo para o supermercado antes que fique muito cheio.

Ela caminhou em direção à cabana, ombros relaxados, quadris balançando. Como alguém que não tem nem uma preocupação sequer na vida.

✦ ✦ ✦

No SUPERMERCADO Lakewood Supervalu, caminhamos através dos corredores, brincando enquanto empilhávamos as coisas no carrinho. Jogamos suprimentos para fazer *s'mores* em cima de uma caixa de cervejas, aninhamos garrafas de vinho entre os ingredientes para hambúrgueres e as salsichas alemãs. Kristen escolheu duas bistecas da vitrine frigorífica:

— Um jantar digno da rainha aniversariante.

De volta à cabana, conversamos enquanto guardávamos os mantimentos; assuntos mundanos, propositalmente evitando qualquer coisa sobre o Chile ou o Camboja desta vez. Parecia tão normal que, por um segundo, esqueci o passado, os homens de pele áspera que nos atacaram, as vidas que destruímos, as pessoas que estavam procurando por eles, por nós. Senti uma dor repentina e arrebatadora, desejando voltar para como nossas vidas tinham sido, a amizade que costumávamos ter. O sentimento parecia com saudade de casa.

— Ah, meu Deus, o que aconteceu? Por que você está chorando? — Kristen deixou cair um pedaço de pão e correu para mim.

— Tenho estado tão preocupada. Com você, com a possibilidade de ser pega… com tudo. — Minha voz vacilou e limpei minhas bochechas.

— Ow, Emily, está tudo bem! Não vamos ser pegas.

Eu funguei.

— Não é só isso.

Ela olhou para mim, seus olhos ternos.

— É só que… você tem agido tão *normal*. Como se essa coisa enorme e terrível não tivesse acontecido. Como você está tão…. bem?

Por um momento, ela me encarou, lábios tensos, uma cor rosada emergindo em suas bochechas, como uma foto instantânea de Polaroid sendo revelada. Então, seu nariz tremeu, como um gato, e lágrimas de vidro escorreram.

— Ah, Emily. — Ela colocou as mãos sobre o rosto e desabou em uma cadeira da cozinha.

Uau.

— Kristen, ei. Você não está sozinha nessa.

— Mas eu estou, não é mesmo? — Ela puxou um guardanapo do porta-guardanapos e assoou o nariz, um longo ruído, parecido com o de um pato. — Você nem… eu não sei o que você quer que eu faça. Como devo agir. Não posso voltar no tempo e fazer as coisas de uma forma diferente, Emy. Eu não posso fazer tudo isso desaparecer. E o jeito que você olha para mim desde então… o jeito que você está olhando para mim *agora*, como se eu fosse um monstro, como se olhar para mim te deixasse enojada. Foi um *acidente*. Eu nunca quis que isso acontecesse da forma que aconteceu. Eu me odeio, Emily. Eu me odeio por nos fazer passar por isso de novo, e você também me odeia.

Minha barriga gelou. Eu corri ao redor da mesa e a envolvi em meus braços.

— Kristen, me escute: eu não odeio você. Não odeio. Eu não estava... eu não estou dizendo que você é um monstro, não estou dizendo que é tudo culpa sua. — Descansei minha bochecha contra o topo de sua cabeça. Seu cabelo cheirava a outono, um misto de girassóis e couro cabeludo.

— Isso não é justo. — Sua voz estava tão misturada em seu choro, que eu mal conseguia distinguir as palavras. — Quando *você* foi agredida, fizemos o que tínhamos que fazer, e ponto-final. Mas, agora que foi *comigo*, de repente você... — A voz de Kristen sumiu.

Minhas entranhas se reviraram.

— Você tem razão. Eu sinto muito. Você tem razão. — Uma lágrima escorreu pela minha bochecha. — Mas eu também não estava bem depois do Camboja. E não estou bem agora. Você tem estado tão calma, como se nada tivesse acontecido. Como se não tivéssemos tido essa experiência extremamente traumática. Eu estava começando a, sei lá, questionar minha sanidade ou algo assim. Como se estivéssemos em páginas totalmente diferentes.

— Bem, eu não estou bem! Claramente. — O peito dela sacudiu com soluços. Eu podia sentir alívio se espalhando através de mim, doce e borbulhante, como champanhe.

Então, Kristen também sentia tudo. Kristen também estava imersa em culpa e horror, lutando para sobreviver a cada dia, assim como eu. Sua confiança despreocupada, aquele ar desdenhoso, agora eu percebi que não era manipulação; era ela sendo forte por mim, porque ela se sentia responsável. Quão injusto teria sido fazer ela estremecer e se abalar, confessando para mim que ela achava que nós duas seríamos pegas, quando era o agressor *dela*, a mão *dela* em volta da arma cheia de vinho? Ela não teve escolha a não ser me tranquilizar. De repente, o peso de como eu estava tratando Kristen me atingiu. Kristen, uma sobrevivente de uma violência, nada menos.

Choramos juntas por alguns segundos, então nos endireitamos e deixamos os soluços se transformarem em risadas tímidas.

— Estamos bem? — perguntei.

Ela assentiu e enxugou os olhos.

— Estamos bem.

— E, Kristen, muito obrigada por essa viagem. E toda a caça ao tesouro, obviamente. Tenho certeza de que deu muito trabalho. É mágico estar aqui neste lugar, e estou tão feliz por estar aqui com você.

Ela sorriu.

— De nada. Também estou feliz por estarmos aqui.

Olhei além dela.

— Deveríamos terminar de guardar a comida?

— Definitivamente. — Kristen riu novamente, o som úmido e instável, e, enquanto eu me dirigia para a geladeira, ela colocou um álbum na vitrola antiga. Quando o som de Fleetwood Mac invadiu a sala de estar, Kristen veio dançando até mim, e enquanto cantávamos juntas o refrão, cantando dentro das paredes da nossa grande caixa de pinho que *"ainda podíamos ouvir você dizendo que nunca quebraria o elo"*, algo estalou entre nós, como uma rolha, e, em seu lugar, surgiu um doce alívio.

✦ ✦ ✦

MAIS TARDE NAQUELA NOITE, de barriga cheia, nos sentamos no Píer do Vovô, e observamos o sol se pôr atrás da linha das árvores, pintando as nuvens de laranja e vermelho em uma chama histérica e terminal. Eu estava tão aliviada que continuei chorando: finalmente, *finalmente* minha psique parou de me afastar de Kristen, minha amizade mais antiga e mais pura. Bebemos nossas cervejas enquanto a água se transformava em petróleo, até que ficou escuro demais para enxergar. Mas eu ainda podia ouvir o que não mais conseguia ver, as ondas percutindo nas pernas de metal do cais, o gorjeio solitário de uma mobelha-grande, rãs-touro ressoando como o dedilhar de cordas em um baixo.

— Ah, eu tenho algo para você. — A voz de Kristen deslizou sobre a água, como um disco em uma pista de patinação.

— *Mais* surpresas?

— Apenas eu sendo brega. — Ela puxou um envelope do bolso do moletom. Acendi uma lanterna no cartão que estava dentro: uma linda temática floral colorida, e FELIZ ANIVERSÁRIO visível no canto.

Querida Emily,

FELIZ ANIVERSÁRIO! É difícil acreditar que somos amigas há + de 10 anos. Não consigo imaginar minha vida sem você — de certa forma, acho que devo um agradecimento àqueles babacas da nossa turma de Estatística 101. Estou tão orgulhosa da mulher inteligente, forte e independente que você se tornou. E me considero tão sortuda que, depois de 2 anos separadas, finalmente voltaremos a morar na mesma cidade!

Estive pensando naquelas noites que saíamos às 4 ou 5 da manhã para dar um mergulho e depois assistir ao nascer do sol sobre o Lago Michigan juntas. Você se lembra disso? Quando sentíamos que éramos as únicas pessoas acordadas no mundo inteiro. Quando sentíamos que não apenas Evanston, mas o mundo inteiro era nosso. Desabitado, reconfortante, oniricamente perfeito — basicamente, onipresente.

Beijinhos,

Kristen

OBS.: Se em algum momento você esquecer o quão incrível você é, você sabe para quem ligar. Porque eu nunca, nunca me esqueço disso e ficaria honrada em listar tudo o que faz de você uma mulher maravilhosa.

OBS. 2: Última linha do dia, prometo! ☺

— Ow, Kristen! — Levantei-me para envolvê-la em um abraço. — Isso foi superfofo. Foi um aniversário incrível.

— Mesmo com as surpresas?

— Se as surpresas me levam até o paraíso, então, com certeza!

Na água, um peixe pulou, *bloop*.

— Eu estava pensando em como eram as coisas na Northwestern, como se estivéssemos em nosso próprio mundinho — falou ela. — Achei que já estava na hora de trazer os enigmas de volta.

— Esperta. E, ei, estou feliz por entrar nos meus 30 anos com um lembrete de que somos grandes nerds.

Observamos faróis à distância fazendo a curva ao redor do outro lado do lago.

— Estou sendo comida viva por mosquitos — anunciei, e ela me seguiu para dentro.

Fazia horas desde a última vez que chequei meu celular, mas, quando o fiz, ele não conseguiu encontrar sinal.

— Ei, Russell disse para eu ficar de olho no meu e-mail amanhã. — falei. — Temos que dirigir até algum lugar para ter acesso a um Wi-Fi?

— Não, temos uma *coisinha* agora. Um modem. — Ela sumiu no corredor, e eu a ouvi mexendo em plástico. Ela voltou e jogou o aparelho na minha direção. — Mas temos uma quantidade limitada de gigas por mês. Então, não dá para assistir a um filme online ou algo assim.

Esperei que a internet conectasse, então fui lendo os desejos de aniversário. Havia uma mensagem peculiar de Nana, enviada apenas para mim:

> *Querida Emily,*
> *Como você está na cabana no lago? Eu só queria ter certeza de que você está confortável. Kristen tem agido um pouco estranho ultimamente. Por favor, não hesite em me chamar se precisar de alguma coisa.*

Isso por si só já foi alarmante o suficiente, mas, então, havia outro e-mail, enviado há menos de uma hora, e minha visão ficou turva. Um zumbido discordante soou em meus ouvidos, estridente e errado, como o som de uma orquestra afinando os instrumentos.

Também era de Nana, e foi enviado para Kristen e para mim.

"É por isso que acho vocês tão corajosas em suas viagens", dizia a mensagem, seguida por um link. Toquei no link com um dedo trêmulo.

Era um artigo da CNN, com o rosto sorridente de Paolo no topo. A manchete: Restos mortais de mochileiro encontrados em um remoto vilarejo chileno.

CAPÍTULO 21

— Ei, você quer fazer uma fogueira hoje à noite? — perguntou Kristen. Ela enfiou o rosto no freezer para que sua voz ecoasse. — Compramos sorvete, mas também podíamos fazer *s'mores*. Sou ótima em fazer fogueiras. Mas podemos esperar até amanhã.

Quando eu não respondi, ela bateu a porta do freezer e se virou.

— Você me ouviu? Talvez devêssemos pegar mais lenha, mas...

— Kristen. — Deixei cair meu telefone na mesa, *pá!* — Você precisa ver isso.

— O que foi? — Ela franziu o nariz. — Alguém com quem você ficava enviou uma mensagem de aniversário? Eu odeio quando caras...

— Estou falando sério. Veja seu e-mail.

Ela apertou as sobrancelhas, então pegou o telefone no balcão da cozinha. Observei seu rosto enquanto ela lia a mensagem, inexpressiva.

— Ah, merda.

Reli o e-mail.

— Você acha que Nana sabe?

— Sabe o quê? Que somos garotas estúpidas que viajam para lugares distantes e têm a sorte de ainda estarem vivas? — Ela revirou os olhos. — A questão desprezível sobre a *preocupação* performática de Nana é que ela não está verdadeiramente preocupada comigo. Ela ficaria feliz em dizer "eu avisei" se algo acontecesse. É só mais uma maneira de eles me criticarem. — Ela levantou o dedo,

153

imitando um gesto de irritação. — "Olhe para você, tomando decisões estúpidas, e, obviamente, eu estava certa e o mundo é perigoso, e você não é uma adulta funcional." Típico. — Ela caiu na cadeira em frente à minha.

— Espere, esse não é nem o meu ponto. O. Maldito. Paolo. Foi. *Encontrado*. Isso não a perturba nem um pouco?

Kristen me encarou, imóvel, então ergueu uma sobrancelha.

— Vamos desligar nossos telefones.

— Kristen, pelo amor de Deus, ninguém está ouvindo, estamos no meio do nada, com a recepção de sinal horrível, e…

— Telefones *desligados*. — disse ela com firmeza, calmamente, como se eu fosse uma criança entrando em colapso. Eu desacelerei minha respiração, e sabia que ela estava certa. A Siri estava sempre ouvindo, sempre pronta para elevar a voz e nos colocar no radar.

— Não até depois de lermos o artigo — falei.

— Certo.

Segundo a polícia, o corpo de um mochileiro hispano-americano de 24 anos, que desapareceu após meses viajando pela América do Sul, foi encontrado. Paolo García foi visto pela última vez em Puerto Natales, cidade da Patagônia chilena, em 27 de março.

Na quarta-feira, a polícia confirmou à CNN que o corpo encontrado pela polícia em Arroyito, uma área remota no montanhoso Vale do Elqui, no Chile, era dele.

Na quinta-feira, a Polícia Nacional do Chile disse à CNN que havia concluído uma autópsia supervisionada por um agente consular norte-americano. A polícia não divulgou informações sobre a causa da morte, mas confirmou que está tratando a investigação como um homicídio.

A família García agora está trabalhando para trazer o corpo de Paolo de volta aos Estados Unidos, disse a polícia.

"Neste momento, estamos de luto e desesperados por respostas", disse Rodrigo García, pai de Paolo e proprietário da Castillo Development, uma empresa de desenvolvimento imobiliário de Los Angeles. "A polícia deve descobrir quem fez isso e fazer justiça."

Paolo García nasceu na Califórnia, mas passou a maior parte de sua vida em Barcelona. Ele tinha dupla cidadania, americana e espanhola.

Era comum que García ficasse sem fazer contato por semanas durante suas viagens, então não está claro por quanto tempo ele ficou desaparecido, antes de sua família reportar seu desaparecimento. Os pertences pessoais de García, incluindo seu passaporte e carteira, não estavam com ele, então as equipes locais estão investigando em quais locais na área ele pode ter ficado, de acordo a Agência EFE, serviço de notícias espanhol.

Na quarta-feira, a irmã de Paolo, Elena García, disse que seu irmão queria viver a vida ao máximo. Paolo estava economizando para a viagem há anos e estava "muito animado para visitar novos países e conhecer pessoas novas", disse Elena.

A última vez que conversaram foi em 23 de março, quando Paolo mandou uma mensagem para a irmã para lhe contar o quão incrível estava sendo sua viagem.

"Ele queria explorar o mundo, viver a vida sem arrependimentos", disse Elena.

Eu olhei para cima. Kristen ainda estava lendo, impassível.

Cada revelação era como a grave batida de um bumbo. *Boom*: Paolo era norte-americano. *Boom*: Paolo vinha de uma família rica, com recursos para não pararem até conseguir justiça. *Boom*: esta notícia pode conquistar a nação, o lindo Paolo como o sucessor fotogênico de Natalee Holloway. *Merda*.

E Paolo tinha uma família. Uma irmã. *Meu Deus*. Agora eles não eram abstrações sombrias em minha imaginação; eles tinham nomes, vozes, vidas. De repente, tudo o que eu queria era pesquisar sobre a irmã dele no Google, descobrir tudo que eu pudesse sobre essa pobre Elena que perdera o irmão, enfiar meu dedo na ferida. Por que não existe um termo para alguém que perdeu seu irmão ou irmã? Há órfãos, viúvas e viúvos. Isso parecia pior.

Finalmente Kristen parou de ler. Ela soltou um suspiro pelos lábios franzidos, então começou a digitar em sua tela.

— O que você está fazendo? — perguntei.

— Respondendo a Nana. E, depois, vou desligar meu telefone novamente. O seu também.

— Ah, Deus. — Pressionei os botões laterais, então joguei meu celular morto em cima da mesa como se me causasse nojo. — Isso é horrível, né?

— Não é o ideal.

— Não é *ideal*?

— Nada sobre a autópsia. A causa da morte ou estado de decomposição. E, agora, eles provavelmente vão começar a perguntar sobre ele em todas as cidades turísticas. Ainda acho que estamos à salvo, já que ele nem teve tempo de se hospedar em um hotel, mas...

— Ele é *norte-americano*, Kristen. O maldito consulado dos Estados Unidos está envolvido.

— Eu sei, não consigo acreditar que ele não me falou isso.

— Ele tinha uma *irmã*. — Eu bati no meu telefone. A culpa que eu estive reprimindo rompeu a barragem e jorrou dentro do meu estômago. — Ele tinha uma *família*. E eles estão de luto, Kristen. Por nossa causa.

Ela parecia confusa.

— Hitler também teve uma mãe. Isso não o tornou menos terrível.

— Eles o encontraram! Demorou menos de duas semanas! E a família dele é rica! Estamos muito ferradas.

Ela olhou diretamente para mim, mantendo contato visual mesmo enquanto meu olhar dardejava ao redor da sala.

— Emily, está tudo bem.

— Como está tudo bem? — Percebi que minha respiração estava intensa em meu peito, apertada e rápida. Minha garganta parecia estar encolhendo, e eu me levantei, vasculhei minha bolsa e fechei meus lábios no meu inalador. Iniciei a doce contagem regressiva de dez até um.

— Você está bem? Você quer um pouco de água?

— Eu não estou bem. — Sentei-me desajeitadamente. — Como você está tão calma?

— Porque fomos espertas. Porque fizemos tudo certo. — Ela bateu com a palma da mão na mesa. — Eles o encontraram em uma cidade em que nunca fomos vistas. Nem *nós* sabemos exatamente onde estávamos. E o corpo deve ter se deteriorado, eles não sabem exatamente quando isso aconteceu. Não há nada que nos ligue a isso.

Eu queria acreditar nela. Mas não foi ela quem liderou essa operação. E, quando *eu* era a responsável, algo sempre dava errado.

— Como você sabe que fizemos tudo certo? Você estava surtando a noite inteira! — Listei as pontas soltas com os dedos: — Alguém pode ter visto nosso carro ou ter nos visto pegando as pás ou guardando-as... tinha aquela luz acesa. Ou alguém pode se lembrar de nós do bar. Ou, talvez, tenhamos deixado algo dele para trás na suíte... Estava escuro e estávamos correndo. Não tínhamos nem material de limpeza adequado. Ou, ou... E se o carro alugado tivesse GPS embutido, rastreamento por satélite ou algo assim, e eles pudessem rastrear por onde nós...

— Emily. — Seus olhos cor de avelã cravaram em mim, tão calmos e sérios, esverdeados à luz do entardecer. — Essas coisas não são verdadeiras. Não deixamos nada na suíte. Ninguém estava rastreando nosso carro. E ninguém nos viu fazendo nada. Mas, mesmo que tivessem visto, você está esquecendo a razão mais importante pela qual eu não estou preocupada.

Meus olhos pareciam nuvens carregadas, gotas pesadas ameaçavam cair.

— E qual é?

Ela ergueu meu telefone e segurou a tela escura para mim, no nível do meu rosto. Eu franzi a testa, então, balancei minha cabeça, confusa.

— Não, olhe direito — falou ela. Meu foco mudou para o espelho de ébano, manchado de óleo, e com uma rachadura como uma teia de aranha no canto esquerdo. Então, meu foco penetrou um nível mais profundo, e eu vi a imagem, como uma imagem em um Olho Mágico: eu, meu próprio rosto, jovem e de aparência amável. Costumávamos brincar que enquanto Kristen tinha normalmente uma Cara de Desprezo, eu tinha uma Cara Amigável; estranhos sempre me paravam para pedir informações, e os homens na rua nunca me diziam para sorrir (em vez disso, achavam outra opção de como me assediar). Compreendi: não era o rosto de uma assassina. Eu pressionei os lábios para dentro e me inclinei para longe.

— Agora, vamos ligar nossos telefones novamente, você vai verificar seus e-mails de trabalho, e ponto-final. Ok?

Sua indiferença me irritava, e a repulsa vibrou em meu torso. Mas, o impulso de me afastar dela parecia diferente desta vez. Menos primitivo, mais racional.

Olhei para o lustre de chifres, depois assenti, porque não havia mais nada a dizer. Mas, pela primeira vez, sua confiança não era tranquilizadora. Parecia obstinada, indevida.

E eu também não conseguia abafar o trecho mais gritante daquele artigo, a frase se repetindo em meu cérebro: *desesperados por respostas*.

De todas as pessoas, Kristen deveria saber que almas desesperadas não param por nada até conseguir o que querem.

CAPÍTULO 22

Acordei cedo e pisquei para os raios solares que entravam pela janela; o canto dos pássaros flutuou através das janelas abertas, e eu fechei os olhos novamente, saboreei o momento, sabendo que algo ruim também estava se formando, embora não lembrasse o quê.

Não consegui aguentar por muito tempo, e meus olhos se abriram com o pensamento gélido: o corpo de Paolo, policiais como formigas perambulando sobre o Vale do Elqui. Pensando bem, lá a terra parecia com formigueiros. Alaranjada e arenosa. Talvez, para um gigante com o tamanho certo, a Cordilheira dos Andes parecesse com pequenos montes repletos de insetos bípedes.

Ontem à noite, considerei brevemente pedir a Kristen que me levasse para casa, mas isso não adiantaria muito; Kristen era a única que poderia se solidarizar nesta situação, e eu preferia estar deprimida aqui no lago do que no meu apartamento escuro. Joguei as cobertas de lado; não havia nada a fazer a não ser seguir com o meu dia. Eu levaria meu café para o Píer do Vovô. Levaria alguma coisa para ler, algo para me ocupar quando os pensamentos sobre Paolo inevitavelmente aparecessem e se enrolassem em minha mente.

Enquanto a cafeteira borbulhava, examinei a estante de madeira na sala de estar. Uma seção inteira era dedicada a títulos religiosos: Bíblias devocionais, livros de televangelistas milionários e uma cópia desgastada de *Uma Vida com Propósitos: Você Não Está Aqui por Acaso*. Um livro encadernado de devoções diárias da King of Kings, a igreja onde Nana e Bill eram congregados, com um grande crucifixo na capa. Lembrei-me da minha conversa com Aaron, como ele gostou de fazer parte de uma comunidade. Meus próprios contatos com religião organizada foram mínimos; quando eu ia a um passeio ocasional de grupos de jovens na megaigreja local no ensino médio, e era mais pelo desejo de fazer novos amigos do que por interesse em uma força superior.

No entanto, eu tinha gostado da maior parte do que eu tinha aprendido durante aqueles cultos para jovens; como Jesus andava com profissionais do sexo e leprosos, todos os seus *ensinamentos* zen sobre oferecer a outra face, fazer todo o possível para ajudar o próximo, não julgar para não ser julgado. Ele parecia um cara legal, sem julgamentos. Muito diferente de como Kristen descreveu a Igreja e Escola Luterana King of Kings. Que nome.

Encontrei um livro de Stephen King (*rá!*) na parte de trás, e fui para a área externa. Pequenas samambaias se curvavam ao longo do caminho sombreado, atribuindo ao local um ar jurássico, deslocado de seu tempo. Fiz uma pausa para tirar uma pedrinha do meu sapato e agarrei um tronco de árvore para me apoiar. Era um pinheiro, as ranhuras de sua linda casca como uma travessa de brownies com as bordas enrugadas, e tão antigo que os galhos mais baixos estavam alguns metros acima da minha cabeça.

Avistei algo no tronco de uma árvore alguns metros adentro na floresta. Esquilos correram enquanto caminhei até lá. Na altura do quadril, havia uma mudança na textura do tronco:

KC

+

J̶R̶

Pelo menos eu *achava* que era um JR. Um coração envolvia as letras entalhadas, e coloquei meu dedo em cima. Parecia velho e castigado pelo tempo; eu estive nessa cabana talvez meia dúzia de vezes e nunca tinha notado isso antes. Kristen Czarnecki… e duas letras furiosamente riscadas, cortadas com um machado ou uma serra. Uma paixão de infância? Fiz uma nota mental para perguntá-la sobre isso e me dirigi para o píer.

Barcos de pesca verde-oliva e quadrados pontilhavam o lago. Recostei-me em uma cadeira dobrável, escorregadia de orvalho, e escutei os sons da manhã: o vento chacoalhando os juncos e os galhos exuberantes acima, o barulho das iscas batendo na água, o movimento da água contra o píer. Uma criatura, talvez um esquilo ou um rato, deslizou pelo mato atrás de mim, e um peixe pulou em frente à linha de um pescador, agitando o suave reflexo da superfície.

Que desconexão. O exterior era como um calmante visual, minhas entranhas formigando de pavor.

Pare. Pare. Pare.

Ouvi a batida da porta de tela e então o barulho de Kristen caminhando através da trilha. Ela apareceu, uma caneca na mão.

— Bom dia!

— Obrigada por fazer café. — Ela se acomodou no assento ao lado do meu, tomando cuidado para não derramar a caneca cheia. Eu a estudei enquanto ela tomava um gole e observava a água. Tão despreocupada com a revelação da noite passada, como se fosse normal descobrir que especialistas acabaram de escavar um cadáver que você enterrou. Meu estômago se contorceu. Deus, ontem, por um glorioso e esperançoso momento, me convenci de que Kristen e eu estávamos na mesma página. Não poderíamos viajar de volta no tempo para esse momento?

Observamos os barcos de pesca por um tempo. Alguém pescou uma truta arco-íris, e os gritos dos homens no barco a remo soaram como se estivessem a poucos metros de distância. Engraçado como os lagos fazem isso... distorcem as dimensões de tudo ao seu redor.

— O que é *aquilo*? — Kristen olhou para o ar, bem acima de seu ombro, aparentemente encarando o nada. Então, avistei: uma lagarta, talvez tivesse cerca de 2 centímetros de comprimento, contorcendo-se como uma minhoca em um anzol. Tufos de pelo branco brotavam de um corpo negro.

— É uma nogueira... alguma coisa. Muito raro no Meio-Oeste, eu acho. Ei!

Antes que eu pudesse detê-la, Kristen levantou um galho e atingiu um espaço logo acima da lagarta, fazendo-a cair no píer.

— Por que você fez isso?

Ela parecia genuinamente confusa.

— Estava presa em uma teia de aranha.

Gemi.

— Kristen, ela estava tentando construir um casulo. Aquilo era seu próprio tecido.

Ela se inclinou e a procurou no piso, então, deu de ombros.

— Provavelmente se transformaria em uma mariposa feia de qualquer forma.

Não concordei que ela estava certa.

′′′

NUVENS SE APROXIMARAM, cinzentas azuladas e carregadas, então fomos para a cidade. Kristen estacionou com confiança, então procurou um guarda-chuva no banco traseiro. Através do para-brisa salpicado de chuva, observei os estabelecimentos ao longo da rua principal: um café, uma pizzaria com placas de cerveja brilhando nas vitrines, uma combinação improvável de barbearia e conserto de computadores. Kristen nos levou até os degraus da frente de uma casa reformada, e a porta tiniu quando entramos na loja Uma Nova Antiguidade.

A luz prateada invadia através das janelas salientes, iluminando redemoinhos de poeira. Inalei um pouco do ar; a umidade atiçou minha asma, e meu peito se comprimiu como um espartilho sendo apertado. Uma Nova Antiguidade era um país das maravilhas de quinquilharias: um labirinto de prateleiras altas empilhadas com louças antigas, brinquedos do McLanche Feliz dos anos 1980 e jogos de tabuleiro mofados. Peguei um elefante de jade empoeirado e procurei por uma etiqueta de preço; Priya colecionava elefantes.

— Eu me lembro de vir aqui quando criança. — Kristen cutucou um poodle de porcelana, inspecionou os laços cor-de-rosa nas orelhas do bichinho. — Minha mãe sempre me deixava escolher alguma coisa. Ela conhecia a proprietária, Greta, que é a *verdadeira* antiguidade.

— Eu não ouvi você entrar! — Uma mulher minúscula se materializou entre as prateleiras, sua voz era alta e trêmula. Ela se arrastou em nossa direção com tênis ortopédicos brancos, sua nuvem de cabelo preto tingido balançando.

— Greta! Sou eu, Kristen Czarnecki! — Kristen abriu os braços e Greta piscou laboriosamente duas vezes, como se os músculos de seus olhos também estivessem velhos e cansados. Então, suas sobrancelhas se ergueram e sua boca se enrugou em um sorriso.

— Kristen! A cada dia que se passa você se parece mais com sua mãe. — Greta a enterrou em um abraço, então não pude ver a reação de Kristen.

Greta me viu e franziu a testa.

— Bem, olá — falou ela, desconfiada.

— Esta é minha amiga Emily! — Kristen me apresentou, gesticulando com as duas mãos, como uma apresentadora de um programa de televisão. — Ela veio de Milwaukee comigo, estamos passando alguns dias aqui.

— Sabe com quem ela se parece? Aquela fulaninha. — Ela olhou fixamente para Kristen, como se pudesse descobrir por osmose. — Aquela sua amiga. Aquela que sempre vinha aqui com você quando eram garotinhas. Jamie.

— Não acredito que você se lembra disso! Jamie, isso mesmo. Ela meio que se parece com ela *mesmo*. — Ambas se viraram para mim, avaliando. Senti uma oscilação desconfortável no fundo do meu abdômen.

Greta torceu os lábios, pensando.

— Aquela garota, Jamie, eu sempre me perguntei...

— Como estão as coisas na loja? — A interrupção de Kristen não foi tão discreta quanto ela esperava, e minhas antenas captaram algo. Greta parecia confusa, então agarrou a mão de Kristen.

— Ah, como sempre, tudo bem. E você esteve em algum lugar longe, certo? Austrália?

— Isso, Austrália! Greta, você é afiada como uma *navalha*.

— É a administração da loja. Isso me mantém esperta. — Ela bateu com os dedos na lateral de sua cabeça, então olhou para mim. — Tenho 84 anos. Você acredita nisso?

Fiz uma grande encenação de surpresa. Para ser honesta, eu teria imaginado que ela estava em seus oitenta e tantos anos, mas eu admirava sua falta de modéstia.

— Espero ser tão fodona quanto você quando tiver 84 anos — Kristen concedeu-lhe.

— Não use expressões tão vulgares, Kristen. — Greta franziu a testa enrugada. — Bem, há quanto tempo vocês estão em North Woods?

— Apenas durante o fim de semana. Ah, mas estou voltando para Milwaukee! — Kristen apertou suas mãos juntas. — Encontrei um apartamento na Fifth Ward.

— Não estou surpresa. Wisconsin tem um jeitinho de trazer as pessoas de volta. As pessoas tentam ir embora, mas nunca dura. — Um telefone começou a tocar nos fundos da loja, e Greta levou um momento para perceber. Finalmente, ela se afastou e Kristen e eu voltamos a olhar a loja.

Depois de alguns minutos, Kristen anunciou que estava indo para a cafeteria ao lado, e eu fui até o caixa para pagar.

— Você está gostando do seu fim de semana aqui com Kristen? — Greta perguntou enquanto embrulhava o elefante de pedra em jornal.

— Sim! Aqui é tão lindo.

— Você me deu um verdadeiro susto. Quando eu a vi com Kristen. Achei que fosse a amiguinha dela, Jamie, já adulta. — Ela passou um longo pedaço de fita em cima do jornal.

Sorri, sem saber como responder.

Ela se inclinou para a frente.

— Mas é claro que você não seria ela. Isso exigiria um milagre.

Eu ri desconfortavelmente, do jeito que você ri quando um homem em uma posição de poder faz uma piada de mau gosto.

— O que você quer dizer?

Ela me entregou o pacote de papel de jornal e, com um espasmo de medo, pensei no amontoado derretido dos pertences de Paolo. Papel embrulhado em torno do nosso segredo mais sombrio. E as pessoas em Los Angeles que dariam tudo para descobrir isso.

— Você sabe o que aconteceu com Jamie, que Deus a tenha.

Meu peito comprimiu. De jeito nenhum. Não é *possível* que, além de Sebastian, Paolo e Anne e Jerry Czarnecki, a amiga de infância de Kristen estivesse...

Eu estreitei meus olhos.

— Me desculpe, o quê?

Ela torceu sua boca em um sorriso triste.

— Se Jamie entrasse na minha loja, bem... — Ela deu de ombros. — Isso significaria que eu estava vendo um fantasma.

✎✎✎

— Então, quem é minha sósia? — Mantive minha voz leve enquanto colocava uma panela na pia e abria a torneira. Greta não tinha mais detalhes para compartilhar, apenas murmúrios, variações de "aquela pobre e doce menina". Eu não conseguia acreditar que Kristen não tinha mencionado uma amiga próxima morta. Deus, ela deve ter sido a criança mais azarada do mundo, submetida a provações como Jó, enquanto as pessoas mais próximas a ela caíam mortas como moscas ao seu redor...

— Não, use a água filtrada. E não se esqueça da cerveja.

— Cerveja? — Olhei para ela.

— Oito anos em Wisconsin e você ainda não sabe cozinhar uma salsicha alemã? Típico. — Ela vasculhou a geladeira, então emergiu com uma garrafa de água filtrada transbordando e uma lata de cerveja *Miller Genuine Draft.*— Para cozinhar. As boas são para beber.

— E aqui estava eu, prestes a fervê-las em água da torneira como uma Neandertal. — Enchi a panela com cuidado. — Você não respondeu minha pergunta. Sobre a amiga com quem eu pareço?

— Jamie. Não acredito que Greta se lembrou do nome dela. Já se passaram mais de quinze anos. — Ela me passou uma cerveja Spotted Cow Ale. — Vocês não se parecem de verdade. Além de ambas terem cabelos escuros.

— E ela costumava vir aqui?

— Aham. Nós éramos melhores amigas quando crianças.

JR, as iniciais cortadas no coração esculpido.

— Vocês duas frequentaram aquela escola presbiteriana?

— Luterana. Em comparação, os presbiterianos são selvagens. — Ela tomou um gole de cerveja. — Nós frequentávamos a escola juntas, sim. Mas nos conhecemos nossa vida inteira. Nossos pais eram amigos antes mesmo de eu nascer; eles moravam na casa entre a nossa e a de Nana e Bill.

Ahá! Então, Jamie cresceu na casa de estilo californiano com os grandes abacaxis de pedra. Mas por que Kristen estava deixando de fora o maior detalhe? O fato de que Jamie não estava mais viva? Continuei pressionando:

— Eles ainda moram lá?

Os olhos dela ficaram sombrios.

— Não, eles se mudaram. Ei, lembramos de comprar fluido de isqueiro?

— Sim, está ali perto da porta. — Dei a ela mais uma chance: — Então, o que aconteceu com Jamie?

— Nada de bom. — Kristen foi até o fogão a lenha e abriu a porta de metal. Esperei que ela continuasse, espontaneamente, enquanto o constrangimento aumentava. Por fim, ela fechou a porta com um rangido. — Estamos com pouca lenha.

— Sabe o que é estranho? Quando eu estava pagando, Greta fez parecer que Jamie tinha... morrido. — A palavra jorrou no espaço entre nós, tão indelicada.

Kristen estava quase na porta, e congelou.

— Sim. Quando éramos crianças. Houve... um acidente. — Ela puxou a maçaneta. — Vou acender o carvão e cortar um pouco de lenha para mais tarde. Fique de olho nas salsichas. — Ela pegou um machado e um pouco de fluido de isqueiro ao sair, deixando a porta de tela bater atrás dela.

Quando levei as salsichas para fora, atrás dela, ela estava balançando um machado graciosamente, músculos tensos, testa franzida em concentração. Havia algo felino na maneira como ela continuava partindo os pedaços de madeira, cortando, reorganizando e voltando para recomeçar o processo.

CAPÍTULO 23

A gota vermelha pairou e depois afundou, dissipando-se em redemoinhos suaves como nuvens no café. Não, como sangue na água. Como os tufos emaranhados amolecendo e escapando do crânio de Sebastian no rio Tonle Kak.

Como Jamie morreu? Minha mente continuava voltando a ela, como a língua de uma criança deslizando no buraco molhado de um dente caído. Mas Kristen deixou explícito que não queria discutir isso.

Ela deu outra sacudida na jarra e empurrou a garrafa de Campari para o lado.

— As pessoas pensam que você deve agitar o negroni no gelo, mas estão erradas — disse ela. — Você apenas mexe.

Kristen começou a fazer coquetéis em Sydney, uma aventura autodidata envolvendo licor triple sec, *bitters* caseiros e não apenas um, mas dois tipos de vermute. Felizmente, Nana e Bill mantinham um bar totalmente abastecido no porão mobiliado da cabana. Já tínhamos provado seus *old-fashioneds* e seus *manhattans*, e estávamos nos sentindo um pouco desinibidas. Ela jogou a casca de laranja e me entregou meu coquetel; nossos copos se beijaram, e eu tomei um gole.

— Você tem razão, eu amei. — Herbáceo e rico, como rubi líquido.

— Ainda não consigo acreditar que você nunca tomou um negroni. — Ela caiu no sofá modular ao meu lado. — Pensei que Milwaukee fosse tipo, uma cidade de porte global.

— Bem, a Taverna Baker ainda está servindo o cardápio com preço fixo. — Alguns dólares por uma dose de uísque Jameson, uma latinha de *Pabst Blue Ribbon* e um cigarro avulso preso na conta, os essenciais locais.

— Entendi. Então, não teve necessidade de se diversificar.

O comportamento alegre, piadas jogadas ao vento: menos de 24 horas depois de lermos o artigo, Kristen parecia estar duplicando sua insistência de que tudo estava bem, que a vida estava normal, que não tínhamos nada a ver com tudo isso. Negação como mecanismo de defesa: não foi como eu lidei com a minha vida pós-assédio, mas, pelo menos, eu conseguia entender. Até ontem, tudo *estava* bem, no sentido de que ninguém estava atrás de nós. Mas agora? Enquanto o pai rico de Paolo prometia fazer justiça pelo assassinato de seu filho?

Kristen deslizou as mãos ao redor do copo, deixando impressões digitais no orvalho.

— É tão estranho estar aqui sem Nana e Bill. Sinto que somos adolescentes roubando bebidas ilícitas do porão.

Ela também continuou fazendo isso, introduzindo tópicos de conversa diversos para que eu não tivesse tempo de falar sobre Paolo. Mas eu sabia que a afligir não ajudaria, então procurei mais informações sobre Jamie:

— Você podia trazer amigos quando era criança, né?

— Sim, no verão. Meu quarto tinha uma bicama, e achávamos que era a coisa mais legal do mundo.

— E você trouxe Jamie? — Quando ela assentiu, continuei: — Deve ter sido legal ter uma amiga aqui. Digo isso como membro do clube de filhos únicos.

— Era tão divertido! Fazíamos balés aquáticos elaborados no lago. Tipo, de pé em boias de piscina e caindo na água ao mesmo tempo. E então ficávamos bravas quando a outra errava a coreografia. — Uma gargalhada. — Ou a gente pegava a canoa. Eu atrás, pilotando, é claro. Eu ficava tão mandona.

Eu sorri.

— Bem a sua cara.

— Éramos como irmãs. — suspirou Kristen. — Sinto falta dela.

— Estou surpresa que você não tenha falado sobre ela antes.

— Ah, eu definitivamente já falei.

— Para mim? Nada disso, eu me lembraria.

— Com toda a certeza já falei. Me lembro de contar sobre minha melhor amiga e vizinha tipo, várias vezes ao longo dos anos.

— De jeito nenhum. — Ela tinha falado? Essa misteriosa Jamie simplesmente passou despercebida em conversas anteriores? Sempre pensei que Kristen teve uma infância solitária, como eu. Seria uma coisa se elas simplesmente tivessem se afastado, mas... meu Deus, uma melhor amiga morta parecia algo de que eu me lembraria. — Vi umas letras esculpidas em um pinheiro. As iniciais que estavam cortadas eram dela?

A voz de Kristen congelou:

— Sim, fiz isso há muito tempo.

— Por quê?

Ela olhou para a bebida, para a lua vermelha presa em seu copo.

— Vamos falar de outra coisa. Tipo, sobre como estou feliz de estar fora da casa de Nana e Bill, ah, meu *Deus*. Mal posso esperar para me mudar para o meu próprio apartamento. Em Brookfield, o passado está sempre me encarando.

Havia algo ali, algo além de dor e luto pela sua amiga, mas eu não queria pressionar demais.

— Sim, todo mundo regride quando volta para casa — respondi.

— Nana perguntou se eu voltaria a tempo de ir à igreja com ela no domingo. Como se eles ainda estivessem tentando salvar a minha alma. — Ela tomou outro gole carmesim. — Acho que o único momento em que eles realmente gostavam de mim era quando eu tinha, tipo, 10 anos e o cristianismo era toda a minha identidade.

— Você dizia que era fanática por Jesus, né? — provoquei. Tínhamos tido aquelas conversas sobre como éramos quando criança, imaginando em silêncio o que teria acontecido se tivéssemos nos conhecido apenas alguns anos antes. Eu mesma havia encarnado a tríade nerd: banda marcial, clube de xadrez, time de debate da escola.

Algo cintilou em seus olhos.

— Ah, sim. A Orgulhosa Fanática por Jesus bem aqui.

— Falando nisso, você não disse que todas as suas coisas da infância estão aqui na cabana?

— Sim, boas memórias. Eles colocaram minhas coisas na parte inacabada para que pudessem transformar meu quarto em uma academia. — Ela gesticulou em direção a uma porta com o papel de parede xadrez verde descascando, então sorriu. — Qual é? Você quer ver fotos minhas usando colares de cruz em eventos de arrecadação de fundos da igreja e essas coisas?

— Quero sim!

Ela riu, mas senti algo, uma mudança na pressão do ar.

— Ah, não estou com vontade de ir mexer nas coisas lá atrás.

— Vamos lá, quero uma prova fotográfica de que você estava na equipe de poms.

— Não. Eu não quero ver aquelas coisas. — As palavras dela foram ríspidas e o tempo congelou, estranho e desconfortável.

— Então, você estava dizendo — murmurei. — Seus avós ainda querem que você vá à igreja?

— Querem. Ainda orando para que o Espírito Santo se apposse de mim. Estou meio chocada que eles ainda tenham esperanças; é um inferno, eu já tenho quase 30 anos, mas acho que se você acredita no que esse sínodo conservador ensina, a lógica se sustenta. — Ela balançou a cabeça, admirada novamente. — Quando eu ia para a escola na King of Kings, na aula de religião, eu rezava em voz alta todos os dias, desde o jardim de infância, para minha mãe se tornar cristã para que ela não fosse para o inferno. Eu estava apavorada, e acho que é assim que Nana e Bill se sentem em relação a mim agora.

— Meu Deus, coitada de você. Por que eles mandariam você para aquela escola com apenas *um* pai cristão?

— Né? Eu não percebi o quão perturbador isso era até que eles já estivessem mortos.

Uau. Esfreguei seu ombro, e ela tomou um gole do negroni, pensativa.

— E então, quando eles morreram, pude ver minha devoção pelo que realmente era. Apesar de toda a conversa sobre Jesus ser meu pastor, foi a primeira vez que percebi que eu era uma ovelha. — Ela engoliu. — E foi horrível. Como se tivessem mentido para mim todos os dias até então. Mas acho que, no final das contas, foi libertador. Tipo: "Agora vocês não têm poder sobre mim."

Ela sempre falava sobre os pais na cabana; estar no Norte a tornava sentimental, a água límpida do Lago Novak, uma eclusa para memórias de infância. Eu sabia que a morte dos pais de Kristen havia encerrado abruptamente seus dias de grupos de jovens fanáticos. Mas essa conversa parecia... diferente.

— Eu... eu sinto muito que você tenha passado por isso, Kristen. Eu realmente sinto muito.

Ela inclinou o coquetel, e o gelo tiniu.

— O poder é uma coisa engraçada. Sabe como dizem que o oposto do amor não é *ódio* e, sim, indiferença? Tipo, estamos olhando para a escala da forma errada. — Ela bateu a unha contra o vidro. — Acho que é a mesma coisa com o medo. O oposto do medo não é segurança. É poder.

Olhei para ela. Eu não tinha certeza se concordava; agora, eu daria qualquer coisa para garantir segurança no que se tratava dos nossos crimes. A promessa de que ninguém nos prenderia, mancharia nossos bons nomes, nos extraditaria ou nos julgaria no tribunal da opinião pública.

Bem, e... mesmo se eu *pudesse* garantir essa espécie de plástico bolha me envolvendo, ele não me protegeria de uma vida inteira de medo. Medo de abuso verbal, chantagem emocional, misoginia rotineira destinada a me fazer sentir pequena. Todos os atos de violência casual que eu atraia, que eu previa acontecer, graças ao gênero que me fora designado.

— Pode me dar um abraço? — perguntei, de repente triste por nós duas. Ela pousou o copo e me puxou para ela. Ela acariciou meu cabelo, como fez no Chile, quando a asma me atacou como um cachorro raivoso.

/ / /

Construímos uma fogueira antes de dormir, ambas perdidas em pensamentos enquanto a madeira estalava e crepitava. Segurei meu marshmallow sobre os carvões incandescentes, girando o bastão até obter uma cor ocre uniforme. Mas Kristen mergulhou o dela nas chamas, transformando-o em uma tocha e, então, encarou o pequeno inferno, de modo que refletia em seus olhos.

Anos atrás, estávamos bem aqui, sentadas ao redor da fogueira na beira verdejante do Lago Novak, quando ela me contou pela primeira vez o que havia acontecido com seus pais. Era o verão antes do primeiro ano, um momento marcado com brasas em meu cérebro.

— Minha mãe nem deveria estar em casa — disse ela, suas lágrimas refletindo laranja, como lava. — A noite do incêndio? É tão perturbador. Ela deveria estar no Condado de Door com as amigas, e eu ia para uma festa do pijama porque odiava ficar sozinha com meu pai. — A injustiça daquilo tudo trouxe lágrimas aos meus olhos também. — Mas meu pai não estava se sentindo bem, então ela ficou em casa. Argh, isso me deixa com tanta *raiva*.

Arrastei minha cadeira de acampamento para mais perto dela, então segurei sua mão. Nós ainda éramos tão jovens, 20 anos e recém-amigas.

— Então, você estava em casa? Isso deve ter sido tão assustador.

— Foi aterrorizante. O alarme de fumaça me acordou, e tentei correr para o corredor, mas a maçaneta queimou minha mão. — Ela apertou a palma da mão contra o peito, como se ainda pudesse sentir a dor pungente. — Abri a janela do meu quarto e subi na enorme árvore de bordo, eu já tinha feito isso um milhão de vezes antes. E então corri para a casa de Nana e Bill.

Enquanto ela descrevia o resto, as imagens passavam na minha mente como uma cena de um filme de terror: a jovem Kristen gritando e batendo na porta até que seus avós finalmente acordaram e a deixaram entrar. Nana e Bill a restringindo fisicamente quando os caminhões de bombeiro chegaram. Ela se debateu e gritou, implorando para que a deixassem voltar às chamas para que pudesse encontrar seus pais na sufocante escuridão. Mas o fogo os prendeu em sua suíte. Eles foram queimados vivos, sem salvação como a casa que desabou ao redor deles.

Agora, dezessete anos após a tragédia, e quase uma década depois que Kristen compartilhou a memória comigo, ela derramou água na fogueira, de modo que borbulhou e assobiou, e nós desejamos boa noite uma à outra.

Horas depois, eu encarava o teto inclinado de pinho do meu quarto, incapaz de dormir. Grilos arranhavam e cricrilavam do lado de fora da janela; um inseto enorme, ou, possivelmente, um morcego bateu na tela. Eu contei, então contei novamente. Como se, caso fizesse as somas por vezes o suficiente, obteria uma resposta diferente.

Os pais de Kristen. Jamie, cuja breve vida Kristen escondeu de mim. Sebastian, depois Paolo.

Cinco mortes em menos de vinte anos.

Pensei que atraíamos violência quando estávamos juntas, de alguma forma gerando a energia do caos, de más decisões e caras horríveis. E eu confiava em Kristen, conhecia sua alma, sabia que ela era amorosa e boa. Mas era o tipo de pensamento que você só pode ter durante a vergonhosa confusão do meio da noite: *Deus, isso é muita morte para alguém tão jovem.*

Lembrei-me do e-mail de Nana ontem: *Kristen tem agido um pouco estranho ultimamente.*

E as palavras de Kristen no Chile: *Percebemos coisas que passam despercebidas por eles.*

Tirei meu telefone do carregador e liguei a lanterna. Passei na ponta dos pés pelo quarto de Kristen e desci cuidadosamente uma escada que rangia a cada passo, então parei no topo da escada do porão. Por que os porões são tão assustadores, mesmo quando são totalmente mobiliados? Acendi a luz, fechando a porta atrás de mim antes que o feixe pudesse se espalhar. Acordada, alerta, atravessei a sala e alcancei a porta para a parte inacabada.

Um, dois, três, quatro, cinco. Cinco corpos sem vida, famílias enlutadas, psiques interrompidas cedo demais. Eu sabia tudo sobre as duas últimas, sabia que era legítima defesa, um caso de lugar errado (ok, posicionamento errado de ferimento na cabeça) na hora errada. Se eu soubesse mais sobre os números de um a três, poderia acalmar esse gotejar de traição, de suspeita. Kristen e eu estávamos contando 100% com a outra para manter os nossos segredos seguros. Eu precisava saber com o que estava lidando. Com *quem* eu estava lidando.

Puxei a maçaneta e pisquei na escuridão. *Ok, essa parte é realmente assustadora.* Procurei por um interruptor de luz, mas não encontrei nada além de prateleiras à direita e à esquerda, teias de aranha se emaranhando em meus dedos. Examinei o local com a luz do meu telefone: bancada de trabalho, máquina de remo, serra elétrica de mesa. E mais prateleiras cobertas por caixas e mais caixas. Ali, uma lâmpada nua pendia de uma viga no teto, a cerca de 3 metros de distância.

O chão de cimento estava frio sob meus pés calçando apenas meias, e quando puxei o fio da luz, vi uma movimentação, uma dispersão. Avistei um piolho-de-cobra gigante desaparecendo debaixo de um velho baú de madeira e pressionei minha mão no meu coração acelerado. Apenas insetos.

Por onde começar? Vasculhei as prateleiras mais próximas, inclinando as caixas para ler os rótulos, jogando poeira em meus pulmões. A fornalha soou, e um grito ficou preso em minha garganta. Depois de alguns minutos, encontrei as caixas certas, mais novas que as outras, em uma alcova atrás da caldeira: QUARTO DE KRISTEN.

Arrastei a primeira caixa para a sala anterior e me joguei no chão, então me encolhi com o silvo agudo que a fita fez ao se soltar do papelão. Coisas do ensino médio e da faculdade, trabalhos de inglês, cartazes aleatórios, ingressos de shows e um certificado concedido à MVP da equipe de pom. Recente demais, quando Kristen estava no ensino médio, seus pais e melhor amiga já estavam mortos.

Na segunda caixa eu acertei na loteria; aqui estava Kristen em sua adolescência: magra, o rosto rosado e aparelho nos dentes. Peguei uma pilha de anuários finos da King of Kings. Havia duas seções para cada série, talvez quarenta alunos por turma de formandos.

Folheei até a turma de Kristen, ansiosa por respostas. Eu finalmente poria os olhos na minha sósia, a misteriosa Jamie R.

Mas, na edição do ano em que os pais de Kristen morreram, alguém rabiscou o rosto de Jamie, com raiva, tinta preta enfurecida que rasgou o papel. Como se alguém cheio de raiva tivesse feito isso com uma caneta esferográfica. Folheei novamente, até as fotos dos grupos; coral, clube de matemática, o Prêmio de Discipulado Cristão, e, em todos os lugares que o rosto de Jamie estivera, agora era um emaranhado de tinta preta. Que diabos?

Vasculhei a caixa e tirei uma pilha de fotos, e a tendência continuou: sorrisos, bochechas rosadas e olhos brilhantes, e depois recortes e rabiscos onde a cabeça de Jamie deveria estar. O que essa... Jamie Rusch fez para irritar a jovem Kristen? Peguei meu telefone, instintivamente, e lembrei que não havia serviço aqui sem o modem ligado.

Não consegui encontrar nada sobre a morte de Jamie, o misterioso "acidente" que Kristen havia mencionado. Nada sobre os pais de Kristen também. Sentei-me sobre os calcanhares. *Ainda poderia ser apenas casualidade.* Talvez Kristen realmente atraia a morte, da mesma forma que uma banana madura atrai moscas.

Arranquei alguns recortes das fotos e do anuário, eu pesquisaria Jamie no Google mais tarde, e não queria esquecer o sobrenome dela. Enquanto eu estava colocando tudo de volta nas caixas, ouvi um gemido acima de mim, em algum lugar ao norte do teto falso. Meu pulso acelerou, hora de sair daqui.

Na parte desagradável dos fundos do porão, coloquei as caixas em uma prateleira e corri para a luz. Dei uma última olhada no espaço, depois fiquei rígida: algo no canto havia se movido, algo vivo na escuridão. Eu me atrapalhei com meu telefone e direcionei a luz para aquela direção, e dois olhos brilhantes me encararam de volta.

Um camundongo, rígido de medo. Eu não percebi a onda gélida de medo até que eu já estava rindo.

⁓

DE MANHÃ, pedi a Kristen para ligar o modem, mas ela me dispensou.

— É sábado — apontou ela. — Podemos estar fora do radar hoje.

— Você não acha que deveríamos verificar se há... algum desenvolvimento? No Chile?

Ela levou sua caneca de café para a pia.

— Não estou preocupada. Ei, vou sair para dar uma corrida.

Depois que ela saiu, vasculhei o armário onde estava o modem na primeira noite, mas não estava mais lá. Vasculhei gavetas e armários, espiei o chão perto de todas as tomadas. Gemi de frustração. Por que ela estava me mantendo longe de tudo?

Percorri o caminho até o estacionamento perto da rua, uma elevação mais alta, então, talvez eu conseguisse obter algum sinal no celular. Recebi uma mensagem boba de Priya e duas fofas de Aaron, e me perguntei novamente se ele estava chateado por Kristen ter arruinado seus planos para o jantar de aniversário. Mas não consegui barras o suficiente para responder, muito menos para carregar meu e-mail ou ler as notícias. A frustração reverberou em meus braços. Quem Kristen pensava que ela era?

Quando ela voltou, com suas bochechas vermelhas, eu a chamei da mesa de piquenique.

— Você pode, por favor, ir buscar o modem? Por favor. Vou me sentir muito melhor se souber que não há nada nas notícias.

Ela revirou os olhos, o peito ainda arfando da corrida, e desapareceu dentro da cabana. Eu a segui, e a vi desligá-lo de uma tomada no banheiro do andar de baixo, um dos poucos lugares que eu não tinha pensado em verificar.

— Por que você deixou carregando aqui?

Ela deu de ombros.

— Por que não?

Ela me entregou o aparelho e então marchou de volta para fora com um tapete de ioga debaixo do braço. Cliquei no link do e-mail de Nana e, com a cabeça zumbindo, procurei alguma notícia relacionada, mas não havia nada.

Suspirei. Comecei a responder Aaron, mas não sabia o que escrever. Eu me sentia uma impostora, uma namorada terrível disfarçada de uma namorada sincera. De uma *boa* namorada, aquela que não faria mal a uma mosca.

Coloquei meu telefone no balcão e saí. Encontrei Kristen no cais, movendo-se graciosamente em uma sequência de poses de ioga. Eu a observei por um momento; alguns metros adiante, a cabeça de uma lontra emergiu da água, e seus olhinhos me observaram antes de afundar de volta. Como se ela soubesse.

— Quer se juntar a mim? — chamou Kristen, enquanto fazia a Postura do Ângulo Lateral.

— Não, estou bem.

Ela mudou para a Postura do Triângulo.

— Tudo bem na internet?

— Hum... acho que sim. — Olhei para a linha das árvores ao longe, onde uma águia-americana esculpia longas fitas no céu.

— O que foi? — Ela dobrou o tapete ao meio e se aproximou.

— Não é nada.

— Você encontrou alguma coisa?

— Não! Eu… deixa para lá.

— O que foi?

Cruzei os braços.

— Eu só… odeio ter esse segredo. É como uma barreira que me mantém longe de todos.

— Mas *nós* não temos essa barreira. Estamos juntas nisso. — Ela se inclinou contra uma árvore. — Você pode falar comigo.

— Eu *não* posso, na verdade. Toda vez que eu tento falar sobre isso, você muda de assunto. Você se fecha.

Ela suspirou.

— Sinto muito. Isso não foi intencional. Mas… o que você quer falar? Podemos discutir isso um milhão de vezes e nos estressar, mas isso não vai mudar nada. Pensei que nós duas queríamos seguir em frente.

— Eu quero, mas… isso está me impedindo de me aproximar de outras pessoas também. É só que… É difícil, ok?

— Eu sei que é. — Ela colocou a palma da mão no meu antebraço, e eu me afastei.

Suspirei.

— Foi diferente depois do Camboja.

Ela inclinou a cabeça, ouvindo.

— Foi horrível, mas com tempo o suficiente, e sua ajuda, obviamente, eu meio que consegui colocar aquilo em uma caixa e voltar à minha antiga vida. Eu conseguia parar de pensar sobre isso o tempo inteiro, eu não era… lembrada sobre isso ou algo assim. E eu não tinha ninguém… — Parei de falar.

Seus olhos se arregalaram.

— O quê? Continue.

Balancei minha cabeça. Como eu poderia explicar isso? Eu queria baixar a guarda com Aaron, mas sentia o segredo cortando ao meio nosso relacionamento incipiente como uma foice ceifando a relva. Uma pontada de autoaversão seguiu: o quão repugnante era o pensamento de que ter um namorado me tornava uma pessoa melhor do que ela. Mais ávida em ser autêntica.

Seus olhos ficaram vermelhos e cheios de lágrimas.

— Eu arrisquei *tudo* por você. Quando vi que você precisava de ajuda naquele quarto de hotel no Camboja, eu nem sequer pensei, apenas agi, porque você é minha melhor amiga.

Isso pairou entre nós, e ela não precisou falar o resto: *eu salvei sua vida, eu* matei *por você e é assim que você me retribui?*

— Eu me convenci de que você faria o mesmo por mim — falou ela, sua voz baixa. — Mas pensei que isso nunca aconteceria comigo, que eu nunca seria assediada, que nenhum cara tentaria me machucar. E então, quando aconteceu no Chile... Eu gostaria de poder desfazer tudo aquilo, Emy, eu realmente gostaria. Mas pensei que estávamos nisso juntas.

Comecei a chorar também.

— Desculpe, Kristen. Eu só queria que pudéssemos contar a alguém.

— Mas por quê? Para que você alivie sua consciência culpada e depois passe os próximos dez anos na cadeia? Pense nisso. Não, estou falando sério, imagine isso de verdade. Você quer passar seus próximos anos em uma prisão feminina em um lugar como o Condado de Fond du Lac?

Hesitei, então ela concluiu seu pensamento:

— Você quer que *eu* passe os meus próximos anos lá também? Porque é tudo ou nada.

Balancei minha cabeça com veemência. Ela pegou minha mão, e entrelaçou seus dedos nos meus. Ela balançou nossos punhos juntos, como se fôssemos crianças brincando de Red Rover[1]. Juntas, uma parede, uma força impenetrável.

— Eu sei que é difícil — disse ela —, e sinto muito por estarmos nesta situação. Mas vai melhorar. Eu sei que não parece agora, mas isso realmente vai começar a desaparecer, como aconteceu da última vez. — Ela fungou novamente. — Quando meus pais morreram, e depois Jamie, não achei que fosse superar isso. E eu estava meio certa, você não simplesmente segue em frente e nunca mais pensa sobre isso. Mas as coisas... mudam. A vida se torna essa nova trajetória onde essas são as circunstâncias, e a vida continua. Isso faz sentido?

◇◇◇◇◇◇◇◇

[1] Red Rover é uma brincadeira típica dos Estados Unidos onde é necessário separar os jogadores em duas equipes. Cada equipe deve ficar de frente para a outra, enfileirada, em pé e de mãos dadas, formando "paredes impenetráveis". O objetivo do jogo consiste em quebrar os elos de cada equipe e desfazer a "parede", ou seja, fazer os jogadores soltarem as mãos. Os jogadores selecionados das equipes opostas correm em direção à "parede humana" a fim de alcançar tal objetivo. A brincadeira foi proibida em diversos locais devido ao número crescente e alarmante de lesões que as crianças sofriam brincando. [N. da T.]

Eu acenei com a cabeça.

Ela soltou um suspiro pesado.

— Sinto muito que me ver faz você se sentir mal.

— Kristen.

— Eu sinto muito mesmo. Não sei mais o que dizer. Você não... Não estou dizendo que você está sendo maldosa ou injusta ou algo assim. Eu realmente sinto muito.

— Ei, pare. — Lancei para ela um olhar atencioso. — Lamento que você esteja se sentindo assim. Só não gosto de ser evasiva com Aaron. Eu gosto muito dele. — Eu dei uma sacudida rápida na minha cabeça. — Quero ser aberta com você, ok? Sem segredos.

Ela abriu um sorriso.

— Garota, é você quem está agindo estranho. Eu sou um livro aberto. — Ela passou por mim. — Vou pegar algumas cervejas e depois vamos nadar! Você pode encher um pouco a boia?

Ela caminhou até a cabana, passando por cima de raízes e rochas, movendo-se tão suavemente quanto um lince. Suas palavras ecoaram em minha mente: *pensei que isso nunca aconteceria comigo.*

Dois mochileiros mortos, com um ano de diferença. Dois pais mortos, destruídos em um incêndio. Uma melhor amiga morta, abatida em algum tipo de acidente. Tanta morte.

Pensei no artigo novamente, o belo sorriso de Paolo, as mensagens alegres para a irmã dele. O voto solene do pai.

Outro eco na voz de Kristen: *eu me convenci de que você faria o mesmo por mim.*

CAPÍTULO 24

Um mosquito zuniu em meu ouvido, estridente e agudo, como unhas minúsculas em uma lousa. Eu golpeei o ar e puxei o cordão do meu moletom com mais força. Estava frio aqui fora, mais frio do que eu esperava. Comparado a Milwaukee, estávamos apenas algumas horas mais perto do Polo Norte, mas, aqui o ar esfriava assim que o sol desaparecia.

— Você viu aquela lá? — Kristen perfurou os sons da noite: sapos guturais, grilos chilreantes, o gorgolejo tilintante da água do lago ao redor das pernas de metal do píer.

— Droga, não vi.

— Era linda.

— Droga. — Esta foi a segunda vez que Kristen viu uma estrela cadente desde que pegamos a trilha até aqui há vinte minutos, nossas lanternas apontadas para o caminho cheio de raízes. Mesmo com minha péssima visão noturna, eu sabia que o céu pipocado de estrelas era espetacular: pontinhos de luz se estendendo do topo das árvores até o outro lado do lago. No píer estreito, estávamos deitadas de costas, as cabeças quase se tocando, as pernas em direções opostas.

— Talvez eu devesse me virar e olhar para aquele outro lado — falei.

— Não, ambas estavam bem acima de nós. Ah, veja, ali tem um satélite. — A silhueta da mão dela apagou as estrelas, e rastreei o ponto no céu: uma sarda branca se movendo com firmeza e determinação para o oeste. Perdi-o onde as estrelas marmorearam em uma faixa indiscernível. A Via Láctea, a borda da galáxia, como

177

Kristen havia explicado durante seu discurso de astronomia em dois minutos, ao lado da Ursa Maior, da Ursa Menor e do brilhante Cinturão de Órion.

Um som sibilante, e um aglomerado de estrelas piscou.

— O que é que foi isso?

Kristen riu.

— Um morcego, provavelmente. Você sabe muito mais sobre a vida selvagem do que eu.

— Um morcego… deve ser. — Desejei que minha frequência cardíaca diminuísse. Era tão pacífico aqui fora, e tão lindo, mas também era isolado, farfalhante e remoto. Aterrorizante à moda das cidades pequenas.

— Meus pais costumavam contar a história de como um morcego entrou na cabana — disse ela —, muito antes de eu nascer. Acho que eles nem eram casados ainda. Eles costumavam dar umas festas épicas aqui, e, de alguma forma, um morcego entrou pela lareira.

Fiquei quieta.

— Não é nem uma história tão boa. Dá para saber que deve ter sido muito engraçado na época, mas depois de tantas releituras, havia apenas muitos gritos e pessoas pegando em armas e correndo por aí. Eu acho que as mulheres estavam preocupadas com ele voando em seus cabelos, então minha mãe disse a todos para colocar tipo, panelas e coadores nas cabeças.

Nós duas rimos, e o som ecoou ao redor do lago antes de desaparecer.

— Eu adorei. Foi um pensamento bem rápido por parte da sua mãe.

Kristen soltou um *hum*, algo entre uma risada e um suspiro.

— Ela era incrível. Você a teria amado.

— Com certeza. — Uma brisa fez as copas das árvores sussurrarem. Puxei minhas mangas sobre as mãos e as coloquei sob minhas axilas.

— Papai nos evitava quando estávamos aqui, ele só queria pescar, mas Mamãe brincava comigo o dia inteiro — continuou ela. — Ela montava pistas de obstáculos na água: circundar o banco de areia, tocar os juncos, esse tipo de coisa. Em retrospecto, ela só queria que eu fosse uma nadadora forte.

Uma lembrança da minha própria infância se dilatou diante de mim: eu tinha 4 ou 5 anos e, quando minha mãe estava doente demais para me levar à festa da piscina de um vizinho, implorei ao meu pai. A piscina era retangular e cheia de crianças, e eu pulei direto na parte rasa, que chegava aos meus ombros. Eu estava empolgada por estar lá, espantada por meu pai ter concordado; chocada que minha súplica tivesse, pela primeira vez, funcionado. Enquanto meus pezinhos deslizavam pelo chão, perdi a noção de quão longe da borda eu estava. Sem aviso, o fundo da piscina se inclinou e eu estava pulando, tossindo, achando mais difícil a cada segundo manter minha cabeça acima da água.

Assim que o pânico atingiu o pico, a salvação: uma mãe, que eu nem conhecia, de repente também estava na água, me agarrando em seus braços, murmurando: "Está tudo bem, você está bem." Ela estava completamente vestida, de regata e jeans. Agarrei-me ao pescoço dela e procurei pelo meu pai, senti uma onda de alívio e amor quando vi a preocupação estampada em seu rosto. A sensação de calor estourou como uma bolha na volta de carro para casa: enquanto eu tremia em cima de uma toalha úmida, papai disse rispidamente: "Você não deveria entrar na piscina se não sabe nadar. Aquela mulher tinha um pager com ela, e você o estragou." Naquela noite, levei uma surra por causar uma cena.

— Ou ela procurava suprimentos de artesanato — continuou Kristen, sonhadoramente. — Uma vez fizemos veleiros de brinquedo com pedaços de madeira e os empurramos pela água ao longo de toda a margem.

Na quietude ouvimos o súbito *tremolo* de uma mobelha, três notas gorjeadas.

— Sinto falta da minha mãe — disse Kristen, sua voz quase um sussurro.

— Ow, Kristen.

Um batimento cardíaco.

— No ano passado esqueci do aniversário da morte dela. Isso não é estranho? Pensei nisso durante dois dias depois. Parecia que eu a tinha traído. Apagado sua existência. — Ela sufocou uma risada amarga. — E então meu próximo pensamento foi "Ah, certo, papai também." Eles morreram no mesmo maldito dia, 10 de novembro de 2001. E eu estava *feliz* por não ter pensado nele durante tanto tempo. Cretino manipulador.

Meu coração doeu tanto que apertei minha mão sobre ele.

— Sinto muito, Kristen. Eu sinto muito. — Eu me perguntei se era mais fácil para ela falar sobre isso de frente para o céu, nós duas envoltas na escuridão. Mas por que esta noite? Foram os coquetéis *sazerac* que bebemos depois do jantar, ou algo mais profundo? Algo vindo à tona?

— Você acha que... isso é algo que vem surgindo mais ultimamente?

— Eu não sei.

— Talvez ajudaria conversar com alguém — falei. — Você mencionou o quanto sua terapeuta a ajudou naquela época. Você a procurou? Talvez ela ainda esteja exercendo.

— Lydia da Luz, ela era interessante. Talvez você esteja certa. Ou talvez eu esteja apenas... sentindo pena de mim mesma. O que não tem nada a ver comigo, você sabe. Eu odeio ficar à deriva.

— Sim! Raramente você me deixa ficar sentindo pena de mim mesma. É por isso... — Quase brinquei, *é por isso que eu a mantenho por perto*. Mas o aperto no meu estômago voltou, o desejo de me distanciar dela, pelo menos até que eu tivesse mais respostas. Sobre Jamie, sobre seus pais, sobre sua desconcertante indiferença ao corpo de Paolo sendo exumado. — É uma das muitas razões pelas quais você é invencível — concluí.

O silêncio cresceu ao nosso redor, misturando-se com o frio e pressionando nossa pele. Outro mosquito passou pela minha orelha e eu me sentei.

— Estou congelando — anunciei. — Estou pronta para entrar.

— Vou ficar aqui mais um pouco. — Eu não conseguia ver o rosto dela, mas sua voz estava baixa e frágil.

Enquanto me dirigia para a cabana, o medo deslizou sob minha pele porosa. Minha lanterna criava apenas um patético globo de segurança no escuro; além dele, o Lago Novak se desvanecia em uma escuridão tão devoradora que não consegui ter certeza se o resto do mundo não havia desaparecido.

Eu estava quase na porta quando minha lanterna identificou um movimento trêmulo. Saltei e procurei no escuro, e um alçapão de horror se abriu dentro de mim quando o encontrei: sob um manto de moscas, um coelho morto estava caído de lado. Seu pescoço estava cortado e sangrando, vermelho escuro.

As palavras de Kristen voltaram para mim: *eu quero matar os desgraçados*. E com o áudio, uma imagem, o movimento confiante de Kristen com o machado.

Não. Dei um passo involuntário para trás. Minha sandália prendeu na ponta de uma raiz enorme e, de repente, eu estava caindo. Meu braço bateu em uma árvore e eu agarrei sua casca enquanto ia ao chão. Fiquei ali sentada por um segundo, esperando para ver o que doía. Então, meu tornozelo explodiu de dor.

— Kristen!

Meu grito se espalhou pelas árvores, reverberou ao redor do lago, subiu em direção ao guarda-chuva de estrelas.

Limpei a garganta e tentei novamente, mais forte desta vez.

— *Kristen*! Preciso de ajuda!

Escutei tão atenciosamente que pude sentir meus ouvidos se ampliando. Os grilos responderam, depois alguns sapos errantes. Uma coruja solitária, não, talvez fosse um coiote.

Não, um lobo. Olhei ao redor, nervos à flor da pele, como se meu sangue estivesse pegando fogo.

— Kristen?

Sem resposta. Apontei minha lanterna para o tornozelo, preparada para ver a elevação roxa, cinza e brilhante. Mas não havia nada lá, nada que mostrasse que eu tinha caído.

Uma mão agarrou meu ombro e eu gritei.

— Você quase me matou de susto. — Eu pressionei ambas as palmas das mãos no chão de agulhas de pinheiro.

— Eu assustei *você*? Eu pensei que você estava dentro de casa! Quase me mijei quando vi alguém aqui. Você se importa de não apontar isso na minha cara? — Kristen cobriu os olhos e eu abaixei minha lanterna.

— Eu estava gritando chamando por você. — Eu não conseguia esconder a irritação na minha voz. — Eu caí e machuquei o tornozelo. Como você não me ouviu?

— Ah, meu Deus. — Kristen caiu de joelhos e o inspecionou. — Eu sinto muito! Eu estava com meus fones de ouvido. Fiz uma meditação guiada no píer.

— Está doendo muito.

— Aposto que é uma entorse. São horríveis. — Ela se levantou, e deslizou seu braço sob o meu. — Vamos colocar um pouco de gelo nisso. Aqui, eu seguro você. — Colocar o peso do corpo na minha perna desencadeou uma explosão de frio mentolado. — Se apoie em mim. Vamos lá.

Kristen me colocou com o pé em uma cadeira, um saco de ervilhas congeladas em cima. Ela me deu comprimidos de ibuprofeno e pegou um kit de primeiros socorros de primeira qualidade, com um tubo velho de creme de arnica e um curativo de aparência anêmica, que ela enrolou no meu tornozelo e prendeu com dois clipes, os ganchos afundando no tecido como presas.

— Você viu o coelho lá fora? — perguntei enquanto ela guardava o material de volta no kit. — Eu não sei que tipo de coisa faria aquilo com ele.

— Provavelmente um coiote — respondeu ela sem olhar para cima.

Olhei para o meu tornozelo, enrolado como uma múmia.

— Você provavelmente tem razão.

Kristen foi para a cama antes de mim e fiquei enrolada no sofá, na cúpula de luz sob um abajur antigo. Mariposas pulsavam contra as telas das janelas. Meu cérebro estalou e retiniu, uma montanha-russa de madeira subindo sua colina. O que aconteceu com Jamie que levou Kristen a desfigurar seu anuário e destruir o entalhe na árvore? Como ela conseguia permanecer tão blasé sobre a descoberta do corpo de Paolo? E nossa conversa na quinta-feira, quando ela me convenceu brevemente de que estava tão abalada quanto eu, por que isso agora parecia um truque, uma armadilha?

Manquei até o balcão da cozinha e liguei o modem, e, desta vez, eu mesma o liguei. *Jamie Rusch*: meu coração disparou quando joguei o nome dela em uma barra de pesquisa no meu notebook.

Examinei os resultados avidamente, então senti a Terra dar uma guinada, girar fora de seu eixo. Eu apertei os dois punhos em meus lábios.

Um acidente, Kristen me disse. Um acidente tirou a vida de Jamie.

Mas não era verdade.

No mesmo mês em que Jerry e Anne Czarnecki morreram em um incêndio violento, a jovem Jamie se suicidou.

E Kristen, antes sua melhor amiga e, atualmente, a minha melhor amiga, mentiu sobre isso.

CAPÍTULO 25

Fundo Memorial de Jamie Leigh Rusch; o site parecia legítimo, até mesmo profissional, com uma foto preto e branco da garota sorridente que ficou presa no lugar, enquanto o texto rolava. Uma metáfora extremamente perturbadora: Jamie, presa para sempre aos 12 anos enquanto o resto do mundo seguia em frente. Ela era desajeitada daquele jeito pré-adolescente, com a franja longa e um sorriso tímido, e a pele tão brilhante quanto um carro recém-encerado. Apertei os olhos para a foto: ela se parecia comigo. O mesmo cabelo castanho cacheado e sobrancelhas cheias.

Em azul, próximo ao topo, o lema: *Aumentar a conscientização sobre saúde mental e servir à comunidade em geral*. Em seguida, todas as frases que deixaram óbvia a causa da morte: "acabar com o estigma" e "acesso ao tratamento de saúde mental" e até uns trechos sobre mudar a nossa linguagem, "doença cerebral" em vez de "doença mental" e "morreu por suicídio" no lugar de "cometeu suicídio". Um vídeo embutido na parte inferior mostrava os pais de Jamie falando em um grande evento de arrecadação de fundos, e eu assisti com o som desligado. Então, cliquei em "Galeria", esperando fotos de angariações de fundos anteriores, mas, meu Deus, eram fotos de Jamie.

Jamie como uma linda bebê, bochechas de maçã e nariz de botão. Jamie quando criança, segurando uma casquinha de sorvete gotejante com um ar de reverência. A desengonçada Jamie em idade escolar, com uma bola de basquete debaixo do braço. A última foto focava Jamie pré-adolescente, usando uma camisa de basquete verde acetinada e shorts. Suas companheiras de equipe a seguravam nos ombros: meninas adolescentes aplaudindo e sorrindo para ela, todas com aparelhos ortodônticos, cabelos bagunçados e corpos nos extremos, algumas pequenas e compactas, outras esguias e desajeitadas. Ah, que idade: amplas e repentinas oscilações na base de referência, época em que mais nos desviamos da média, exatamente quando mataríamos para sermos o que chamam de *normal*.

Kristen também gostava muito de basquete naquela época, então examinei os rostos um por um. Meu coração deu um pulo quando a encontrei, enquanto todas as outras garotas olhavam para Jamie que, presumivelmente, enterrou a cesta vencedora, Kristen estava atrás, olhos vagos, encarando a câmera.

Encontrei o obituário de Jamie: os pais, Thomas e Jennifer Rusch, e o irmãozinho, Luke. Encontrada morta em 24 de novembro de 2001. Duas semanas depois que os pais de Kristen morreram.

Sua melhor amiga e ambos os seus pais morreram no mesmo mês. E ela nunca mencionou isso.

Rolei até o final da página e vi que o endereço do Fundo Memorial era em Las Vegas, aquele oásis maluco feito pelo homem. Pesquisei o casal Rusch; a mãe trabalhava com marketing, o pai era corretor de imóveis em Henderson, Nevada. Longe de sua residência em Wisconsin, a casa de abacaxi entre o primeiro lar de Kristen e a mansão de Nana e Bill. O deserto de Mojave é um local onde quase não há sombras, castigado pelo sol durante o dia e banhado pela lua à noite. O tipo de lugar onde você poderia enterrar um corpo, mas as estrelas, todos aqueles holofotes, não o manteriam no escuro por muito tempo.

Kristen tinha escondido isso de mim. Eu sabia sobre seu animal de estimação de infância (Feijão Verde, o porquinho-da-índia), a vez em que ela quebrou o pulso se exibindo em um balanço e a peça ridícula com tema de Páscoa que ela escreveu na quarta série, que seus colegas de classe obedientemente interpretaram. Ela devia ter me contado sobre a perda de uma amiga próxima, e qualquer coisa ruim que levara a esses rabiscos pretos furiosos, agora escondidos na escuridão lodosa de um porão.

Um pensamento que havia se formado pela metade e, interrompido de se concretizar quando a caça ao tesouro de aniversário chegou à sua dramática conclusão, eclodiu: *é realmente uma boa ideia estar sozinha em uma cabana na floresta com Kristen?*

Uma tábua do assoalho rangeu acima de mim e eu me encolhi. Por que *todos* que se aproximaram de Kristen acabaram mortos? O incêndio repentino na casa, um clichê de filme de terror... um calafrio percorreu meus ombros quando comecei a digitar todos os detalhes de que me lembrava, qualquer coisa que pudesse levar a notícias sobre o incêndio que matou os pais dela. Mas, antes que eu pudesse apertar a tecla Enter, a internet desconectou, usei todos os 5 gigabytes disponíveis. Fechei meu notebook e me sentei no escuro ouvindo os opressivos sons da noite ao meu redor.

SACUDIMOS em nossos assentos enquanto a estrada se desviava das árvores. Kristen estava dirigindo rápido demais, acelerando enquanto serpenteávamos em curvas fechadas.

— Por que a estrada é tão tortuosa? — perguntei, segurando a maçaneta da porta.

— Eles tiveram que abrir a estrada ao redor de todos os lagos, pântanos e cordilheiras aqui em cima — respondeu ela. — Na verdade, é mais montanhoso do que você imagina. Aqui onde estamos é uma queda insana se você sair da estrada. — Ela gesticulou na minha direção.

— Então, que tal desacelerar um pouco?

— Já dirigi aqui um milhão de vezes. — Ela virou em outra curva, e o sinto de segurança apertou meu pescoço.

Respirei fundo.

— Ei, então, eu queria te perguntar sobre sua amiga Jamie.

Ela apertou os olhos através de um feixe de luz solar.

— Eu não disse que não queria falar sobre ela?

— Bem, pesquisei sobre ela no Google. Eu estava curiosa para ver se ela se parecia comigo. — Uma mentira desajeitada, mas era o melhor que eu podia fazer. — E vi que ela… morreu por suicídio.

— Isso mesmo. — Sombras camufladas ondulavam em seu rosto por causa do sol, que espreitava por entre as árvores.

— Achei que você tivesse dito que tinha sido um acidente.

Ela me lançou um olhar bruto e sufocado.

— Porque é doloroso para mim. Ok?

— Eu sinto muito. De verdade. Eu sei que ela era como uma irmã.

— Sim. — Ela sacudiu o cabelo dos olhos. — Sabe, se alguém me dissesse: "Você acha que uma criança de 12 anos aguentaria se os pais dela morressem e sua melhor amiga desde o nascimento se matasse algumas semanas depois?", minha resposta provavelmente seria "óbvio que não". Mas aqui estou eu. Aqui estamos. — Ela se virou para mim. — Foi realmente muito difícil. Perdê-la. Não quero passar por isso nunca mais.

Ela ficou assim por um instante, me observando. Desconforto reverberado através do meu torso.

— Não consigo nem imaginar. O que... o que aconteceu?

Ela deu de ombros.

— Ninguém fazia ideia do quanto ela estava sofrendo. Nem mesmo eu.

— Ela estava deprimida?

— Acho que sim.

— Meu Deus, ela era tão... jovem. Para alguém dessa idade...

— É mais comum do que você imagina. — Ela engoliu. — Lembra de como nós duas adorávamos o filme *As Virgens Suicidas*? "Obviamente, doutor, você nunca foi uma garota de 13 anos."

Saímos da floresta e entramos em uma estrada rural, com um bar de um lado e um posto de gasolina sujo do outro. No último segundo, Kristen fez uma curva fechada e parou em uma bomba.

— Vai ser mais barato abastecer aqui em cima — disse ela, antes de pegar sua bolsa e bater a porta.

Meu cérebro estava como um balde cheio de peixinhos: pensamentos se entrecruzavam, fervilhando e batendo uns nos outros. Será que era Kristen que estava agindo estranho sobre Jamie, ou era eu que enxergava ameaça em algo totalmente explicável, como Kristen continuava insistindo? A morte de Jamie foi realmente um suicídio ou Kristen teve, bem, *algo* a ver com isso... e eu era uma amiga horrível por pensar isso? Então, havia o próximo trampolim na lógica, algo que nunca me permiti enfrentar: todas essas mortes poderiam significar que... que a noite com Paolo...?

Kristen abriu a porta do carro antes que eu pudesse terminar o pensamento. Ela apertou um botão no painel e o rádio tocou. Enquanto voltávamos para a floresta, repassei nossa conversa na minha cabeça. Todo o discurso de Kristen sobre perder Jamie, como ela não poderia passar por isso novamente... O que *isso* significava?

Presentes chacoalhavam no banco de trás: o elefante de pedra para Priya, elegantes copos de cerveja feitos de garrafas velhas para Aaron. Uma bela mistura de Merlot e um cartão agradecendo Nana e Bill por me deixarem comemorar meu aniversário em sua cabana. Enviei a Nana uma resposta educada por e-mail, agradecendo-lhe pelos votos de felicidades, e perguntando o que ela quis dizer com a parte sobre Kristen estar agindo "um pouco estranho ultimamente". Ela não respondeu. Foi bizarro; no e-mail, ela parecia mais preocupada *comigo* do que com a própria neta.

Passamos por campos abertos com máquinas rastejando através deles, como insetos de metal gigantes. A ansiedade aumentou à medida que nos aproximávamos da rodovia e depois descíamos a Interestadual 43. Mais perto de Milwaukee, da civilização, da vida real. Aqui, o mistério em torno da morte de Paolo parecia ainda mais verdadeiro, era uma notícia real, não apenas um ponto distante e passageiro viajando para longe como um satélite cruzando o céu do Norte. Imaginei policiais de Los Angeles esperando na minha porta da frente, os vizinhos assistindo como um rebanho de olhos lânguidos.

Naquela noite, de volta à minha cama, sonhei com picadas de abelhas e morcegos, pequenas alfinetadas em minha casca macia e sensível, desencadeando uma cascata de dor. Acordei suando e comecei a soltar o elástico que envolvia minha perna. Imaginei enquanto desenrolava o curativo: um tornozelo branco e inchado, a pele de um cadáver, além de uma faixa preta como tinta de lula escorrendo por um lado do meu tendão de Aquiles. Mas, quando tirei os últimos centímetros, o tornozelo parecia o mesmo de sempre.

CAPÍTULO 26

— Estou... apavorada. — Meus dedos estavam se movendo por conta própria novamente, a unha do polegar raspando a pele debaixo de cada dedo. — Tipo, esse medo intenso que surge quando eu menos espero.

Adrienne assentiu com uma expressão séria.

— Como é esse medo?

Arranquei um pedaço de unha do meu dedo mindinho com o polegar. Ela não tinha feito a pergunta que eu mais temia, porque eu precisaria mentir: *Medo de quê?* Da polícia de Los Angeles descobrindo algo que deixamos passar. Sangue no chão do hotel, uma massa de pertences derretidos na pilha de cinzas que abandonamos na lareira. Impressões digitais em pás. DNA no porta-malas.

Ou, escolha o que quiser, eu tinha muitas opções, muitas lembranças ruins que agiam como o bicho-papão, me mantendo acordada à noite. Como aquela noite horrível em Phnom Penh. Os olhos de Kristen brilharam quando ela balançou a luminária e derrubou Sebastian. *Pare. Pare. Pare.*

— Eu o sinto no meu peito — falei —, como o início de um ataque de asma.

O aperto nas minhas costelas tinha me atormentado durante todo o jantar na noite anterior. Aaron e eu fizemos uma comemoração atrasada do meu aniversário; ele queria cozinhar tudo para mim, mas insisti em fazer uma celebração dupla, já que ele tinha acabado de conseguir um projeto de design cobiçado. Contei a ele sobre a cabana, sobre assar marshmallows e observar satélites deslizarem pelo céu. Transformei a história de como torci o tornozelo e gritei para a noite silenciosa e insensível em uma comédia pastelão, desajeitada e fofa.

Omiti algumas coisas: meu confronto onírico e sem telefone na mesa da cozinha com Kristen. O coelho mutilado que apareceu no escuro. A busca no porão no meio da noite, rabiscos raivosos onde deveria estar o rosto de Jamie. Como as notícias transmitidas em um aeroporto editam as transmissões para evitar histeria. Era exaustivo manter o meu medo sob controle. Ele ameaçava amassar meus pulmões e me entregar.

— O que você acha que está provocando isso? — perguntou Adrienne.

Lá estava ele. Um fragmento marfim de unha arrancado.

— Ainda estou… desconfortável com o fato de Kristen estar de volta à Milwaukee. — Eu não podia dizer a ela o porquê, mas no fundo eu sabia a resposta: eu estava começando a questionar se eu realmente podia confiar nela. O que parecia surpreendente, estranho e errado; historicamente, Kristen era sinônimo de segurança em minha mente.

— Por que você acha que está se sentindo assim?

Dei de ombros.

— Ela ainda está agindo como se estivesse tudo bem. O que é uma maneira de lidar com algo assustador, mas me preocupo que seja apenas encenação. Tipo, ela está reprimindo as coisas, e isso pode simplesmente explodir como uma bomba.

Adrienne assentiu.

— E o que faz você pensar que ela está reprimindo as coisas?

Bem, para começar, ela se recusa a reconhecer o rico desenvolvedor imobiliário que se uniu ao Departamento de Polícia de Los Angeles, LAPD, para nos encontrar. O comportamento dela quando descobrimos a notícia da CNN foi tão bizarro que uma parte de mim continuou sussurrando: *Será que isso foi sincero?*

— Ela só parece estar… estranha. Normalmente, é uma felicidade tê-la por perto, ela é inebriante, sabe? Mas desde que ela voltou, as coisas entre nós parecem tensas. E Deus sabe que não agi como eu mesma depois que fui assediada, então não estou a julgando por isso. Mas é como se ela estivesse agressivamente feliz ou… fingindo.

Adrienne inclinou a cabeça.

— É notável a quantidade de tempo que passamos falando sobre as emoções de Kristen. Você acha que pode estar dando mais prioridade a isso do que a suas próprias emoções?

— Não é isso — disparei. Mas, então, suspirei. — Eu sei que ela se importa comigo. E eu... não é errado se preocupar com minha melhor amiga.

— Claro que não — respondeu Adrienne, e minha guarda baixou. Ela franziu a testa, reunindo seus pensamentos. — Então, Kristen agindo "agressivamente feliz" deixa você no seu limite. Isso a faz se sentir *mais* preocupada com ela e focada em como ela está. — Ela esperou até que assenti. — E você disse que ela é muito inteligente. E em sintonia com as próprias emoções, certo? — Balancei a cabeça novamente. — Então, eu me pergunto se talvez ela... se ela está *ciente* que está tendo esse efeito em você. Não estou nem mesmo dizendo que é intencional, mas talvez seja uma forma de manter o equilíbrio de poder no relacionamento. Lembra quando falamos sobre como quando uma amizade muda, alguém geralmente reage?

Um sentimento de náusea na minha barriga, como um broto se abrindo em uma folha gigante e espinhosa. Eu queria dizer a Adrienne que ela estava errada, mas, combinando isso com todos os alarmes soando na minha mente desde o fim de semana, bem...

— Eu sempre disse a mim mesma que Kristen era tudo que eu precisava — admiti enquanto uma lágrima escorria pelo meu nariz. — E eu a amo, realmente a amo. Mas, agora que tenho outras pessoas em minha vida, agora que tenho Aaron... — Peguei um lenço de papel. — Eu me sinto tão culpada por falar isso. Como se fosse uma traição.

— Está tudo bem, Emily. Qualquer coisa que você disser aqui ficará apenas entre nós.

Uma expiração alta e lenta.

— Acho que ela me quer só para ela. — Eu não tinha me dado conta até sair da minha boca e, então, era verdade: — Tipo, ela planejou essa viagem de aniversário mesmo depois que falei a ela que já tinha planos com Aaron. Apenas o informei que ela tinha assumido o controle e ele teria que esperar.

— E você disse a Kristen que isso te incomodou?

— Claro que não. Ela estava apenas tentando fazer algo legal por mim.

Suas sobrancelhas se ergueram rapidamente.

— Algumas pessoas diriam que se apropriar dos seus planos de aniversário seria desrespeitar os seus limites.

Lágrimas transbordaram novamente quando a verdade envolveu a minha mente. Inevitável. Irrefutável. *O amor de Kristen parece muito com controle.*

— O que acontece quando você pensa em falar honestamente com Kristen sobre essas coisas?

Parecia... intangível.

— Eu simplesmente odeio confrontos — falei.

— Isso é justo, conflitos são desconfortáveis. Mas, às vezes, trazer as coisas à tona pode ajudar bastante, certo? — Eu a encarei com um ar desolado, então ela continuou. — Vamos dar um passo para trás. Quando você era criança, o que acontecia se você tentasse conversar com seus pais sobre algo que eles fizeram que a aborreceu?

Balancei minha cabeça.

— Eu não falava.

— Você não falava. Ponto-final.

— Bem, aprendi a não fazer isso desde muito cedo. — Encarei minhas mãos. — Porque se eu falasse, estaria encrencada. O estilo parental deles era meio "porque eu disse que era assim, e ponto-final".

— Nossa, Emily. — Ela assentiu solenemente.

Algo afundou em meu peito, algo profundo, intenso e pontiagudo. Imaginei os olhos furiosos do meu pai, o choque repentino de uma surra quando eu não fazia ideia de que estava me comportando mal. Como a dor interrompeu minha cantoria abruptamente.

— Não quero falar sobre isso, se estiver tudo bem.

— Claro. — Ela esperou enquanto eu enxugava minhas bochechas. — Vamos voltar para Kristen passando por cima dos seus planos de aniversário com Aaron. Como ele se sentiu sobre isso?

— Ele disse que estava tudo bem. Mas ele me diria se não estivesse?

— O que você acha?

Um batimento cardíaco.

— Ele é tão *bonzinho*. Talvez isso esteja me deixando desconfortável também.

— Isso é uma razão para sentir medo?

Me contorci.

— Acho que as coisas estão indo muito bem. E agora estou esperando pelo inevitável, que algo dê errado. Que o passado volte para me assombrar. — Esperando pela punição do universo por todas as mentiras; do universo ou da polícia de Los Angeles.

— Então, você tem medo de que ele estar lhe tratando bem torne mais provável que as coisas deem errado?

Abaixei minha cabeça.

— Você acha que isso é verdade? — perguntou ela.

— Não é racional, não.

Ela largou o caderno no colo.

— Você se lembra que eu trabalhava como advogada? Meu trabalho era fazer com que o júri analisasse as provas objetivamente. A terapia cognitivo-comportamental é mais ou menos a mesma coisa: você examina seus pensamentos como uma cientista para poder questionar os que não se sustentam. Então, vamos olhar para esse medo, essa crença ou padrão de pensamento que você percebeu. Só porque um sentimento é *real* não significa que seja a verdade.

♦♦♦

Essa era a lição que Adrienne esperava que eu tirasse da sessão. Porque ela achava que meus medos eram irracionais, que um corpo *não havia* sido exumado, que *não tinha* um grupo de profissionais armados ativamente me perseguindo. Mas, naquela noite, vi seu conselho sob uma nova lupa: seja uma cientista. Seja como uma advogada, construa seu caso. Agora eu sabia que Kristen estava no controle, manipulando, estivesse consciente disso ou não. E, claramente *algo* sacudiu a parte primitiva do meu cérebro durante meu fim de semana no Lago Novak; o suficiente para me fazer duvidar que eu pudesse confiar nela.

Um, dois, três, quatro, cinco cadáveres. Meu subconsciente continuou contando, continuou fazendo uma raspagem em nossa amizade, como um restaurador de arte removendo a sujeira da verdade.

A grande questão: Kristen era uma espectadora ligada a múltiplas mortes por uma série de coincidências infelizes… ou havia algo a mais em jogo?

Meu estômago se contraiu e a bile escaldou minha garganta. A imensidão da acusação passou voando por mim e me desequilibrou. Eu caí na minha cadeira, respirando com dificuldade.

Uma parte de mim, escondida sob minha consciência, rondava esse questionamento há *semanas*. Eu me detive, policiei meus pensamentos, relutante em expressar isso diretamente. Porque as implicações eram devastadoras: Kristen, minha mais antiga e melhor amiga, a única que conhecia as partes mais desagradáveis de mim e me amava mesmo assim, que me amava *incondicionalmente*, poderia ser uma assassina. Mas eu não poderia ignorar as evidências que me atingiam como uma onda quebrando: os corpos, todos aqueles corpos. Mera coincidência não produziria tantos assim. De repente, senti frio, e meus braços e mandíbula começaram a tremer.

Foco, Emily. Respirei fundo e imaginei todos os meus sentimentos, mágoa e horror, incredulidade e medo, tudo amalgamado em uma pequena bola, como a massa carbonizada na lareira depois que queimamos as coisas de Paolo. Era isso que estava em jogo; prisão, acusações de assassinato, nosso futuro arruinado. Eu tinha que saber se podia confiar em Kristen. Eu tinha que saber se ela era realmente de confiança.

Kristen havia matado alguém? Essa era a grande questão: não em legítima defesa, não uma morte acidental, mas um assassinato. As perguntas sob a superfície desse questionamento surgiram como arrepios. O que tinha acontecido com os pais dela? Com Jamie? O nocaute de Sebastian foi um incidente isolado? E o que realmente aconteceu na noite em que Paolo morreu?

Algo histérico subiu pela minha garganta e saiu como um gemido. *Foco.* Se isso fosse um problema no trabalho, o próximo passo seria criar um plano de ação e executá-lo, item por item.

Primeiro, li tudo o que pude encontrar sobre o incêndio que matou os pais de Kristen, o que não foi muito: algumas linhas no jornal local, observando apenas que a causa era indeterminada; obituários para ambos os pais, Jerry e Anne, além de um pedido de doações para uma instituição de caridade em vez de flores. Procurei por *Kristen Czarnecki* e *2001*. Depois os avós dela, um por um. Fiquei um pouco surpresa ao descobrir que o nome verdadeiro de Nana era Tabitha, que parecia um nome fictício tanto quanto Nana, mas, fora isso, nenhuma bomba.

Quem poderia ajudar? Quem poderia me dizer a verdade sobre Kristen? Jamie estava morta. Havia Nana, pensei em seu e-mail estranho e suspeito, e na conversa curiosa depois da manhã de drinks em sua enorme casa. Nana na cozinha, nervosamente colocando seu telefone em minhas mãos. Talvez ela fosse uma aliada, ansiosa para ajudar, mas incapaz de dizer mais. Tentei ligar e desliguei quando a chamada foi para o correio de voz. Também mandei um outro e-mail, o meu anterior não respondido, com um educado: "Apenas checando se está tudo bem!"

Bati minhas unhas contra a barra de espaço do teclado, pensativa. Espere, havia mais alguém com quem Kristen se abriu, alguém que conhecia a história toda. Minha mente ficou em branco por um momento e então fluiu pelas pontas dos meus dedos: *Lydia da Luz, terapeuta, Wisconsin.* A foto dela sorria para mim do topo dos resultados de busca: uma mulher na casa dos 60 anos, com cabelo grisalho avermelhado curto, olhos pequenos, braços cruzados no que era, claramente, uma pose sugerida pelo fotógrafo. Então não era um pseudônimo, um nome alterado pela memória de Kristen.

O primeiro link era de uma biografia no site de algo chamado Centro de Assistência Comportamental Westmoor:

> *Dra. Lydia da Luz, PhD, é uma psiquiatra pediátrica certificada pelo conselho com uma subespecialidade em Tratamento de Transtorno de Conduta. Ela atua como diretora-executiva fundadora e diretora médica do Centro de Assistência Comportamental Westmoor. A Dra. Luz possui mais de quatro décadas de experiência no estudo e desenvolvimento de intervenções farmacêuticas e terapêuticas singulares e pioneiras para tratar distúrbios comportamentais em crianças e jovens adultos...*

Hein? Naveguei até a página central "Sobre Nós":

> *Fundado em 1995, o Centro de Saúde Comportamental Westmoor é um centro de tratamento líder em Wisconsin para crianças e adolescentes que lutam com distúrbios de desenvolvimento e questões de saúde mental e comportamental.*

Isso... não soava nem um pouco com o aconselhamento em luto que eu presumi que a jovem Kristen tivesse vivenciado. Mas talvez a Dra. Luz também tivesse um consultório particular? Encontrei o currículo dela em um site acadêmico e vasculhei seu histórico de trabalho. E, não, ela trabalhou exclusivamente no Centro de Assistência Comportamental Westmoor desde que o cofundou há 25 anos. Kristen estava escondendo mais de mim do que eu pensava?

Pesquisei onde ficava o Centro em um mapa. Ficava a cerca de duas horas daqui, em uma área semirrural rodeada por lagos.

Na faculdade, doei plasma algumas vezes e, embora a maior parte do processo não me incomodasse, como a picada, a espera, o hematoma e a tontura ao final, havia uma sensação que eu temia durante os 45 minutos inteiros. Nunca esquecerei a sensação do sangue sem plasma inundando minhas veias, uma onda serpenteante de frio desagradável, como se eu tivesse sido atingida por um relâmpago congelado.

E foi exatamente assim que me senti quando meus olhos focaram a seção abaixo do mapa, onde estavam as avaliações dos usuários. Um mar gelado me rasgando em todos os lugares onde o sangue deveria estar.

Ninguém vem aqui a não ser por ordem judicial, dizia o primeiro comentário.

E, então, a verdade: *É para cá que os juízes enviam crianças que são ricas demais para ir para um centro de detenção juvenil.*

Centro de detenção juvenil. Meu Deus. O tempo que ela passou lá estava relacionado às três mortes que pairavam sobre sua cabeça como moscas já naquela idade? Ela era um perigo para si mesma e, ainda mais assustador, um perigo para os outros?

Se Kristen estivesse envolvida em um caso da Vara da Infância e da Juventude, os registros seriam confidenciais. Mas quem teria movido o processo? O que ela fez que a levaria para uma clínica de internação, consultando-se regularmente com a proeminente especialista em "distúrbio de conduta" de Wisconsin? Talvez ela tenha tido uma fase rebelde enquanto lamentava a morte de seus pais: raiva, desespero e culpa do sobrevivente, todos esses sentimentos se misturando com os hormônios da puberdade. Talvez ela tenha confrontado seus professores e xingado seus avós. Mas isso a colocaria em uma instituição alternativa a um centro de detenção juvenil? Isso parecia o tratamento mais adequado para uma criança que...

Pisquei e a imagem apareceu, Kristen na cabana do lago, garrafa de fluido de isqueiro em sua mão. *Eu sou ótima em fazer fogueiras*, ela disse. E: *minha mãe nem deveria estar em casa*. De jeito nenhum que Kristen aos 12 anos poderia ter...

Meu coração disparou. Isso não poderia ser uma coincidência. E se isso significasse o que eu achava que significava, se a resposta realmente fosse "Kristen é uma assassina, sim", então... Ah, Deus, o que isso dizia sobre nossa última noite no Chile? Droga, o que isso significava para *mim*, agora?

Apressadamente, criei um endereço de e-mail descartável e entrei em contato com Westmoor sob o pretexto de ser uma estudante de pós-graduação pesquisando sobre os cuidados psiquiátricos no estado. Apenas bisbilhotando no geral. Nada específico sobre Kristen.

Senti um solavanco quando apertei "Enviar", então, me recostei na cadeira, uma inquietação invadindo meu peito.

Na manhã seguinte, um e-mail do Centro de Assistência Comportamental Westmoor estava à minha espera.

Prezada Sra. Schmidt,

Agradecemos a sua solicitação de informações. Respondendo às suas perguntas, o Centro Westmoor não aceita convênios e, portanto, atende a uma comunidade muito restrita. Trabalhamos em colaboração com o sistema judiciário de Wisconsin para identificar crianças e adolescentes que se beneficiariam de nossos serviços de internação; as famílias não podem fazer o check-in de uma paciente sem um encaminhamento. A missão do Centro Westmoor de fornecer um ambiente seguro e de apoio para crianças com problemas comportamentais graves é a única no estado, embora vejamos modelos semelhantes em outras regiões.

"Problemas comportamentais graves", então, era verdade. A jovem Kristen foi diagnosticada quando criança. Mas certamente ela não passou semanas ou meses internada em um instituto...?

Então, meus olhos se arregalaram:

No que diz respeito à história da Dra. Luz, ela atende pacientes exclusivamente em Westmoor desde que o centro foi inaugurado, em 1995. Ela não tem um consultório particular, e os pacientes residentes em tempo integral de Westmoor são seus únicos clientes (além de terapia em grupo com pais, irmãos etc.). Anexei um PDF do nosso folheto.

Por favor, avise-me se precisar de algo mais.

E aí estava minha resposta.

Alguns anos antes de nos tornarmos amigas do lado de fora da classe de de Economia, Kristen... a Kristen que nocauteou Sebastian com uma luminária e calmamente elaborou um plano para jogar seu corpo na água, a Kristen que bateu uma garrafa de vinho com tanta força que desfigurou o crânio de Paolo, havia sido internada em um centro para jovens com distúrbios mentais.

Merda.

CAPÍTULO 27

FAMÍLIA DE LOS ANGELES OFERECE US$1 MILHÃO DE RECOMPENSA EM INVESTIGAÇÃO DE HOMICÍDIO

A família de Paolo García, um mochileiro de 24 anos cujos restos mortais foram encontrados em uma remota vila chilena, agora está oferecendo uma recompensa de US$1 milhão para quem tiver informações que levem o(s) culpado(s) à prisão.

Segurando uma foto emoldurada de seu filho, Fernanda García implorou por justiça. Fernanda diz que em 25 de abril recebeu um telefonema informando que o corpo de seu filho, Paolo, havia sido descoberto pela polícia local no Vale do Elqui, região montanhosa no norte do Chile. Uma ligação que destruiria sua vida.

"Parte meu coração que ele tenha sido tirado de nós assim", declarou Fernanda.

Fernanda e o marido, Rodrigo García, CEO da empresa de desenvolvimento imobiliário Castillo Development, de Los Angeles, expressaram esperança de que uma recompensa de US$1 milhão incentive as testemunhas a se apresentarem. García foi visto pela última vez em um restaurante lotado em Puerto Natales, uma cidade portuária no sul do Chile, na noite de 30 de março.

"Alguém deve ter visto alguma coisa", disse Rodrigo. "O dinheiro não o trará de volta, mas ele merece justiça."

Quase quatro semanas se passaram entre o momento em que Paolo foi visto pela última vez e quando seu corpo foi encontrado, em 25 de abril, em uma cova rasa a cerca de 25 metros da estrada em Arroyito, uma cidade agrícola escassamente povoada no norte do Chile, segundo relatos. A polícia confirmou que uma autópsia foi realizada, mas nenhuma informação adicional sobre a causa ou hora da morte foi divulgada.

Paolo foi descrito como um jovem divertido e sociável que, finalmente estava realizando seu sonho de viajar pelo mundo. Nascido na Califórnia, Paolo cresceu em Barcelona, Espanha, onde gostava de jogar tênis e cozinhar para amigos e família. Aos 16 anos, ele foi diagnosticado com câncer de tireoide, e seus pais afirmam que vencer a doença o deixou determinado a viajar e se envolver com pessoas de todo o mundo.

Se você tiver informações que possam ajudar os detetives, ligue para a polícia de Los Angeles ou envie uma mensagem de texto para 637274.

Eu estava no trabalho, comendo minha salada lastimável e lendo as notícias quase no piloto automático, quando vi a manchete. Meu estômago revirou, ameaçando expelir os verdes amolecidos que eu já tinha engolido. *Merda.* Isso era péssimo; isso era muito, muito péssimo. Meu coração batia cada vez mais rápido enquanto eu lia, *tum-tum, tum-tum, tum-tum,* até que parecia estar convulsionando como uma pessoa em seu momento de agonia final, asfixiando.

Nada como US$1 milhão para refrescar a memória das pessoas. Deus, havia tantas testemunhas em potencial cujos caminhos se entrelaçavam com os nossos, um grande nó emaranhado: os carros pelos quais passamos em nossa volta de madrugada para o hotel. O garçom no bar do pátio, os outros clientes, o barman que me viu surtar, chorar e gritar, em inglês, que minha carteira havia sido roubada. Jesus, não éramos nada além de memoráveis. Ah, além disso, quem quer que tenha acendido a luz enquanto voltávamos com as pás e lanternas de volta para o galpão. O zelador assobiando, que tirou uma foto nossa, em nossas roupas de banho; será que ele notou que havíamos movido suas ferramentas do lugar? Será que a governanta do hotel se perguntou por que a cortina do banheiro estava pendurada de forma diferente? *Grande maneira de se manter invisível, idiotas.*

E, meu Deus. Jogador de tênis, chef amador, *sobrevivente de câncer?* Isso tornou Paolo real; isso tornou o que havíamos feito, mesmo à título de legítima defesa e autopreservação, ainda mais hediondo. Até agora, consegui enxergar Paolo e Sebastian como subumanos e trancá-los em uma cela mental:

HOMENS MAUS. Não, homens maus com hobbies, entes queridos e passados. Náusea se espalhou através de mim.

— Você vai para a ioga, né? — A mensagem de Priya no Slack, a plataforma de comunicação da empresa, pareceu uma intrusão, mundana demais para a emergência em questão.

Eu estava prestes a dar uma desculpa e recusar, mas hesitei. Normalidade; eu precisava mantê-la, tinha que nadar com a correnteza para que ninguém pensasse que algo estava errado. Eu tinha uma rotina a cumprir, Aaron e eu sairíamos para jantar depois da minha aula. E, de qualquer forma, o Drishti Yoga serviu como meu templo depois do Camboja, a chave para me acalmar. Melhor praticar *Vinyasa* do que ficar sentada em casa, lendo a notícia várias vezes. Fechei a janela do navegador. "Estarei lá."

POUCO ANTES DAS SEIS, Priya ergueu o tapete sobre a cabeça e pendurou a alça transversalmente no peito: Ártemis com sua aljava com flechas. Recebi uma notificação de ligação perdida de Kristen e mandei uma mensagem dizendo que tentaria ligar mais tarde. Percebi que não havia nada em particular que pudéssemos fazer. No passado, eu teria procurado reafirmações em Kristen: *estamos bem, fomos espertas, ninguém está procurando por nós.* Agora, depois de tudo que eu sabia sobre o passado dela, os cadáveres salpicados ao longo de sua história pessoal, eu só queria ficar o mais longe possível dela.

No estúdio, Priya foi direto para o vestiário enquanto eu esperava para alugar um tapete. Meu tornozelo estava melhor, mas esta era minha primeira aula desde a lesão. Entrei no vestiário e parei abruptamente.

A princípio, pensei que estava alucinando, da mesma forma que, há várias semanas, vi Paolo perto da esteira de bagagens.

Mas não, era ela. Priya e Kristen estavam lá dentro, a meio caminho de acabarem de se trocar, com as cabeças curvadas sobre um telefone.

— Kristen?

Ela olhou para cima e sorriu.

— Priya disse que vocês amam esse professor!

— Eu… Oi. Eu não sabia que você viria.

— Kristen estava me contando sobre a aula particular de ioga que vocês fizeram no Chile — acrescentou Priya. — Eu queria ver a instrutora de quem ela estava falando.

— Eu a encontrei no Instagram. Estou obcecada por ela — prosseguiu Kristen, fazendo uma imitação exata dela, seu sotaque falso acentuado: — Mantenha seus joelhos *suaves*... agora nos curvamos ao céu.

Sorri de volta, mas minhas sobrancelhas franziram. Por que chamar a atenção para onde estivemos e a data?

Priya se virou para colocar suas coisas em um armário e lancei um olhar de "*Que diabos?*" para Kristen. Ela respondeu com uma sobrancelha franzida e balançando a cabeça: *O que foi?* Outra mulher irrompeu no vestiário, batendo a porta contra a parede, e corremos para nos preparar para a aula.

Na Postura do Guerreiro III, encontrei meu equilíbrio, firme e forte, mas ao meu lado, Kristen vacilou e depois caiu, batendo no meu braço esticado e nos derrubando no processo.

Então, na prática da Parada de Mão, Kristen subiu como se tivesse algo a provar. Ela ficou ali calmamente, palmas das mãos como pés, sangue correndo para seu rosto, mas sua expressão determinada.

, , ,

Kristen e eu tínhamos estacionado perto uma da outra, então, nos arrastamos pela calçada juntas. Assim que Priya estava fora do alcance, Kristen se virou para mim.

— O que está acontecendo? Você está agindo estranho.

— *Eu* estou agindo estranho? — Meus dedos voaram para minha clavícula.

— Você não gosta que eu converse com Priya?

— Não é isso — falei, embora até fosse. Comecei a andar novamente. — Você não leu as notícias hoje? A família está oferecendo uma recompensa de US$1 milhão. Estamos ferradas.

— Ei. Precisamos desligar nossos telefones?

Eu a encarei.

— Você realmente vai me fazer desligar meu telefone quando você mesma estava contando a Priya sobre o Chile? — Negligência seguida de paranoia, o estalo disparou ainda mais alarmes.

— O quê? Sobre o estúdio de ioga? — Ela sorriu. — Você não contou às pessoas sobre isso? Maribela era incrível.

Paramos na frente do meu sedã.

— Acho que não devemos chamar atenção para o fato de que estávamos lá naquele exato momento.

Ela revirou os olhos.

— Se estamos tentando agir normalmente, bem, adivinha só... falar sobre ioga *numa aula de ioga* é normal.

— Acho que sim, mas...

— Emy, ninguém está nos conectando a isso — interrompeu ela. — Olha, se você quiser continuar discutindo sobre isso, vamos pelo menos colocar nossos telefones no seu carro.

Obedeci, batendo a porta com força, então, me virei para ela, punhos nos quadris.

— Você está sendo muito imprudente.

— Qual é, você acha que Priya vai ver as notícias e tipo, ligar para o FBI?

— Eu sei, mas...

— Ei, eu tenho uma informação de primeira. — Ela ergueu a mão como se fosse um telefone. — Essas duas mulheres que conheço, garotas gentis, cumpridoras da lei. Elas estavam na mesma região do mundo que aquele mochileiro no mês passado, então, você provavelmente deveria enviar uma equipe da *SWAT*. Um milhão de dólares, por favor.

— Eu *sei*. Não é algo racional. — Balancei minha cabeça. — Você deveria ler a notícia. É assustador.

— Certo, mas isso provavelmente só resultará em uma enxurrada de pistas falsas. Além do mais, isso só prova que eles não têm nada. E, se milagrosamente chegarem ao ponto de falarem conosco: sim, nós conversamos com ele em um bar, havia uma tonelada de pessoas lá, eu fiquei com ele, ele foi embora, nunca mais o vi. Ele era um *errante*, Emily.

— Mas alguém poderia ter nos visto... colocando-o no porta-malas, ou devolvendo as pás, ou... Ou talvez não tenhamos limpado tão bem quanto pensávamos, na suíte ou no carro alugado...

— Ninguém sabe de nada além de nós. Você e eu. — Ela estreitou os olhos. — A menos que você tenha contado a alguém. Tipo, Aaron?

Uma faísca de medo no meu peito.

— Claro que não.

— Emily. — Ela colocou as mãos em meus ombros. — Precisamos manter a calma e ficar juntas. Agora não é hora de surtar e começar a agir de forma estranha. — Ela olhou para um bando de adolescentes passando devagar. — Ok? Estamos bem.

Assenti, porque parecia a coisa certa a fazer. Mas, na verdade, não consegui me trancar no meu carro rápido o suficiente. Eu a observei alcançar a esquina e desaparecer atrás de um prédio de escritórios.

Eu tinha que encarar os fatos: depois do Chile, Kristen e eu tínhamos ideias fundamentalmente opostas sobre o que a morte de Paolo significou para nossa amizade. Mesmo agora, com as paredes se fechando sobre nós, eu só conseguia enxergar isso como uma razão para cortar todos os laços. Mas Kristen via as coisas de uma forma diferente. E Kristen estava acostumada a conseguir o que queria. Na vida e, principalmente, de mim.

Eu vi novamente, as pernas de Paolo no chão. Os dedos do pé virados para cima como um observador de estrelas.

E os olhos de Kristen, suplicantes e selvagens.

Emily, ela disse. *Nós não temos escolha.*

Verifiquei meu e-mail quando cheguei em casa e senti uma pontada fria ao ver um dos remetentes: Casa Habita, o hotel onde ficamos em Quitéria. O local com o charmoso fogão a lenha e a cortina de chuveiro extra grossa. Cliquei no e-mail, enquanto a náusea me envolvia:

Prezada Srta. Donovan,
Obrigado pela sua recente estadia na Casa Habita. Estamos entrando em contato com a senhorita sobre a infeliz morte de um turista norte-americano na área. A pedido da polícia local, todos os hotéis da região foram solicitados a entrar em contato com todos os visitantes que se hospedaram nas últimas quatro semanas. Se você viu alguma coisa ou tem informações sobre Paolo García, por favor responda a esta mensagem, e nós vamos redirecioná-la para falar com um policial local. Obrigado.

Droga. Pagamos em dinheiro, mas fui eu quem preencheu o formulário de reserva no check-in, já que estava em espanhol. Enviei uma captura de tela para Kristen com nada além de um ponto de interrogação, e ela respondeu imediatamente: *Não, não me lembro de nada. Mas isso já faz tanto tempo, quem se lembraria?*

Quem se lembraria? *Quem se lembraria?* Alarmes soaram através de mim, e sufoquei um gemido. Então vi a hora e estremeci; mesmo se eu saísse agora, chegaria atrasada para jantar com Aaron. Droga, por que eu estava sempre atrasada em tudo ultimamente? A vida estava se movendo rápido demais, irregular e anormal, como um filme antigo, em preto e branco. Corri para o meu carro e dei ré para a rua, depois passei por um sinal amarelo.

No cruzamento seguinte, respirei fundo. Eu tinha que relaxar, tinha que agir normalmente com Aaron. Eu tinha que tentar não destruir meu carro na minha correria desatenta para encontrá-lo. Morrer em um acidente de carro agora, meus órgãos vitais mutilados por metal e plástico, estofamento e cacos de vidro, seria um pouco clichê demais.

Uma ótima maneira de aumentar a contagem na lista de cadáveres de Kristen.

✦✦✦

EU NÃO ESTAVA A FIM de falar sobre ela, mas Aaron foi insistente. Foi gentil, de certa forma, ele perguntou como estavam as coisas entre mim e Kristen, e quando eu empalideci com a pergunta, ele ficou cada vez mais determinado a ajudar.

— Ela está com ciúmes que você está passando tempo comigo? — Ele limpou a boca com um guardanapo. Ele estava tão fofo: recém-saído do banho, o cabelo bagunçado penteado para trás, lindo com uma camisa de botão slim e jeans. — Achei que quando uma mulher entrava em um relacionamento novo, suas amigas davam a ela tipo, dois meses de uma fase intensa de casal antes de esperarem vê-la novamente.

Suspirei.

— Talvez seja isso também. Ela se mudou de volta e eu não estava parada no tempo, esperando por ela de braços abertos e uma agenda livre. — Afastei meu prato de *penne alla vodka*. Aaron tinha escolhido uma *trattoria* aconchegante com massa caseira, e eu estava enterrando meus sentimentos em carboidratos. — Você sabe que este é meu primeiro relacionamento real depois de uma eternidade. Ela não está acostumada a ter que me compartilhar.

— Bem, então vamos convidá-la para sair mais com a gente! Eu não me importo. — Ele enrolou o linguini com ajuda de uma colher. — Quanto mais melhor.

Sua franqueza, sua felicidade, duas das grandes razões pelas quais me apaixonei por ele. Mas, nesta equação em particular, elas não poderiam nos salvar. Engoli em seco, odiando o que eu tinha que dizer em seguida:

— Ela é meio... crítica sobre as pessoas com quem namoro.

Ele arqueou uma sobrancelha e sorriu.

— Tudo bem, mas seja honesta. Algum deles era tão inegavelmente charmoso quanto eu?

— Claro que não! — Tentei igualar seu sorriso. Durante a noite inteira, estive distraída e distante, incapaz de acompanhar suas piadas.

As palavras de Kristen ecoaram entre minhas têmporas: *você parece sempre escolher as maçãs podres*. E minha resposta agradecida: *eu sei que posso contar com você para uma avaliação honesta*.

— Deixe-me explicar desta forma. — Belisquei a casca do pão no meu prato. — Sabe quando uma amiga começa a namorar alguém que, no fundo, ela sabe que não é uma boa pessoa? Então ela o mantém longe de seus amigos porque acha que eles não vão aprovar o relacionamento? — Aaron tinhas várias amigas próximas, então eu sabia que ele entenderia. Suas sobrancelhas se ergueram, e eu me apressei em terminar o pensamento: — A situação é essa, mas invertida. Eu *sei* que você é incrível e não quero que ela me diga o contrário.

— Então ela não acha que sou incrível? — Seus óculos refletiam a luz das velas. Eu não conseguia saber se seus olhos pareciam magoados atrás das lentes. Meu coração apertou.

— Ela gosta de você! — Balancei minha cabeça. — Não é nada pessoal. Ela acha que ninguém é bom o suficiente para mim.

— Ela não está errada. Você é muita areia para o meu caminhão. — Ele puxou um pedaço de pão da cesta e riu. — Eu não faço ideia do que você está fazendo namorando comigo.

— Ah, não diga bobagem. Você é o melhor de todos. — Agarrei a mão dele, então a levantei para beijar seus dedos. — Estou falando sério, Aaron. Eu gosto mesmo de você.

— Também gosto de você. — Ele apertou minha mão. — Tudo bem, contanto que você não esteja me escondendo da Kristen por vergonha. O que eu entenderia, para ser sincero. — Ele acenou, afastando meus protestos. — Que nada, é legal que ela tenha padrões superaltos para seus amigos.

— Acho que você tem razão. É legal que ela se importe. — Inclinei-me para trás. — Meus pais só dizem coisas vagas sobre como eu provavelmente deveria "sossegar" com alguém.

— Oh, você contou aos seus pais sobre mim?

— Não, ainda não... mas, por favor, não leve isso para o lado pessoal, é porque eu não conto nada a eles. — *Sossegar.* É a mesma coisa que dizemos a uma criança agitada de 3 anos; pare de fazer barulho, pare de me irritar. Vá ser o problema de outra pessoa. — Espera, seus pais sabem sobre mim?

— Claro que sim! Só que estou namorando uma pessoa nova. Eles não estão tipo, vindo de Appleton amanhã para conhecê-la.

Um garçom recolheu nossos pratos. Aaron pediu licença e saiu, e bebi meu vinho docinho, como se eu pudesse beber as palavras doces dele. Elas alcançaram minha barriga e ficaram lá, borbulhando.

Eu esperava ter convencido Aaron, ter feito ele entender que essa coisa de Kristen de "não ser bom o suficiente para Emily" era apenas uma fachada. Era sobre me manter só para ela. Eu só estava percebendo agora o quão ampla era sua tendência de marcar território.

Mas espere. De maneira consciente ou não, eu mantive Kristen longe de Aaron desde o começo. Ainda no Chile, antes de sermos um casal, eu não falei sobre ele, só o mencionei na última noite. Eu disse a mim mesma que era porque eu não queria dar azar, mas era mais do que isso.

Um pensamento distante começou a se formar, como uma nuvem carregada se aproximando.

Quando contei a ela sobre Aaron, algo mudou. E eu não tinha feito isso delicadamente, encaixei o anúncio dentro da minha rejeição sobre seu plano de fazermos um mochilão juntas.

O pensamento navegou mais perto, maior, tomando forma.

Eu ouvi como ela deve ter ouvido: *Não, Kristen, não vou concordar com seu plano. Não, eu não quero passar metade de um ano com você.* E, logo em seguida: *há alguém especial na minha vida, alguém que estou escolhendo em vez de você.*

Eu podia sentir sua sombra agora, o último milissegundo antes da revelação se encaixar entre nós.

Terrivelmente, fazia sentido: Kristen estava acostumada a conseguir tudo o que queria. Ela viu Aaron como uma ameaça. E ela faria qualquer coisa para nos unir, para criar outro segredo, a única coisa que eu nunca poderia dizer a ele, uma barreira separando-o de mim. De *nós*, Kristen e eu.

Meu Deus. *Ela faria qualquer coisa.*

Aaron voltou e reorganizei minha expressão em um sorriso.

— Eles trouxeram o cardápio de sobremesas? — perguntou ele, posicionando o guardanapo sobre o colo.

— Ainda não. — Cruzei as pernas, e a tatuagem da flor de lótus no meu tornozelo piscou para mim.

␥␥␥

— Eu acho que há algo errado com Kristen — disse, então empalideci. — Hum, errado com a nossa amizade.

Adrienne assentiu e esperou que eu continuasse. Foi gentil da parte dela, me encaixar em um horário para uma sessão de emergência, mas, agora que eu estava aqui, percebi que não podia expressar nenhum dos meus medos. Finalmente, ela disse: — Errado como?

— Talvez nosso relacionamento não seja supersaudável. Eu sempre pensei nela como protetora, tipo, ela sempre me protegeu. Mas agora…

Todas as peças estavam se encaixando. Evidências acumulando. Cadáveres se empilhando.

Agora que pensei sobre isso, havia um rastro de relacionamentos fracassados, até mesmo algumas amizades femininas, tudo isso atrás de mim.

— A maneira como ela me dissuadiu de namorar certas pessoas no passado… Acho que você tinha razão, acho que ela é possessiva. — Possessiva e possivelmente perigosa. Uma baita combinação.

— Lembro que você a mencionou quando me contou sobre seu último namorado — disse Adrienne. — Colin, certo?

Pressionei meu punho em meus lábios.

— Isso mesmo. Todo mundo gostava dele, todos menos Kristen. Ela me pressionou a terminar com ele, mas, quando olho para trás e penso no nosso namoro, ele não fez nada de errado. — Balancei minha cabeça. — Eu não quero que a mesma coisa aconteça com Aaron.

Não posso deixá-la chegar perto dele. Pensei nisso tão rápido, tão confiante, que chocou até a mim mesma.

— Então você está tentando quebrar o padrão desta vez — disse ela.

— Isso. Mas não sei como. Eu estou… a ideia de acabar com essa amizade me assusta.

Claro que eu não poderia mencionar tudo que envolve nossa amizade. Os assassinatos que nos uniram. Os fantasmas dos mochileiros agressivos pairando entre nós.

— O que você acha que vai acontecer se você estabelecer alguns limites?

Houve um baque suave no corredor e nós duas nos viramos em sua direção. Meu coração disparou enquanto meus medos giravam em um espiral: embora não fosse racional, imaginei policiais arrombando a porta com truculência e me prendendo por assassinato. Minha vida arruinada, meu futuro aconchegante e cor-de-rosa apagado como uma vela. Meu mundo desmoronando.

E, então, os pensamentos foram além, uma mudança fundamental: *tenho medo do meu crânio ser esmagado, rachado como uma casca de ovo por um trauma contundente. Ou meus pulmões entrando em colapso em um incêndio mortal em casa, chamuscando por dentro enquanto a fumaça preenche cada bolsa de ar.*

— Provavelmente isso foi o próximo cliente procurando o banheiro — anunciou ela, voltando-se para mim. — Então, voltando para o que você estava dizendo. Você está pronta para estabelecer novos limites?

Assenti.

— Quero um pouco de distância. Não quero que toda a nossa bagagem fique entre Aaron e eu.

— O simples fato de reconhecer isso é um passo enorme. — Seus dedos roçaram a lateral de sua prancheta, então caíram. — Eu continuo fazendo isso.

— O que aconteceu com o seu caderno? — Foi isso que me pareceu estranho na sessão de hoje: no lugar do típico bloco de espiral, havia um maço de papéis de impressora presos a uma prancheta.

— Ah, está em algum lugar nos fundos do meu escritório.

Inclinei minha cabeça.

— Então está desaparecido? — Ela tinha me garantido que tudo o que conversamos, tudo o que ela anotava, permaneceria confidencial.

— Não, eu... Eu não o encontrei quando cheguei aqui, estava atrasada e não queria lhe deixar esperando. — Ela se inclinou para a frente. — Então, você vai precisar de alguma força para mudar a dinâmica. Porque ela vai pressionar, e você também ficará tentada a voltar ao que é confortável.

Balancei a cabeça lentamente.

— Eu sei. Mas as coisas estão diferentes agora. — Agora eu tinha Aaron. E agora as camadas diante dos meus olhos estavam afinando a cada dia mais.

— Aaron e eu começamos a namorar enquanto Kristen estava na Austrália. E as coisas estavam ótimas. Nosso relacionamento não parecia frágil até que Kristen apareceu em Milwaukee.

Será que ela tinha voado até Wisconsin para atrapalhar minha relação com Aaron? Afinal, ela se materializou na minha porta, *magicamente*, apenas uma semana depois que eu contei a ela sobre ele e, ao mesmo tempo, recusei sua ideia sobre o mochilão...

Um novo pensamento surgiu: meu Deus, foi realmente uma coincidência ela ter sido demitida no momento em que nossa viagem foi frustrada? Ou ela *largou* o emprego e mudou para seu plano B quando percebeu que eu não estava ligando para ela a cada hora, como fiz depois do Camboja? Quando ela percebeu que eu estava mergulhando de cabeça em um novo relacionamento, um que poderia ser realmente duradouro e ir a algum lugar, com ela a mais de 14 mil quilômetros de distância, incapaz de dar ordens? Quando ela descobriu que os laços de um novo trauma não nos uniriam como ela esperava?

Adrienne rabiscou algo em seu papel de impressora, então bateu na tampa da caneta.

— Você fez grandes progressos em apenas algumas semanas — disse ela. — Tomar a decisão de se impor é um passo enorme. É preciso muita coragem, especialmente porque parece que Kristen não vai desistir sem lutar.

Pare. Pare. Pare. Eu era uma idiota. Eu *sabia* do que Kristen era capaz, eu tinha visto em primeira mão.

O olhar de Adrienne saltou para o relógio na parede.

— Esse é todo o nosso tempo por hoje.

Juntei minhas coisas e me despedi. As sirenes me atravessavam, aumentando em velocidade e intensidade. Talvez eu estivesse sendo paranoica, talvez tudo isso fosse um grande mal-entendido, e eu estivesse interpretando mal os gestos inocentes de Kristen como se fossem uma porcaria assustadora saída do filme *Mulher Solteira Procura*. Mas se meus palpites aterrorizantes estivessem corretos... Ah, Deus, eu precisava evitá-la; e manter Aaron longe dela também. Esse não era o tipo de coisa que poderíamos resolver conversando: *Então, Kristen, você matou outro homem e se mudou para o outro lado do mundo apenas para me ter só para você, né? Isso significa que devo temer pela vida do meu novo namorado?*

Eu me arrastei pelo corredor até a sala de espera. Alguém estava debruçado sobre o telefone no sofá, e eu dei um sorriso sem graça, sem fazer contato visual. Minha mão tinha acabado de agarrar a maçaneta quando a estranha falou.

— Emily?

Meu coração despencou. Eu congelei e me virei lentamente, primeiro minha cabeça, depois meu corpo inteiro.

Kristen ergueu as sobrancelhas e sorriu.

— Bem, olá.

CAPÍTULO 28

Ela *está perseguindo você*. Foi a primeira coisa que o meu cérebro disparou, um aviso, a mesma voz baixa que soa quando você passa perto de um grupo de caras maliciosos ou caminha muito perto da beira de um penhasco. *Saia de perto. Fuja agora*. Lutar ou fugir, cortisol e adrenalina conspirando para mantê-la segura.

Ela franziu a testa e deu uma risadinha.

— O que você está fazendo aqui?

— O que *você* está fazendo aqui? — Saiu de mim, defensivo, e eu engoli em seco.

— Estou me consultando com uma terapeuta. Para processar algumas coisas. — Ela olhou para o corredor, e depois para mim. — Priya a recomendou. Eu não sabia que você estava vindo para cá.

Eu desabei em um assento.

— Priya me recomendou esse lugar também. — Coloquei minha bolsa no colo. — Você está se consultando com Adrienne?

— Hum... — Ela olhou para o telefone por um momento, então assentiu. — Adrienne Oderdonk? Vai ser difícil para mim não falar "*badonkadonk*" acidentalmente, você sabe, como se estivesse elogiando seu traseiro. — Ela abriu um sorriso. — Finalmente aceitei seu conselho. Você tem me dito há algum tempo para me consultar com alguém, então pensei, por que não?! Desde que eu tenha, você sabe, cuidado com minhas palavras, está tudo bem.

Mentirosa, pensei. *Você é tão cautelosa na sua fala*, pensei. Mas, em vez disso, eu disse:

— Então nós duas estamos indo à uma terapeuta em segredo! Tão conservador da nossa parte.

— Não é?! *Hashtag-estigma*. — Ouvi a porta de Adrienne abrir no corredor e me levantei para sair. — Bem, boa sorte.

— Me mande uma mensagem mais tarde — falou ela.

Eu estava quase no meu carro quando os outros detalhes se encaixaram: o caderno perdido de Adrienne; aquele baque fraco do lado de fora da porta. E, como há apenas alguns dias eu confessei a Kristen que gostaria de ser honesta, de desabafar sobre a verdade sobre Sebastian e Paolo. Kristen descobriu que eu estaria aqui e de alguma forma apreendeu as anotações das minhas sessões para verificar o que eu disse a Adrienne? Para procurar algo incriminador, certificar-se de que eu não estava me inclinando perto demais da verdade? Ou ela me seguiu até o consultório de terapia, escondendo-se nas sombras e depois pressionando o ouvido contra a porta do escritório?

Calma, Emily, você está sendo ridícula.

Mas… e se eu estivesse certa?

/ / /

MAS EU TINHA QUE ESTAR ERRADA. Paranoica, Emily exagerada. Enquanto eu colocava o macarrão em uma tigela e a levava para a sala de estar, repassei a conversa na minha cabeça. Kristen continuava aparecendo onde ela não pertencia; no meu estúdio de ioga, no meu consultório de terapia, na minha porta. Era irônico, eu me senti eviscerada quando ela se mudou para a Austrália, mas então construí uma vida para mim aqui. E agora ela estava se metendo em cada pedacinho disso.

Kristen mandou uma mensagem de olá enquanto eu me preparava para assistir a um programa de TV. Comerciais no início, preços promocionais de SUVs e sabão em pó forte o suficiente para limpar manchas de bebês. Coisas mundanas para mulheres com famílias, mulheres com vidas comuns. Mulheres que não tinham um histórico de pesquisa no navegador verificando se sua melhor amiga era apenas um pouco psicopata.

"Como foi lá?", apertei "Enviar", e vi que ela estava digitando de volta.

"Muito bom. Ela disse que vai me encaminhar para outra pessoa da área. Conflito de interesses."

Enviei de volta um ponto de interrogação e ela acrescentou: "Ela descobriu que eu era a Kristen de quem você fala."

Um spray desordenado de medo. *Droga*. Se Kristen já não estivesse preocupada com minha tagarelice, ela ficaria agora.

Passei um tempo reformulando minha mensagem, tentando dizer a coisa certar. Finalmente: "Entendi. Espero que isso não faça você se sentir estranha, sou extremamente cuidadosa com sua/nossa privacidade. Mas, é claro que falo sobre você, você é minha melhor amiga! ☺."

"Imaginei."

Silêncio, sem pontinhos de digitação, e eu também não conseguia pensar em nada para dizer. Depois de um momento, pulei do sofá, sacudi minhas mãos e levantei meu telefone mais uma vez: "Você vai de novo? Com um profissional diferente?"

"Ainda não sei. Foi uma sessão intensa."

Intensa. Engoli. "Adrienne é fantástica."

"Ela parece inteligente."

Encarei a mensagem. Provavelmente só significava *Adrienne é inteligente, ela é boa no que faz*. Mas também poderia significar: *eu não gosto dela. Ela é inteligente o suficiente para enxergar através de você, para ler nas entrelinhas*.

"Estou feliz que você deu uma chance. Supercorajoso e incrível da sua parte." Adicionei alguns emojis de aplausos para enfatizar meu ponto de vista.

Ela começava a digitar e parava, ficou assim por um tempo, e então uma longa mensagem chegou: "Veremos se irei novamente. Tive que inventar uma desculpa porque Nana e Bill seriam supercríticos sobre isso. Mas obrigada, e você também. Ei, lembre-se do que eu disse no meu cartão de aniversário. Leia, lembre-se, acredite. Estamos nisso juntas." Ela finalizou com um emoji de coração.

Eu pensei sobre isso, então decidi que ela estava falando sobre aquela OBS.: *Se em algum momento você esquecer o quão incrível você é, você sabe para quem ligar. Porque eu nunca, nunca me esqueço disso e ficaria honrada em listar tudo o que faz de você uma mulher maravilhosa*. Respondi com um emoji mandando beijo, e deixei meu celular cair no sofá.

Desliguei o programa de TV na metade, incapaz de me concentrar. Meus pensamentos se agitavam, rodopiando como abutres. Em quem eu poderia confiar quando não podia confiar na minha melhor amiga? Eu poderia confiar que ela nos manteria seguras? O que ela faria se eu não ficasse grudada nela como uma craca marinha? Ela machucaria as pessoas que eu amo?

Ou ela iria... o pensamento me deixou enojada, era tão repugnante, tão impronunciável, repulsivo como incesto ou pedofilia ou qualquer tabu visceral: Kristen me mataria se as coisas não acontecessem do jeito dela? Pensei em seu olhar penetrante quando perguntei sobre Jamie, *não quero passar por isso nunca mais.* Soltei um gemido de dor. Por tantos anos, enxerguei Kristen como uma constante, seu amor tão inegável quanto a gravidade. Agora estava claro que ela era como um canhão descontrolado, muito mais do que eu imaginava. E que esse canhão poderia estar mirando em mim.

Foco, Emily. Eu tive que rever as provas, bolar um plano. Larguei minha tigela na mesa de centro e marchei para o meu quarto. O e-mail do Westmoor ainda estava aberto no meu computador. Carreguei os recortes que tirei do anuário de Kristen e as fotos, aquelas com o rosto da pobre Jamie rabiscado. Peguei os poucos artigos que encontrei sobre o incêndio, sobre o fim prematuro de Jerry e Anne Czarnecki.

Havia opções que eu ainda não tinha esgotado, avenidas que eu não havia explorado. Como Nana — eu me esforçaria mais, tentaria descobrir o que ela poderia fornecer sobre o histórico de saúde mental da neta. Ou eu poderia ligar para a loja Uma Nova Antiguidade e implorar a Greta por mais histórias.

Mas quando peguei meu telefone do sofá, a mensagem de Kristen ainda me encarava: "Ei, lembre-se do que eu disse no meu cartão de aniversário. Leia, lembre-se, acredite. Estamos nisso juntas."

Algo sobre o cartão estava me incomodando, parecia um pouco forçado, especialmente no final. Diferente de como Kristen normalmente falava e mais como um de seus...

O que eu tinha feito com ele? Vasculhei a pilha de correspondências na mesa da cozinha, e então o encontrei em uma sacola no meu quarto:

Querida Emily,

FELIZ ANIVERSÁRIO! É difícil acreditar que somos amigas há + de 10 anos. Não consigo imaginar minha vida sem você — de certa forma, acho que devo um agradecimento àqueles babacas da nossa turma de Estatística 101. Estou tão orgulhosa da mulher inteligente, forte e independente que você se tornou. E me considero tão sortuda que, depois de dois anos separadas, finalmente voltaremos a morar na mesma cidade!

Estive pensando naquelas noites que saíamos às 4 ou 5 da manhã para dar um mergulho e depois assistir ao nascer do sol sobre o Lago Michigan juntas. Você se lembra disso? Quando sentíamos que éramos as únicas pessoas acordadas no mundo inteiro. Quando sentíamos que não apenas Evanston, mas o mundo inteiro era nosso. Desabitado, reconfortante, oniricamente perfeito — basicamente, onipresente.

XOXO,

Kristen

OBS.: Se em algum momento você esquecer o quão incrível você é, você sabe para quem ligar. Porque eu nunca, nunca me esqueço disso e ficaria honrada em contar tudo o que faz de você uma mulher maravilhosa.

OBS. 2: Última linha do dia, prometo! ☺

"Última linha do dia"... por que não a "última pista" ou "última surpresa", ou algo semelhante? Porque ela estava se referindo à última linha do cartão, aquela que parecia um pouco estranha. Repassei a informação através da sua maneira usual de criar códigos e descobri em segundos. "*Desabitado, reconfortante, oniricamente perfeito — basicamente, onipresente. X*" D-R-O-P-B-O-X.

Meus batimentos dispararam, pulsando em meus dedos e minha garganta. *Dropbox*. Ocasionalmente usávamos a plataforma de hospedagem para compartilhar arquivos, principalmente fotos de viagens que havíamos tirado em nossas câmeras digitais. A URL da conta dela do Dropbox se preencheu automaticamente.

Meu coração agora pulsava nos meus ouvidos, como o barulho de ondas quebrando na areia, como um tambor ensurdecedor. Examinei as pastas que estavam lá: coisas de trabalho, uploads da câmera do celular, subpastas datadas repletas de fotos de algumas de nossas viagens anteriores. E, então, perdi o fôlego: havia uma nova pasta, criada no dia do meu aniversário, intitulada "*Chile*".

Relaxe, Emily, provavelmente são apenas, dãã, fotos do Chile.

Mas não havíamos compartilhado nossas fotos daquela viagem uma com a outra, não havíamos criado um álbum compartilhado e comparado as fotos. Eu me preparei, então abri a pasta.

Havia outra pasta dentro, intitulada "*Phnom Penh*". Uma explosão de histeria me atravessou, e me agachei, prestes a vomitar. O que. Diabos. Era. Isso.

Cliquei novamente e uma janela apareceu: *O arquivo está protegido por senha*. Abaixo dele, um campo vazio com um cursor piscando. Eu tentei inserir *Emily, Quitéria, Paolo, Sebastian*. Pensei em mandar uma mensagem para Kristen, mas o medo me impediu. Será que ela sabia que eu estava tentando acessar o arquivo agora? Que eu tinha percebido que não tinha completado sua caça ao tesouro?

Peguei o cartão, apertei-o na dobra para deixá-lo aberto.

> *OBS.: Se em algum momento você esquecer o quão incrível você é, você sabe para quem ligar. Porque eu nunca, nunca me esqueço disso e ficaria honrada em contar tudo o que faz de você uma mulher maravilhosa.*

Contar. Essa era a pista. E, pensando bem, não nos conhecemos na turma de Estatística 101 e, sim, na de Métodos Estáticos em Economia. O cartão estava cheio de numerais, e eu os sublinhei apressadamente:

> *FELIZ ANIVERSÁRIO! É difícil acreditar que somos amigas há + de 10 anos. Não consigo imaginar minha vida sem você — de certa forma, acho que devo um agradecimento àqueles babacas da nossa turma de Estatística 101. Estou tão orgulhosa da mulher inteligente, forte e independente que você se tornou. E me considero tão sortuda que, depois de 2 anos separadas, finalmente voltaremos a morar na mesma cidade!*
>
> *Estive pensando naquelas noites que saíamos às 4 ou 5 da manhã para dar um mergulho e depois assistir ao nascer do sol sobre o Lago Michigan juntas. Você lembra disso? Quando sentíamos que éramos as únicas pessoas acordadas no mundo inteiro. Quando sentíamos que não apenas Evanston, mas o mundo inteiro era nosso. Desabitado, reconfortante, oniricamente perfeito — basicamente, onipresente.*

Inseri os números, respirando com dificuldade, e pressionei *Enter*.

Meus ombros caíram. *Senha incorreta. Por favor, tente novamente.*

Voltei ao cartão mais uma vez. *Dane-se, Kristen, por transformar o que eu pensei ser uma expressão de carinho em um maldito enigma. Como se tudo isso fosse um jogo.*

Ahá! Uma sensação de alívio como uma chave se encaixando em uma fechadura. *Quando sentíamos que éramos as únicas pessoas acordadas no mundo inteiro.*

Únicas. Tentei a combinação novamente, desta vez com o número 1 no final. Sorri, quase bati palmas quando o arquivo começou a baixar.

Assisti à barra de progresso deslizar para a direita, então abri o arquivo ansiosamente.

Preencheu a tela. Levei um momento para entender o que era, as cores estonteantes, superexposição das sombras e destaques, e bolhas coloridas em ângulos engraçados.

E, então, a figura tomou forma. As bolhas eram lanternas, penduradas em uma rua movimentada. Havia pessoas em todos os lugares, movimentando-se de um lado para o outro, mas, no centro havia duas figuras, claras e nítidas na cena noturna tumultuada.

Um deles era Sebastian, lindo e vivo enquanto segurava minha cintura. A outra, claro, era eu.

CAPÍTULO 29

Meu punho voou para minha boca enquanto meus pés se arrastavam embaixo de mim, estremecendo pelo corredor e chegando ao banheiro bem na hora. Tudo veio à tona, jantar e mais que isso, mais fundo dentro de mim, a bile amarga do meu verdadeiro interior. Suor, lágrimas e catarro também escorriam, então me inclinei contra a banheira, olhos fechados, peito arfando.

Aquela noite. *Aquela noite*. Eu tinha retornado àquele momento tantas vezes na minha mente, uma fração de segundo depois que Sebastian e eu concordamos em voltar para o hotel, quando um flash repentino me cegou. Sempre pensei que tínhamos aparecido acidentalmente na foto de outra pessoa, que estávamos apenas no fundo de uma foto das férias de algum estranho, e se a pessoa certa percebesse e conectasse os pontos, eu estaria ferrada. Lá estava a foto, em cores vivas: prova de que eu estive com Sebastian logo antes de ele desaparecer.

Mas… Kristen. Kristen tirou a foto. Kristen tinha isso com ela o tempo todo.

Era uma ameaça, então. Um lembrete de que ela tinha provas contra mim. Olhei ao redor procurando meu telefone, então lembrei que estava no meu quarto. Mas ela foi reservada em nossa troca de mensagens esta noite, uma faca de dois gumes, gentil e suspeita. Algo como: *Lembre-se do que escrevi no cartão de aniversário. Lembre-se, e acredite, estamos nisso juntas.* Se eu for pega, você vai junto.

Juntei minhas forças como se fosse algo que eu pudesse recolher do chão. Com as pernas trêmulas, cambaleei para o meu quarto. A foto ainda estava na tela, olhando para mim, e eu a fechei. Cristo, ela tinha isso há mais de um ano. Ela não excluiu naquele momento em que prometemos não deixar rastros. Em vez disso, ela estava esperando para usá-la. Como o quê? Garantia? Chantagem?

Outro calafrio violento me atravessou. *Droga*. Ela armou essa ratoeira no meu aniversário, uma semana atrás. Logo antes de eu começar a me questionar se deveria cortar os laços com ela para sempre.

Como se ela *soubesse*. As garras expostas. Ela colocou as cartas na mesa, a prova de que eu nunca, jamais, estaria livre de seu controle.

Havia algo mais retumbando sob o horror, algo mais nítido e, de repente, explodiu em primeiro plano: eu estava estranhamente satisfeita, quase *empolgada*, por ter minha resposta. Eu não estava paranoica e minha ansiedade não era infundada. Kristen era desequilibrada? Perturbada e manipuladora, no mínimo. Ela matou Sebastian, ela matou Paolo. Por que eu estava tão ansiosa e confusa debatendo se isso a tornava uma assassina?

A campainha tocou e olhei na direção da porta da frente, alerta e rígida como um suricato. Apaguei a luz e rastejei para o corredor, esperando que, quem quer que fosse desistisse e fosse embora.

Mas tocaram a campainha novamente. Fiquei imóvel e escutei alguém bater na porta, então tentaram abrir a maçaneta, um chacoalhar insistente.

Meu telefone tocou no meu quarto, e corri em direção a ele. Ter meu telefone junto do meu corpo não era uma má ideia. Tirei-o da mesa e vi a nova mensagem de Kristen: "Posso ver você acendendo e apagando as luzes, bobinha" com um emoji de risada.

Suguei o ar e o exalei. *Certo, Emily. Tudo bem, tudo bem, tudo bem.* Enfiei meu telefone no bolso de trás e fui ziguezagueando até a porta da frente.

— Oi! — Ela me abraçou, as chaves do carro tilintando em sua mão. — Passei no meu novo apartamento para tirar as medidas e pensei em ver se você estava em casa! Ei, o que aconteceu?

— Eu... eu acabei de vomitar. — Passei minha língua contra meus dentes. — Acho que comi uma ricota estragada. — Mantive minha mão na porta, sorri fracamente.

— Ah, meu Deus. Você quer que eu pegue algo para você? Vomitar é *horrível*.

— Obrigada, mas estou bem. Só quero me deitar. Eu estou meio... — de repente, minha cabeça parecia estar se inclinando, como se eu pudesse desmaiar a qualquer momento. O chão desapareceu debaixo dos meus pés, e me agarrei na parede.

— Você está bem? Venha aqui. — Ela passou seu braço sob o meu. — Você precisar de um médico? Você está horrível.

— Estou bem. Eu só quero voltar para a cama. — Como se alguém tivesse aberto uma torneira, minhas mãos de repente estavam efervescendo, formigando e latejando por dentro. — Obrigada por vir, mas eu... — A efervescência subiu para o meu crânio e eu quase caí, meu ombro pressionado contra a parede.

— Mantenha sua cabeça baixa. Você está bem. Quer se sentar?

— Eu estou bem — repeti, apertando os olhos fechados. A sensação nebulosa estava começando a dissipar. Inspirei e depois exalei. Hiperventilação: era isso que estava acontecendo. Não há oxigênio suficiente para o cérebro, ou será que era dióxido de carbono?

— Venha, vou ajudar você a ir para o seu quarto. — Ela me puxou para frente e me lembrei daquela noite na cabana, ela me puxando através de um terreno cheio de galhos, raízes e pedras. Passando por um coelho que só uma mulher louca mataria. Concentrei toda a minha atenção no pé esquerdo, depois no direito. Ritmicamente, como canoagem. Como cavar uma cova.

Depois de uma breve eternidade, chegamos à beira da minha cama.

— Muito obrigada, Kristen. Mando uma mensagem depois, ok?

— Melhoras. — Ela se virou para sair, e meus olhos se fecharam. Instantaneamente, meu peito estava afrouxando, a pressão em meus ouvidos diminuindo. Eu lidaria com Kristen mais tarde, quando tivesse algum tempo para pensar. Por enquanto, eu tinha que me proteger.

Rolei de lado e agarrei meu travesseiro, então, congelei. Kristen ainda estava lá, ainda estava dentro do meu quarto. De pé sobre minha mesa, de cabeça baixa, de costas para mim.

— Jamie — comentou ela, e seu dedo tocou o rabisco na tela.

Todo o ar escapou do quarto. Não havia oxigênio, um vácuo perfeito.

Ela clicou o *mouse*.

— "Dois Mortos em Brookfield Depois de Incêndio em Casa." — Ela leu em voz alta.

Outro clique.

— "Prezada Sra. Schmidt, agradecemos a sua solicitação de informações ao Centro de Assistência Comportamental Westmoor."

Lentamente, muito lentamente, ela se virou para mim.

— Emily, o que *diabos* é isso?

CAPÍTULO 30

— Kristen...

Os olhos dela fuzilaram os meus.

— O que é isso? Por que você estava mexendo nas minhas coisas? E por que diabos você entrou em contato com o Westmoor?

Continuei abrindo e fechando minha boca, como um peixe pendurado em um anzol.

— O que está acontecendo, Emily? Estou cansada das suas mentiras. Estou farta das suas *merdas*. — Ela balançou o braço enquanto dizia isso, enviando meu notebook e várias canetas para o chão.

— Eu... eu só estava tentando descobrir... se...

— O que foi? Você acha que preciso me explicar? — Uma faísca atravessou seus olhos. — Certo, vamos lá. Briguei com minha melhor amiga e, então, porque eu tinha 12 anos, rabisquei o rosto dela das minhas fotos. Sobre Westmoor, sim, passei algum tempo lá depois da dolorosa e violenta morte dos meus pais e do suicídio da minha melhor amiga algumas semanas depois. Eu entrei em crise e precisei de cuidados psiquiátricos. E, que droga, sempre fui muito aberta sobre o assunto, considerando que ainda é doloroso falar sobre isso. Eu contei a você sobre a Dra. Luz.

— Eu... eu só queria...

Ela balançou a cabeça.

— Uau. Então é por isso que você está me evitando como o diabo foge da cruz. Meu Deus, eu sou patética, dando o meu melhor para acertar as coisas com você.

— Ok, então se você é uma amiga tão boa... — Apontei para o meu computador, de cabeça para baixo no chão. — Então por que diabos você está me chantageando com uma foto de Sebastian e eu juntos? Que precisei solucionar um maldito *enigma* para descobrir? Que tipo de melhor amiga dedicada faz isso?

Ela ficou boquiaberta, então ridicularizou:

— Você acha que eu estou *chantageando* você?

— Dissemos que apagaríamos tudo da viagem! E eu apaguei! — Eu estava ganhando força agora. — Você mentiu para mim... durante *um ano*.

— Jesus, Emily, pense no que você está falando. — Suas palmas se abriram. — Como eu poderia adivinhar o que aconteceria em seguida? Eu tirei a foto porque ele era gostoso e você raramente leva caras para a cama, pensei que você me agradeceria depois.

Ela parecia tão sincera, com a energia frustrada de uma criança de 5 anos que precisa que você acredite que ela está falando a verdade. Mas... mas isso era outra habilidosa manipulação dela, certo?

— Então, por que guardar a foto? Por que criar essa caça do tesouro para eu *encontrá-la*, pelo amor de Deus?

— Porque eu estava com medo. — Ela apertou as mãos. — Você parecia estar à beira de um colapso, Emily. Eu estava com tanto medo do que você poderia fazer.

Enxuguei uma lágrima.

— Então por que me enviar agora? Como isso não é chantagem?

— Eu enviei porque você continuou falando sobre querer contar a alguém. O quanto você queria ser aberta com seu novo namorado, ou sei lá. Não é chantagem, é... um lembrete. Que há uma foto ligando Sebastian a você. Eu nunca, nunca quero usá-la. Mas eu precisava fazer você enxergar.

Que diabos de lógica era essa? Balancei minha cabeça. *Ela enlouqueceu.*

— E, também, uau, quanta audácia — continuou ela. — O que você achava? Que eu era uma psicopata sanguinária? — Ela deu um passo em direção à cama, e eu me sentei desajeitadamente. — Logo você, de todas as pessoas.

Depois de tudo que fiz por você... depois que matei um homem para salvar sua vida. Eu me preparei para ouvir isso, o coração acelerado.

Mas, em vez disso, ela cruzou os braços.

— Depois do que você fez com Sebastian?

Eu a encarei por um momento.

— Espere, o quê?

— Não se faça de inocente. Eu vi você matá-lo.

Abaixo de mim, a cama pareceu se inclinar, um barco em mares revoltos.

— Do que você está falando? — Kristen o atingiu com uma luminária de piso, rápido e com força, e o jogou no chão. Mas não foi isso que o matou; isso apenas derramou sangue, o derrubou. E, então...

— Você está tirando uma com a minha cara? — gritou ela. — Você não parava de chutá-lo. Eu tive que tirar você de cima dele.

Pare. Pare. Pare. Sangue escorrendo como tinta no abajur. Atrás de mim, os olhos de Kristen arregalados, atordoados. Sangue manchando suas mãos, seus pulsos, seus sapatos.

— Não. — Balancei minha cabeça, então ouvi minha voz se elevando em um grito: — Não! Não foi assim que aconteceu. Eu... eu tive que impedir você.

A cabeça de Sebastian no chão, aninhada contra uma perna da armação de metal da cama. Eu tinha encarado os olhos furiosos de Kristen e então detectei movimento antes mesmo de conseguir processá-lo.

Três chutes, quatro, sangue manchando a perna de metal e se acumulando nas rachaduras do piso laminado.

"*Pare. Pare. Pare.*"

Finalmente ouvi os apelos de Kristen, distorcidos como se estivéssemos debaixo d'água, mergulhando nas profundezas. Chorando, me implorando para parar. Eu me virei e a agarrei. Ela se lançou em direção a ele, murmurando horrorizada, mas eu a arrastei para longe e a abracei, e nós nos encostamos uma na outra, tremendo.

— Não — falei novamente, mais fraco agora. — Não foi assim que aconteceu. Você está... me confundindo.

— Foi exatamente assim que aconteceu. — Ela chegou até à beira da minha cama e parou. — Você matou Sebastian e eu sou a razão pela qual você não está na cadeia por ter feito isso.

CAPÍTULO 31

Você *matou Sebastian*.

Não. Isso não era verdade. Não poderia ser. Isso era manipulação clássica. Mexer com a minha mente, destruir minhas memórias com a destreza de um vigarista. Ou um mágico, *puf*, Kristen fez sua culpa desaparecer. Meu estômago se contraiu como uma toalha torcida até ficar seca.

Mas eu tinha que me manter alerta, eu tinha que estar segura. Estratégica, pelo menos uma vez na vida, como ela. E a distância mais segura entre Kristen e eu era o máximo de quilômetros possíveis que eu conseguisse colocar entre nós.

— Certo — falei. — Claramente não estou pensando direito. Eu... eu lhe disse que procurei sobre Jamie quando estávamos no Norte. Você disse que suas coisas antigas estavam naquelas caixas. — Pressionei minhas palmas úmidas no edredom.

— Não acredito que você mexeu nas minhas coisas — respondeu ela. — Quanta violação.

— Desculpa. Eu sinto muito mesmo. Eu tinha esquecido sobre isso até... bem, até encontrar aquela foto de Sebastian, o que me deixou sem chão. Acho que foi uma espécie de defesa psicológica ao ver a foto e, tipo, perdi a cabeça. Entrei em uma espiral.

— Uma espiral de quê? De pesquisar sobre o incêndio que matou meus pais? Entrar em contato com meu antigo centro de terapia? Do que você está realmente me acusando? — Rastros de lágrimas brilhantes escorriam pelas bochechas dela.

Droga, minha defesa não fazia sentido, não quando eu havia entrado em contato com o Westmoor dias antes de encontrar a foto no Dropbox.

Mas Kristen parecia agitada demais para perceber.

— Eu não sei o que dizer. Que alguém que eu amo e confio *tenha* esses pensamentos sobre mim… — A mão dela deslizou para a barriga, como se eu tivesse enfiado uma faca lá. — Eu não consigo nem expressar o quanto isso é doloroso.

A culpa pulsava através de mim, a vergonha escaldante se infundindo com o medo gélido.

— Me desculpa.

Ela pressionou as pontas dos dedos na testa, então suspirou.

— Eu já estou de saída.

A Kristen pré-adolescente rabiscando o rosto da melhor amiga. Sendo internada em um centro para obter ajuda em uma tempestade de luto. Ela apresentou um argumento tão convincente, um relato tão consistente. Minha cabeça estava girando rápido demais para decidir se eu tinha acreditado. No momento, eu ainda estava mergulhando, testando a profundidade da água até conseguir descobrir o que fazer em seguida.

— Não vou contar a ninguém — falei. Ela virou o olhar em minha direção. — Sobre o Chile ou o Camboja. Prometo. Estamos nisso juntas, e eu não quero nenhuma de nós dando adeus às nossas vidas. — Lancei minhas pernas para fora da cama e me levantei. — Estou falando sério. Eu só quero seguir em frente. Então, não se preocupe, ok?

Andei até ela, e ela se encolheu quando me aproximei. Fiquei sem jeito, minhas mãos penduradas na frente do meu peito, e, finalmente, ela deu de ombros.

— Descanse um pouco — disse ela. — Não precisa me levar até a porta. — Observei enquanto ela ficava cada vez menor no corredor e desapareceu na entrada. Ela fechou a porta com um baque.

Fiquei deitada como um cadáver na cama por um longo tempo, observando a luz dos carros que passavam riscarem a parede. Pensei na foto de Sebastian e eu. Por que ela a salvou? Por que me levou até ela? Sua explicação fazia sentido à primeira vista, mas não resistiu ao escrutínio. Era como uma estrela tão fraca que desaparecia quando se olhava diretamente para ela. Ela chamou a foto de *lembrete*. Mas se ela a enviasse para as autoridades sul-africanas, mesmo que ela incluísse meu nome, eu poderia lançar suspeita sobre Kristen também. Ela esteve em Westmoor, ela era a única com um histórico.

Ela realmente seria tão autodestrutiva a ponto de explodir nossas vidas como uma extremista com uma bomba amarrada no torso?

Minha mente voltou àquela noite em Phnom Penh. Todas aquelas vezes que reprisei as cenas, o flash nos olhos de Kristen, ela jogando a perna *dela* para trás e depois chutando o corpo dele... Mas não, agora que ela mencionou, outra voz estava falando, desmentindo essa versão. Essa não era a memória real, apenas uma que eu, inexperientemente, colei por cima. Cérebros podem fazer isso, reescrever um final; são órgãos curiosos obcecados por autopreservação, em comprovar que estamos certos. Agora eu poderia alternar entre os dois cenários, falso e real, o chute vindo do pé *dela* e do meu. Como um jogo dos sete erros numa revista infantil. Cenário A e Cenário B: identifique as diferenças.

Certo? Ou Kristen estava me manipulando? Talvez ela soubesse que se dissesse isso com confiança o suficiente, se ela me olhasse intensamente como se eu tivesse enlouquecido, eu acreditaria nela. Eu me convenceria de que tinha feito isso.

Tanto poder. Tanta confiança. *Confiança*, esse era outro item da lista de traços que a mulher moderna deveria exalar. Não vaidade, não fanfarronice como as Kardashians, mas um profundo destemor, uma energia tipo Lizzo, ou o poder da Beyoncé. A confiança inabalável do homem cis, hétero e branco. Era outra armadilha: eles nos querem destemidas, mas também temerosas, nossa postura vacilante quando um transeunte nos assedia dizendo o que ele gostaria de fazer com nosso traseiro. Quando um homem prende você contra a parede como uma borboleta empalada e emoldurada. Eu me senti tão assustada e, de repente, tão furiosa. Eu queria fazer Sebastian sentir medo. Eu queria que ele sentisse a dor que ele causou em mim.

Agora, a melhor coisa que eu podia fazer era agir de acordo com um pensamento que eu tive mais cedo: *fugir*. Colocar tantos quilômetros quanto possível entre mim e Kristen, para que eu pudesse pensar, sem o maldito medo constante de ela aparecer na minha frente. E eu levaria Aaron comigo, para o caso de ela cogitar alguma ideia para eliminar o inconveniente obstáculo entre nós duas.

Então liguei para ele. Disse a ele que estava precisando passar o fim de semana fora, implorei para que ele encontrasse alguém para cobrir seus turnos no Café Mona. Pesquisei ofertas de viagens enquanto conversávamos, e uma cidade se destacou, aguçando minha sensação de déjà-vu, embora eu não soubesse ao certo o porquê. Talvez, por ser tão ensolarada. Sem sombras para se esconder.

Aaron prometeu tentar uma folga no trabalho, e desligamos a ligação. O pânico se expandiu dentro de mim: e se ele não pudesse ir? E se ele recuasse agora? Eu reservaria uma viagem sozinha, pegaria minhas coisas e fugiria para... o quê? Para que eu pudesse me sentar sozinha em um quarto de hotel e reviver obsessivamente aquela noite escura com Sebastian?

Pare. Pare. Pare. Uma hora atrás eu tinha tanta certeza de que era a minha voz. Pressionei as palmas das mãos contra os meus olhos, pressionando até que um spray brilhante disparou contra o preto das minhas pálpebras. Como a Aurora Boreal.

Finalmente, finalmente meu telefone vibrou na mesa de centro. Todas as minhas células saltaram um milímetro em direção ao céu.

Mas não era Aaron. Era Kristen, claro que era Kristen, sempre Kristen, Kristen, Kristen.

Ela mandou uma mensagem: "Passei a noite inteira chorando em meu quarto. Não acredito que você fez isso."

A vergonha me atravessou, e desbloqueei meu telefone para responder.

E então pausei. Um comercial na TV estava tocando uma música irritante sobre a melhor rede sem fio.

Vá embora. Estava ecoando na minha cabeça a noite inteira. E, no entanto, eu estava prestes a me envolver, instintivamente, e recomeçar o mesmo ciclo.

Coloquei meu telefone de volta na mesa. Peguei o controle remoto ao lado, aumentei o volume e me acomodei no sofá macio atrás de mim.

* * *

Aaron mandou mensagem assim que parei de pensar nele: "Wen pode me substituir. VAMOS NESSA." E vários emojis comemorativos, confetes e champanhe. Fechei os olhos e sorri, pressionei o telefone contra o meu coração. *Graças a Deus.*

Mas quando abri o site de reservas, dúvidas surgiram. Eu teria que fingir estar normal; não apenas normal, mas *animada*, 24 horas por dia, enquanto Aaron e eu perambulávamos pelas ruas avermelhadas, observávamos o sol se pôr nas montanhas distantes e comíamos juntos, no café da manhã, no almoço e no jantar.

Ele me enviou uma mensagem com sua data de nascimento para que eu pudesse reservar nossos voos: *Meu Deus, eu ainda nem sabia seu aniversário.*

Será que daríamos certo viajando juntos? Ou ele me acharia nojenta? E se eu ficasse irritada de fome ou enjoada, ou incomodada ou estressada? E se tivéssemos uma grande briga?

Uma briga. Com Aaron. Em nosso próprio oásis, uma confusão de vidro e aço no meio do deserto castigado pelo sol.

E então um novo pensamento surgiu, tão astuto e despretensioso quanto um gato.

Aaron está seguro comigo?

· · ·

Acordei com uma série de mensagens de Kristen ("Podemos conversar?", "Eu realmente acho que precisamos conversar.", "Você está me ignorando?") e silenciei a conversa antes mesmo de sair da cama. Quando me aproximei da minha mesa depois de uma reunião, vi que meu telefone estava tocando. Eu estava prestes a pegar o fone de ouvido quando percebi que era Kristen, um dos poucos números que eu sabia de cor. Eu mexi nas configurações do celular até encontrar a função "Não Perturbe".

— Está tocando sem parar há uma hora — anunciou o designer que se senta perto de mim.

— Desculpe por isso. — Meu estômago se apertou como um punho.

Meus olhos estavam desfocados durante as reuniões, silenciosamente reprisando os momentos finais de Sebastian: foi o pé de Kristen chutando as costelas dele, ou o meu? Se era a primeira opção, por que eu conseguia visualizar tão claramente, sentir o baque pesado dos meus dedos dos pés contra a carne dele? Perto do final do dia, quando passei pelas janelas que iam do piso ao teto, uma sensação estranha tomou conta de mim. Virei meu olhar para a rua Rogers abaixo. Kristen estaria lá fora, eu *sabia* disso. Encarando a janela, as mãos nos bolsos, solene, olhando fixamente e imóvel. A cena de um filme de terror carimbada com um acorde súbito e dissonante.

Examinei a calçada por entre os galhos das árvores, sobre as pétalas de árvores frutíferas pontilhando o cimento. Havia um adolescente, um senhor com uma bengala, uma mulher de aparência exausta com um bebê amarrado em seu peito.

Eu me virei e me apressei. Kristen não estava lá.

· · ·

No caminho do trabalho para casa, meu coração batia mais forte a cada sinal vermelho. Ela parou de ligar e enviar mensagens por volta das 14h, e isso era ainda pior, o silêncio repentino era tão alto que chiava contra meus tímpanos. Prendi a respiração quando virei a última esquina da minha rua, me preparando para encontrar Kristen na minha porta da frente.

Mas havia apenas quietude, o espaço vazio. Até os pássaros calaram os bicos quando entrei, trancando a porta atrás de mim. Eu estava puxando as cortinas quando comecei a rir. Aqui estava eu, encolhida em minha própria casa como Kevin McCallister de *Esqueceram de Mim*, com medo da minha suposta melhor amiga. A amiga com quem eu tinha acabado de passar quatro dias em uma cabana remota na floresta. *Veja o que você se tornou.*

Então, recebi uma mensagem de Kristen, a primeira em quase quatro horas.

Minha caixa torácica travou, e meu punho voou para minha boca. *Terrível*. Isso era muito, muito terrível.

Era uma captura de tela da linha de denúncia do Serviço de Polícia da África do Sul. A legenda dizia: "Não pense que eu não seria capaz de entregar essa foto."

CAPÍTULO 32

Liguei para Kristen imediatamente, a cabeça latejando, a mandíbula tremendo como uma britadeira. O primeiro toque foi interrompido depois de um momento e, então, estávamos as duas na chamada, respirando uma para a outra.

— Então isso chamou sua atenção — disse ela.

As mentiras escorreram de mim antes mesmo que eu tivesse tempo de pensar; desculpas, apaziguamento, súplicas para que por favor, por favor, por favor não ficasse tão brava comigo. Tão natural quanto alternar de uma língua estrangeira de volta para minha língua materna.

— Desculpe não ter atendido suas ligações, estive tão ocupada no trabalho hoje, e eu queria algum tempo para realmente pensar sobre o que eu queria dizer...

— Pare. — A voz de Kristen falhou. — Você tem alguma ideia de como me senti horrível nas últimas 24 horas? Quão profundamente você me magoou?

Um dardo de culpa me transpassou, seguido por uma onda de indignação. Meu calcanhar de Aquiles, a fissura na minha armadura, a barriga macia que me fez enrolar como um tatuzinho-de-jardim: *você me magoou*. Repetidamente, Kristen encontrava meu ponto fraco, o explorava, o empunhava como uma arma. Como se brandisse uma garrafa de vinho Carménère.

— Kristen, preste atenção — disse suavemente. — Me desculpe se eu magoei você. Mas minha foto com Sebastian...

— Nós realmente precisamos conversar. — A voz dela era como um facão, cortando minhas palavras em pedacinhos. — Você pode vir aqui?

— O quê? — Meu peito apertou. — Nós estamos conversando agora.

— Você entendeu o que eu quis dizer. Pessoalmente.

— Estamos conversando agora — repeti. — Tenho muito o que fazer esta noite. Vou viajar amanhã e preciso fazer as malas. Não vejo por que qualquer uma de nós deveria dirigir uns 30 quilômetros…

— Porque não acho que esta é uma conversa que deveríamos ter no telefone. — Ela não limpou a garganta, mas o *ham-ham* estava implícito.

Bati minha mão na almofada do sofá. Kristen sempre foi tão paranoica assim? Sua insistência em manter históricos de busca limpos e telefones desligados sempre pareceu sensata, e muito divergente de suas conversas animadas sobre nossas viagens. Os perfis do Instagram que ela mostrou a Priya, a conversa descontraída com Aaron. Era *ela* quem estava agindo descaradamente, como se quisesse ser pega.

Agora ela soava como uma conspiracionista de olhos arregalados, tremendo sob um cobertor espacial e um chapéu de papel alumínio.

— Ninguém está nos ouvindo, Kristen. Ninguém está grampeando os telefones de duas mulheres brancas de 30 anos no sudeste de Wisconsin.

Ela zombou:

— O quê? Você acha que sou louca? Você acha que seu telefone só ouve *por acaso* quando você diz "Ei, Siri"? Que ele não consegue captar cada palavra que foi dita antes? — A voz dela tinha uma intensidade trêmula, como um arco de caça retesado. — Ou… ou você acha que é *coincidência* que, depois que alguém menciona tipo, um museu durante uma ligação, você começa a ver anúncios sobre isso? Pense nisso, Emily. Não seja estúpida.

Ela tinha razão, mas ainda assim revirei os olhos.

— Bem, você está parecendo bem suspeita agora. Se antes eles não estavam ouvindo, agora com certeza estão.

— Pare. Isso é sério. Só, pare, por favor.

Pare. Pare. Pare. Eu gostaria de poder montar uma fila de suspeitos e fazer com que ela lesse as palavras ditas naquela noite em um tom histérico, como a polícia costuma fazer. Teria sido *sua* laringe vibrando naquela noite, ou a minha? O pensamento me atingiu no estômago, e me encolhi sobre ele, minha palma na minha barriga.

— Venha até aqui — implorou ela —, ou eu vou até você. Não quero enviar a foto, mas… Você não está me deixando muita escolha.

— É assim que você quer lidar com isso? — falei. — É esse o tipo de amizade que você quer ter?

Um longo silêncio, dois carros disputando um racha em uma estrada escura.

— Estou dizendo isso porque eu realmente me importo com nossa amizade. — Seu tom de voz estava grave, sobrenaturalmente calmo. — E você não me deixou outra escolha.

— Kristen...

Agora suas palavras desabaram, tão rápidas quanto um relâmpago:

— Esteja aqui em vinte minutos ou enviarei a foto. Não me provoque. — E então ela desligou.

∕∕∕

PASSEI VOANDO PELA Interestadual 94, a gravidade crescendo em meu peito como se eu fosse um meteoro vindo em direção à Terra. O ar estava austero e frio, com um cheiro carregado e argiloso, e as auréolas em volta dos faróis que se aproximavam tinham uma forma de obelisco, embaçando minha visão.

Comecei a mudar de pista e um caminhão semirreboque buzinou para mim, enviando uma adrenalina pungente pelos meus membros. Eu desviei e agarrei o volante, então observei o caminhão da empresa Mack me ultrapassar. O motorista buzinou de novo, como se para me advertir ainda mais, e eu gritei, minha frustração se misturando com a buzina do caminhão.

Continuei vendo a foto como se estivesse reproduzida no para-brisa, os faróis brilhantes que lembravam o flash da câmera, o estrondo de luminosidade quando Sebastian e eu cambaleávamos em direção à sua morte. Sebastian, loiro, grande e superexposto. Sebastian, que ainda estava desaparecido, seu corpo tinha se tornado comida para criaturas marinhas no fundo do rio Tonle Kak.

A voz de Kristen, como um sussurro: *Sebastian, a quem você chutou até afundar seu crânio.*

Não. A saída se aproximava e eu entrei na pista da direita, pisando no freio quando a rampa me levou a um sinal vermelho. Meu coração batia no mesmo ritmo da minha luz de seta. Tic-tac, tic-tac, tic-tac.

Passei pelo cume escurecido da King of Kings, e os vitrais refletiram meus faróis quando fiz a curva. Dentro da subdivisão de Nana e Bill, olhos brilhantes observavam do meio-fio: outro coelho, seus olhos negros se projetando nas laterais da cabeça. Isso era um aviso? Um presságio de tragédia do animal esquartejado que eu tinha visto no Norte? Nunca descobri que tipo de predador deixava cortes semelhantes a machadadas no pescoço de sua presa. O coelho se virou e correu para um bosque de árvores esguias.

Na casa de Nana e Bill, estacionei no final do caminho de acesso e vi uma figura em uma janela superior, me observando caminhar em direção à porta da frente. Uma onda de medo ao vê-la, minha melhor amiga, minha coconspiradora, minha maior ameaça. A silhueta apagou a luz, dissolvendo-se na escuridão, e quando me preparei e alcancei a campainha, Kristen já estava lá, pálida e com os olhos vermelhos atrás da porta de tela.

— Oi. — Fiquei encurvada, sem saber se ela aceitaria um abraço. Finalmente, ela segurou a porta aberta para mim. Pendurei minha jaqueta leve em um gancho no interior da casa.

— Você pode deixar sua bolsa aqui também? — apontou ela para o banco do saguão, e revirei os olhos. Satisfeita que o governo não estaria ouvindo duas mulheres tendo uma conversa honesta em uma de suas casas de infância, Kristen me levou para seu quarto e fechou a porta atrás de nós.

A cama e penteadeira foram empurradas para um canto, e várias máquinas para exercícios de cardio, que aparentavam ter sido caras, estavam espalhadas como esculturas pelo resto do quarto. Um banco de musculação estava disposto perto do armário, cada haltere uma arma reluzente.

Ela se jogou em sua cama, então pegou um lenço de papel e o jogou em uma lata de lixo próxima. A lixeira já estava pela metade, evidência física de seu sofrimento. Sua dor parecia tão genuína, tão tangível. O tipo de resposta apropriada para quem acabou de descobrir que sua melhor amiga estava investigando se você era um monstro. A incerteza pinicou novamente.

— A gente não deveria conversar? — Sentei-me na beira da cama e passei a palma da mão pelo edredom macio.

Ela curvou os joelhos contra o peito.

— Você só veio porque eu disse que entregaria aquela foto.

Nossa, jura?

— Eu vim porque eu me importo com você. Isso me fez perceber o quanto você realmente precisava conversar, tipo, o mais rápido possível. — Engoli. — Porque você não enviaria essa foto e minhas informações para a polícia sul-africana, certo? Você sabe que se alguém me chamasse para ser interrogada, eu poderia nomeá-la também.

Ela mordeu o lábio inferior.

— Mas as evidências… elas apontam só para você.

— Do que você está… — Mas então a verdade me atingiu. Em Quitéria, fui eu quem preencheu os formulários do check-in do hotel e alugou o carro. A foto de Phnom Penh era de Sebastian… e eu. Era meu nome em todos os formulários, meu rosto na foto. Seria a palavra dela contra a minha.

Claro, eu poderia alegar que ela estava envolvida.

Mas eu não poderia provar.

Minha visão turvou, e a gravidade mudou ao meu redor. Respirei fundo até que a sala se endireitou: *Foco, Emily.* Eu bati na canela dela.

— Me diga o que é que você precisa, quero consertar as coisas.

Kristen soltou um suspiro instável.

— Está tudo uma bagunça — disse ela. — Continuo tendo pesadelos que um bando de caras armados invade meu quarto. Ou que estamos de volta ao Vale do Elqui com pessoas nos perseguindo naquelas curvas fechadas. E, às vezes… — Ela chorou por alguns segundos, lágrimas caindo em sua blusa. — Às vezes, sonho que estou de volta à nossa suíte e Paolo estava… Que eu não conseguia impedi-lo. É tão assustador, Emily. Achei que tinha entendido o que você passou no Camboja, mas me enganei. Foi muito pior.

Eu estava paralisada, cada nervo em alerta máximo. Ela estava se referindo à tentativa de agressão? Ou… ou ao que veio depois, quando ela empunhou uma garrafa de vinho?

— O que foi pior do que você pensou? — perguntei, minha voz fina como uma teia de aranha.

— O… o trauma, eu acho. Aquele momento em que ele me empurrou e minha cabeça bateu na parede.

Kristen exalou com um suspiro contraído, a *ujjayi pranayama*, ou Respiração Vitoriosa na ioga.

— Eu estava com medo de uma forma que jamais senti antes — continuou ela. — É como isso tivesse me mudado para sempre. Como quando alguém usa drogas ilícitas e tem uma *bad trip* horrível, fica supermal, e então simplesmente fica *diferente* daquele dia em diante?

— E aquilo foi assim? Como estar sob efeito de drogas? — Eu precisava que ela explicitasse: ela estava falando sobre o momento assustador ou o que se seguiu, aquele em que ela balançou a garrafa como uma clava?

O pensamento me atingiu: *se matar Paolo a deixou tão abalada,* não *poderia ter sido ela quem matou Sebastian… ou poderia?*

— Aquele momento de medo — disse ela —, é como se tivesse me marcado, me *definido*. E, quer saber, isso me *deixou* paranoica. Agora, tudo o que vejo são perigos. Tenho medo de todos que encontro. Medo de que... de que as pessoas em quem confio vão se voltar contra mim. — Ela passou as palmas das mãos pelas coxas. — Pensei que estava conseguindo lidar com minhas coisas, mantendo meu mundo inteiro sob controle. Eu até fui a uma terapeuta. Mas então... — A voz dela vacilou —, então percebi que você estava tipo, me *investigando* pelas minhas costas. Como se eu fosse algum tipo de aberração.

Mas você me ameaçou, eu queria dizer. *Você guardou uma foto antiga e me deixou migalhas de pão para que eu a encontrasse quando o meu próprio medo estivesse beirando a paranoia, depois de um ano me dizendo que não podíamos arriscar manter nenhuma evidência por perto.* Mas eu sabia que dizer isso me deixaria mais uma hora nesta cama, suplicando aos pés de Kristen. Eu precisava colocar um band-aid no ego dela e ir embora de Milwaukee.

— Eu sinto muito que você tenha visto aquilo — falei gentilmente. — Eu estava em uma espiral, desesperadamente procurando algo no que acreditar, sabe? A foto que você me mostrou... é... que você queria que eu encontrasse... me pegou de surpresa. — Balancei minha cabeça. — Sinto muito que você não esteja se sentindo como você mesma. Eu também passei por isso ano passado. E melhora com o tempo, mas... entendo como é se sentir ferida. Quero que você fique bem. — Eu dei um tapinha no joelho dela.

— Pensei que você estava aqui para mim. — Ela passou um lenço sob os olhos.

— Eu estou!

— Não, você está me abandonando.

— Só durante o fim de semana. — Olhei para ela. — Nós duas estaremos conseguindo raciocinar melhor depois de um dia ou dois, certo?

Um batimento cardíaco.

— Para onde você está indo? — Quando não respondi, a voz dela ficou mais insistente: — Com quem você vai? Aaron?

— Vou para o Arizona, para Phoenix, por alguns dias. Sim, com Aaron. Eu... eu não consigo ser uma boa amiga agora. E quero ser. Você consegue entender isso? Não é sobre fugir de você. Eu só preciso de uma mudança de ares.

Um fungado obstruído.

— Pensei que você estava aqui por mim.

— E eu estou. E você está aqui por mim. Mas você, de todas as pessoas, sabe como uma viagem pode ser curativa, não é? É um recomeço. E, então, quando eu voltar, podemos começar do zero. — Mentira. Eu usaria o tempo longe para me distanciar de Kristen, para estabelecer limites onde não havia nenhum. Senti as mentiras zumbindo em minhas cavidades nasais, inchando como o nariz de Pinóquio.

Outra inalação úmida.

— Me sinto tão solitária agora — falou ela. — E com medo. E você é a única pessoa na Terra que sabe a verdadeira dimensão do porquê.

A verdadeira dimensão, o quanto da verdade eu realmente vi? O que tinha acontecido em nossa suíte de hotel quando Paolo estava sozinho com Kristen? De quem foi o pé que se conectou com o corpo de Sebastian um ano atrás? O que realmente aconteceu com a jovem Jamie? E o incêndio que matou os pais de Kristen foi realmente um incêndio doméstico aleatório... ou alguém havia o provocado? Observando uma pequena fagulha se espalhando pela casa como um efeito dominó incandescente?

— Eu estou bem aqui com você — falei, porque não sabia as respostas para nenhuma das minhas perguntas. Apenas Kristen sabia, e minha liberdade, minha *vida*, dependia de ela querer me proteger. — Sei que é difícil, mas vamos passar por isso. Desde que não façamos nada estúpido. — *Como entregar anonimamente uma foto incriminatória*: pensei tão intensamente que imaginei que ela pudesse ouvir, como uma espécie de telepatia entre cúmplices.

— Você é corajosa pra caramba, Kristen. Sempre admirei sua coragem. E como você se mantém calma e sagaz durante uma situação de crise. Eu... eu estou apenas tentando canalizar isso. Com alguns dias sem nos falarmos. Estou tentando ser corajosa como você, ok?

Isso deu conta. De todos os truques que tentei, de todas as palavras encobertas por ternura, foi isso que a convenceu.

— Eu confio em você — disse ela. — Não entendo, mas eu confio em você. — Ela rolou para fora da cama. — Eu quero te mostrar algo.

Meu coração disparou enquanto ela vasculhava uma gaveta da cômoda. *Por favor, só me deixe ir embora*, eu implorei silenciosamente.

Ela ergueu um saco de pano e tirou o que parecia ser vários jornais amassados. Ela tirou uma camada e olhou para o centro.

— Estamos realmente nessa juntas. — Então, ela inclinou o objeto para mim.

A princípio, pensei que fosse uma rocha grande e escura, do tipo que você abre para encontrar um geodo.

Mas então a luz iluminou uma parte dela. Avistei palavras na superfície irregular, um flash de plástico empolado.

Eu levo isso, ela havia dito enquanto o ar em nossa suíte se turvava com a fumaça e o cheiro acre de plástico queimado. *Vou jogar fora quando chegar em casa.*

Mas ela não jogou fora. Ela o guardou, mais garantias. Diante de mim estava um fóssil: os restos derretidos dos pertences de Paolo, diário, telefone, passaporte e carteira.

CAPÍTULO 33

— Ah, meu Deus. Você disse que se livraria disso.

— Eu guardei na minha mala. E acabou que voou até aqui comigo.

Meus olhos se arregalaram.

— Mas por quê?!

— É... é como a foto. Não pretendo mostrar a ninguém, obviamente. Mas eu queria que você visse.

Ela perdeu a cabeça. Mas eu balancei a cabeça serenamente.

— Desculpe por ter feito você duvidar de mim. Mas podemos confiar uma na outra. *Temos* que confiar uma na outra.

Ela enfiou a massa em sua bolsa.

— Podemos, por favor, conversar mais assim que você voltar?

— Claro que sim — menti. Eu me aproximei da porta. — Eu tenho que ir. Você está bem?

Ela me puxou para um abraço apertado e chorou no meu ombro. Havia uma memória muscular, um desejo profundo de enfiar meu queixo em direção ao pescoço dela, de sentir nossos antebraços encaixados. Quando a soltei, tive o pensamento vacilante de que isso parecia um adeus; uma separação que estive buscando há quase um mês.

Mas enquanto eu caminhava lentamente em direção às escadas, um poço de vergonha se abriu dentro de mim. Havia uma razão pela qual eu continuava repetindo minhas despedidas, visando um corte limpo, mas, depois, observava a pele criar crostas e se enrugar, cada vez mais repulsiva. Havia uma razão pela qual eu continuava voltando, uma viciada em olhos tristes implorando por mais uma dose.

Ao passar pela sala de estar a caminho da porta da frente, meu olhar repousou sobre uma Bíblia ainda centralizada na mesa de centro. Com um súbito aperto no peito, entendi a razão pela qual as pessoas anseiam por religião: a confiança, a superioridade, a certeza do que é certo. O anseio por alguém que nos diga o que comer, pensar e fazer. Respostas simples para perguntas complexas, e a certeza de que não há nada a temer, que tudo ficará bem no final. O oposto do medo.

Quando peguei minha bolsa, um rangido acima de mim me fez congelar, ouvidos atentos, coração a mil. *Hora de sair daqui.* Olhei para trás, então abri a porta da frente e corri para a noite.

✎✎✎

Cheguei ao meu carro e sentei no banco da frente por um longo tempo. Estava tudo errado. Kristen me disse para pular, e eu respondi: "O quão alto?" Eu a confortei, acariciei sua canela, a envolvi em um abraço apertado. Eu *devo* estar recebendo algo que desejo, caso contrário não estaria aqui agora, olhando para o túnel preto da rua de Nana e Bill quando deveria estar em casa, fazendo as malas para Phoenix. Por que estava tão escuro? Por que não havia iluminação pública nos subúrbios?

Uma batida repentina fez meu corpo inteiro estremecer, pressionei a mão no meu esterno e respirei com dificuldade, a espectadora em um filme de terror que não percebeu o susto se aproximando. O rosto de Nana flutuou na janela, seus olhos e bochechas esqueléticos no brilho da minha luz de teto. Abaixei a janela e ela abriu um sorriso nervoso.

— Você esqueceu isso. — Ela estendeu um pedaço de tecido e levei um momento para reconhecer minha jaqueta.

— Ah, nossa, obrigada. — Eu a joguei no banco do passageiro.

Ela permaneceu parada.

— Achei que você já tinha ido embora. Mas então vi seu carro.

Ela queria me dizer algo. Dias antes, eu teria aproveitado a chance para perguntar sobre o e-mail assustador, sobre Westmoor, sobre a jovem Kristen e sua melhor amiga morta, a pobre Jamie na casa de abacaxi que eu conseguia distinguir ao lado, no meio da escuridão. Mas agora, o impulso mais forte, no fundo dos meus quadris, era dar o fora daqui.

— Está tudo bem? — perguntou ela apressadamente, como se pensasse que eu fecharia a janela e sairia dirigindo, cantando pneus.

Congelei.

— Você quer dizer com Kristen?

Algo brilhou em seus olhos.

— Ela está agindo um pouco, hmm, um pouco chateada. Eu acho que isso deixou Bill, você sabe, no limite. E eu também. — Suas sobrancelhas se ergueram. — Não que isso seja sobre nós! Mas estou preocupada com ela. E com você. — Nana olhou para trás, e captei seu olhar novamente. Medo, brilhante e cintilante, pequeno e vasto. Em relação a Kristen? Ou... Um novo pensamento surgiu, a primeira conclusão que eu teria chegado sob quaisquer outras circunstâncias: em relação a Bill?

— Nana, por que a pergunta? O que está acontecendo em casa? — Ela me encarou e, apressadamente, acrescentei com uma polidez instintiva: — Quero dizer, se você não se importar que eu pergunte.

— Tem sido meio caótico ter todos sob o mesmo teto. — Ela olhou para a casa, as janelas como olhos que não piscavam. *Eu só queria ter certeza de que você está confortável,* ela escreveu no e-mail no meu aniversário. *Kristen tem agido um pouco estranho ultimamente.*

— Há algo que você queira me dizer, Nana? Tem algo de errado acontecendo?

Ela passou a língua pelos lábios. Ela tinha acabado de tomar uma respiração corajosa de alguém prestes a deixar algo escapar quando...

— Nana!

Uma mão caiu no ombro de Nana, e nos viramos para ver o rosto sorridente de Kristen. Como ela tinha chegado aqui sem percebermos? Há quanto tempo ela estava parada ali?

— Emily esqueceu a jaqueta dela — anunciou Nana, alto demais.

Gesticulei em direção à jaqueta com um floreio.

— E como não encontrei com Nana lá dentro, estava apenas dizendo oi.

Kristen assentiu.

— Achei que você estava com pressa, então fiquei surpresa em vê-la aqui com alguém. Pensei em investigar.

— Apenas sua velha vovozinha! — falou Nana, melodicamente.

— Bem, obrigada por me manter a salvo de todos os perigos de Brookfield — falei rindo, e Nana deu uma risadinha. — De qualquer forma, não vou tomar mais do seu tempo. Kristen, nos falamos em breve, ok?

— Boa viagem — respondeu ela, o sorriso assumindo um ar malicioso. — Tenha cuidado.

✧✧✧

Kristen enlouqueceu. Nana estava segura? Havia algo que eu pudesse fazer? Algum dos meus entes queridos estaria em perigo enquanto eu estivesse fora da cidade? Priya? O pensamento se repetiu incessantemente enquanto eu dirigia pelas estradas arborizadas passando por imponentes residências em estilo colonial, amplas casas estilo Tudor e outras neoclássicas com grandes colunas brancas na frente. Não há mansões chamativas aqui: os vizinhos de Kristen eram elegantes e presunçosos, convencidos de que nada de ruim poderia acontecer com eles, não enquanto estivessem atrás de seus fossos de jardins paisagísticos e arbustos bem aparados.

Eu não estava sendo justa, estava simplesmente com ciúmes, a inveja como um *stent* implantado no meu coração, empurrando-o de dentro para fora. Essas pessoas pagavam seus financiamentos imobiliários, pagavam suas mensalidades escolares, debatiam se o *Vitamix* valia a pena ou não. Eles não estavam se questionando se alguém que eles conheciam era profundamente desequilibrado. Se a polícia estava em seu encalço. Se suas paredes, profissionalmente pintadas em um belo tom de casca de ovo, estavam os encurralando a cada segundo.

Com a exceção de uma. Pensei em Kristen, encolhida na cama, lenços de papel usados empilhados como neve na lixeira a seus pés. De jeito nenhum isso era apenas atuação. Certo?

Em um cruzamento, saí do loteamento e entrei em uma estrada principal, e percebi que estava prendendo a respiração.

O brilho nos olhos de Nana: eu o reconheci com uma onda de solidariedade. Eu mesma sentia isso tantas vezes ao dia, explosões tão pequenas, intensas, esperadas e *normais* que eu mal as registrava: uma presença cotidiana que nos acompanha quando caminhamos, comemos, sorrimos, não sorrimos, vestimos uma roupa mais curta, usamos uma parca bufante ou apenas existimos como uma mulher.

Entrei na rodovia e acelerei com força. Meu pulso acelerou junto com o sedã enquanto eu passava pelos terrenos da Feira Estadual de Wisconsin, o estádio de beisebol, as três cúpulas de vidro do jardim botânico entrelaçadas como olhos de insetos. Quando cheguei na minha saída, nenhum carro me deixou entrar e tive que pisar no freio, então me arremessei na frente de um SUV que fingiu não ver minha luz de seta.

No espelho retrovisor, vi a palma da mão do motorista virada para cima, em um gesto de "o que diabos você está fazendo?". Como se fosse minha culpa por ocupar espaço tridimensional, por ter volume, massa e densidade.

E então, fiz algo que eu nunca, jamais faço. Levantei meu dedo do meio e balancei o dedo acima do meu ombro, para que não houvesse possibilidade de ele não ver. Por um momento, me senti poderosa, mas então, no semáforo seguinte, ele parou ao meu lado e baixou a janela para soltar uma torrente de obscenidades.

Olhei para a frente e, enquanto meu coração batia forte em minhas costelas, fingi não notar.

CAPÍTULO 34

Meu estômago apertou quando o carro de Aaron parou na minha garagem. Acenei e arrastei minha mala para fora, depois me virei para trancar a porta.

Eu me assustei quando duas mãos envolveram minha cintura, então sorri quando ele acariciou meu pescoço.

— Oláá — disse ele.

— Oiê. — Nossas testas se tocaram e fechei os olhos. Ah, como eu gostaria de poder ceder ao sentimento e me derreter em seus braços. — Você está animado?

— Deixe que eu levo isso. — Ele pegou minha mala e eu o segui até o carro. Ele apertou um botão e o porta-malas se abriu, balançando no topo. Algo sobre seu ângulo, a boca aberta do porta-malas, me levou de volta àquele momento no Chile, quando estávamos suadas e doloridas depois de cavar uma cova rasa e prestes a enfrentar o horror impensável de depositar um corpo nela. O porta-malas do carro alugado havia balançado da mesma forma, como se estivesse rindo de nós.

Ele o fechou com um baque e me lançou um sorriso torto.

— Eu trouxe croissants de chocolate de novo. Espero que esteja com fome.

— Tão fofo! Obrigada. — Assim como no aeroporto semanas atrás, quando eu não sabia que o veria. Sua forma emergindo perto da esteira de bagagem me atingindo como um trovão.

Partimos sob um céu prateado.

— Vai chover aqui durante o fim de semana inteiro — anunciou ele, tamborilando com os dedos ao ritmo do rock de garagem que ele havia colocado. — Espero que a chuva não caia até já estarmos no ar.

— Sim. — Foi preciso um esforço enorme para responder. Esta viagem pode ter sido uma ideia horrível. — Graças a Deus estamos indo para um lugar ensolarado.

Meu telefone estava tocando novamente, e vasculhei minha bolsa. Era um número desconhecido, um com... Ah, meu Deus... com dígitos demais.

Aaron olhou na minha direção.

— Está tudo bem?

— Sim, não, desculpe, eu... Eu só preciso verificar uma coisa. — Tentei evitar que meus dedos tremessem enquanto pesquisava no Google o código do país da chamada recebida: Chile. *Droga.* Mais duas novas mensagens de Priya, uma resposta à mensagem que enviei tarde da noite, pedindo que ficasse longe de Kristen enquanto eu estava fora; ela enviou de volta uma série de pontos de interrogação, seguidos por "Que diabos? Está tudo bem?"

Aaron apontou para o painel.

— Ei, isso me lembrou de que eu trouxe algumas balas de goma de cannabis.

— Hã? — Olhei ao redor, perplexa, então percebi que ele estava falando sobre a música de roqueiros chapados que estava tocando. — Ah. Ótimo! Você não... tem medo de viajar de avião com isso?

— Nem um pouco, elas estão no meu estojo de higiene pessoal. — Ele acenou com a mão e olhei para ele, minha inveja tão intensa que senti correndo pelos meus poros: nenhuma preocupação no mundo, não havia nada com o que se preocupar. *O oposto do medo não é segurança*, disse Kristen. É saber que você sempre estará no comando.

A música terminou com um *shrawww* enlouquecido de uma guitarra, e os DJs do programa matinal entraram em ação:

> — *Então, Dave, tenho certeza de que você já ouviu falar desse mochileiro de 24 anos cujo corpo foi encontrado no Chile.*
>
> — *Ah, todo mundo tem uma teoria. Na semana passada, ouvi alguém dizer que achava que alienígenas estavam envolvidos, já que aquela região é famosa pela atividade de OVNIs.*
>
> — *O que não consigo deixar de pensar é que os pais são...*

— Sabe o que é louco? — Aaron apontou para o alto-falante. — Esse cara desaparece, provavelmente se envolveu com alguma coisa suspeita. Drogas ou qualquer coisa assim. Mas ninguém quer dizer isso, os responsáveis têm que ser alienígenas, não havia nada que ele pudesse ter feito sobre isso. Porque ele é um cara. Tipo, lembra da Natalee Holloway? Era sempre algo tipo, *Bem, por que ela deixou os amigos? E por que eles a deixaram sair com um cara que ela mal conhecia?"*

Era como se todas as minhas células estivessem disparando ao mesmo tempo e eu tossi, um latido estranho, então mudei para uma estação diferente.

— Desculpe — falei. — Isso me deixa apavorada. Pensar sobre... coisas assustadoras acontecendo com turistas.

— Ah, não, isso faz sentido. Eu sei que você *acabou* de voltar de lá.

Eu me obriguei a dizer alguma coisa, qualquer outra coisa, mas não consegui. Finalmente, ele encerrou o assunto:

— Bem, não há nada com o que se preocupar nas ruas de Phoenix.

' ' '

AARON COMEU uma de suas balas de goma antes de embarcar e adormeceu logo após a decolagem. Eu não queria correr o risco de ficar (ainda mais) paranoica enquanto estava dentro de um tubo de metal navegando desafiadoramente pelo céu, então não comi. Viajantes desacompanhados nos flanqueavam de cada lado, um cara musculoso com o boné do *Packers* estava ao meu lado e uma empresária estava ao lado de Aaron, digitando em seu notebook.

O número chileno não deixou uma mensagem no correio de voz, mas ligou novamente enquanto estávamos na pista de decolagem. Pressionei meus dedos contra os lábios, como se para me impedir de gritar. Pensei em Sebastian no Camboja, sua palma calejada contra minha boca. Adrenalina correndo pelos meus braços, músculos retesados enquanto eu lutava contra sua constrição. O gosto de sangue quando meus dentes se fecharam em sua carne. Será que entrou um pouco em minha boca? Será que eu o cuspi em uma bola de catarro sanguenta enquanto ele xingava e puxava a mão em direção ao seu coração, ou eu tinha inventado esse detalhe agora, em retrospecto? Afinal, o cérebro é um artista, remixando, alterando as formas a cada minuto. Editando o fluxo de informações para que eu pudesse me convencer de que *Kristen*, não eu, tinha chutado o tronco dele, forçando sua cabeça contra a perna da cama.

Uma turbulência nos atingiu, e o capitão ligou o sinal do cinto de segurança. Aaron se mexeu e voltou a roncar, mas a mulher à sua direita agarrou os apoios de braço e arfou quando o avião perdeu altura. Outro farfalhar de murmúrios preocupados quando o avião sacudiu novamente, forte o suficiente para fazer as bandejas pularem.

Turbulência nunca me incomodou. Era apenas o avião passando através de grandes massas de ar. Eu, particularmente, preferia ficar obcecada com medos realistas.

Aaron aninhou a cabeça no meu ombro, e inclinei minha bochecha em seu cabelo sedoso. Meus olhos se fixaram na tela ao meu lado, onde o cara de boné estava mudando os canais de TV ao vivo com um toque agressivo, o que certamente estava sendo sentido pela mulher da cadeira da frente. Ele parou na CNN e eu li as mensagens se arrastando na parte inferior da tela, um fluxo interminável de incêndios, invasões e tiroteios. Acima das manchetes rolantes havia literalmente duas cabeças falantes, uma mulher estilo Barbie, e um homem com um bigode parecido com um guidão de bicicleta, discutindo um assunto totalmente diferente.

E então eu vi. Isso me sugou como uma escotilha sendo aberta no profundo vácuo do espaço.

A manchete serpenteava pela tela, da direita para a esquerda, tão rápido que pensei que talvez tivesse lido errado, transposto as letras, evocado a sequência de palavras que eu mais temia. Senti frio por toda parte, meus ombros, mandíbula e mãos ficando cada vez mais tensos. Aaron se ajeitou em seu assento e caiu na direção oposta.

Puxei meu notebook e apertei o botão para ligar; o disco rígido parecia mortiço e preguiçoso ao inicializar, telas diferentes aparecendo e círculos girando languidamente. Depois do que pareceram horas, conectei-me ao Wi-Fi de bordo. Outra curta eternidade enquanto eu esperava o CNN.com carregar.

Tive que rolar para baixo para encontrá-la, devorando as intermináveis manchetes, as fotos tingidas de azul de políticos e atletas profissionais, e crises de saúde e devastação brutal.

E lá estava, nove palavras em negrito no lado esquerdo, o elemento HTML "<strong>" enfatizando-a:

TESTEMUNHA APRESENTA INFORMAÇÕES NA BUSCA PELO ASSASSINO DO MOCHILEIRO

CAPÍTULO 35

A polícia de Los Angeles está se concentrando em uma pequena cidade agrícola no Chile como o último local conhecido de um jovem assassinado enquanto viajava em um mochilão, e policiais de vários países estão em uma busca frenética pelo seu assassino.

Em 25 de abril, o corpo de Paolo García, 24 anos, de Barcelona, Espanha, foi encontrado perto de Arroyito em uma cova rasa a cerca de 25 metros da estrada, segundo relatos. Ele estava desaparecido há cerca de 4 semanas antes de seu corpo ser encontrado. Embora um suspeito não tenha sido identificado, uma testemunha afirma que viu García em Quitéria, uma remota cidade montanhosa, na noite de 13 de abril.

"Não consigo acreditar. Nós nos conhecemos em um bar lotado e conversamos sobre nos encontrarmos para um passeio de observação de estrelas na noite seguinte, e fiquei surpresa quando ele não apareceu", disse Tiffany Yagasaki, uma britânica que também estava fazendo um mochilão pela América do Sul. "Eu não pensei sobre isso novamente até ver a foto dele em uma notícia sobre seu corpo ter sido encontrado. É tão chocante, ele parecia tão amigável, e todos no bar estavam apenas conversando e se divertindo."

"Esta é a nossa primeira pista real", disse a capitã da polícia de Los Angeles, Miranda Sedivec, em um comunicado. "Somos gratos à Sra. Yagasaki por apresentar informações vitais e incentivamos *qualquer pessoa que possa contribuir para a investigação a fazer o mesmo."*

No dia 1º de maio, a família García ofereceu uma recompensa de US$1 milhão por informações sobre a morte de seu filho. O advogado da família se recusou a comentar se a cooperação de Yagasaki estava relacionada à recompensa.

Quitéria, uma pequena vila com uma população de oitocentos habitantes, é essencialmente agrícola. Também recebe milhares de turistas, principalmente nos meses de verão (entre dezembro e março), devido à sua localização paisagística na Cordilheira dos Andes e à abundância de destilarias que produzem pisco, uma aguardente de uva branca. O corpo de García foi encontrado a cerca de 38 km de Quitéria.

Amigos em Barcelona descreveram García como um jovem divertido, que gostava de aventuras, e adorava conhecer novas pessoas. Ele também foi um sobrevivente de câncer de tireoide que participou de campanhas de arrecadação de fundos para aumentar a conscientização e a pesquisa sobre o câncer.

"Ele conseguia falar com qualquer pessoa, a qualquer hora, em qualquer lugar", disse Valeria Ramos, uma amiga da universidade, à Agência EFE, serviço de notícias espanhol. "Ele era capaz de entrar numa sala cheia de desconhecidos e fazer todos sorrirem."

Se você tiver alguma informação, por favor entre em contato com a polícia de Los Angeles.

Tiffany Yagasaki, ela deve ser uma das duas mochileiras que vimos no restaurante, e depois novamente no bar. Um lamento interno, *meu Deus, meu Deus, meu Deus,* Tiffany e eu conversamos no bar, tínhamos ficado bêbadas enquanto Kristen flertava com Paolo a alguns metros de distância. Ela se lembrava de nós? Ela havia contado a alguém? Mas o detalhe mais devastador estava, obviamente, no primeiro parágrafo: *policiais de vários países estão em uma busca frenética procurando pelo seu assassino.*

Eu tinha que contar a Kristen. Sem dizer algo estúpido, obviamente, algo suspeito ou incriminador.

Eu diria a ela para checar um jornal, isso não pareceria suspeito, não é? Mas se alguém triangulasse nosso paradeiro naquela noite de abril e depois vasculhasse minhas mensagens...

Eu conseguia sentir, a paranoia, crescendo dentro de mim como um verme, ameaçando estrangular minhas vísceras.

Um código. Eu faria um simples, um que ela entenderia rapidamente, mas que ninguém mais notaria. Verificando novamente que ninguém ao meu redor estava olhando, digitei, depois voltei e preenchi as palavras:

> *Oi Kristen,*
>
> *Estive pensando na última carta q enviei. Só queria acrescentar q Raquel realmente deveria ser tipo, uma atriz de*
>
> *TV extremamente vulgar, hein?! Inferno! Mt mimimi etc., cansei dela, bjs.*
>
> *Emily*

Escrevê-lo acalmou meus pensamentos acelerados, diminuiu minha frequência cardíaca. O parágrafo no meio do e-mail, a segunda linha meticulosamente trabalhada... Kristen, a pessoa com quem eu brinquei uma vez que seu cérebro estava praticamente fundido ao meu, como gêmeos siameses, saberia ler a última letra de cada palavra na segunda linha: *Ver notícias*. Eu tirei meu cabelo do rosto e apertei Enviar.

E então percebi que não tinha ideia do que eu esperava que ela *fizesse*. Eu estava em um avião. Eu literalmente a deixei chorando na casa palaciana de seus avós. Coloquei meu notebook na minha bolsa. Embora o Chile fosse a preocupação mais imediata, meus pensamentos voltaram para o Camboja.

Por mais de um ano, eu venho me esforçando para manter as imagens fora da minha mente. Como um aplicativo rodando em segundo plano em um telefone, alguma parte da minha mente estava sempre zumbindo: *deixe-as enterradas, deixe-as enterradas, deixe-as enterradas*. Enterrado como o corpo de Paolo sob a terra fulva. Enterrado como o corpo de Sebastian no rio Tonle Kak.

Eu me senti tão entorpecida naquela noite, disso eu me lembrava claramente, uma memória visceral dos meus sentidos sendo desligados. Com o ferimento de Sebastian ainda derramando sangue, Kristen me puxou para o banheiro e ligou o chuveiro, deixando o vapor condensar e pingar no espelho, nas paredes e na frágil cortina do chuveiro. Eu tremia incessantemente, meus ombros como uma britadeira, meus dentes batendo tão forte que chacoalharam meu crânio, eles confundiram meu cérebro, a ideia não era que você nunca deveria sacudir um bebê porque o cérebro giraria dentro da cabeça dele? Isso é o que estava acontecendo comigo enquanto a névoa se instalava em meus cílios, enquanto os vapores flutuavam em espirais translúcidas, enquanto Kristen segurava meus ombros e empurrava sua testa contra a minha.

Saltei para outra cena, também molhada e pálida. Minhas pernas pareciam geleia, e não apenas de ansiedade desta vez: juntas, arrastamos Sebastian pela curta, mas íngreme caminhada até um mirante, um penhasco sobre as águas espumosas de Tonle Kak. Graças à poluição, o céu noturno tinha um tom amarelado estranho, como bile. Havíamos visitado este local dois dias antes, quando estava cheio de turistas, jovens como nós tirando selfies na beira do penhasco. Eu li em voz alta o nosso guia, assumindo uma voz de locutora, toda entusiasmada e gesticulando com os braços.

O local foi apelidado como *o cume do suicídio*, e nos revezamos tentando pronunciar os muitos ditongos e consoantes plosivas da expressão em Khmer. Reza a lenda que era aqui que as mulheres, casadas ou prometidas, mas infelizes com isso, uma vez encheram os bolsos com pedras de xisto ao longo do caminho e depois se atiraram na água abaixo; embora a queda de cerca de 12 metros provavelmente resolvesse a questão, as pedras pesadas garantiam que elas se afogassem como planejado.

Não havíamos pensado nisso naquele dia, mas no banheiro do nosso quarto de hotel, a névoa rodopiando e nossos crânios colados como se pudéssemos cogitar a ideia juntas por osmose, Kristen trouxe isso à tona novamente. Ou eu tinha sido o cérebro, o gênio diabólico? De repente, as fronteiras entre nós estavam ficando irreconhecíveis.

Um *ding* e o capitão desligou o sinal do cinto de segurança. Não, eu tinha que manter o foco. *Kristen* era perigosa, não eu. Mesmo se Sebastian fosse removido da equação, Kristen ainda era a única com um rastro de cadáveres atrás de si, desde que ela era criança: ambos os pais, Jamie e, agora, Paolo. Um é uma anomalia, dois é uma infeliz coincidência... *talvez*. Mas quatro? Quatro é uma maldita *tendência*.

Aaron cruzou os braços e se acomodou no assento. Eu me preparei e então viajei de volta no tempo mais uma vez, de volta àquela noite no Camboja, o ar fervilhando de insetos, umidade e fumaça de incêndios de lixo distantes. O ar nos oprimia como mau hálito enquanto cambaleávamos colina acima, os pés de Sebastian se arrastando atrás de nós. Colocamos pedras em todos os bolsos que encontramos em suas roupas: contra sua barriga em sua camisa ensacada, dentro do cós de seu short.

Encostar na pele dele, fria e úmida, mesmo com o ar em volta estando à temperatura corporal, enviou ondas de repulsa através de mim... mas, se eu fosse honesta comigo mesma, havia algo estranhamente satisfatório nisso também, os pesos violando o homem que tentou me violar. Eu estava com tanta raiva quando me livrei de sua constrição. Quase me deleitei em mergulhar os dentes em sua palma, colocando-o em seu lugar. Fiquei tão furiosa que, quando o vi no chão, sua cabeça contra a estrutura da cama...

Doentio. Eram todos pensamentos doentios e repugnantes. Ao meu lado, Aaron coçou o nariz, aconchegou a bochecha contra o travesseiro em forma de ferradura. *Eu te amo.* Nós não tínhamos dito isso ainda, mas pensar sobre isso era como um prisma de clareza no nevoeiro da minha psique. Minha afeição por ele aumentou, seguida por um medo feroz e crepitante ao pensar em perdê-lo. O que Kristen faria se, de alguma forma, colocasse as mãos nele, ciumenta com uma ex-namorada? Ou, igualmente ameaçador: o que aconteceria se ele descobrisse sobre os esqueletos no meu armário? Os esqueletos *literais* em minhas mãos, um enfiado no porta-malas de um carro alugado no Chile, o outro arrastado através de uma colina no Camboja?

Espere... como conseguimos que Sebastian caísse do penhasco? Esperei que surgisse uma imagem, um efeito de aparecimento gradual. Lá estava: Kristen e eu rolando o corpo dele em direção à borda, sentindo a gravidade tomar conta, lentamente no início, mas depois com uma veemência crescente, como uma montanha-russa no topo de sua primeira montanha gigante. Demos um passo para trás e esperamos pelo barulho de respingo, pareceu uma eternidade, algo estava errado. Mas então ouvimos o estrondo molhado, o rio aceitando com gratidão nosso sacrifício. Nós duas nos inclinamos e olhamos para a água, mas qualquer vislumbre de Sebastian já estava perdido na correnteza espumosa.

Isso não está ajudando. Nenhuma das lembranças implacáveis estava me deixando mais próxima da resposta à pergunta crucial: Quem o matou? Kristen ou eu? Era uma sensação estranha, como me preocupar com o futuro, projetar o que poderia dar errado, só que eu estava me preocupando com o passado. *Eu sou perigosa, mesmo agora?*

Não, eu era uma pessoa gentil, uma boa pessoa, vivendo minha vidinha. Eu amava os animais e a natureza; ioga e pizza. Coloquei minha mão na de Aaron e ele virou a palma, entrelaçou seus dedos nos meus.

A mulher ao lado dele tirou os olhos do notebook e olhou para seu companheiro de assento, para nossos dedos entrelaçados. Pensei em como deveríamos parecer para ela: um casal bonito e confortável viajando juntos, nem mesmo achando ruim os assentos do meio, de tão apaixonados que estávamos. Desejei isso por tanto tempo. Aaron tornava cada segundo mais acolhedor, mais seguro, mais feliz.

Viajando juntos. De repente, a magnitude desta empreitada me atingiu, como estaríamos juntos 24 horas por dia, durante quatro dias inteiros. Juntos quando eu saísse do chuveiro, cabelo bagunçado, rosto ao natural. Juntos quando meus níveis de açúcar no sangue caíssem e eu ficasse mal-humorada e monossilábica. Juntos quando eu comesse muito pão e ficasse com gases, meu abdômen se distendendo como um balão. Nós já passamos a noite juntos, claro, mas isso parecia diferente. Histórico.

Estive tão focada em fugir que quase não percebi para onde eu estava fugindo.

Aninhei minha cabeça contra o ombro dele, então fechei meus olhos.

Não, não para onde. Com *quem*.

CAPÍTULO 36

Não havia ninguém esperando para me prender na ponte de embarque. Ninguém prestou atenção em nós enquanto caminhávamos pela esteira de bagagens e nos direcionávamos para o balcão de aluguel de carros, e olhei em volta espantada: *ninguém sabe*.

Phoenix era marrom-alaranjada e esturricada pelo sol, com o aspecto seco e quebradiço de um cheddar que ficou em uma tábua de queijos o dia inteiro. Estava quente, muito quente, o ar de sauna se agarrando em meus pulmões. Aaron não reclamou enquanto carregávamos nossas malas no banco traseiro de um carro alugado, mas sua testa pingava como um copo de chá gelado.

Sem novas mensagens de voz, mas agora eu estava recebendo uma ligação de um número com o código de área de Los Angeles. L.A., onde pais enlutados ofereceram US$1 milhão por informações sobre seu filho. L.A., onde o pai de um homem morto provavelmente tinha o departamento de polícia na palma de sua mão abastada. Onde uma família chorava a morte de um filho que superou o câncer, mas não a fúria da minha melhor amiga. Ativei a função de Não Perturbe e coloquei meu celular na bolsa.

Passamos pelas curvas do aeroporto, depois saímos para a interestadual. Estávamos em um SUV preto gigantesco, parecido com um tanque de guerra, que consumia muita gasolina; a única opção que restava para nossa reserva de última hora.

— Então, eu queria conversar com você sobre uma coisa.

Olhei para Aaron bruscamente.

— O que houve?

— Hum, não tenho certeza sobre como falar isso. — *Ah, meu Deus, ah, meu Deus, ah, meu Deus.* — Kristen me ligou ontem.

Inspire profundamente, expire profundamente.

— O que ela disse?

— É… sei lá. Foi bizarro. Ela disse que está preocupada com você.

— Ah, nossa. E ela disse por quê?

— Ela usou a palavra… *instável.* — Ele corou. — Parece que ela acha que você está à beira de um colapso nervoso ou algo assim. Ela disse que achava que você não deveria estar viajando agora.

— Meu Deus. — Olhei para ele. — E você só está me dizendo isso agora?

— Bem, eu não queria começar a viagem com isso.

Fechei os olhos e apertei com força.

— Você sabe que tudo que ela disse é mentira, certo? Eu estou bem.

Ele não respondeu. Atrás dele, a paisagem lunar tangerina ondulava em sua janela.

— Aaron.

— Isso não foi tudo.

Eu explodiria. Algo estava detonando dentro de mim, prestes a explodir por todo o painel.

— O que ela disse? — Tentei manter meu tom blasé, revirando os olhos.

— Ela disse… — Ele limpou a garganta. — Ela disse que o motivo pelo qual você tem estado meio… estressada desde que voltou do Chile é porque algo aconteceu lá. Que você machucou alguém ou algo assim? Acidentalmente. Ela não entrou em detalhes.

Meu rosto ficou abatido. *Não, não, não, não, não.* No momento em que percebi que não estava respirando, era tarde demais para agir chocada, confusa, desdenhosa ou qualquer outra coisa, *qualquer* máscara emocional que pudesse indicar minha inocência.

— Em 400 metros vire à direita — entoou o GPS.

— Aaron. — Minha voz soou espremida e a puxei de ainda mais fundo no meu peito. *Respire, Emily.* — Você sabe que estou bem, e que Kristen e eu não estamos nos melhores termos agora. Então, isso é apenas ela tentando manipular você. Ok?

Ele reduziu a velocidade ao virar na esquina.

— Então, eu sou Time Emily, 11 em cada 10 vezes. — Um carro entrou na nossa frente, e ele fez um som de *ops.* — Mas você pareceu meio estranha nas últimas semanas. Ou estou completamente enganado?

Meu cérebro remexeu, um rato no fundo de um balde. Será que devo inverter o roteiro, insistir que foi *Kristen* quem machucou alguém? Negar o ato de violência completamente? Inventar outra razão para eu estar agindo de forma estranha? Mas eu estava tão cansada de mentir, tão cansada de tentar agir normalmente quando, provavelmente, estava tudo prestes a desabar ao meu redor.

Eu me decidi, então. Eu contaria a ele a verdade.

— Desculpe não ter sido completamente honesta com você — disse. — Algo aconteceu com Kristen, e isso tem sido pesado para mim.

Ele esperou, ouvindo.

— Em primeiro lugar, não, eu não machuquei ninguém no Chile. Isso é mentira, juro por Deus. Por favor, acredite em mim.

Ele acenou para o para-brisa.

— Sim, eu acredito em você.

— Algo… aconteceu no Camboja. Há um ano. Algo ruim. — Engoli em seco. — Eu fui, hm, agredida. Foi uma… uma agressão sexual. — Olhei para o meu colo, mas podia senti-lo tenso ao meu lado. — Foi realmente assustador. Obviamente. Mas Kristen entrou no meio de nós e aquilo… E ela impediu aquilo. — Ainda era a verdade. Apenas uma versão revisada.

— Ah, meu Deus, Emily. Eu sinto muito.

— Obrigada. — Lágrimas se acumularam e me virei para a janela. Meus óculos de sol se projetavam no espelho retrovisor.

— Você denunciou? Você se machucou?

— Não, a gente só… nós só fomos embora de lá. Saímos da cidade, fomos para o Laos por alguns dias. Nós duas estávamos muito abaladas. — *Modificar o fornecimento de informações para limitar a histeria.*

— Droga. — Ele colocou a mão na minha. — Estou feliz que você me contou. E eu realmente sinto muito, muito mesmo, pelo que aconteceu com você. Argh, isso me deixa tão furioso. — Ele balançou a cabeça novamente. — Quem faria algo assim?

Suspirei. Esse era o problema com os caras legais, eles simplesmente não conseguem imaginar o quão terrível os seus camaradas podem ser.

— Obrigada. Sim, foi muito difícil. E pensei que estava superando isso, mas então você e eu começamos a namorar. E eu percebi que não havia *realmente* processado a agressão. Você sabe como eu meio que me fechei com você algumas vezes.

— Ah, caramba, espero que eu não tenha pressionado você, ou…

— Não, não, você foi incrível. Você *é* incrível. — Apertei a mão dele. — Você me fez perceber o quanto eu queria um relacionamento adulto sério e real. Mas a viagem com Kristen para o Chile... eu lhe contei como ela tentou me convencer a deixar Milwaukee e viajar com ela.

— Sim. E você disse outro dia, ela sempre age de maneira estranha com seus namorados.

— Exatamente. Ela tentou, tipo, envenenar meu cérebro em relacionamentos passados. Acho que ela quer me manter para si mesma. Tipo, eu tinha um namorado na faculdade, Ben, e ele *era* péssimo, mas Kristen foi quem me convenceu a terminar com ele. E então teve esse outro cara, Colin, alguns anos atrás. Parecia que as coisas estavam indo muito bem, mas Kristen me convenceu de que ele não era um cara legal, mesmo que, em retrospecto, ele não tenha feito nada de errado.

— Caramba. — Ele mudou de faixa e passou por uma caminhonete com um cachorro peludo com um olhar desamparado na caçamba.

— Acho que é por isso que ela vê o Chile como um momento determinante — continuei. — Antes disso, ela sempre me teve só para ela. Até agora. Até *você*. E eu sabia que ela tentaria plantar sementes de dúvida. — Inclinei minha cabeça para trás. — Mas ela ainda está fazendo isso. Tentando arruinar nosso relacionamento. Ela não conseguiu me atingir, então ela está tentando atingir você.

Naquela última noite no Chile, quando contei a ela sobre Aaron, esse foi o catalisador, o efeito borboleta que nos levou até esse furacão. É por isso que ela escolheu Paolo, é por isso que ela orquestrou toda aquela noite horrível: ela foi além de qualquer limite para nos unir para sempre, para criar uma experiência compartilhada que nos colocasse em nosso próprio globo de neve, afastadas do mundo. Ela agiu como se estivesse em estado de choque e desamparada enquanto eu arquitetava um plano para enterrar o corpo. Ela assistiu com alegria enquanto eu planejava enterrar sua bagunça como uma cápsula do tempo, uma bomba-relógio.

E então, pensando bem, assim que concordei, assim que eu não podia mais voltar atrás, assim que ficou óbvio que seu plano estava funcionando perfeitamente, ela retomou seu papel habitual de capataz. Ela exigiu que eu examinasse a área enquanto ela dirigia, ela supervisionou o manuseio do corpo de Paolo. *Ela sabe que é a única coisa que não posso contar a Aaron, a coisa entre nós dois, nos afastando, e ela ama isso.*

Mas então joguei uma chave entre suas engrenagens: eu me afastei.

Olhei para Aaron, seu pulso enganchado casualmente por cima do volante. Minha frequência cardíaca disparou. Até onde Kristen iria para fazer as coisas acontecerem como ela queria?

O hotel apareceu no nosso campo de visão, e Aaron entrou no estacionamento. Ele colocou o motor em ponto morto e se virou para mim, com sua expressão mais sincera.

— Cara, eu sinto muito. Isso tudo é uma droga.

— Obrigada. Eu só precisava me afastar um pouco dela. E o Arizona não é nada além de longe, certo?

— Ah, com certeza. E ei, estou feliz de estar longe da velha rotina e por estar aqui, sabe, em Marte. — Ele apontou para a janela, onde os cumes cor de barro pareciam uma história em quadrinhos de ficção científica. — Mas estou feliz que você tenha me contado. Eu sabia que algo estava acontecendo. — Ele tamborilou os dedos no freio de mão. — Você sempre pode falar comigo. Todos nós temos coisas sobre as quais não queremos falar. E isso é bom! Mas... já passei por isso antes, relacionamentos em que ela, ou eu, não estávamos dispostos a baixar a guarda, sabe? Apenas... sermos honestos.

Balancei a cabeça lentamente. Foi um daqueles momentos estranhos e em alta definição em que a conversa é tão real, tão importante, que você está quase desconectada, flutuando a alguns metros do chão.

— E olha o que é mais incrível. — Ele arrancou a chave da ignição. — Você quer espaço, você quer fugir, eu entendo isso, eu já fiz isso, já namorei pessoas que fizeram isso. Mas geralmente isso significa que elas fogem de *mim*. — Ele bateu no esterno. — E você insistiu em irmos para o Oeste! Juntos! Isso me faz sentir como se tivesse ganhado na loteria.

Minha voz estava amorosa e tímida quando eu disse:

— Sempre me sinto mais feliz perto de você.

Olhei em sua direção e vi o peito dele estufar, seus olhos brilhando. Então eu sabia que tinha dito a coisa certa. Mas a primeira coisa que pensei foi: *sim, porque eu não estava fugindo de VOCÊ.*

O HOTEL FICAVA nos arredores da cidade. Um mural desbotado com representações dos temas centrais do sudoeste se espalhava pela parede atrás do balcão de check-in, e os tecidos azuis e beges jogados sobre as poltronas pareciam saídos de um estúdio de ioga. Aaron entusiasticamente elogiou tudo que via, tirando fotos e apontando detalhes, como se pudesse sentir minha decepção. Meu Deus, como ele era gentil.

No elevador, uma onda de exaustão me atingiu. Levantei uma sobrancelha.

— Aquelas balinhas de goma ainda estão disponíveis?

O quarto era um pouco mais promissor, com amplas janelas e uma varanda estreita de frente para uma montanha tortuosa que mais tarde descobrimos ser a Montanha Camelback. Árvores verde-musgo eriçadas cobriam a extensão plana entre nós e o cume da montanha, e o pensamento se espalhou antes que eu pudesse impedi-lo: *Isso me lembra o Vale do Elqui.*

E aqui estava... a onda relaxante da cannabis, como um canto Gregoriano deslizando uma oitava para baixo. Um bando de monges. Que pensamento engraçado: monges silenciosos abrindo a boca para cantar, para exercitar suas cordas vocais, para deixar as ondas sonoras baterem e ecoarem ao redor deles. Além disso, essa é uma palavra engraçada, monge. *Monge.* Sobre o que mesmo eu estava pensando agorinha?

Ah, sim: como Aaron era tão gentil. E o lindo e gentil Aaron queria me abraçar, me beijar, me fazer sentir segura. *Segurança...* do que chamamos isso? O oposto do medo? O pensamento me aqueceu e cruzei em direção ao guarda-roupa, onde ele estava diligentemente deslizando suas camisas em cabides. Passei meus braços ao redor de sua cintura esguia e beijei seu pescoço. Ele se virou, o sorriso combinando com o meu, e então encontrando com o meu, e então nossas bocas estavam se movendo juntas, em um tango lento e interessante, e então nossas pontas dos dedos e pele macia, e todos os cantos de nossos corpos, internos e externos, côncavos e convexos, movendo-se como um só.

Estava tudo tão bom, elástico e amplo e interminável, até que a consciência sobre Kristen, Sebastian e Paolo, e o Departamento de Polícia de Los Angeles começaram a se edificar em minha mente como partículas carregadas, como o súbito estrondo iridescente da aurora boreal, e quando arfei foi de pânico, pânico como eu jamais tinha sentido, pânico de que eu nunca, jamais, jamais me libertaria do meu pesadelo.

Depois, deitamos de conchinha nos lençóis emaranhados, observando a janela enquanto o horizonte tortuoso escurecia e, então, educadamente, desapareceu no fundo, preto.

— Estou morrendo de fome — anunciou ele, apoiando-se em um cotovelo.

— Eu estou... posso estar muito chapada. Estou me sentindo um pouco... ansiosa.

— Ah, não, me desculpe. Sobre o quê?

Sobre Kristen vazando a minha foto com Sebastian, talvez até apimentando a pista anônima indicando uma conexão com o caso de Paolo. Ou enviando a massa derretida, o número da carteira de Paolo ainda visível, junto com meu endereço residencial. Sobre as ligações que recebo de números do Chile e de Los Angeles. Sobre os policiais arrombando a porta, me jogando no chão e talvez machucando você também, no meio da confusão.

— É como se tipo... eu chego ao fim de uma respiração, e fico preocupada que vou esquecer de respirar novamente — disse, o que era verdade. — Ou que nunca mais terei energia para me levantar. — Era uma preocupação menor, mas ainda assim eu a registrei: eu precisava fazer xixi e o banheiro ficava a uns 4 metros de distância, e como, cooooomo eu atravessaria essa distância?

— Ah, amor. Acho que essas gomas são muito fortes para uma novata. Do que você precisa? — Ele me trouxe água e encontrou um local próximo com pizzas para viagem. Ele me acordou para dizer que pegaria o pedido, a única coisa de que me lembro antes do amanhecer. Em meus sonhos, eu via a mamãe coelha, seu pescoço tão cortado que sua cabeça estava pendurada apenas por um retalho de pele branca e avermelhada. Ela continuou tentando pular, mas em vez disso, mancava, mancava e ziguezagueava, cada vez mais perto da beira de um penhasco chileno.

⁄ ⁄ ⁄

Quando acordei Aaron estava na varanda, franzindo a testa para a tela do iPhone. Ele estava absorvido em uma sessão de fotos com uma pequena lagartixa que se agarrava ao vidro, adorando a atenção. Ele entrou e perguntou como eu estava me sentindo, mas tudo que consegui dizer era que eu precisava de café. De repente, estar aqui parecia ridículo. Onde eu estaria segura? Devo deixar o país, me esconder no Canadá e torcer para que ninguém me extradite?

— Eu não vi nenhuma cafeteira por aqui — disse Aaron. — Você quer tomar o café da manhã lá embaixo?

Normalidade, eu tinha que mantê-la, tinha que fingir. Então, escovei os dentes e me vesti. Não consegui conectar meu telefone na bateria na noite anterior, e ele descarregou; com uma pontada de ansiedade, enfiei o carregador na parede e me afastei assim que o símbolo da Apple apareceu na tela.

Olhar para a comida fez minhas entranhas se revirarem: maçãs verdes brilhantes, uma daquelas torradeiras profissionais de esteira, um caldeirão de aveia com recipientes de açúcar mascavo e passas ao redor. Eu me forcei a comer uma banana enquanto estávamos sentados no deque, apertando os olhos contra o sol e folheando um livro sobre trilhas locais para caminhadas. Andar parecia uma boa ideia, mover-se pelo espaço aberto quando parecia que paredes de papelão estavam se fechando em mim. Selecionamos a trilha mais próxima, e relaxei por ter um plano. Um circuito de 5 quilômetros que começava a apenas um quarteirão do hotel, seguindo uma estrada rural e depois se ramificando para uma subida final. "Vistas gratificantes" de uma parte ao longo de um cume íngreme.

Quando Aaron se levantou para encher a xícara de café de isopor, me permiti sonhar por um momento: E se isso pudesse se tornar nossas vidas? Não ficar raspando manteiga de amendoim de pequenos recipientes de plástico perto de um saguão feio, mas, viver em algum lugar novo, algum lugar bonito. Um novo começo, totalmente separado de Kristen, do passado; aqui, com o sol batendo na nossa mesa e os lagartos andando próximo aos nossos pés, eu quase conseguia me convencer de que a loucura dos meses desde o Camboja existia apenas em outro plano, uma dimensão diferente, sem influência nesta realidade. Talvez essa fosse a magia do Arizona, toda aquela conversa sobre vórtices e OVNIs e a conexão com as estrelas: aqui, ninguém poderia nos alcançar.

Marchamos para dentro e nos preparamos para nossa caminhada, lanches embalados, protetor solar aplicado, bonés de beisebol desengonçados empoleirados em nossas cabeças. Estávamos no meio do saguão quando uma voz me fez congelar.

— Emily!

Aaron se virou ao meu lado, mas eu fiquei imóvel como uma escultura de gelo, frágil como um floco de neve.

— Emily. — Estava mais alto agora, mais próximo, e uma sepultura se abriu dentro de mim, mais funda, mais funda, mais funda. *Não.*

Uma mão no meu ombro. Como se fosse uma agulha e eu, uma bolha de sabão, iridescente e desamparada.

Eu me virei e olhei para ela. *Ploc.*

— Eu vim o mais rápido que pude — disse Kristen. E ela me puxou para um abraço unilateral.

CAPÍTULO 37

POLÍCIA DIVULGA RETRATO FALADO NO CASO DE ASSASSINATO DO MOCHILEIRO HISPANO-AMERICANO EM ABRIL

Investigadores de Los Angeles, trabalhando juntamente com autoridades chilenas, divulgaram um retrato falado em um esforço para rastrear uma mulher que eles suspeitam estar ligada à morte de um mochileiro hispano-americano no mês passado.

Paolo García, 24 anos, estava no meio de uma viagem de um ano pela América do Sul quando desapareceu. Ele foi visto pela última vez em 13 de abril, e seu corpo (identificado por registros dentários) foi encontrado em uma cova rasa em Arroyito, uma área agrícola no norte do Chile.

A polícia divulgou um esboço de alguém que se acredita estar envolvido no assassinato. Essa pessoa foi descrita como uma mulher branca na casa dos 20 anos, entre 1,65m e 1,70m de altura, cabelos castanhos e sotaque norte-americano.

A morte de García, que morava em Barcelona, mas tinha dupla cidadania espanhola e norte-americana, foi manchete em vários continentes e desencadeou uma caçada internacional, com a família de García oferecendo uma recompensa de US$1 milhão por informações que levem à prisão do culpado.

Qualquer pessoa com informações sobre o assassinato de García ou sobre a mulher suspeita deve entrar em contato com a polícia de Los Angeles.

260

CAPÍTULO 38

Meus lábios franziram para perguntar o inevitável: *O que você está fazendo aqui?* Então comecei a rir.

Mas é *óbvio* que ela estava aqui. Eu fiz essa exata pergunta várias vezes nas últimas semanas. Sempre que eu baixava a guarda, sempre que eu começava a relaxar. Ela teria alguma explicação razoável, com certeza. Ela ficaria confusa e magoada quando ficasse claro que eu não estava extasiada com sua aparição repentina. Ensaboe, enxágue, repita.

Aaron perguntou por mim, sua voz brilhante, mas perplexa.

— Kristen, o que diabos! Você não está em Milwaukee?

Os olhos dela se voltaram para os meus.

— Peguei um voo corujão. Acabei de desembarcar. Emily... me disse que ela precisa da minha ajuda.

— O quê? — disparei. Agora nós três parecíamos perplexos, um Triângulo das Bermudas de perplexidade.

— Seu e-mail... — disse ela com um olhar severo.

— Como você nos encontrou? — perguntou Aaron.

— Aaron estava... postando fotos. Com hashtags.

— Eu... Que parte do meu e-mail fez você pensar que eu estava dizendo para vir até aqui?

Ela franziu o nariz.

— Pensei que era isso que sua mensagem significava? Você disse para não nos falarmos e então você... Você entrou em contato comigo. — Ela balançou a cabeça e riu com amargura. — Bem, isso me parece muito com um jogo de poder bizarro de codependência... meu Deus, Emily.

— O que você *disse*?

— Uau, vamos todos respirar fundo. — Aaron tinha aquele olhar de pânico no rosto, como se algum misterioso e antigo ritual feminino estivesse prestes a começar.

— Não, mas é verdade, Emily. Você diz pule, e eu digo "o quão alto?".

— Eu nunca pedi para você vir aqui!

— Isso é *mentira*. — A voz dela ecoou, e o barulho do saguão desapareceu. Percebi olhares esbugalhados da mulher atrás do balcão da recepção, uma mãe com uma criança desgarrada, um casal queimado de sol a caminho do café da manhã.

Kristen olhou ao redor.

— Talvez devêssemos discutir isso em particular.

— Vamos voltar para o nosso quarto? — Aaron ergue sua chave.

De jeito nenhum eu nos trancaria em um quarto com essa mulher. Ambos olharam para mim, seus olhos suplicantes. Mas por motivos tão diferentes.

E então ficou muito claro o que eu precisava fazer: proteger Aaron a qualquer custo. A ligação desesperada de Kristen para ele na noite passada não teve o efeito que ela esperava; não tinha me tornado posse dela. O que ela faria agora para tirá-lo de cena? Quem sabia do que ela era capaz?

Eu sabia. Eu era, talvez, a única pessoa que sabia.

— Aaron, por que você não volta lá para cima? — Gesticulei em direção ao saguão. — Kristen e eu vamos ter uma conversa.

— Certeza? — perguntou ele, e eu assenti. Ele pressionou a palma da mão na minha cintura enquanto passava. Eu assisti ao elevador engoli-lo, e o pânico se espalhou pelo meu peito.

— Devemos ir lá para fora ou algo assim? — Kristen olhou ao redor. — Eu realmente não quero falar sobre isso aqui.

— Não. Ninguém está ouvindo. Já estamos conversando agora. — Caminhei até um sofá e ela se arrastou atrás de mim. Esperei que ela dissesse alguma coisa e, quando ela não disse nada, a curiosidade me venceu:

— Onde está sua mala? Onde você está hospedada?

— Aqui. Eles estão com minha mala, mas o quarto não estará pronto por mais algumas horas.

— Ah. — Um batimento cardíaco estranho. — Você... você realmente não deveria ter vindo.

— Isso é ridículo. Você me manda aquele maldito e-mail enigmático me dizendo para verificar as notícias, e então vejo o artigo sobre uma testemunha se apresentando e, obviamente, quase tive um ataque cardíaco, corri para você porque tudo o que você vem dizendo há semanas é que você precisa de alguém para conversar e que você está surtando.

Franzi as sobrancelhas.

— Então você veio porque achou que eu contaria para o Aaron?

— Não, vim porque você é minha melhor amiga. — Ela abriu as mãos, exasperada.

Nós nos encaramos, nossos olhares formando um único feixe de laser. Ela balançou a cabeça com desgosto e murmurou:

— Você diz pule...

Bem, que tal essa ironia: nós duas pensamos que a outra nos tinha à sua disposição.

Kristen se inclinou para a frente e murmurou:

— Não olhe, mas a mulher da recepção está nos encarando.

— Provavelmente porque você está fazendo uma cena.

Ela se levantou.

— Vamos. Preciso esticar as pernas.

Eu a observei ir, minha pulsação batendo em meus ouvidos. Ela chegou à porta e se virou para me encarar, um cão ansioso e impaciente para sair.

— Você... você não quer ficar sozinha? — perguntei.

— Eu não voei mais de 3 mil quilômetros para ficar sozinha, Emily.

Enfiei a mão na minha mochila e percebi, com uma sensação de choque, que não estava com meu celular. Ele ainda estava conectado na tomada do quarto.

Como se pudesse ler minha mente, ela ergueu seu próprio celular.

— Você quer que eu ligue isso e envie aquela foto estúpida?

Desta vez, ninguém se virou, ninguém ficou boquiaberto com a quebra de decoro. Porque Kristen era tão boa nisso: fazer o malicioso soar inocente, incidental. Até onde todos poderiam imaginar, ela estava apenas me provocando por causa de uma foto bêbada de nossos dias de juventude.

O que era a verdade, de certa forma.

A desesperança aumentou, uma vontade de chorar e soluçar e bater os punhos no tapete do hotel. Em vez disso, eu a segui até a entrada. As portas automáticas se abriram, uma lufada de ar quente do deserto. Kristen deu alguns passos e então olhou para trás, os olhos castanhos felinos e inescapáveis. Eu a via como um leão da montanha, o rosto calmo, orelhas erguidas, olhando por cima do ombro para mim com a leve consciência de que eu não tinha escolha a não ser segui-la.

O hotel nos levou diretamente a uma movimentada estrada com seis faixas. Kristen virou à direita e pisou na calçada rachada. Pelo menos, ainda estávamos ao ar livre aqui; um pouco abaixo havia um pequeno centro comercial com um salão de manicure, um estúdio fitness de *Total Barre* e um restaurante chinês. Engraçado como agora eu *queria* que fôssemos expostas, que as pessoas nos vissem.

— Precisamos ser diretas e falar de uma vez — anunciou ela. — Isso precisa parar.

— Eu concordo. — A luz do sol atingia com força meu couro cabeludo, uma gota de suor deslizou pelas minhas costas. — Calma, espere. A que você está se referindo?

— Essa briga, essa tensão, tudo que eu digo ou faço, você interpreta da pior maneira possível. É sufocante. — Ela caminhou com determinação, e percebi que estávamos nos aproximando da trilha que Aaron e eu escolhemos no café da manhã.

— Bem, talvez se você não ficasse me ameaçando com aquela foto do Camboja, nós duas poderíamos relaxar. E agora a... A *massa* de pertences derretidos de Paolo e tudo mais? Isso é perturbador.

Ela parou de andar e se virou para mim.

— Bem, talvez se você não passasse a impressão de, constantemente, estar prestes a perder a cabeça e arruinar nossas vidas, eu poderia me livrar dessas coisas e ainda conseguir dormir à noite. Sabendo que minha melhor amiga não estava prestes a me trair.

— Kristen, ouça o que você está dizendo. *Você* é quem está ameaçando *me* trair.

Ela zombou e partiu novamente. O marcador da trilha surgiu na estrada, uma placa desgastada pelo tempo com um mapa coberto de trilhas sinuosas e avisos de todo o tipo: leve água, não jogue lixo, cuidado com as onças-pardas. Se você vir uma, assuma uma postura imponente, grande e barulhenta.

O primeiro pedaço da trilha estava próximo a uma estrada de cascalho. Eu decidi que não iria além da grande curva à frente, nem um passo a mais. Subimos em silêncio por um momento.

— Você é implacável, sabia disso? — clamou Kristen. — Você é a pessoa mais egoísta que já conheci. Eu fiz *tudo* por você, e quanto mais eu tento estar lá, colocar suas necessidades em primeiro lugar, mais você se afasta. Como se eu causasse repulsa. Não sei o que você quer. — Ela se virou para olhar para mim. — *Me diga o que você quer.*

— Eu quero que Paolo esteja vivo! — rugi. A trilha, ladeada por cactos, se abria em um largo cume de um lado, e minha voz ecoou por um desfiladeiro. — Quero desfazer tudo o que fizemos. Eu quero... Eu quero que Sebastian esteja vivo. — Lágrimas encheram meus olhos.

As sobrancelhas de Kristen se ergueram.

— Ele *agrediu* você.

— Eu sei, mas...

Então, eu vi, meu pé martelando contra suas costelas de novo e de novo e de novo. Sem ambiguidade, sem dúvidas. Eu vi o que eu tinha feito. *Pare. Pare. Pare.*

— Eu não precisava ter matado ele. — Baixei o queixo, e as lágrimas rolaram. A terra ressecada perto dos meus pés sugou as gotas.

Kristen colocou a palma da mão no meu ombro. Estávamos muito perto da borda, percebi. Era o tipo de estrada de montanha sinuosa que você dirigiria com o coração batendo forte, os olhos bem abertos para observar tudo, os nós dos dedos brancos agarrados ao volante, sem sangue.

— Sim, você precisava. Ele era um homem mau. Você não teve escolha. — Lentamente, muito lentamente, ela trouxe a mão livre até meu outro ombro. Ela empurrou um pouco para baixo, como um treinador dando ao seu melhor jogador uma conversa motivacional. — Mas esse é o problema. Estamos ligadas pelo que fizemos. Enquanto estivermos aqui e livres, ambas estaremos em dívida uma com a outra. Não há saída.

Eu estava presa. O que passou pela minha cabeça naquele momento não foi o forte empurrão de Ben há anos, seus braços exatamente onde estavam os de Kristen agora, e então o forte empurrão, o ecoar do meu crânio contra a parede. Também não eram as mãos de Sebastian, uma contra minha boca e a outra esmagando meus pulsos na parede, deixando-me em pânico e indefesa como uma mariposa em uma teia.

Em vez disso, vi as mãos do meu pai, enormes contra meu corpo minúsculo, agarrando-me tão de repente que minhas perninhas ainda estavam entre um passo e outro, e depois batendo no meu bumbum com um movimento tão rápido e desconcertante. Uma surra casual, um movimento automático e impensado, como apertar o botão de desligar de um brinquedo barulhento. Nem tive tempo de parar de cantar a música que aprendi no programa infantil *Lamb Chop's Play-Along*.

A alegria virou um cativeiro. Poder de agir se transformou em impotência. Contida, controlada, presa sob o polegar e os outros dedos de uma força que me via apenas como o fim de uma preposição. Filha *de*. Consequência *de*. Causa de barulho e confusão e aborrecimento, perturbando as moléculas de ar ao nosso redor.

A fúria subiu através de mim, uma enorme onça-parda néon.

— Não há saída — repetiu Kristen.

Ela começou a fechar os olhos, um piscar deliberado, e o segundo alongou-se, em câmera lenta. Vi com clareza, como se estivéssemos conectadas psiquicamente novamente, nossos neurônios disparando em sincronia. Esse foi seu monólogo de vilã. Foi o momento em que ela explicou para mim — para *ela mesma*, para os espectadores do filme que ela imaginava ser sua vida, em sua mente distorcida — o porquê ela precisava me matar. Eu armei o momento para ela, preparei o clímax perfeito: aqui estávamos, em um penhasco não muito diferente do que encontramos no Camboja, só que aqui não havia água embaixo, apenas rochas escarpadas. Acima de nós, um céu aberto e montanhas alaranjadas em todas as direções. Uma paisagem a milhares de quilômetros do Vale do Elqui, no Chile, mas os cenários eram quase idênticos.

Suas pálpebras estavam meio fechadas agora, quase cobrindo as pupilas. Eu captei em seu olhar, a trágica inevitabilidade. Matar-me era o único caminho a seguir. Aceitação.

Mas ela tinha esquecido de algo. Ela calculou erroneamente.

Sim, foi ela quem matou Paolo, tenha justificativa ou não.

Ela pode ter matado seus pais e, embora eu não soubesse como ou porquê, ela teve algo a ver com a morte da melhor amiga Jamie.

E, sim, foi Kristen quem planejou um esquema para lançar o corpo flácido de Sebastian de um penhasco, mais baixo que este, mas, igualmente letal.

Mas fui eu quem o matou.

Toda aquela energia, todo o desgaste emocional e abusos contra o meu sistema nervoso e... E toda a energia da bateria interna que eu havia canalizado em sentir medo: medo do mundo, medo dos homens, medo da minha melhor amiga instável, imprevisível e destrutiva.

Vi com lucidez penetrante que eu tinha entendido tudo errado. *Eles* tinham entendido tudo errado. Uma risada retumbou através de mim, leve e cristalina.

Eu era uma assassina; *eles que deveriam ter medo de mim.*

Quando os olhos de Kristen se fecharam, elevei minhas mãos até sua clavícula. E, no brilho do sol da manhã, eu a empurrei.

CAPÍTULO 39

Os olhos dela se abriram quando seu corpo se inclinou para trás; os braços permaneceram estendidos, as palmas das mãos em formato de concha no ar, não mais nos meus ombros, então ela parecia um zumbi ou uma boneca colecionável com os membros rígidos, tombando com um baque.

Não, um desenho animado: os braços e pernas agitando-se, delineados em um rico céu azul-celeste. Nuvens de poeira e torrões de terra arenosa sopravam do chão enquanto ela cambaleava para longe de mim. Seus olhos encontraram os meus na fração de segundo antes de ela cair como uma pedra.

Uma fração de segundo. O momento em que a vida se divide em Antes e Depois. No silêncio suspenso, o peso do que eu tinha feito percorreu meu corpo, como uma grande colisão em direção ao chão.

Dizem que sua vida passa diante de você logo antes da morte, mas, naquele instante, quando a morte de Kristen flutuou diante de nós duas, o que me atravessou foram todos os bons momentos que tivemos: mergulhar no Lago Michigan, a água gelada em nossa pele; nós duas estudando para as provas finais de economia até tarde da noite, devorando sacos gigantes do salgadinho *Pirate's Booty*, e rindo até nossos flancos doerem; nós duas nos preparando para sair à noite em Milwaukee, emprestando o batom, os brincos e as blusas de lantejoula uma da outra; experiências inesquecíveis em Uganda, Vietnã e até no Camboja.

Até em Quitéria. "Somos nós", disse Kristen, apontando para o horizonte. "Você está vendo aquelas duas estrelinhas? Claramente você e eu."

E olhei para elas, entendendo o que ela estava dizendo. "Você é a da esquerda, a que é meio rosada."

E ela agarrou meu braço, inebriada e livre. "Eu ia dizer a mesma coisa!"

Uma voz na minha cabeça, quase um sussurro, mais sábia que a minha própria: *essa não é você.*

O feitiço se quebrou e corri para a beira do penhasco. Levei um segundo para localizá-la, o topo de sua cabeça estava alguns metros abaixo, e ela estava se segurando em um arbusto murcho.

Ela olhou para mim, seus olhos como bolas de gude brilhantes:

— Emily, por favor!

Eu me joguei na terra e me aproximei dela. Meus dedos não a alcançaram e ela choramingou, resoluta em não se soltar da planta. Seus dedos dos pés rasparam contra o barranco, tentando encontrar apoio, mas eles simplesmente deslizaram na terra vertical.

Eu me ajoelhei e tirei minha mochila das costas, então deitei de bruços e estendi a mochila para ela, segurando na alça superior. Kristen se encolheu quando a terra e as rochas que eu tinha perturbado caíram sobre ela, e então ela olhou para cima novamente, olhos selvagens.

— Agarre uma alça! — gritei. Poeira e pedras machucaram meu outro braço, meus joelhos.

Ela gemeu e lançou o braço para tentar alcançar a alça.

— Eu vou cair — gritou ela. A mão livre agarrou o arbusto novamente, e ela encostou o rosto na colina, respirando com dificuldade.

Pressionei minha bochecha no chão e pendurei a bolsa o mais baixo que pude, deixando escapar um gemido.

— Mais baixo! — gritou ela, e senti meu braço crescer mais um centímetro, meu corpo inteiro como um único músculo tenso, sobre-humano, como a mãe que levanta um carro para libertar seu filho.

A alça de algodão estremeceu e apertei meus dedos no último segundo.

— Peguei você — gritei, então rolei para longe da beirada, longe da queda, longe do perigo, sentindo o peso de Kristen vindo comigo. Virei-me de lado e a mão dela apareceu, uma pancada dramática, o tapa exausto, mas triunfante de um cadáver reanimado emergindo de sua sepultura.

— Me ajude! — Ela engasgou, e eu me arrastei de volta para a borda. Peguei sua outra mão e ela se debateu, suas unhas esfolando longas linhas em meus pulsos. Então agarramos os antebraços uma da outra, dois apertos mortais. Inclinei-me para a estrada, cascalho caindo, nós duas ganindo com o esforço. Ela ergueu o joelho com aquele músculo tonificado de CrossFit, e eu a puxei de volta para a trilha.

— Kristen. — Nós duas ficamos de pé, de frente uma para a outra. O fato de ela permanecer de costas para o penhasco era um indicador de confiança, decidi em um daqueles cálculos de microssegundos, confiante de que eu não a empurraria novamente. Ouvi algo atrás de mim, e à minha direita, um zumbido baixo sob o canto dos pássaros e a brisa farfalhante, mas não me virei para olhar. Nossos olhares cravaram um no outro.

— Emily. — O sangue vazou como lágrimas de um arranhão em sua bochecha. A testa dela suada havia transformado a poeira avermelhada em lama, um brilho ocre. O zumbido ficou mais alto, mais próximo. — Não consigo acreditar que você fez isso.

— Eu... eu não queria ter feito isso — falei, instintivamente. Então percebi que tom era aquele em sua voz: admiração. — É... Não sei o que deu em mim.

O zumbido era quase um rugido agora, subindo o tom, e percebi que era um carro, voando pela estrada que pegamos até aqui. Desviei meu olhar na direção do barulho, e Kristen estendeu a mão e tocou meu bíceps, gentilmente me puxando para longe da estrada onde o carro passaria em segundos, para perto dela. Ela inclinou o rosto com ternura e sua boca se aproximou do meu pescoço, minha mandíbula e, finalmente, minha orelha.

O carro virou a esquina e eu podia ouvi-la murmurar sobre o som do motor:

— Bem, mas eu quero.

Ela fez uma pausa exatamente por tempo o suficiente para a confusão me atingir, sua sincronização foi precisa, intencional. Ela me empurrou com força, e tropecei para trás, diretamente no caminho do veículo.

Gritei e joguei os braços sobre o meu rosto, mas o motorista foi mais rápido: um guincho dos freios e o barulho estridente de pneus, e o SUV guinou para o lado, pulverizando-me com cascalho e uma rajada de vento com cheiro de gasolina. O carro cedeu na direção de Kristen e, atrás dela, apenas uma queda de mais de 12 metros e um abismo interminável de espaço negativo.

Espiei entre meus antebraços, e as peças se juntaram de uma vez, a percepção repentina como um barulho de gongo. *Alucinante*, o jorro de dopamina ao jogar *Figure It Out*, de resolver um quebra-cabeça, um dos enigmas de Kristen ou a última pista em uma sala de fuga complicada.

Eureka! O SUV era o nosso carro alugado.

O motorista era Aaron.

E, enquanto eu assistia, paralisada de horror, minha melhor amiga, meu namorado, e o carro que aluguei como parte do pacote da *Orbitz*, todos mergulharam de cabeça no penhasco.

CAPÍTULO 40

RESULTADOS DA AUTÓPSIA REVELAM QUE MOCHILEIRO NORTE-AMERICANO FOI ASSASSINADO COM UM FERIMENTO NA CABEÇA

Paolo García, o mochileiro hispano-americano de 24 anos, cujos restos mortais foram encontrados em uma remota região montanhosa no Chile, morreu de trauma contundente na cabeça, de acordo com um relatório de autópsia obtido exclusivamente pelo The Gaze.

A autópsia forense, realizada no Chile e supervisionada por autoridades norte-americanas, identificou fraturas no crânio e hemorragia subaracnoidea — vasos sanguíneos rompidos no espaço cheio de líquido ao redor do cérebro — denotando um ferimento fatal na cabeça.

De acordo com o relatório, testes toxicológicos em uma amostra do humor vítreo de García — a geleia no globo ocular — também revelaram a presença de Rohypnol, ou Rupinol, em seu organismo no momento de sua morte. Nenhuma outra lesão superficial ou anormalidade interna foi registrada, embora a decomposição tenha impossibilitado que os médicos legistas analisassem outros fatores.

Enquanto um porta-voz do Departamento de Polícia de Los Angeles não comenta sobre o caso, o pai de García, Rodrigo García, diz que isso deixa mais perguntas do que respostas.

"Paolo ser drogado, atingido na cabeça e enterrado no meio do nada — simplesmente não faz sentido", diz ele. "Ele era um rapaz muito bom. Ele nunca fez mal a uma mosca."

CAPÍTULO 41

O entorpecimento veio em seguida, meu cérebro encolhendo dentro do crânio para que meu corpo pudesse assumir o controle, movendo-se no piloto automático. Corri de volta pelo caminho que tínhamos vindo. Sinalizei para um carro que estava passando e implorei à mulher de cabelo cacheado que o dirigia para ligar para o número de emergência. Eu queria que ela me levasse até eles, mas o atendente da polícia disse a ela que isso poderia bloquear o caminho dos serviços de emergência. Então subi a colina correndo, com a asma esfolando meus pulmões e, corajosamente, olhei para o lado.

Havia marcas de pneus, um pouco mais escuras que a terra, esculpidas no solo íngreme. Arbustos esmagados e um cacto mutilado, seus membros geométricos partidos em ângulos engraçados. Alguns metros abaixo estava o SUV, com o capô amassado, a carroceria empenada, de modo que o carro repousava sobre o lado do passageiro. Estava tão quieto, como um mural, o sol do Arizona brilhando nos pedaços de vidro e aço. Se Aaron estiver usando o cinto de segurança, ele pode ter sobrevivido.

Mas, então, vi as pernas de Kristen. Elas eram tudo o que eu conseguia ver, o resto de seu corpo estava sob a sobre grade do SUV. Pernas estiradas como as da Bruxa Malvada do Oeste, no Mágico de Oz. Como as pernas peludas de Paolo, saindo de sua própria mochila encharcada de sangue. Elas eram bronzeadas, tonificadas e sem pelos, brilhantes na luz, com tênis cinza ainda amarrados na ponta.

E elas não estavam se movendo.

Meus gritos ecoaram pelo desfiladeiro e voltaram para mim, como se a terra os tivesse rejeitado. *A culpa é sua*, as colinas alaranjadas pareciam dizer. *Por que devemos absorver sua dor quando você mesma provocou isso?*

Sirenes distantes apagaram meus gritos. Caminhões de bombeiro apareceram e eu pensei, alucinantemente, no incêndio anos atrás, na mãe gentil de Kristen e no pai malvado, e nas labaredas que mataram os dois. Tanto barulho e caos, a música sem fim; havia uma batida profunda e rítmica agora também, uma batida de tambor, não, um helicóptero, tudo ficando cada vez mais alto, abafando meus pensamentos.

Um policial saiu de uma viatura, casual demais, e me perguntou se fui eu quem ligou para a emergência. Não consigo me lembrar do rosto dele, embora tenha olhado diretamente para ele, mas depois de alguns segundos respondi que sim, e ele disse que gostaria de me levar para a delegacia, apenas o procedimento padrão, para fazer algumas perguntas e colher meu depoimento. Ele era gentil, sua voz calma e reconfortante, e então concordei, porque é claro que eu queria ajudar.

A delegacia era genérica, como um set de filmagem. Ele me levou para uma sala e me ofereceu água, um saco de batatas fritas e um café fraco e morno. Bebi a água, minha mão tremendo como um maracá, enquanto eu tentava explicar o que tinha acontecido. Apenas o que tinha acontecido na montanha, apenas aqueles quinze segundos decisivos lá, já que eu estava confusa e distraída demais (*ah, meu Deus, ah, meu Deus, eles estão mortos, eles estão bem*) para dar detalhes sobre a história inteira.

Eu contei de trás para a frente. Kristen caiu no desfiladeiro porque Aaron desviou o SUV em direção a ela. Ele desviou porque eu estava na estrada. Eu estava na estrada porque Kristen e eu estávamos conversando, e eu não sabia que um carro estava vindo. Estávamos caminhando juntas na montanha porque precisávamos conversar. Quando Aaron... bem, eu não *sabia* por que ele foi atrás de nós. Eu realmente não fazia ideia. O policial continuou me dizendo que eu estava fazendo um bom trabalho, e continuei interrompendo para perguntar como Aaron e Kristen estavam. Ele pediu meu nome, meu número, meu endereço residencial. Eu estava tão perturbada que precisei pensar, com muita dificuldade e, de repente, estava debatendo comigo mesma se havia misturado os números do meu próprio CEP.

Finalmente, ele se ofereceu para me dar uma carona até o hotel, ele foi tão gentil e confiante: "Você está indo muito bem, tenho certeza de que está ansiosa para sair daqui" —, mas, em vez disso, pedi a ele que me levasse para o hospital. As horas seguintes vivem na minha memória como uma montagem turva de um filme: sentada em uma sala de espera, perguntando a toda e qualquer pessoa se meus amigos estavam bem; procurando meu telefone repetidamente, percebendo com um jorro de cortisol que eu não estava com ele. Eu estava livre, um balão de gás hélio que poderia flutuar na estratosfera e estourar sem que ninguém percebesse.

Quando a luz do dia começou a minguar, as portas do pronto-socorro se abriram e trouxeram uma lufada de ar quente. Um casal correu para dentro. Eles me lembravam um pouco os meus pais: cabelos ralos e olhos enrugados, mas com as estruturas esguias, e os óculos caros de quem não abre mão do estilo. Eles olharam ao redor, então se apressaram até a recepção.

A mulher atrás do balcão, com o cabelo arrumado em uma bela torre de cachos definidos, olhou para eles com o mesmo olhar desinteressado com que ela me olhou mais cedo. Inclinei a cabeça, ouvindo atenciosamente. Algo sobre esse casal estiloso chamou minha atenção, além de sua semelhança genérica com meus pais. Por que eles pareciam familiares?

A mulher abriu a boca e o mundo parou de girar.

Congelei e escutei com mais atenção, incrédula, com aquela mesma sensação de paralisia, de quando algo o acorda no meio da noite e você escuta, escuta, e *escuta*, esperando para ver se acontece de novo.

Mas, felizmente para mim, a recepcionista fez com que eles se repetissem, e, desta vez, não havia engano.

— Sou Jennifer Rusch — disse ela, a mãe de Jamie. — Estamos aqui para ver Kristen Czarnecki. Ela é nossa afilhada.

CAPÍTULO 42

Abri caminho até o balcão com os cotovelos.

— Eu sou amiga da Kristen — anunciei. — Vocês têm alguma notícia?

— Ela está em uma cirurgia de emergência. — A recepcionista ergueu os olhos de seu computador. — Não teremos atualizações até que ela saia da sala de cirurgia.

— E quando será isso? — Jennifer Rusch e eu dissemos em uníssono.

A recepcionista entrelaçou os dedos.

— Não dá para saber.

Os Rusch se viraram para mim com os olhos arregalados.

— O que aconteceu? O que você sabe?

— Ela... houve um acidente. Podemos nos sentar? — O chão sob os meus pés estava inclinado, do jeito que a terra oscila quando você sai de uma montanha-russa.

Thomas, lembrei-me de seus nomes no site memorial com uma repentina certeza, Thomas e Jennifer. Ele gesticulou em direção a um canto da sala de espera.

— Me desculpe, mas, de onde vocês conhecem Kristen? — perguntei, mesmo já sabendo. O que quis dizer foi: o que vocês estão fazendo aqui?

— Nós éramos vizinhos — respondeu Thomas. — Éramos próximos dos pais de Kristen. Agora moramos em Las Vegas, o avô de Kristen ligou e nós viemos direto para cá. Eles estão em um avião vindo para cá agora mesmo. O médico que ligou para eles disse que Kristen está em estado crítico.

Meu corpo inteiro estava formigando, o choque me reanimando de dentro para fora. Eu tinha imaginado isso, racionalmente, eu tinha visto as pernas sem vida dela no fundo do desfiladeiro. Mas ouvir isso agora inflamou minha dor, como uma combustão.

— Eles não queriam que Kristen ficasse sozinha — acrescentou Jennifer. — Não tínhamos notícias de Bill há provavelmente uma década. Mas acho que somos as únicas pessoas que eles conhecem a uma curta distância daqui. Eles não… nenhum de nós sabia que ela estava aqui.

— É terrível. — A mão de Thomas roçou sua nuca.

Jennifer franziu a testa para mim.

— E você é amiga dela? Vieram juntas para cá?

— Não… exatamente. — Minha voz falhou, prestes a cair no choro. — Sou Emily Donovan, moro em Milwaukee. Eu estava…

Eles me interromperam para se apresentarem, Tom e Jenny, e resistimos à vontade de falar o natural "prazer em conhecer você".

— Então, meu namorado e eu chegamos aqui ontem à noite. E, na manhã de hoje, Kristen… nos surpreendeu.

— Surpreendeu vocês? — repetiu Jenny.

Eu assenti.

— Eu não sabia que ela viria para cá. Ela está morando com Nana e Bill. — Balancei minha cabeça, incapaz de organizar as peças. — E vocês são seus antigos vizinhos. Os pais de Jamie.

Jenny empalideceu e Tom ficou tão vermelho quanto um carro de bombeiro, como se os dois compartilhassem um único suprimento de sangue.

— Como você sabe sobre Jamie? — Tom demandou.

Esfreguei o nariz.

— Kristen me contou sobre ela. Ela me disse que elas duas eram melhores amigas.

Eles trocaram um olhar.

— Quem é você mesmo? — Jenny me olhou como se tivesse acabado de perceber que eu estava ali.

— Eu sou Emily. Amiga de Kristen. — Meu estômago revirou, e minha voz borbulhou com refluxo. — Meu namorado estava no acidente de carro. Ele também está em cirurgia agora. — Fechei meus olhos e a cena correu sob minhas pálpebras novamente: a frente do carro mergulhando em Kristen, e então toda a massa girando para baixo, o carrinho de uma montanha-russa no topo de sua colina.

— Espere, seu namorado estava no carro com Kristen?

— Não, ele... Ele estava dirigindo o carro que a atingiu. — As sobrancelhas dos dois se ergueram. — Acho que ele estava indo me buscar, e então houve... um acidente. Era uma estrada de montanha, com um declive lateral. Ele despencou e... E o carro levou Kristen também.

Um silêncio atordoado. Tom deixou cair os cotovelos sobre os joelhos.

— Por que Kristen estava na beira de uma estrada de montanha em Phoenix?

O momento chegou. Respirei fundo, me preparei.

— Ela tinha acabado de me empurrar. Na estrada. Ela não sabia que era meu namorado que estava dirigindo e certamente não achava que ele viraria o volante a tempo. Mas ela... ela me empurrou.

Outro olhar cintilou entre eles. Procurei por inquietação, horror e repulsa em suas expressões: encontrado, encontrado e encontrado. Notavelmente ausente: surpresa.

Por que ela tentaria matar você? Essa é a pergunta que eu esperava a seguir, para a qual eu estava me preparando, minha mente funcionando a um milhão de quilômetros por hora. A pergunta não veio.

Era agora ou nunca.

— Ela me seguiu até aqui. Foi insano. Eu estava tentando me afastar dela, mas Aaron, meu namorado, postou uma foto com a marcação de nossa localização, e ela voou para cá como se não fosse nada demais. E então ela fez parecer que era *eu* quem a queria aqui, como se tivesse sido minha ideia. Ela é... Acho que ela é desequilibrada. — Balancei minha cabeça e enxuguei minhas lágrimas. — Desculpe, ouvi você dizer que ela é sua afilhada. Eu sei o quão estranho isso soa, mas é a verdade.

Eles ficaram em silêncio, impassíveis. Uma médica apareceu, um estetoscópio pendurado no pescoço, e perguntou pela família do Sr. Meuleman. Eu corri até ela, e respondi com um aceno vazio à sua desconfiada indagação: "Você é da família?"

A recepcionista me informara que alguém havia entrado em contato com os pais de Aaron, pelo menos.

— Eu vou ser bem direta. A cirurgia foi um sucesso — anunciou ela, e me derreti de alívio. — Dito isto, será uma longa jornada de recuperação. Ele tem um nariz quebrado e várias fraturas nos ossos faciais, duas costelas quebradas, hemotórax, que é uma bolsa de sangue entre a parede torácica e o pulmão, e uma patela quebrada.

— Mas ele vai ficar bem? — Minha voz estava rouca.

Ela assentiu.

— Vai levar algum tempo, e ele precisará de fisioterapia, mas esperamos que ele se recupere completamente.

— Posso vê-lo? — perguntei.

— Agora ele precisa descansar. Avisaremos quando ele puder receber visitas, acho que em duas ou três horas, no máximo.

Agradeci e ela inclinou a cabeça antes de se afastar, para a próxima emergência, o próximo acidente, o próximo corpo mutilado agarrado à vida por uma teia de aranha. Um movimento de um galho e os perderíamos para sempre, *crack*. Sentei-me ao lado dos Rusch, abruptamente exausta.

Ainda assim, as perguntas pairavam sobre mim. Esta era a minha chance, o universo fazendo a introdução que fui covarde demais para enviar quando encontrei aquele site memorial.

— Será que posso perguntar um pouco mais sobre Jamie?

Tom arregalou os olhos enquanto Jenny fechava os dela com força.

— Desculpe, tenho certeza de que é doloroso falar sobre isso. Mas... Há algumas coisas que tenho tentado entender. Sobre Kristen. E acho que vocês poderiam me ajudar.

— Acho que agora não é o momento — disse Tom, tão alto que Jenny tomou um susto. — Devemos manter o foco em esperar por notícias de Kristen.

— Claro. Eu sinto muito. — Corei até os dedos dos pés.

Eles pegaram seus telefones, me ignoraram com seus toques e cliques. Jenny se aproximou da recepção novamente, depois voltou e anunciou que não saberiam de nada por mais algumas horas, pelo menos. Eu me mexi, tentando ficar confortável no assento com o encosto rígido. Abandonei minha mochila na estrada, então eu não tinha dinheiro, identidade, nada.

— Você precisa de um telefone? — Jenny franziu a testa para mim. — Você quer ligar para os seus pais?

Balancei minha cabeça.

— Eu... eu nem sei os números atuais deles. E perdi minha bolsa no acidente. — O pânico me atravessou, e eu pisquei para conter as lágrimas.

— Ow, está tudo bem! — Jenny se inclinou para a frente. — Olha, onde é o seu hotel? Posso dar uma carona, e, de qualquer maneira, você provavelmente deveria pegar algumas coisas para quando o seu namorado acordar, certo?

Eu balancei a cabeça para Jenny com gratidão, e ela deu um tapa no braço do marido.

— Me dê as chaves.

— Você não vai esperar?

— É o Hotel Rosita — solucei, e ela digitou no telefone.

— O hotel fica a apenas quinze minutos de distância. Já voltamos, Tom.

Eu a segui para fora, sentindo os olhos de Tom em nossas costas durante todo o caminho até a porta.

CAPÍTULO 43

— **S**abe, entendo o motivo do Tom não querer falar com você. — Estávamos dirigindo há alguns minutos quando Jenny desligou o rádio abruptamente. Estava na estação da *National Public Radio* com alguma notícia sobre a brutalidade policial na Índia.

Olhei para a frente.

— Realmente não sei o que Kristen está fazendo aqui. Como eu disse, eu estava tentando me afastar dela. Porque ela me assusta.

Ela suspirou.

— Quando olho para você, eu vejo Jamie. Vocês até se parecem um pouco.

— Já me falaram isso.

Ela olhou para mim, então de volta para fora do para-brisa. O sol batia em seu rosto em um retângulo dourado, mas ela não abaixou o quebra-sol.

— Tom não consegue entender porque mantive contato com Kristen também. Ele só está aqui porque não confiou que eu conseguiria dirigir por mais de quatro horas no estado emocional em que estou. Mas eu me importo com Kristen. Não consigo evitar. Mesmo que ela seja problemática.

Observei os shoppings passando pela janela.

— É o que eu tenho percebido. Essa Kristen problemática. Tenho tentado juntar as peças do quebra-cabeça e... E descobrir o que realmente estava acontecendo com ela, com nossa amizade. — Olhei para Jenny. — Tenho me perguntado o que aconteceu com Jamie há um tempo. Você estaria disposta a me contar?

— Jamie morreu por suicídio. — A voz dela falhou, mas então ela recuperou a compostura. — Mas, antes disso, Kristen a tinha na palma de sua mão.

Ela pegou uma rampa de saída e virou em uma estrada de acesso.

— Elas eram melhores amigas praticamente desde o nascimento. Quando nos mudamos para a vizinhança, Jamie tinha apenas alguns meses e Anne estava grávida de Kristen, então nos aproximamos imediatamente. — Ela estendeu a mão para desligar o ar-condicionado, e vi seus dedos tremerem. — No começo, fiquei tão animada que as meninas se davam tão bem. Mas, assim que chegaram à terceira ou quarta série, comecei a me preocupar. Kristen estava sempre forçando Jamie a se comportar mal, dizendo coisas como: "Vamos lá, não seja uma bebezona, roube esse doce do armário" ou "Roube esse batom na farmácia". Nossa! — Ela freou e apertou a buzina para um BMW que, de repente, a ultrapassou.

Então, ela prosseguiu:

— A coisa mais estranha era que Kristen estava sempre fazendo coisas maldosas, e depois tentando convencer Jamie de que *ela* que tinha feito. Uma vez, ouvi choro e corri para a sala de jogos, e Jamie estava sentada lá, com sua boneca *American Girl* favorita em uma mão, e a cabeça na outra. Kristen afirmou que Jamie havia arrancado a cabeça da boneca, mas quando perguntei por quê, Jamie disse que não sabia. — Seus dedos estavam estrangulando o volante, cada vez mais apertado. — Mesmo depois que eu mandei Kristen para casa, Jamie não mudou a história. Mas, quando verifiquei a babá eletrônica, Kristen havia decapitado a boneca, não Jamie. Coisas estranhas e infantis. Mas eu me questionei o que fazia que ela agisse assim.

A revelação me assolou. Kristen vinha manipulando as pessoas desde que era criança. Jenny achou que era apenas uma peculiaridade infantil de Kristen, mas eu sabia a verdade; eu sabia que Kristen ainda fazia isso, décadas depois. Embaralhando minhas memórias, me acusando de atos que ela mesma havia cometido. *Não se faça de inocente. Eu vi você matá-lo.* A facilidade com que ela me convenceu.

Pelo menos eu tinha certeza agora: Kristen tinha matado Sebastian. Meus gritos tinham sido a batida do tambor, um apelo desesperado enquanto ela o chutava até a morte: *Pare. Pare. Pare.*

— E… e o bullying foi o motivo de Jamie…? — Não consegui concluir o pensamento.

Jenny balançou a cabeça quando chegamos ao estacionamento do hotel. Ela parou em uma vaga e desligou o carro, então encostou a testa no volante e soluçou.

Toquei seu ombro com cuidado.

— Você quer entrar, ou…?

Ela balançou a cabeça novamente.

— Preciso terminar de contar isso ou eu nunca vou colocar tudo para fora.

O carro já estava aquecendo como uma panela de água no fogão.

— Hm, será que podemos ligar o ar-condicionado novamente?

— O carro tem a tecnologia de assistência *OnStar*. Quando o carro está funcionando, ele grava tudo.

Ela era tão parecida com Kristen, pragmática, mas paranoica; sensata, mas absurda. Balancei a cabeça e soltei meu cinto de segurança.

— Jamie estava sendo abusada — disse Jenny, lutando para manter a voz sob controle — pelo treinador de basquete dela. O pai de Kristen. Ela não contou a ninguém, mas escreveu sobre isso em seu diário, que encontrei depois.

Meu estômago embrulhou.

— Ah, meu Deus. Eu sinto muito. — O pai idiota de Kristen. Ele não era apenas um idiota, ele era um predador, um pedófilo. Ele teria abusado da filha também? Ela disse que odiava ficar sozinha com ele. Passei tanto tempo me perguntando o que havia por trás de suas compulsões sombrias. Eu havia me questionado se Kristen era uma sociopata comum ou talvez uma criança vulnerável, destruída pela morte de seus pais ou pela tirania casual de seu avô. Mas seu próprio pai tinha modelado um ciclo que ela não conseguia evitar reproduzir, bullying, manipulação, violência. Bem, isso não justificava nada, mas ajudava a explicar o que havia por trás.

— Eu sinto muito, Jenny. Não sei o que dizer além disso. — Meu coração parecia estar se dobrando ao meio como um prato de papel encharcado. Pobre Kristen, pobre Jamie, na verdade, coitada de qualquer pessoa que cruzou o caminho daquele homem terrível. Não era de se admirar que Kristen nunca tenha tido nenhum relacionamento romântico sério em todos os anos que eu a conheço.

— Obrigada. — Jenny lutou contra as lágrimas por alguns segundos, depois continuou. — O diário dela dizia outra coisa também. Ela… ela pensou que a única maneira de parar o abuso era matá-lo. Ela era tão jovem, ela só queria que aquilo acabasse. Ela… ela pensou que ficaria tudo bem porque ele era cristão, e isso significava que ele acabaria automaticamente no céu, no paraíso.

Agora eu também estava chorando. O vapor do nosso hálito quente e as lágrimas subiram pelo para-brisa, nos aprisionando.

— Ela o fez em uma noite em que pensou que apenas Jerry estaria em casa. Apenas entrou e fez o que ela achava que tinha que fazer. Só que Anne e Kristen estavam em casa. — Ela passou a mão trêmula sob o nariz. — Kristen a viu. Correu atrás dela, até a nossa casa, gritando. Isso me acordou, mas eu... eu pensei que estava sonhando. — Os soluços de Jenny sacudiram o carro enquanto a neblina subia no centro do para-brisa, ofuscando o mundo quente lá fora.

— Eu não sei como dizer isso — arrisquei —, mas, preciso perguntar. Você tem certeza de que foi Jamie e não Kristen quem começou o incêndio? Se o *modus operandi* de Kristen era acusar Jamie de coisas que ela mesma fez...

— Não. Eu li o diário dela. Jamie fez tudo sozinha.

— Mas se Kristen...

— Kristen sabia que Anne estava em casa — interrompeu ela, curvada como uma adolescente. — Jamie não sabia, mas Kristen sabia que a mãe tinha decidido de última hora não sair no fim de semana. E Kristen nunca machucaria sua mãe. Ela a amava mais do que qualquer pessoa no mundo. Quando ela... Naquela noite, quando ela desistiu de Jamie e correu para a casa de Tabitha e Bill, gritando tão alto que me acordou, ela estava gritando uma única palavra sem parar: *mamãe*.

— Meu Deus. — Tudo se encaixava, mas eu não tinha certeza se conseguia aceitar isso; Kristen, uma agente da dor e do caos, poderia realmente ter sido apenas coadjuvante nessa tragédia e não diretamente envolvida? Ou, talvez, a morte de seus pais tenha sido a faísca que despertou sua crueldade. Talvez ela tenha manipulado a jovem Jamie, culpando-a até o ponto de ela se suicidar ou chantageado Jamie dizendo que a viu começar o incêndio, ou...

Olhei para Jenny. Ela estava encolhida como um ponto de interrogação, sua silhueta refletida na janela, e por um breve segundo imaginei como Jamie estaria agora, com seu nariz de botão e linda. Meu coração afundou. Será que outra menina de 12 anos, levada ao desespero, poderia realmente ter se comportado tão destrutivamente quanto Kristen?

Basta ver até onde ela pressionou você.

Jenny fungou.

— Então, Kristen gritou durante todo o caminho até a casa de Tabitha e Bill, eles ligaram para a emergência e a mantiveram segura. Mas ela contou a eles, ela *sabia* que tinha visto Jamie lá, e embora eu nunca tenha perguntado a ela, aposto que ela tinha alguma ideia do porquê Jamie queria o pai de Kristen morto. Ah, meu Deus. Jamie costumava ir com eles para a cabana deles nos fins de semana. Acho que jamais vou me perdoar.

Uma lamentação, tão longa e triste que pensei na mobelha, seu apelo ecoando como se canalizasse toda a dor de uma Terra tempestuosa e moribunda. Deixei minhas próprias lágrimas escorrerem pelo meu pescoço, encharcando a gola da minha regata suja.

— Mas não sabíamos. Não fazíamos a menor ideia! — Ela vomitou mais alguns soluços. — E quando Bill não exigiu uma investigação, pensamos o que todos pensavam: o incêndio foi um acidente, uma coisa trágica e estranha. Mas então Kristen tocou minha campainha. Deus, eu me lembro como se fosse ontem. Abri a porta e a encontrei chorando. E entre soluços, ela me disse que viu Jamie saindo de sua casa na noite do incêndio. Ela pensava que Jamie o havia iniciado. Eu não acreditei nela, é claro. Eu disse a ela para ir embora.

Ela respirou fundo e empurrou o ar para fora em um fluxo. Sua respiração estava rouca, um estranho som de acordeão.

— Mas então li o diário. Não consegui contar a Tom. Tom não sabe, sobre o abuso, o incêndio criminoso, nada disso. Isso o destruiria. Tom não tem ideia do que aquele desgraçado fez com nossa filha. Deus, às vezes eu gostaria que Jerry não estivesse morto para que eu pudesse queimá-lo vivo novamente.

A fúria flutuou para fora dela como calor. Lágrimas escorriam pelo seu rosto e eu podia ver as veias pulsando ao longo de sua garganta.

Estendi a mão e toquei a mão dela. Ela se assustou, então cedeu um pouco.

— Tentei conversar com Bill em particular. — A voz dela estava furiosa e comprimida, como a pressão aplicada ao carbono até virar um diamante. — Ele não queria saber. Nenhuma parte da história. Ele não queria manchar as memórias do filho. Eu poderia tê-lo matado ali mesmo. Ele ficava dizendo que era tarde demais agora, nós dois tínhamos perdido um filho, e acusar o filho dele de pedofilia e minha filha de incendiária só nos traria mais dor. Além disso, eu teria que contar a Tom e, se tivéssemos ido às autoridades para explicar tudo, a imprensa teria transformado a história em sensacionalismo. O mundo inteiro estaria olhando para minha linda filha, sentindo pena dela, culpando-a, chamando-a de vítima, de assassina, procurando fotos em que ela estivesse com uma roupa curta, despedaçando-a, rasgando-a em pedaços. Tom e eu já estávamos no fundo do poço, de jeito nenhum conseguiríamos lidar com esse tipo de dor. E, para quê? Não traria minha Jamie de volta. Não desfaria o que foi feito. Então fizemos as malas e nos mudamos para o outro lado do país, e... tentamos recomeçar.

Meu coração parecia um violoncelo, choramingando uma nota longa e triste. Pobre Jamie, pobre Kristen. Pobres Jenny e Tom.

— Kristen foi para um centro de saúde mental depois disso — falei —, um regime de internamento, para menores. Pensei que isso tinha sido, basicamente, uma alternativa no lugar de um centro de detenção juvenil. Um lugar para crianças que fizeram algo ruim.

Jenny balançou a cabeça.

— Eu não sabia disso. Mas não me surpreende que ela tenha tido um colapso mental depois de todo esse trauma. Ah, aquela pobre garota. Eu disse que não gostava de como ela trava Jamie, mas... Jesus, ninguém merece isso. Não consigo nem imaginar como isso destrói uma pessoa, em longo prazo.

Eu balancei a cabeça.

— E você não teve notícias de Kristen depois disso?

— Ela me enviou uma solicitação de amizade no Facebook há alguns anos. Depois que ela se formou. Eu sempre me perguntei sobre o que tinha acontecido com ela, a mantive em minhas orações... Jamie a amava, você sabe. Elas eram melhores amigas. De um jeito estranho, Kristen parece ser minha última conexão com a minha Jamie. — Os olhos de Jenny ficaram intensos. — Meu coração parou quando Tom disse que Bill havia ligado hoje. Eu odeio que Bill tenha o número de Tom.

Dei um aperto na mão dela, e ela olhou para nossas mãos, pensativa. Ficamos em silêncio por um tempo.

— Tenho certeza de que você sabe que não pode contar a ninguém o que eu disse a você — falou ela. — Ninguém.

— Eu sei. — O suor pinicava minha testa e escorria pelas minhas costas. Parecia que o meu corpo inteiro estava chorando.

— Emily.

Eu olhei para cima.

— Sim?

— Por que você estava tentando fugir de Kristen?

O carro estava quase insuportavelmente quente agora, o sol batendo na parte de trás.

— Não tenho certeza se posso lhe dizer — respondi. Todas as peças agora estavam flutuando, rodopiando como folhas secas.

Ela engoliu em seco, então balançou a cabeça.

— Tudo bem. Mas duvido que o Departamento de Polícia de Phoenix vá gostar dessa sua resposta.

A ficha caiu. Jesus Cristo. Eu me virei para ela, os olhos arregalados.

— Você acha que se Kristen não sobreviver, eles vão me acusar pelo assassinato dela?

— Não. — Ela abriu a porta do carro e a brisa de sauna lá fora se misturou com a nossa sala de vapor dentro do carro. — Acho que vão acusar o seu namorado.

CAPÍTULO 44

O marido de Jenny ligou quando estávamos no meu quarto bagunçado de hotel. Tomei um banho rápido, limpando a sujeira da minha pele enquanto Jenny esperava em uma poltrona dura. Eu estava pegando roupas para Aaron e enfiando-as em uma sacola quando ela pegou o telefone e entrou no banheiro abafado. Quando ela ressurgiu, seu rosto estava soturno.

— Ela não resistiu — disse ela. — Kristen não resistiu.

Meu coração despencou como um pescador do gelo caindo em um lago congelado, no frio inescapável, e eu caí contra o guarda roupa. Eu me lembrei daquela manhã no Chile, na manhã depois do horror, quando Kristen e eu paramos em um penhasco no caminho para fora da cidade e gritamos para o desfiladeiro abaixo. Senti a mesma sensação estranha agora, algo enorme e arrebatador, saindo de mim e subindo para a atmosfera. Uma nuvem de cogumelo de poder e tristeza. Algo que é possível de enxergar até mesmo do espaço.

— Eu sinto muito. — Jenny tocou meu braço e eu pulei.

— Sinto muito também — disse, e fui sincera. Eu hesitei. — O que fazemos agora?

— Nós temos que voltar para lá. Tom disse que há policiais esperando para falar com você.

A adrenalina gélida me devastou. Minha mão tremia quando peguei meu telefone na saída, agora completamente carregado. Desbloqueei a tela enquanto o elevador descia lentamente: mensagens de texto e de voz de Kristen, "Você está bem?", "Seja forte, amiga" e "Estou a caminho", cada mensagem como uma facada no meu estômago. *Kristen*. Até esta manhã eu ainda estava divagando, tentando decidir se ela estava sendo inadequada ou se eu estava sendo muito sensível, desconfiada demais.

Mas isso foi antes de ela me empurrar na frente de um carro em movimento.

Bem, em resposta a eu empurrá-la de um penhasco. Porque ela me convenceu, erroneamente, que isso sempre esteve dentro de mim. Que eu era como ela. Que eu poderia resolver meus problemas tirando a vida de outra pessoa.

Ah, meu Deus. Meu estômago gorgolejou; minha visão embaçou. As portas prateadas se abriram e eu saí pelo saguão, correndo pelas portas automáticas a tempo de vomitar do lado de fora do hotel. Cuspi e vi Jenny na porta, mas ela se virou e correu de volta para dentro. Um momento depois, ela reapareceu com um copo d'água e esfregou minhas costas enquanto eu o erguia até meus lábios.

— Devagar, pequenos goles — disse ela.

— Obrigada. — Engoli. — Você está sendo tão gentil comigo.

— Como eu disse antes. — O queixo dela tremeu, e ela desviou o olhar. — Você lembra minha filha.

Terminei de tomar minha água e segui até o carro, a acidez ainda queimando minha traqueia e minha língua.

✦✦✦

AARON NÃO ERA AARON. Ele estava todo ferido e machucado, seu rosto inchado e roxo como uma ameixa madura demais. O rosto de um lutador, um boxeador. Um hispano-americano espancado até a morte por uma bela turista norte-americana.

Meu coração disparou quando entrei no hospital, mas não havia policiais em lugar nenhum. Então, arrisquei, corri para a ala cirúrgica, pedindo informações a uma enfermeira sobre como chegar à ala de recuperação. Isso parecia apenas um tempo emprestado, a areia escorrendo por uma ampulheta antes que tudo explodisse em nossos rostos.

De novo.

Gaze cobria um de seus olhos, uma aquarela azulada saindo do curativo, mas Aaron abriu o outro olho e um largo sorriso.

— Emily! Como você tá, amor?

— Estou tão feliz que você está bem! — Toquei a mão dele. — Como você está se sentindo?

— Eles me deram analgésicos, então… incrível. — Ele balançou a mão e levantou o polegar para cima. — Eu me sinto tão bem quanto a sua aparência. Que é… — Agora seus dedos se moveram novamente, formando um sinal de ok.

— Encantador, mesmo sob efeito de codeína! — Baguncei o cabelo dele. — A enfermeira disse que seus pais vão chegar hoje à noite. — Eu estava rezando para que eles chegassem antes de Bill e Nana, ou para que fôssemos mantidos separados, os Czarnecki indo direto para o necrotério. Eu não conseguiria lidar com Bill e Nana hoje. Será que estariam aos prantos e desorientados? Estoicos e serenos? Ou, meu Deus… inabaláveis e, aparente apenas nas expressões mais ínfimas, aliviados por ela não estar mais aqui?

Não. Kristen era neta deles, sangue de seu sangue. Eles não eram monstros… Eles não eram como eu.

— Você vai conhecer meus paaa-ais — cantou Aaron.

Eu sorri.

— Exatamente como eu imaginei.

— Você ainda não me deu um beijo. — Ele fez beicinho, então franziu os lábios.

Inclinei-me e lhe dei um beijo suave. Ele suspirou feliz.

Uma enfermeira me informou que Aaron não lembrava do acidente, nenhuma memória além de pegar as chaves do carro e sair do estacionamento do hotel, e parecia injusto exigir respostas quando ele estava drogado e frágil. Ainda assim, as perguntas queimaram minha garganta como bile.

— Posso perguntar uma coisa? — falei.

— Claro!

— Por que você saiu do hotel e foi atrás de Kristen e eu?

Ele torceu a boca, pensando intensamente. Pelo menos eu saberia se ele não estivesse falando a verdade, ele não parecia capaz de mentir agora.

— Então, eu sabia que você não queria Kristen aqui — disse ele —, porque viemos para Phoenix para ficar longe dela. Mas então, quando você me mandou voltar para o quarto, verifiquei meu telefone e vi uma notícia que eles divulgaram uma imagem de um suspeito na história do assassinato do mochileiro. Estava em tooooodos os canais. — Os dedos de Aaron se esticaram.

O choque espumou através de mim, aproximando-se da minha mandíbula, meu rosto, meu couro cabeludo. Havia um pôster de "Procura-se" com meu rosto nele? Um esboço da polícia? Imagens de uma câmera de segurança?

— E fiquei tipo, uau, essa garota se parece com Kristen. E então me lembrei que foi no Chile! E que você disse que ela está agindo tipo, meio que com um parafuso solto! — Ele bateu na têmpora. — Então pensei que você poderia estar em perigo. E eu tentei ligar para você, mas seu telefone estava no quarto. Então fiquei tipo, *droga*. — Ele pareceu pensativo por um momento. — Você pode me dar um pouco de água?

Servi-lhe um copo de água do jarro ao lado da cama, e o ajudei com o canudo. Ele terminou de engolir com um "ahhh" satisfeito.

— Então você notou que eu deixei meu telefone lá — instiguei.

— Isso. E corri de volta para o saguão e percebi que você tinha ido embora. Perguntei se alguém tinha visto você e uma mulher disse que achava que você tinha saído. Saí correndo e não consegui ver você, mas ainda estava com as chaves do carro no bolso. Achei que você não poderia ter ido tão longe. Pensei ter visto sua mochila vermelha desaparecendo na esquina, então acelerei. E isso é... é tudo o que me lembro.

— Uau. Obrigada por vir atrás de mim.

Ele franziu a testa.

— Eu salvei você?

— Você me salvou, Aaron! Eu estou tão grata.

— Que bom. Porque você é incrível. Você é muita areia para o meu caminhão. — Ele riu, uma gargalhada lenta, como o comediante Mitch Hedberg. Ele franziu os lábios novamente, levantando o queixo para outro beijo, e eu me inclinei e dei um beijo em sua testa, mirando em um ponto imaculado entre a tapeçaria de hematomas.

— Ei, por falar na Kristen. — Ele apertou os olhos. — O que aconteceu com ela? Ela está bem?

Um enfermeiro apareceu na porta, e Aaron o cumprimentou, sua pergunta esquecida. Ninguém pareceu notar minha mão tremendo quando acenei, me despedindo.

⁂

Os PAIS DELE se pareciam tanto com ele: Aaron tinha o cabelo exuberante e o maxilar anguloso do pai, e o nariz fino e os olhos bonitos de sua mãe.

Seus rostos estavam contorcidos de medo, mas Aaron parecia encantado em nos apresentar, rapidamente fazendo piadas sobre seus ferimentos. Eu queria passar a noite ao lado de Aaron, mas eles foram educadamente firmes de um jeito paternal, então me deixaram no hotel e prometeram me pegar às 11h em ponto, a tempo do horário de visita.

Mas, por volta das 10h da manhã, recebi uma ligação da delegacia. Uma mulher que parecia entediada me pediu para voltar lá, voluntariamente, ela acrescentou, se eu quisesse ajudar. Eles me pegariam em quinze minutos. Desliguei, minha cabeça girando, já atormentada com o que parecia ser uma ressaca de corpo inteiro.

Desta vez, um policial diferente queria falar comigo, um detetive, e me deu suas condolências pela morte da minha amiga. Ele também era amigável, mas havia algo sobre ele, uma peculiaridade de lobo escondida embaixo da superfície. Meu coração disparou, pisquei com força, tentando limpar minha mente confusa.

— Entramos em contato com a polícia de Los Angeles — anunciou ele. — E não queremos tirar conclusões precipitadas. Mas, parece que a senhorita Czarnecki corresponde com a descrição de um suspeito de um assassinato em abril, na América do Sul.

Ele digitou algumas coisas no telefone, então o virou para mim: o retrato falado da polícia, cuidadosamente desenhado a lápis, como os das séries de televisão. Deus, eles acertaram em cheio, astutos olhos felinos e tudo mais.

— Nós verificamos o passaporte dela. Ela esteve no Chile com você em abril, correto?

Droga, essa foi rápida.

— Sim.

Ele guardou o telefone.

— Sabemos que a senhorita Czarnecki voou para Phoenix separadamente. Em um voo que ela reservou de última hora. E várias testemunhas no hotel viram vocês duas brigando no saguão antes da morte dela. Então, vamos repassar os detalhes juntos, mais uma vez. Já que a situação não é tão simples quanto pensávamos.

De repente, estava incrivelmente nítido, fresco como hortelã, cristalino e frio, como um diamante lapidado a laser: eles pensavam que Aaron e eu tínhamos matado Kristen para silenciá-la. Deus, agora que pensei sobre isso, cada detalhe apontava nessa direção, as evidências que ela havia guardado me ligando aos crimes no Chile e no Camboja, todos os seus textos vagamente ameaçadores, a forma como ela despencou para a morte menos de uma hora depois que o desenho do suspeito foi divulgado...

E ninguém tinha estado lá para ver. Ninguém sabia que ela me empurrou na estrada primeiro e que Aaron desviou, não para atingir Kristen, mas para evitar *me* atropelar. Todas as minhas entranhas se contraíram e uma ânsia subiu pela minha garganta.

— Nossos investigadores já estão no local — continuou ele. — Eles estarão analisando as marcas dos pneus, o local do acidente, todas essas coisas. E a perícia também examinará minuciosamente o corpo da Srta. Czarnecki. Sujeira sob as unhas, esse tipo de coisa.

Ele tomou um gole de café. Estendi a mão para pegar a água na minha frente e depois meu corpo inteiro congelou. O detetive também viu: uma mancha de hematomas roxos no meu antebraço, agrupados como um cacho de uvas. E arranhões também, listras vermelhas furiosas, alinhadas como estrias. Ferimentos de batalha onde Kristen tinha me agarrado enquanto ela subia o penhasco.

E então toquei no copo frágil e a última peça se encaixou. Eu também pressionei minha boca em um copo aqui ontem, deixando para trás rastros molhados do meu DNA.

Sujeira sob suas unhas. Ou células da pele. Prova irrefutável de que houve uma luta antes de Kristen cair em direção a sua morte.

— Estou sendo detida? — perguntei, minha voz estrangulada.

O detetive se inclinou para trás, sobrancelhas erguidas.

— Não. Isto é apenas um bate-papo amigável.

— Então eu gostaria de ir embora agora. — Puxei minha mão de volta. — Por favor.

Olhamos um para o outro, cada um travado em um olhar gélido.

Finalmente, ele deu de ombros.

— Claro. Podemos pedir para alguém lhe dar uma carona até o seu hotel.

— Eu gostaria de ir ao hospital, por favor. — Quando ele não disse nada, continuei: — Os pais de Aaron estão me esperando lá.

— Claro. Talvez a gente se encontre lá mais tarde. — Ele apoiou a mão musculosa contra a mesa para empurrar a cadeira para trás. — Também temos algumas perguntas para o Sr. Meuleman.

CAPÍTULO 45

Aaron parecia estar com o olhar mais lúcido hoje, mais focado e alerta. Meu coração se contorceu ao vê-lo; temi que fosse a última vez que ele me olharia assim, sua expressão calorosa e cheia de amor. Os pais dele me abraçaram (eles gostavam de abraçar!), e eu tentei parecer casual enquanto pedi alguns minutos a sós com o filho deles.

Quando eles fecharam a porta do quarto, olhei ao redor, sem câmeras, pelo menos nenhuma que eu pudesse ver. Eu manteria minha voz baixa e esperaria pelo melhor.

— Aaron, preciso te contar a verdade — murmurei. — Não vai ser fácil, mas preciso que você ouça isso de mim.

— O que aconteceu? — Ele me encarou, os olhos tão cheios de preocupação que pensei que eu poderia me desintegrar como uma estrela cadente, que, afinal, é apenas um humilde meteoro que se perdeu em seu caminho, queimando ao mergulhar na atmosfera.

Minha garganta fechou. Respirei fundo e me preparei.

E eu finalmente, finalmente contei a verdade ao homem que eu amava.

Depois que comecei, não foi difícil. Comecei pelo Camboja, como Kristen derrubou Sebastian com a luminária, chutou a cabeça dele contra a armação da cama enquanto eu gritava para ela parar. Como, depois, eu quis chamar a polícia, mas ela também me ameaçou, me forçou a limpar o quarto do hotel, a ajudá-la a jogar o corpo dele sobre a borda do penhasco como uma moeda em um poço.

Como ela me manipulou nas semanas que se seguiram, cuidando de mim de longe, me convencendo de que havíamos tomado a decisão certa. Tentando me convencer a lhe dar outra chance com uma semana no Chile, uma semana onde tudo parecia normal novamente, até aquela última noite, quando eu a encontrei com o corpo de Paolo e, novamente, ela me forçou a incentivar aquela ocultação tenebrosa. Como, desde então, tentei cortá-la da minha vida, mas ela continuou aumentando a pressão. E então ela tentou me matar. Ela quase matou Aaron também.

— Ouça — concluí, minha voz em um sussurro urgente —, estamos encrencados. Eles acham que nós a matamos de propósito para silenciá-la, e eles nem sabem o quão fundo tudo isso vai, ainda. Tudo me conecta aos dois mochileiros. — Balancei minha cabeça. — Sinto muito por ter arrastado você para dentro disso, Aaron. Não há palavras para o quanto estou arrependida. Mas eles acham que estávamos tentando impedi-la de expor a verdade. Ninguém mais viu o que aconteceu ontem; ninguém sabe que você estava apenas tentando não me atropelar.

Ele parecia estar em estado de choque, seu único olho exposto estava tão arregalado quanto uma bolacha-da-praia.

Toquei a bochecha dele.

— Aaron, está tudo bem. Não vou deixar você levar a culpa por isso. Você está ao meu lado de uma maneira que Kristen nunca esteve, meu Deus, é como se o pano tivesse sido arrancado dos meus olhos. Durante todo esse tempo, estive hesitando e me afastando e fazendo tudo o que ela me dizia para fazer, mas isso acabou. Para mim já chega.

— Do que você está…?

— Vou contar tudo a eles. — Apertei meus olhos fechados. — Eu sabia que era errado ocultar aqueles corpos, mas deixei Kristen me convencer a fazer isso. Cansei de mentir e não posso ser o motivo de sua vida ser destruída. Então, quando os policiais aparecerem e perguntarem o que aconteceu, conte a verdade. Porque vou contar a eles toda a história, todas as reviravoltas malucas que nos trouxeram até aqui. É hora de assumir responsabilidade pelo que fiz. Eu… eu amo você, Aaron.

Seu rosto se abriu.

— Eu também amo você, Emily. — Ele apalpou a cama com a mão, em busca da minha, e eu a agarrei. — Você não pode… Não posso perder você. Aqueles mochileiros… Acredito em você, eu sei que foi Kristen, mas e se os policiais não souberem? E se eles… — Ele estava chorando, lágrimas deslizando sobre as protuberâncias e hematomas.

— Shh, está tudo bem. — Eu me inclinei e o beijei. — Está tudo bem. Não vou deixá-los acusarem você por isso. Está na hora de a verdade vir à tona.

Ele fungou.

— Emily, você tem que falar com um advogado. Por favor, por favor, faça isso por mim. Meu tio é advogado, ele é um cara legal. Ele vai ajudar você a encontrar alguém. Eu estou implorando.

Eu hesitei. Eu só queria que isso acabasse. Eu estava tão cansada de fugir.

— Me *prometa*. — A mão dele agarrou a minha com uma força surpreendente. — Não direi uma palavra até lá. Estou falando sério. Eu amo você. E se você se importa comigo, vai fazer isso por mim.

Uma enfermeira apareceu na porta e disse a Aaron que alguns policiais pediram para falar com ele. Aaron manteve o olhar fixado no meu enquanto pedia à enfermeira para mandá-los embora.

CAPÍTULO 46

O Departamento de Polícia de Phoenix me deixou voar de volta para casa depois de alguns dias, com a condição de que eu ficasse no país. Enquanto isso, eles ficaram de boca fechada, montando o caso contra mim.

Mas os pais de Paolo não me deixavam em paz.

Rodrigo e Fernanda García. Eles foram a razão de sermos uma grande notícia. Uma mulher de Wisconsin cujo rosto bonito correspondia com o retrato falado, morta pelo namorado de sua melhor amiga em um trecho solitário de uma estrada na montanha, enquanto a companheira de viagem, eu, parecia sair impune... Bem, eu conseguia entender por que eles não conseguiam deixar isso para lá. Os García, munidos de sua fortuna, foram implacáveis: realizaram coletivas de imprensa e vigílias, mantiveram Washington sobre pressão, exigiram extradição, e fizeram a hashtag #JustiçaPorPaolo uma tendência internacional.

Maldita Tiffany Yagasaki, a testemunha do bar de Quitéria, identificou Kristen e eu, e os abutres de notícias foram à loucura. Os *trolls* da internet rastrearam meu local de trabalho, meu e-mail pessoal, meu número de telefone, usando todos os meios possíveis e a linguagem mais variada apenas para me dizer que eu merecia ser estuprada ou morta. A Kibble silenciosamente cortou os laços empregatícios. Fechei minhas persianas e me escondi enquanto as equipes de reportagem faziam plantão do lado de fora da minha porta da frente.

Durante esse tempo, conheci Deirdre, a advogada com quem o tio de Aaron me colocou em contato, e ela foi uma dádiva divina; inteligente e atenciosa, e sempre tão lúcida, isso sem mencionar o quão linda ela era, a imagem do sucesso em seus ternos de alfaiataria e cabelo chanel liso… Examinamos juntas a minha história, ponto por ponto, enquanto ela se concentrava em detalhes que ajudariam a me libertar. Aprendi sobre constrangimento ilegal, legítima defesa, injusta provocação, medo justificado e coação moral irresistível, argumentos legais de que *nada* do que aconteceu em Phnom Penh ou Quitéria foi realmente minha culpa.

A campanha incessante dos García estava tornando a minha vida num inferno, então, finalmente, Deirdre elaborou uma carta para a embaixada dos Estados Unidos, contando o que Kristen havia feito no Chile. Ela descreveu como Kristen posteriormente me seguiu até Milwaukee, como ela trouxe uma massa carbonizada dos pertences de Paolo para me chantagear, me controlar, me manter calada. Li a carta várias vezes até que as linhas ficaram borradas e as palavras deixaram de fazer sentido. Frases saltaram para mim: *"Minha cliente abdica de futuro envolvimento no caso"* e *"Consideramos o assunto encerrado"* e *"Minha cliente confirmou que não viajará para o Chile"*. Eu ri um pouco nessa última parte. Como se eu fosse voltar para lá.

Alguém vazou a declaração, e a atenção da mídia se transformou de um tom febril para um rugido aterrorizante. Repórteres, já entusiasmados com o envolvimento de Aaron e o acidente de carro no Deserto de Sonora, deleitaram-se com a história. Jornais inúteis nos pintavam como um jovem casal assassino, conspirando para eliminar a única pessoa que sabia sobre meu passado sombrio. Blogs questionavam se Kristen e eu éramos secretamente amantes, e um deles chamou Aaron e eu de Bonnie e Clyde, o que não fazia sentido. Eles não eram ladrões?

Mas, mesmo com a intensificação da cobertura midiática, a composição meticulosa de Deirdre funcionou; os oficiais dos Estados Unidos pararam de privilegiar os García por um caso que nunca foi deles. Era com a Procuradoria Geral do Arizona que ela estava preocupada — homicídio culposo na condução de veículo, coerção, conspiração. E eu só me preocupava em inocentar Aaron, porque ele não havia feito nada. Então, esperamos e assistimos. Eu não falaria nada até que Aaron ou eu fossemos acusados, ela decidiu, mas estaríamos prontos se isso acontecesse. Eu admirava isso, os cálculos rápidos em sua própria área de especialização.

Kristen e eu estávamos tão preocupadas com o circo midiático, em sermos crucificadas pelo tribunal da opinião pública, mas agora eu estava no meio disso, sobrevivendo. Ela provocou essa situação naquela manhã no Arizona, evocando-a como uma congregação clamando pelo Espírito Santo. Vinte e quatro horas por dia, eu bloqueava a luz do sol, movendo-me pelo meu apartamento escuro enquanto um enxame de espectadores vagava além das persianas fechadas.

No segundo mês, isso estava me afetando. Aaron sugeriu que eu ficasse em seu apartamento enquanto ele se recuperava em um hospital próximo, mas eu precisava me distanciar dele também, para dormir, pensar e entender meus sentimentos na escuridão do meu lar. Além disso, eu não conseguia imaginar a estranheza de dividir um banheiro com o colega de quarto dele ou a pontada de angústia de sentir seu cheiro em todos os lugares, apenas o fantasma dele.

Decidi embarcar no transporte ferroviário *Amtrak* com destino a Minnesota para passar um período indeterminado com minha mãe e seu marido inseguro e tímido. Eles acreditaram em mim, graças a Deus, e aprenderam a escanear a entrada de carros em busca do brilho das câmeras e avaliar se as chamadas que recebiam eram de repórteres. Toda vez que nos cruzávamos no corredor ou na cozinha, eles pareciam surpresos ao me ver, como se eu fosse um eletrodoméstico raramente usado que eles enfiaram no sótão.

Eu dei a Priya o número do telefone da casa já que meu serviço de celular era péssimo, e uma noite ela ligou um pouco depois das 23h para saber como eu estava. Minha mãe ficou furiosa na manhã seguinte, me repreendendo por perturbar seu sono, e a culpa familiar estalou em minhas entranhas. Mas, pela primeira vez, compreendi as palavras calmas de Adrienne: *"Você não é responsável pelas ações de outras pessoas"*. Eu disse à minha mãe que não aconteceria novamente, mas que o erro foi de Priya, não meu. Ela resmungou e foi embora, e fiz uma nota mental para contar sobre isso a Adrienne durante nossa próxima sessão por videochamada no Zoom.

Então, no fim de semana seguinte, mamãe fez torradas no café da manhã e perguntou, com a voz rouca, o que meus amigos de Milwaukee andavam fazendo ultimamente, sua versão de um pedido de desculpas. Eu a acompanhei em idas a farmácias e supermercados, e um dia ela timidamente propôs irmos juntas ao salão para fazermos pedicures. E eu pensei que, talvez, sem Kristen me influenciando, me isolando, sua voz como um mosquito zumbindo no meu ouvido, meu relacionamento com minha mãe poderia mudar.

Enquanto eu estava longe da minha casa, Priya ficou encarregada de cuidar das coisas por lá: a cada poucos dias, ela passava pelo meu apartamento para coletar os luxuosos arranjos de flores espalhados na varanda. Havia cestas de presentes também, cheias de vinho, salgadinhos e chocolates, e Priya não conseguia acreditar que eu não as queria, nem queria ver fotos ou ouvir falar delas. Eram subornos de programas de notícias de TV por assinatura, me implorando por um depoimento exclusivo, uma revelação, trinta minutos nos quais eu estaria abrindo meu coração para o público. Priya levava os comestíveis para o trabalho, e meus ex-colegas se deleitavam os apelos dos produtores de televisão.

Também havia mensagens de ódio e, uma vez, Priya encontrou a palavra *"assassina"* pintada com spray na minha porta. Ela chamou a polícia, e meu senhorio, que Deus o abençoe, não tentou rescindir meu contrato de aluguel por causa disso. Senti-me construindo imunidade contra a acidez, o julgamento. Essas pessoas não sabiam o que realmente aconteceu, tudo o que Kristen e eu tínhamos feito. Nunca falei sobre o Camboja. Apaguei a foto do Dropbox, mas Deirdre não se preocupou: sem corpo, sem vítima, sem crime, e, mesmo que a foto *ressurgisse* em uma busca no disco rígido de Kristen, caberia às autoridades cambojanas perseguir a pista, e eles não tinham motivos para desperdiçar recursos com dois estrangeiros, eu, a norte-americana, e Sebastian, o sul-africano. A revelação foi desorientadora e absurda: Agora que Kristen se foi, eu não tinha nada com que me preocupar no que dizia respeito à Phnom Penh.

Contei a verdade a Aaron, mas, por outro lado, mantive o segredo trancado dentro da bolha. Era só nosso, dele e meu, como aqueles amanheceres no Noroeste, engolindo a aurora enquanto o resto do mundo dormia. Nós nos safamos. E, de uma forma estranha, foi um alívio estar livre da suposição de que eu era "boazinha como todos de Minnesota".

Aaron se recuperou rapidamente, indo além das expectativas dos médicos. Na maioria dos dias, trocávamos mensagens de texto, com chamadas de vídeo ocasionais no FaceTime: contava a ele sobre os projetos remotos que havia conseguido em St. Paul, e ele fofocava sobre as enfermeiras, atendentes e colegas pacientes, quem estava flertando com quem. Ele queria conversar mais, mas eu disse a ele que, apesar de eu apoiá-lo como amiga, precisava dar alguns passos para trás em nosso relacionamento. Eu tinha que ter certeza de que não estava trocando um ídolo onipotente por outro, do jeito que troquei Ben por Kristen. Por enquanto, minhas decisões precisavam ser apenas minhas.

O advogado de Nana e Bill me informou que eu não seria bem-vinda no funeral de Kristen, o que não foi nenhuma surpresa. Imaginei pessoas aleatórias da escola dela aparecendo lá, usando tons de cinza e preto, entusiasmados pelos carros de noticiários do lado de fora, a vaga emoção do drama indireto. Imaginei Bill olhando desconfiado para todas as "amizades" que Kristen nunca teve em sua curta vida. E Nana, com os olhos semicerrados, sabendo a verdade. Como se esses anos com a neta descontrolada fossem simplesmente tempo emprestado, um período bizarro antes que a realidade se corrigisse.

Aaron também não era bem-vindo no funeral, embora, na verdade, isso não importasse. Agora que ele sabia a verdade, ele lamentou comigo por

Kristen, mas também por Jamie, Sebastian e Paolo, pelos jovens pais de Kristen, suas vidas encerradas cedo demais. O psiquiatra do hospital o ajudou a encontrar um terapeuta para lidar com o transtorno de estresse pós-traumático, sua mente, ao que parecia, havia se concentrado naquele momento na encosta da montanha, o segundo em que sua namorada apareceu na frente do carro. E ele estava melhorando, lidando, amadurecendo.

O verão chegou no Meio-Oeste: mercados de agricultores e jogos de beisebol, fogos de artifício do feriado de 4 de Julho, e o cheiro distante de salsichas. Aaron foi liberado do hospital com nada além de uma bengala para se equilibrar, e nós brincamos sobre comprar uma cartola para ele e coreografarmos uma apresentação de sapateado. Eu não ria tanto assim há meses.

Apesar de tudo, eu sentia falta de Kristen, chorava e lamentava por ela, daquele jeito físico e doloroso, como se toda vez que eu pensava nela alguém abria minhas costelas e espetava meu coração. Por uma década, ela foi minha amiga mais próxima, minha irmã, o relacionamento mais importante da minha vida. Mas havia um tom de inevitabilidade na dor, como se as coisas tivessem voltado ao que eram, como se ela simplesmente tivesse voltado para a Austrália. Às vezes, eu falava sobre ela no presente, a sentia em minhas amizades, em meu vínculo com Aaron, a proximidade inexperiente com a minha mãe. A vida e o amor de Kristen e, sim, a sua morte também, fizeram de mim a pessoa presente nesses relacionamentos. Às vezes, por um momento, eu esquecia tudo sobre Phoenix, e em minha mente Kristen estava bem e feliz, vivaz e deslumbrante, seduzindo estranhos em lugares remotos do mundo.

✦✦✦

AS EQUIPES DE REPORTAGEM perderam o interesse, e me mudei de volta para casa. O Arizona ainda estava tentando levantar montar um caso contra nós, mas Deirdre estava confiante de que não havia provas suficientes para argumentar que Aaron e eu tínhamos matado Kristen juntos. Ninguém tinha nos visto naquele trecho solitário da estrada, então era nossa palavra contra a de uma garota morta. As pessoas no saguão do Hotel Rosita viram Kristen gritar comigo e praticamente me arrastar para fora, e não foi difícil encontrar testemunhas abonatórias que abriam rachaduras em qualquer teoria que pintasse Kristen em uma luz angelical. Em uma reviravolta particularmente assustadora, o ex-chefe de Kristen revelou que a filial australiana da empresa havia demitido Kristen *duas semanas* antes da nossa viagem ao Chile. Por quê? Porque ela agrediu o chefe, Lucas, em um passeio da empresa. Aparentemente, ela empurrou o homenzinho em uma prateleira de garrafas de bebida após uma briga.

Outro detalhe perturbador: no fundo do kit de higiene pessoal de Kristen, enfiado em sua mala e deixado na recepção do hotel em Phoenix, a polícia encontrou vários frascos de Rohypnol, o mesmo sedativo encontrado no organismo de Paolo. Provavelmente não é tão difícil de obtê-lo quando seu avô é dono de uma rede de farmácias.

Eu não tinha ideia do que ela planejava fazer com o sedativo desta vez, mas isso significava que Paolo estava incapacitado quando Kristen o acertou com a garrafa de vinho. Isso significava que cada palavra que ela me disse naquela suíte de hotel manchada de sangue era mentira. Ela provavelmente pensou que ninguém jamais descobriria sobre as drogas no organismo dele, com seu corpo se decompondo sob a terra avermelhada. Aparentemente, os olhos "resistem à putrefação" melhor que o sangue. Kristen, com suas compulsões hediondas, certamente não tinha se preparado para *isso*.

Os meses foram passando. O outono soprava com uma brisa fresca e farfalhante, depois o inverno, com sua neve, a princípio, onírica e depois gélida e implacável. Aaron foi morar comigo e passamos o Natal com a família dele, e o Ano-novo com um grupo misto de nossos amigos. As contas médicas de Aaron atingiram números absurdos, quase hilários e, agora contando apenas com trabalhos esporádicos, esgotei minhas economias. Então discutimos sobre o que fazer. E nós demos um jeito, como sempre fazíamos. Optamos pela maior aposta: o equivalente a quase cinco anos de salário por uma aparição de trinta minutos em um noticiário de TV por assinatura. Eu tinha examinado a história tantas vezes com Deirdre, que eu tinha certeza que poderia contá-la enquanto dormia, desde o primeiro minuto em que Kristen e eu nos abraçamos em um aeroporto em Santiago até o presente.

Aaron e eu ficamos de mãos dadas durante a entrevista, revezando, compartilhando nossa história. Ele me entendia tão profundamente. Era como se partilhássemos o mesmo sistema nervoso, um único cérebro.

✸✸✸

EM JANEIRO, nove meses depois de Kristen e eu nos encontrarmos no Chile, Deirdre ligou com boas notícias: o Arizona havia desistido do caso. Aaron e eu sabíamos que tínhamos que comemorar, estávamos esperando por esse momento há tanto tempo.

Duas semanas depois, o olhar de Aaron encontrou o meu. Estávamos em um bar alternativo em uma rua repleta de bares. Tbilisi, na Geórgia, não era nada como eu imaginava: uma bela colcha de retalhos de mesquitas de azulejos e *hammams*, ou banhos turcos, de tijolos abobadados e passagens ventosas de paralelepípedos, videiras agarradas às falésias ao redor do largo rio da cidade e fortalezas e castelos espreitando de distantes montanhas sépia. E sempre tinha vinho, tanto vinho.

Tirei minha carteira da bolsa, a bolsa que não sairia do meu colo desta vez, sem batedores de carteira para mim, obrigada. Pedi outra rodada de chacha, um conhaque de uva assustadoramente ardente que os moradores bebiam aos montes. O bar tinha tetos abobadados de tijolos, um branco alaranjado mosqueado, e passava a sensação de uma masmorra; um barman me disse que o espaço já foi o lar de interrogatórios secretos do governo.

A noite tinha acabado de dar uma guinada repentina, transformando-se em um show de horrores: pessoas estavam fumando nos cantos escuros do bar, um turista turco entrou no depósito com uma garçonete, e alguém derrubou uma bebida, o tilintar estridente cortando a nota latejante do baixo. Puxei o cotovelo de Aaron, de repente, ansiando por silêncio, por água, pelo tango risonho de nós dois relembrando embriagados os melhores momentos da noite e escovando os dentes antes de nos aconchegar em nossa cama box queen encaroçada. Talvez até encontrássemos pão recheado com queijo a caminho de casa. Eram vendidos em todos os lugares aqui, dourados e pegajosos, havia *khachapuris* em cada esquina.

Mas, então, uma mulher se sentou do meu lado e, ouvindo meu inglês, perguntou de onde éramos. Ela era búlgara, magra e angulosa, com uma cortina de cabelos castanhos espessos. Ela morava em Londres, mas havia tirado o ano de folga para viajar, gastando as economias enquanto trabalhava durante a jornada para alcançar o norte do Azerbaijão.

Puxei meu banco um pouco para trás para que pudéssemos formar um triângulo. Ela era sociável e envolvente. E estava viajando sozinha, disse ela, movendo-se devagar de um lugar para outro, de ônibus, sem pressa, sem itinerário nem reservas antecipadas. Tão corajosa, espirituosa.

— Como é mesmo que vocês se chamam? — perguntou ela, seu sotaque como um gongo suavemente tocado.

— Este é Dan — falei, e segurei a mão de Aaron. Quando ele apertou, senti a eletricidade em todos os lugares, no meu coração, minha virilha, minha alma. — E eu sou Joan. Adoramos conhecer pessoas novas.

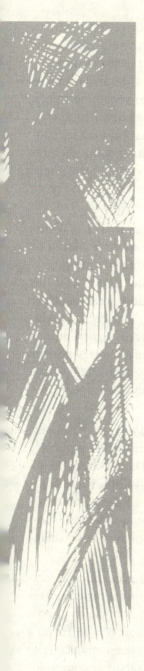

AGRADECIMENTOS

Obrigada, caro leitor, por escolher este livro. Que honra, que alegria, que grande milagre imaginar você o segurando em suas mãos agora. Obrigada, obrigada, obrigada por escolher gastar seu tempo limitado e energia nesta aventura estranha e sombria preparada em uma suíte de hotel no Chile. Sem você, esta história é apenas um grande barril de palavras amontoadas; você é parte crucial da alquimia, o ingrediente que dá vida à narrativa, e sou extremamente grata. Espero que algo nestas páginas tenha ressoado em você. Obrigada, de verdade.

Este livro não existiria se não fosse por Jennifer Weber, minha irmã de alma e amada companheira de viagem, que mora na Austrália agora, mas não tem *mais nada* em comum com Kristen, que fique registrado. Jen, quem teria imaginado que nossas piadas correntes movidas a vinhos e Pisco Elqui levariam a isso? Agradeço também a Stephen Clarke, um mochileiro estranho tão gentil, respeitoso e incrível, com quem poderíamos conversar em tom de brincadeira sobre assassinato poucas horas depois de nos encontrarmos. *Rá!*

Eu sou extremamente sortuda por ter uma irmã como a minha, Jules, que é atenciosa, gentil e criativa. Sou muito grata por ter você ao meu lado. Obrigada a Leah Konen, uma excelente amiga, brilhante autora de *thrillers* e leitora beta de altíssimo nível. Não consigo imaginar minha vida de escritora sem você. Obrigada a Megan Brown, companheira em mais viagens pelo mundo do que sou capaz de contar, sem mencionar que é uma amiga solidária, leal e leitora meticulosa e lúcida desde os momentos iniciais. Megan, mal posso esperar para, em breve, explorar os centros das cidades e encantar estranhos em lugares distantes com você novamente. Obrigada a Danielle Rollins pelas leituras beta cuidadosas que não apenas tornaram este livro mais poderoso, mas também me tornaram uma escritora melhor. E obrigada a Jennifer Keishin Armstrong pela cuidadosa leitura inicial e por todos os encontros de trabalho, telefonemas e mensagens úteis; todo mundo precisa de alguém como Jennifer para se manter centrado nesta indústria maluca.

Erin DeYoung me ajudou a escrever este livro de muitas maneiras. Obrigada, Sedi, por suas anotações cuidadosas, pelos telefonemas de resolução de problemas e por ser um amigo incrível. Você tem um dom e sou muito grata por tê-lo ao meu lado. Você me maravilha imensamente! E, por falar dos DeYoung, agradeço a Ben por me fazer coquetéis e explicar pacientemente conceitos como extradição e coação (dito isto, todos os erros e trechos malucos são, é claro, meus). Obrigada, Owain, por todos os abraços e comentários hilários e lutas épicas de espadas. E muito obrigada a todos os três por me deixarem fugir para sua linda casa quando precisei de espaço, metafórica e literalmente. Vocês são a melhor bolha de refúgio da Covid que alguém poderia desejar.

Todo mundo precisa de uma rede de apoio saudável e variada (basta perguntar a Adrienne Oderdonk!), e estou eternamente deslumbrada e grata pela minha equipe, incluindo Lianna Bishop, Megan Collins, Alanna Greco, Leigh Kunkel, Abbi Libers, Anna Maltby, Erin Pastrana, Julia Phillips, Melissa Rivero, Peter Rugg, Katie Scott e muitos outros. Meu amor e agradecimentos a Julia Dills, que me fez rir, me ouviu reclamar e me animou quando este livro finalmente ficou pronto. Você é a melhor (para não mencionar sua assustadora inteligência).

Muito obrigada à minha agente, a melhor de todas, Alexandra Machinist, por defender feroz e habilmente meu trabalho e minha carreira. Três livros em três anos! Isso é a vida real mesmo?! Também sou muito grata a Lindsey Sanderson por todo o esforço e ajuda nos bastidores. E eu tenho a sorte de ter Josie Freedman ajudando minhas histórias a darem o mágico salto das páginas para as telas. Meu Deus, eu realmente amo trabalhar com todos vocês.

Não consigo expressar a totalidade de minha gratidão à minha editora, Hilary Rubin Teeman, verdadeiramente genial, que aperfeiçoou essa ideia até que ela atingiu todo o seu potencial. Você é a colaboradora mais incrível, sábia e incentivadora, sim, mas estou mais admirada com sua capacidade de lapidar uma ideia até chegar a seu núcleo brilhante. Caroline Weishuhn, estou muito grata por suas notas magistrais e todo o trabalho que você faz para transformar um documento do Word em um livro de verdade. Não há palavras para o quanto amo trabalhar com a equipe dos sonhos da publicidade, Sarah Breivogel e Justine Magowan, bem como a especialista em marketing Colleen Nuccio. Por favor, apenas imagine animações de arco-íris e brilhos e corações dançantes felizes para transmitir com precisão meus sentimentos para todos da Random House.

Quando propus essa ideia, não imaginava que viajar para o exterior seria tão... bem, exótico, no momento em que escrevi essas palavras. Um grande agradecimento aos profissionais de saúde essenciais que, incansavelmente, deram tudo de si durante um período assustador e sufocante. E obrigada a todos que ficaram em casa impedindo a propagação do vírus e confiaram na ciência. Estou rezando para que, quando você ler isso, viajar ainda não pareça um sonho distante.

Por último, mas certamente não menos importante, muito obrigada à minha família amorosa, especialmente Nagypapa e Nagymama, Tio Tom e Cathy e, claro, minha mãe e meu pai. Eu amo vocês.

SOBRE A AUTORA

Andrea Bartz é uma jornalista estabelecida no Brooklyn, autora de *The Lost Night* e *The Herd*. Seus trabalhos apareceram no *The Wall Street Journal, Marie Claire, Vogue, Cosmopolitan, Women's Health, Martha Stewart Living, Redbook, Elle* e muitos outros meios de comunicação, e ela ocupou cargos editoriais nas revistas *Glamour, Psychology Today* e *Self,* entre outras publicações.

Andreabartz.com

Facebook.com/andreabartzauthor

Twitter: @andibartz

Instagram: @andibartz

ALTA NOVEL

CONHEÇA OUTROS LIVROS DO SELO

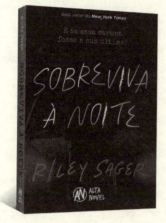

UM ATERRORIZANTE JOGO DE GATO E RATO.

- Thriller psicológico nos anos 90
- Protagonismo feminino
- Suspense e plot twists

No volante está Josh Baxter, um estranho que Charlie conheceu no painel de caronas da faculdade e que também tem um ótimo motivo para deixar a universidade no meio do semestre. Na estrada, eles compartilham suas histórias de vida, evitando o assunto que domina o noticiário: o Assassino do Campus, que, em um ano, amarrou e esfaqueou três estudantes, acaba de atacar de novo. Durante a longa jornada até o destino de ambos, Charlie começa a notar discordâncias na história de Josh. Para ganhar esse jogo, será preciso apenas uma coisa: sobreviver à noite.

UMA CIDADE PEQUENA, UM PALHAÇO ASSASSINO E JOVENS DESORDEIROS QUE TALVEZ NÃO SOBREVIVAM.

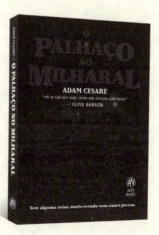

- Terror Slasher
- Palhaço assassino assustador

Quinn Maybrook e seu pai se mudaram para a pequena e tediosa Kettle Springs para encontrar um novo começo. Mas desde que a fábrica local fechou, a cidade quebrou pela metade e encontra-se em uma batalha que parece que vai destruí-la. Até que Frendo, o mascote de Baypen, um palhaço assustador, torna-se homicida e decide que a única maneira de Kettle Springs voltar a crescer é abatendo a safra podre de crianças que vivem lá agora.

Todas as imagens são meramente ilustrativas.

/altanoveleditora   /altanovel